범우비평판 한국문학 21-①

초기 근대희곡 편

병자삼인 (외)

책임편집 이승희

B&W 범우

국립중앙도서관 출판시도서목록(CIP)

병자삼인(외) / 조일재...[등]저 ; 이승희 책임편집. --
파주 : 범우, 2005
　p. ;　 cm. -- (범우비평판 한국문학 ; 21-1 - 초기근
대희곡편)

ISBN 89-91167-11-X 04810 : ₩12000
ISBN 89-954861-0-4(세트)

812.6-KDC4
895.725-DDC21　　　　　　　　　　　　　　CIP2005000776

한민족 정신사의 복원

—범우비평판 한국문학을 펴내며

　한국 근현대 문학은 100여 년에 걸쳐 시간의 지층을 두껍게 쌓아왔다. 이 퇴적층은 '역사'라는 이름으로 과거화 되면서도, '현재'라는 이름으로 끊임없이 재해석되고 있다. 세기가 바뀌면서 우리는 이제 과거에 대한 성찰을 통해 현재를 보다 냉철하게 평가하며 미래의 전망을 수립해야 될 전환기를 맞고 있다. 20세기 한국 근현대 문학을 총체적으로 정리하는 작업은 바로 21세기의 문학적 진로 모색을 위한 텃밭 고르기일뿐 결코 과거로의 문학적 회귀를 위함은 아니다.

　20세기 한국 근현대 문학은 '근대성의 충격'에 대응했던 '민족정신의 힘'을 증언하고 있다. 한민족 반만년의 역사에서 20세기는 광학적인 속도감으로 전통사회가 해체되었던 시기였다. 이러한 문화적 격변과 전통적 가치체계의 변동양상을 20세기 한국 근현대 문학은 고스란히 증언하고 있다.

　'범우비평판 한국문학'은 '민족 정신사의 복원'이라는 측면에서 망각된 것들을 애써 소환하는 힘겨운 작업을 자청하면서 출발했다. 따라서 '범우비평판 한국문학'은 그간 서구적 가치의 잣대로 외면 당한 채 매몰된 문인들과 작품들을 광범위하게 다시 복원시켰다. 이를 통해 언어 예술로서 문학이 민족 정신의 응결체이며, '정신의 위기'로 일컬어지는 민족사의 왜곡상을 성찰할 수 있는 전망대임을 확인하고자 한다.

'범우비평판 한국문학'은 이러한 취지를 잘 살릴 수 있도록 다음과 같은 편집 방향으로 기획되었다.

첫째, 문학의 개념을 민족 정신사의 총체적 반영으로 확대하였다. 지난 1세기 동안 한국 근현대 문학은 서구 기교주의와 출판상업주의의 영향으로 그 개념이 점점 왜소화되어 왔다. '범우비평판 한국문학'은 기존의 협의의 문학 개념에 따른 접근법을 과감히 탈피하여 정치·경제·사상까지 포괄함으로써 '20세기 문학·사상선집'의 형태로 기획되었다. 이를 위해 시·소설·희곡·평론뿐만 아니라, 수필·사상·기행문·실록 수기, 역사·담론·정치평론·아동문학·시나리오·가요·유행가까지 포함시켰다.

둘째, 소설·시 등 특정 장르 중심으로 편찬해 왔던 기존의 '문학전집' 편찬 관성을 과감히 탈피하여 작가 중심의 편집형태를 취했다. 작가별 고유 번호를 부여하여 해당 작가가 쓴 모든 장르의 글을 게재하며, 한 권 분량의 출판에 그치는 것이 아니라 작가별 시리즈 출판이 가능케 하였다. 특히 자료적 가치를 살려 그간 문학사에서 누락된 작품 및 최신 발굴작 등을 대폭 포함시킬 수 있도록 고려했다. 기획 과정에서 그간 한 번도 다뤄지지 않은 문인들을 다수 포함시켰으며, 지금까지 배제되어 왔던 문인들에 대해서는 전집발간을 계속 추진할 것이다. 이를 통해 20세기 모든 문학을 포괄하는 총자료집이 될 수 있도록 기획했다.

셋째, 학계의 대표적인 문학 연구자들을 책임 편집자로 위촉하여 이들 책임편집자가 작가·작품론을 집필함으로써 비평판 문학선집의 신뢰성을 확보했다. 전문 문학연구자의 작가·작품론에는 개별 작가의 정신세계를 보다 구체적으로 살펴볼 수 있는 한국 문학연구의 성과가 집약돼 있다. 세심하게 집필된 비평문은 작가의 생애·작품세계·문학사적 의의를 포함하고 있으며, 부록으로 검증된 작가연보·작품연구·기존 연구 목록까지 포함하고 있다.

넷째, 한국 문학연구에 혼선을 초래했던 판본 미확정 문제를 해결하기 위해 최선의 노력을 기울였다. 특히 일제 강점기 작품의 경우 현대어로 출판되는 과정에서 작품의 원형이 훼손된 경우가 너무나 많았다. 이번 기획은 작품의 원본에 입각한 판본 확정에 특별한 노력을 기울여 근현대 문학 정본으로서의 역할을 다했다.

신뢰성 있는 선집 출간을 위해 작품 선정 및 판본 확정은 해당 작가에 대한 연구 실적이 풍부한 권위있는 책임편집자가 맡고, 원본 입력 및 교열은 박사 과정급 이상의 전문연구자가 맡아 전문성과 책임성을 강화하였다. 또한 원문의 맛을 최대한 살리기 위해 엄밀한 대조 교열작업에서 맞춤법 이외에는 고치지 않는 것을 원칙으로 했다. 이번 한국문학 출판으로 일반 독자들과 연구자들은 정확한 판본에 입각한 텍스트를 읽을 수 있게 되리라고 확신한다.

'범우비평판 한국문학'은 근대 개화기부터 현대까지 전체를 망라하는 명실상부한 한국의 대표문학 전집 출간을 목표로 한다. 따라서 권수의 제한 없이 장기적이면서도 지속적으로 출간될 것이며, 이러한 출판 취지에 걸맞는 문인들이 새롭게 발굴되면 계속적으로 출판에 반영할 것이다. 작고 문인들의 유족과 문학 연구자들의 도움과 제보가 지속되기를 희망한다.

2004년 4월
범우비평판 한국문학 편집위원회 임헌영·오창은

1. 이 책에는 1912년의 〈병자삼인〉으로부터 1920년대 초반까지 발표된 희곡들 중에서, 이미 다른 선집에 포함된 몇몇 경우를 제외하고는, 희곡사적 의미가 있는 작품들을 선별하여 실었다.

2. 작품들은 신문과 잡지에 처음 발표된 것을 저본으로 삼았고, 그 서지사항은 작품 말미에 밝혀 놓았다. 다만, 〈규한〉은 《학지광》 1917년 1월호에 게재되었다고 하나 아직 확인되지 않아 삼중당에서 펴낸 《이광수전집》에 실린 것을 저본으로 하였고, 〈운명〉 역시 1924년 신명서림에서 출간된 윤백남 희곡집 《운명》이 현전하지 않아 1930년 창문당 서점에서 재출간본에 실린 것을 저본으로 하였다.

3. 대화가 중심인 희곡의 특성상 현재의 맞춤법에 어긋나더라도 가능한 한 원문이 지닌 어조를 살리는 것을 원칙으로 하였고, 이를 훼손하지 않는 선에서 읽기 쉽도록 현대표기로 바꾸었다. 누락되었거나 오식이 분명한 경우는 바로잡았고, 독자의 이해를 요하는 부분에는 편저자가 주석을 달았다. 부분적으로 활자가 지워졌거나 훼손되어 독해하기가 어려운 부분은 ○으로 대체했음을 밝혀둔다.

초기 근대희곡 편 | 차례

병자삼인病者三人

조일재

병자삼인

(전4장)

등장인물

김원경金原卿 : 고등여학교장

길춘식吉春植 : 헌병보조원

공소사孔召史 : 여의

이옥자李玉子 : 여교사

정필수鄭弼秀 : 학교하인

하계순河桂順 : 의사

박원청朴原淸 : 회계

업동모業童母 : 미점주인녀

전경선田景善 : 상노

설월雪月 : 조방군이 여자

제1장 여교사 이옥자 본저

무대에는 이옥자의 집 방안이요, 그 부엌에는 밥 짓는 제구와 소반
그릇 등물이 널펴 있는데, 부엌에서는 이옥자의 남편되는 정필수가 불

도 들이지 아니하는 아궁이에서 밥을 짓느라고 부채질을 하고 있다.

정필수 아—참, 세상도 괴악하고. 강원도 시골구석에서, 국으로 가만히 있어서 농사나 하고 들어 엎드려 있었더면 좋을 것을 이게 무슨 팔자란 말이요. 서울을 올라올 제, 우리 내외가 손목을 마주 잡고 와서 무슨 큰 수나 생길 줄 알고, 물을 쥐어 먹어가면서 내외가 학교에를 다니다가 막이올에* 졸업이라고 하여서 어떤 학교의 교사시험을 치렀더니, 운수가 불행하느라고 마누라는 급제를 하여서 교사가 되고, 나는 낙제를 하여서 그 학교 하인이 되었으니, 이런 몰골이 어디 있나. 학교에만 가면 우리 마누라까지 나더러 하인 하인 부르면서 말 갈 데 소 갈 데 함부로 심부름을 시키고, 하도 고단하면 할 수 없이 집에서 앓고 있을 때는 이렇게 밥이나 짓고 있으니, 이런 망할 놈의 팔자가 어데 있나. 계집을 이렇게 상전 같이 섬기는 놈은 나밖에 없을걸.

(하며 중얼거리고 앉아 있는데, 쌀집 주인 여편네 업동어미가 달음질하여 문을 열고 들어오며)

업동모 아이고, 무얼하시오. 서방님이 부엌에서 밥을 다 지시네.

(하며 들어오는데 정필수는 창피하고 부끄러워 어찌 할 줄 모르다가 시침을 뚝 떼이며)

정필수 응, 업동어멈인가. 오늘은 우리 마누라란 사람이 학교에 가서 입때까지 아니 오네그려. 그래서 할 수 없이 지금 내가 밥 짓는 연습을

---

* '막 이월二月에'의 오자일 것으로 추정됨.

하고 있는 중일세. 그러나 자네네 집 쌀은 왜 그렇게 뭇내가 나나, 응.

업동모 그럴 리가 있나요. 언제든지 댁에 가져오는 쌀은 상상미로 가져오는데요.

정필수 아, 이게 상상미야. 좀 이 쌀 내음새를 맡아보게.

(하며 솥뚜껑을 열어다가 업동어미의 코에 콱 대이니, 업동모는 내음새를 맡아보고)

업동모 아이고머니, 서방님도 이것은 쌀이 언짢아서 그러합니까. 쌀을 잘 일지를 못해서 그러하지요. 그게 겟내올시다, 뭇내가 아니라.

정필수 옳─지. 그래서 날마다 우리 마누라가 나더러 밥 잘 못 짓는다고 핀잔을 주었구면.

업동모 아, 그러면 진지는 서방님이 노상 지으십니까.

정필수 아─니, 날마다 내가 밥을 짓는 것이 아니라 혹간 가다가 심심하면 운동 겸하여서 하는 것이지.

업동모 아이, 댁 아씨는 남편 양반도 잘 얻으셨지. 어쩌면 심을 그렇게 덜어 주실까.

정필수 천만에, 나는 잘 얻지도 못하였어. 마누라라고 밤낮 서방을 나무라기만 하니까 아주 귀치 않아 못 견디겠어.

업동모 그것은 서방님이 너무 순하시니까 그렇지요. 가끔 가끔 좀 사나이 행티를 하시구려.

정필수 흥, 내 사정을 누가 알겠나. 제법 서방인 체하고 무슨 말을 하였다가는 첫째 코 아래 구녕에 들어갈 것이 있어야지.

업동모 네? 무엇이야요. 코 아래 구녕에 들어갈 것이 없어요? 정말 그러하시면 우리 쌀값은 언제 받나요. 정 쌀값을 아니 주시구 오래 가면, 우리도 코 아래 구녕에 뫼실 쌀을 못 드리겠는데요…….

정필수 그게 무슨 소린가. 그래서야 쓸 수가 있나. 자연 우리 마누라가 학교 교사를 다니게 된 이후로는 의복에도 돈이요, 친구 추축하는 데도 돈이요, 집안 일은 내버려두고 저는 쏘다니면서 나더러는 일상 밥이나 지으라고 하고 혹시 잘못하면 꾸지람은 하고. 나도 정말 못 견디겠네. 이 불쌍한 내 사정도 좀 생각하여 주어서 이번 월급날까지만 좀 참아주게.

업동모 공연히 그런 실없는 말씀 마셔요. 댁에서는 내외분이 다 학교 교사를 다니시면서, 두 분이 다 월급을 타시면서 그러셔요. 남의 돈을 갚지 아니하실 작정이신 게지.

정필수 아—니야. 그럴 리가 있나. 진정 말일세마는 나는 아직 교사에까지를 가지 못하였단 말이야.

업동모 네—그럼, 서방님은 날마다 학교에 아니 가시오. 요전에 말씀이 내외분이 교사하는 시험을 치렀다고, 교사가 되면 월급을 탈 터이니, 쌀값은 그때 주마 하고 하시지 아니하였소.

정필수 응, 옳지. 말은 그렇게 하였지마는 저간에 내가 그러지 못한 연고가 있어서 교사를 하지 않았지.

업동모 그러면 교사가 시험을 보시다 떨어지신 게구려.

정필수 그…그저, 그렇다면 그렇고, 저렇다면 저렇고…….

업동모 아이그머니나, 나는 도무지 그런 줄은 몰랐지. 아이 별 양반도 다 있지. 마누라에게 얹혀 사는 이가 어데 있소. 여편네 뜯어먹고 있는 이에게 나는 외상을 줄 수 없어요.

정필수 아—니, 천만에 내 말을 다 듣고 말을 하란 말이야. 나도 사나이인데 아무리기로 계집을 뜯어먹고 살까. 나도 학교의 교사는 아니라도, 그래도 다달이 그 학교에서 상당한 월급을 타는 사람인데 그러나.

업동모 네—그러면 서방님은 그 학교에서 무엇을 하고 월급을 타시오.

정필수 응, 나 하는 일 말인가. 내 사무야말로 참 대단히 분주하지. 안

팎에 쓰레질도 하고 찻물도 끓이고 손이 오면 명함도 전하여 주고 이 사람 저 사람의 심부름도 대신 하여 주고 한두 가지가 아니지. 내 사무같이 분주할까. 통틀어 말하면 내 사무는 위생과 외교내치外交內治를 겸한 것이지.

　업동모 아이고, 무슨 사무가 그리 야단스러워요. 그러면 그 학교 하인이요구려. 다를 것이 무엇 있나요.

　정필수 이를테면, 그저 그러하지…….

　업동모 아이고 망측해라. 아씨는 선생님이고 서방님은 하인이라니. 아이고 그 세상은 거꾸로 되었지, 그런 일이 어데 있어. 아이 망측해라. 그러니깐 서방님이 밥짓고 꾸지람 들어도 할 말 없겠소.

　정필수 그저, 자네까지 이렇게 구박을 주면 어찌하나. 정말 서러워 못 견디겠네. 그러나 내 사세가 아까 말한 대로 이 모양이니까 암만 하여도 내 힘으로는 외상값을 갚지 못하겠으니, 이따라도 주인이 들어오거든 내가 말을 잘하여서 이 그믐 안으로는 다 끊게 할 것이니 어서 가게, 응.

　업동모 아, 그러면 진작 그 말씀을 하시지요. 그러니까 당신은 암만 졸라야 피천* 닷 푼 나올 도리 없습니다그려. 그럼 요 다음날, 아씨가 아니, 주인양반이 계시거든 와 말씀하지요.

　　(하며 업동모가 일어서려 하는 것을, 다시 불러 앉히고)

　정필수 자네 지금 집으로 가나?

　업동모 네, 집으로 가지요, 그럼 어딜 가요.

　정필수 그러면 요 앞에 칠보네 장국밥집을 지나지 아니 하나. 아마 그리 지나 가겠지.

─────
* 아주 적은 돈.

업동모 암, 그리 해서 가지요.

정필수 그러면 불안하지마는 청 하나 할 것이 있네. 다른 게 아니라, 그 칠보네 집에 가서 산적 스무 꼬치만 하고, 장국밥은 넣지 말고 국수나 좀 넣고 흡살하고 맛난이* 많이 쳐서 따끈따끈하게 한 그릇만 하고 가져오라고 일러주게.

업동모 아따, 남의 외상은 아니 갚고 입치레는 되우 하십디다.

정필수 아니야, 그것은 내가 먹으려고 하는 것도 아니야. 마누라가 들어오면 저녁 반찬을 하려니까 그렇지. 내 손으로 만든 반찬은 도무지 맛이 없다니까 그리하는 걸세. 수고는 되지마는 어찌하나, 가는 길에 잠깐 들러주게나그려. 너무 불안하이.

업동모 내가 언제 댁에 심부름하러 왔소, 외상값 받으러 왔지. 그러나 과히 힘드는 일이 아니니까 말은 이르고 가오리다. 서방님의 신세야 참 부럽기도 하오.

정필수 그렇지 어찌하나, 제 팔자를 그렇게 타고난 걸.

업동모 아따, 속은 퍽이나 유하십디다. 그렇기나 하기에 삭이고 살겠지만…….

(업동모가 무대 하수**로 들어간 후, 정필수는 업동모 하고 이야기하기 때문에 밥을 눌려붙인 모양으로 마누라에게 꾸지람 듣겠다고 허둥지둥 하는데, 하나미찌***로부터 정필수의 아내, 고등여자학교 교사 이옥자 (21~22세)가 검은 치마에 히사시가미****하고 책보를 들고 학교로부터 오

---

* 음식의 맛을 내기 위해 다진 고기와 갖은 양념을 간장에 풀어서 만든 장물. 또는 화학조미료를 일컫기도 한다.
** 下手 : 객석에서 바라보았을 때 무대 왼쪽.
*** 花道 : 가부끼 무대장치의 하나로 본 무대 오른쪽 끝에서 1층 객석으로 돌출한 경사무대. 약 2미터 목의 무대로 강조해야 할 등퇴장이 이곳에서 이루어진다. 이후에 등장한 신파극이 그 전통을 이어받았다.
**** 箱髮 : ひさしがみ(庇髮). 앞머리는 쑥 내밀게 빗고 뒷머리는 틀어올린 머리형. 서양여성의 머리 스타일을 흉내낸 것으로 여학생 혹은 신여성의 상징이기도 했다.

는데, 문을 열고 들어오더니)

이옥자 아이고 밥 탄내야. (코로 내음새를 맡아 가며)

정필수 에구 인제 오십니까. 누룽지를 좋아하시기에 조금 밥을 눌렸지요.

이옥자 밥을 눌리면 밥이 준다고 해도 그렇게 정신을 못 차려. 에 참 말도 안 듣지.

정필수 그저… 잠깐……. (머리를 쓱쓱 긁으며)

이옥자 그저… 잠깐이 다 무엇이야, 어서 이 구두나 벗겨 주어요, 어서.

정필수 네―.

이옥자 네―네만 하고. 어서 신을 벗겨 주어야지.

(신을 벗겨 주매, 이옥자는 책상 앞 방석 위에 앉으며)

이옥자 내가 지금 들어오느라니까 어떤 계집년 하나가 우리 집에서 나가니 그년은 웬 년이야. 내가 집에 없을 때면 모든 못된 년을 끌어다가 지랄발광을 하니까 밥 아니라 옷은 안 태울까.

정필수 그것 무슨 소리야. 내가 아무리기로 그럴 리야 있나. 그 계집은 다른 사람이 아니라 요 앞에 싸전쟁이 계집인데, 쌀 외상값 받으러 왔던 길이야요. 공연히 자세 알지도 못하고 남만 나무라네그려.

이옥자 그럼 쌀값은 입때까지 안 주었소.

정필수 갚고 말고…… 당초에 할 수가 있어야지. 지난 달 월급은 알금자네…… 아…아니 선생님 옷에다 디밀어버리고 어떻게 한다는 수가 있습니까.

이옥자 그래도 그것을 어떻게라도 해서 주지 않고…….

정필수 어떻게라는 것은, 어떻게 하는 것이야?

이옥자 원 사람도, 지금 나이 삼십에 그렇게 말귀를 못 알아들어요. 세음을 그렇게 몰라서 어찌 한단 말이오. (대갈일성)[*]

정필수 아무리 세음을 잘 알기로 없는 돈으로 외상을 어떻게 갚는단 말이오.

이옥자 (그러할 듯이) 그러면, 진작 그렇다고 말을 하지요.

정필수 (옳다, 인제는 내가 이겼으니 들이대어 주겠다는 모양으로) 내가 그리게 아까부터 하는 말이 그 말이지. 저는 밤낮 편하기만 하구서, 구차한 살림은 날더러만 하라니 이놈은 어떻게 하라고 그리하나, 응, 여보게.

이옥자 (별안간에 성이 잔뜩 나서) 날더러 저가 무엇이고, 여보게가 무엇이야. 언감[**]이 아래위 입술이 올라갔다 내려갔다 해? 선생과 하인의 구별을 좀 생각해야지.

정필수 네—그저 잘못했습니다.

이옥자 그러나 오늘은 학교에 와서 심부름도 아니 하고 팔자 좋게 집에 들엎드렸어? 무슨 까닭으로.

정필수 날마다, 잔심부름도 하 많아서 고단하기에 오늘은 하루 쉬려고 그래서 안 갔지요. 그리고 아무리 하인이기로 그저 노—하인 하인 하고 부르니끼 원 창피해서…….

이옥자 하인이니까 하인이라고 하는데 그게 무슨 대사인가. 창피라는 것은 다 무엇이야, 아이고 꼽살스러워라. 그리고 밥 뜸들 동안에 매일 하는 일어 공부를 해야지요. 어서 국어독본을 이리 가져 오. 내 가르쳐 줄게.

정필수 그 공부는 제발 밥 먹고 나서 밤에 합시다. 누가 혹시 오더라도 남부끄럽지 않습니까.

이옥자 그렇게 되지 않은 부끄러운 생각부터 있으니까 공부가 늘지

---

[*] 大喝一聲 : 크게 외치는 한마디 소리.
[**] 焉敢 : 어찌 감히.

않지. 선생님이 무엇이라고든지 분부를 네 네 하고 고분고분 해야지, 왜 이리 방패막이를 하고 있어. 못된 버릇도 다 하네.

정필수 네— (하릴없이, 일어서서 책을 가질러 가는 모양으로 가면서 혼잣말) 이런 제기. 남의 집에서는 내외가 밥 먹을 제, 같이 겸상하여서 정다이 권커니 자커니 하고 먹는데 이놈에 팔자는 무엇인지를 모르겠네. 계집이라고, 계집인지 계모인지 도무지 까닭을 알지 못하겠네그려.

이옥자 (그 말을 잠깐 듣고) 이애, 하인아, 교사를 향하여서 계모 같은 계집이라고 하니 그게 무슨 버릇없는 소리야.

정필수 (제발 비는 모양으로) 여봅시오, 학교에 가서는 하인 하인 하더라도 집에 있을 때는 제발 좀 내외간 같이 지내어 봅시다그려.

이옥자 주제 넘는 소리, 또 하고 있네. 공자 왈, 학이시습지學而時習之면 불역열호不亦悅乎아 하셨으니, 하인 소리가 듣기 싫거든 어서 공부를 잘 해서 교사가 나처럼 되어야지요.

정필수 그리게, 나도 교사가 인제 될 터야.

이옥자 그러면 왜 어서 책을 가지고 오지 않아. 그렇게 하는 말을 잘 안 들었다가는 내어쫓을 터이니, 알아 해요.

(정필수는 내어쫓는단 말에 겁이 나서 급히 책을 가지고 이옥자의 앞에 와서 책을 펴놓으니, 이옥자는 책장을 넘기며)

이옥자 아마 전에 배운 가나합음假名合音을 잊어버렸을 터이니, 처음부터 배오. 가우고(カウコ-)— 기야우교(キヤウケフ).

정필수 가우고— 기야우교—.

이옥자 시우슈, 시야우쇼—.

정필수 시우슈, 시야우쇼—.

(두서너 번 가르친 후에)

이옥자 인제는 혼자 합음을 해보오.
정필수 가우구, 기야우고—.
이옥자 가우고—, 기야우교—라고 해요. 그렇게 정신이 없어.

   (정필수는 떠듬떠듬하면서 합음을 그릇하는 고로, 이옥자는 몇 번을 가
르쳐주어도 잘 못하니까 나중에는 골이 나서 바른 손에는 서산대,[*] 왼손
으로는 책상을 두드리며)

이옥자 글쎄, 시야우소—가 아니라, 시야우쇼—예요. 그렇게 못 알아
듣는단 말이요.

   (소리쳐 꾸짖으매, 정필수는 얼굴이 벌개지며 애를 써서 잘하려 하나,
점점 더 아니 된다. 이옥자는 골이 버럭 나서)

이옥자 대체 이 귀는 무슨 까닭으로 달고 있소. 귀가 있으면 남의 말
을 알아들어야지, 그렇게 미련스러이 못 알아듣는 데가 어데 있소.

   (정필수는 점점 합음을 비뚜로 하니, 이옥자는 참다 못하여서)

이옥자 가우고—시야우쇼—, 그렇게 하는 것이야요. 귀가 먹었나, 왜
그렇게 못 알아들어.

   (하며 귓바퀴를 손으로 한 번 붙이니 정필수는 별안간에 귀가 먹은 것

---

[*] 書算—:선비나 학동들이 책의 글자를 짚기도 하고 서산을 눌러 두기도 하던 가는 막대기.

같이 어름어름한다)

이옥자 다시 한 번 읽어보아요. 저 따위도 사람이라고 밥을 먹나.

정필수 (어름어름하면서) 그만 밥이나 먹어 보자는 말씀이요.

이옥자 밥 먹자는 것이 아니라, 어서 찬찬히 읽어보라는 말이야요.

정필수 네— 찬 말씀이오. 찬은 내가 만들 줄을 몰라서 장국집에 산적을 맞추었지요. 아마 오래지 아니 해서 올걸.

이옥자 아, 정말 귀가 먹은 걸세.

(이옥자는 귀가 먹은 줄 알고 깜짝 놀라고, 정필수는 점점 아니 들리는 것 같이 귀를 후비며 얼굴을 찌푸리고 있다. 이때에 여자고등학교 촉탁의 사 하계순이가 문간에 와서 "이리 오너라" 찾는다. 정필수는 못 들은 체하고, 이옥자가 일어서서 문을 열고 보더니 반가워하면서)

이옥자 하계순 씨 오십니까. 참 마침 잘 오셨습니다. 어서 들어오셔요. (하며 소매를 붙잡아 끌어들인다)

하계순 왜 이러십니까. (끌려들어와서 자리에 앉는다)

이옥자 다름이 아니라 학교 하인, 이 애가 지금 별안간에 귀머거리가 되어서… 어서 진찰을 좀 해주셔야 하겠습니다.

하계순 네? 귀머거리가 되었어요. 그것 큰일났구려. 어디 잠깐 진찰해 보지요.

(하며 정필수의 옆으로 가까이 가 앉으니, 정필수는 꾀병한 것이 탄로날까 겁하여 눈짓 손짓으로 하여 보이며 귀머거리로 진찰하여 달라는 뜻을 보이니, 하계순도 알아듣고 눈짓으로 허락하고 웃음을 참고 귓구녕을 들여다 본다)

하계순 에이 참, 귓구녕도 더럽고. 한 백년 귀도 후비지 아니 하였나 보다. 지금 진찰을 하여본 즉, 의외에 병이 대단 위중하외다. 이옥자 씨께서 이 사람을 몹시 구박하셨지요.

이옥자 네, 그런 것이 아니라요, 지금 일어를 가르쳐주는데 하도 알아듣지를 못하기에 좀 말마디나 했지요.

하계순 하하, 내 어쩐지 그렇더라니. 그거 안되었소이다. 지금 조금 잘못하면 귀청이 아주 떨어지겠습니다. 까딱하다가는 귀청이 아주 떨어질 터이니, 귀청이 떨어지면 다시는 고칠 수 없지요.

이옥자 (깜짝 놀라는 기색) 지금은 곧 약을 쓰면 고치지요.

하계순 글쎄올시다. 우선 내일부터 학교에 와서 일을 시키지 말고, 제 마음대로 몸을 좀 편안히 두어야 하겠습니다.

(정필수는 가만히 감사하여 하는 눈치)

이옥자 그렇게만 하면 나을까요.

하계순 그리구요, 또 한 가지는 당신이 이 사람더러 하인 하인 하고 홀대마시오. 이 사람은 그 하인이란 말이 마음에 대단히 격노가 되어서 이런 병이 생겼으니 행여 그 말씀은 하지 마시오.

이옥자 그리고는 또는 없어요.

하계순 아니, 또 있지요. 그리고 아침이면 당신이 먼저 일어나서 집안도 말갛게 치워놓고, 밥을 지어 가지고 반찬도 맛있게 만들어서 이 사람을 권하시고, 술 담배 사먹을 돈냥도 주고, 당신이 학교에 갔다가 돌아오거든 이 사람의 팔다리도 주물러주고, 자미 있는 이야기도 해드리고…… 아차, 참, 귀먹장이지…… 어떻든지 그렇게 잘 대접만 하면 곧 낫지요.

이옥자 (기가 막혀서) 네, 그렇게 아니하면 낫지 아니 할까요.

하계순 암, 그렇게 아니 하면 백년을 가도 아니 낫지요. 당신이 지금 누구시오, 그래도 이 개화세상에 여학교 교사로 있는 양반이구려. 여간 사나이 첩 둔 심으로만 치고, 이 정필수 하나를 잘 먹여 살리시구려.

이옥자 아, 먹여 살리기야 지금도 먹여 살리지요마는, 명색이 이 집 안주인된 내가 밥을 짓는다, 팔다리를 주무른다 해서야 너무 심하지 않아요. 제일 첫째로 학교 교사로 다니는 사람이 그런 천역을 해서야 체통이 되겠습니까.

하계순 아니요, 그렇지 않지요. 병 있을 때에는 남편이라도 마누라의 다리도 치고 배도 문질러주는 일이 없지 않아 있는 것인데요.

이옥자 옳지, 그는 그러하지요. 암만 어른이라도 아래 사람이 병이 나면 그 심부름도 해주는 일이 있지요. 그리고 다른 약은 쓸 거 없을까요.

하계순 네, 이 병은 다른 약 쓸 것은 없어요. 지금 말씀한 대로 편히만 하여주고 맛난 음식이나 먹이고 하면 자연 쾌차하지요.

이옥자 아따, 그런 병은 앓을 만도 한 병이올시다그려.

하계순 지금 내 말씀한 대로 그렇게 하셔야지, 조금이라도 틀렸다가는 이 병인의 목숨이 없어지기 쉽습니다. 정신차리시기요……. 그러나 나도 우리 마누라가 오기 전에 내가 집에 먼저 가서 있어야 할 터이니까 나는 가겠습니다.

이옥자 댁에서는 내외분이 다같이 날마다 학교에 사진하시니까 좋으시겠습니다. 우리는 한 사람이 하인이 되어논 데다가 가끔 이렇게 앓기는 하고, 귀치 않아 죽겠어요.

(하며 가장 근심되는 것 같이 말한다. 정필수는 등뒤에 서서 일어서 나아가는 하계순을 바라보며 은근히 감사한 뜻을 표하니, 하계순은 고개를 끄덕거리며 인사하고 화도로 쫓아나간 후에, 하계순의 처 공소사가 들어온다. 연기는 이십 이삼 세 되었고, 하이칼라한 사람인데, 이 여자도 그 여학교 촉

탁여의)

공소사 이옥자 씨 계시오. 벌써 나오셨습니까.

이옥자 아이그, 이게 웬일이시오. 인제 학교에서 나오시는 길이오. 지금 막 당신 남편 양반이 여기 다녀가셨는데요.

공소사 아, 그게 댁에를 왔었어요. 학교에서 집으로 간다고 해서 먼저 나오더니 여기 와서 또 지절거리다 갔구먼. 인제는 혼자 먼저 가지 못하게 해야 하겠네. 그러나 당신도 그 사람하고 가까이 하지 마시오. 밤낮 앉으면 당신 이쁘다는 말뿐이니 정신차리시오.

이옥자 에그, 숭없소, 그런 소리하지 마오……. 그런 게 아니라오. 우리 집 하인이 오늘 학교에를 못 갔으니까 웬일인고 하고 궁금해서 오셨던 길이야요…… 그러나 이리 좀 올라와 앉으시오.

공소사 (방으로 들어와서) 하인이, 왜 무슨 병이 났나요. 학교에 오늘은 결석을 했어요.

이옥자 그런 게 아니라, 별안간에 귀가 먹었어요. 그래서 마침 남편 양반이 오시기에 좀 보아달라고 했지요.

공소사 그까짓 위인이 진찰했으니 무엇을 알겠소. 그래도 내가 진찰을 해야지.

(정필수는 진찰할까 겁하여 들어가려 하는 것을 이옥자가 붙들어 앉히고)

이옥자 오이, 이리 와 앉아. 저 의사께서 일부러 병을 보아주마고 하시는데 그리 달아나려해.

(억지로 끄잡아 당기어 공소사가 진찰한다. 정필수는 역시 눈짓 콧짓으로 귀머거리로 진찰을 하여 달라는 뜻으로 은근히 부탁하는 모양)

공소사 하계순이는 보고서 무엇이라 합디까.

이옥자 대단히 중증이라고 합디다.

공소사 (빙그럼이 웃으며) 옳소, 병이 중하기는 중하오.

이옥자 그러면 댁 남편 양반이 말씀하시듯이, 평안히 놀려두고 맛난 음식이나 먹여야 나을까요.

공소사 아―니, 우리집 영감쟁이가 그렇게 말합디까. 워낙에 명의라, 진찰은 똑바로 하였구먼. 참 그렇게 해야만 낫겠소.

(하며 정필수의 얼굴 들여다보며 말을 하니, 정필수는 좋아하는 모양이요, 이옥자는 근심하는 모양)

공소사 그러나 여보, 병 있는데 이런 찬 마루에 앉았으면 병이 더하기 쉬우니 뜨뜻한 방안으로 가서 좀 누워 계시오.

(정필수는 아니 들리는 체하고 어름어름하니, 이옥자가 손짓을 하여 안으로 들어가라 함에, 정필수는 안으로 들어간다)

이옥자 정말 병이 그렇게 몹시 들었을까요. 그나마 저 모양이면 내 팔자를 어찌한단 말씀이오. (하며 실심한다)

공소사 걱정 마시오. 귀커녕 아무것도 아니 먹었소.

이옥자 귀가 안 먹었어요.

공소사 귀가 무엇이야요, 거짓말로 능청을 그렇게 부리느라고 그리지요.

이옥자 아, 저것 보게.

공소사 그러나 나는 인제 집에 가서 서방인지, 남방인지 들어대 줄 일이 한 가지 더 생겼으니, 당신 덕에 너무 고맙소.

이옥자 우리집 하인도 능청스럽지마는 당신 남편 양반은 어쩌면 그렇게 시치미를 뚝 떼고 사람을 그렇게 속이실까요.

공소사 나는 집에 가면 실컷 해내어야지.

이옥자 아이고, 요새 세상은 명색 사나이들이 어찌 해서 모두 그 모양들인가. 그래서야 이 문명 세계에 여편네의 권리가 어디 있겠소. 우선 우리집 하인부터 단단히 나무래야 하겠소.

(하며 안으로 들어가서 정필수를 공박하려 하는 것을 공소사가 말리며)

공소사 여보, 가만히 계시오. 이 보복으로 분풀이를 하려면은 한 계교가 있소. 그래서 아까도 내가 처음 진찰하였던 말과 같이 중병이니 편안히 놀려두고 맛난 음식을 주라 하였지요. 내 가만히 할 말이 있으니 귀를 잠깐 이리 대시오.

(두 여자가 무슨 말인지 한참 수군수군 하더니, 이옥자가 좋아하는 모양이라. 이때 문간으로부터 사람 들어오는 소리나며 장국밥집 더부살이놈이 장국과 산적을 목판에 받쳐 가지고 들어온다)

장국밥집 장국하고 산적, 여기 가져 왔습니다.

(두 여자는 깜짝 놀라고 안으로부터는 정필수가 달음질하여 나오더니 그 목판을 받아들고 장국에 산적을 넣어서 풍풍 퍼먹는다. 이옥자는 급히 목판을 빼앗으며)

이옥자 이건 무슨 행세야.

정필수 맛난 음식을 아니 먹으면 병이 안 낫는다지요?

공소사 어, 말소리가 들리는 게구려.

(정필수가 깜짝 놀래어 두 손으로 귀를 훔쳐 쥐는 것이, 막 닫히는 군호 딱딱딱)

정필수 가우구— 기야우고— 사우시, 시오소—.

(하며 공부나 하는 듯이 외우고 있으매, 두 여자는 기가 막혀 서로 바라보고 있고 장국밥집 더부살이는 영문을 모르고 먹먹히 섰는데, 막이 닫힌다)

제2장 여의 공소사 가家

무대는 병원 응접실이 되고, 그곳에 적당한 교의와 책상 등물이 놓였으며, 대문 문패에는 공소사 병원이라는 간판이 붙어 있고, 시각은 오후 4시쯤 되었다.

(막이 열리면 하계순은 응접실로 나와서 어즈러이 놓은 것을 정제히 하고 교의에 앉아 신문을 보고 있는데, 그 아내 공소사가 들어온다)

하계순 오늘은 왜 이렇게 늦었나.
공소사 나는 늦었거니마니 당신은 왜 늦었소. 올 제 바로 오지 않고, 어디 단겨왔지요.
하계순 학교 하인이 오늘은 학교에 오지 아니 하였기에 웬일인고 하고 궁금해서 그 하인의 집에 잠깐 다녀왔지.
공소사 그리고 그 하인의 병도 보아주었지요.
하계순 아, 보아 달라니까 보아주었지요.

공소사 그래서 무엇이라고 집증*을 했소.

하계순 아, 그 병이 귀머거리더구려.

공소사 아니, 어찌 해서 귀머거리야?

하계순 남의 말하는 소리가 들리지 아니하니까 귀머거리지.

공소사 남의 말이 안 들리는지, 들리는지 어찌 알았소.

하계순 그것은 앓는 병자의 말이 안 들린다니까, 다시 두말할 것이 있나.

공소사 그, 못생긴 소리하지 마오. 그 흉증스러운 위인이 부러 귀먹은 체하고 있는데, 명색이 의원이라면서 그만한 것을 분간치 못한단 말이요.

하계순 (어름어름하며) 그만한 것을 모르는 내가 아닌데.

공소사 그러면 무엇을 증거 잡고 귀머거리라고 진찰을 하였소.

하계순 자네는 무엇을 보구서 귀머거리가 아니라고 집증을 하였나.

공소사 나는 학리學理와 경험으로 알았지.

하계순 나도 학리와 경험으로 귀머거리인 줄을 알았지.

공소사 홍, 그 말 좋소. 아무렇지도 아니한 사람을 갖다가 병인이라고 하는 학리가 어데 있소. 그런 학리가 있거든 좀 들읍시다.

하계순 우선, 자네 먼저 말하게.

공소사 응, 나도 말하려니와 당신이 처음에 귀머거리로 진찰을 하였으니까 당신 말부터 들읍시다. 그 사람이 어디가 어째서 귀머거리요.

(하며 덤비니 하계순은 어쩔 줄을 모르며)

하계순 그…그…그…그것을, 말을 할 것 같으면…… 그 귀에 말소리가 들리지 아니한다니까…….

---

* 執症 : 진단. 진찰.

공소사 글쎄, 말소리가 들리는지 들리지 아니하는지 어떻게 알았느냐 말이야요. 우선 그 말대답부터 하오.

하계순 내게 밀지만 말고 자네부터 먼저 말을 하게나그려.

공소사 나는 암만해도 당신 말부터 들어야 하겠소. 그래도 명색이 의원이라고 행색을 하면서 어떻게 의사를 잡았던지. 믿은 데가 있게시리 귀머거리라고 진찰을 한 것이 아니오. 첫째 그 말을 내가 좀 듣고 싶단 말이요. 지금까지 남의 병에 약을 삐뚜루 써서 남의 목숨을 없애는 것이 얼마요. 이런 돌팔이 의원을 우리 병원에 두었다가는 첫째 우리 병원의 명예가 손상할 터이니까 소위 학리라 하는 것을 내가 자세히 들어야 하겠소.

(과격한 언사로 설명하라 재촉하매 하계순은 아무 말도 아니하고 고개를 숙이고 앞만 내려다본다)

하계순…….

공소사 왜 아무 말을 못 해. 고미정기苦味丁幾 탈 데다가 간장을 타서 사람을 먹이는 의원이니까 무병한 사람을 병인으로 보았는지는 알 수 없소마는, 만일 그렇게 잘못하였거든 애저녁에 잘못하였노라고 사죄를 할 일이지, 주제넘게 학리라 하는 것은 다 무엇이야. 아이고, 아니꼬와서 그 학리는 어떤 책에서 나온 학리요. 대관절 동의보감이요, 방약합편이요, 정말 이런 짓을 가끔 하면 나까지 망신하겠으니까 오늘은 용서할 수 없소. 어디 그 학리를 설명해서 내 속이 시원하게 알아듣도록 하여주오.

(하계순은 눈만 꿈쩍꿈쩍 하고 있다)

공소사 대답을 좀 해야지, 가만히만 있으면 제일인가.

하계순 …….

공소사 어쩐 심이요, 왜 말이 없어. 벙어리가 되었나.

하계순 ('어―' 하며 고개를 끄덕인다)

공소사 (냉소하며) 응, 벙어리가 별안간에 되었단 말이지. 그것 참 안 되었구려. 그러나 우리 병원에서 벙어리 의사는 해서 무엇에 쓰겠소. 그리하니 오늘부터는 문간 심부름이나 하오.

　　(분연히 일어나서 다른 방으로 들어가니, 하계순은 눈이 휘둥그래 서 있고, 이때에 정필수가 문간에 와서 찾는다. 하계순이 나아가보니 정필수라)

하계순 어―자네 왔나. 어찌 해서 찾아 왔나. 나는 자네로 해서 아주 혼났네.

정필수 시야우, 소―기우, 구―.

하계순 여보게, 내 앞에서야 귀머거리 행세할 것이 있나.

정필수 아참, 그렇지요. 참 선생님 덕택에 귀머거리로 진찰을 해줘서, 인제는 맛난 음식도 얻어먹고 날마다 편안히 놀고 잘 지내리라 하였더니, 웬 걸요, 맛난 것은 고사하고 병인은 배가 불러서는 못쓴다고 종일 가야 밥 한 술을 아니 줍니다그려. 정 못 견뎌서 혹시 의사의 말씀대로 좋은 음식을 어찌 하여서 아니 주느냐고 말을 하면 귀머거리라면서 그 말은 어찌 들었냐고 들이대지요. 그러니 선생님 분부하신 말씀과는 아주 딴판이란 말씀이니, 이게 어쩐 곡절인지를 모르겠습니다그려. 첫째 배가 고파서 제일 못 견디겠어요. 선생님께서 어려우시더라도 한번만 더 말씀을 해주시면 좋을 듯해서 집에 몰래 지금 나온 길이올시다.

하계순 응, 옳지, 인제 내가 알겠구나. 자네 집에서 내가 나온 후에 우리집 마누라가 자네 병을 또 진찰하였지.

정필수 네, 보아주셨지요. 당신 말씀과 똑같이 말씀을 하시던데요.

하계순 응, 그것은 자네 앞에서만 그렇게 말을 하였지. 자네가 부러 귀먹은 체하는 줄을 우리 마누라가 벌써 알고 여편네들끼리 말 짜듯 짜고서 자네를 아마 고생을 시키려고 그러는 것일세.

정필수 아, 저것 보았나. 그리니까 아주 꼭 그 꾀에 빠졌습니다그려. 지금 와서는 별안간에 귀머거리 행세를 아니 할 수도 없고 어찌 하면 좋단 말씀이요. 그래도 당신께서 밥이나 먹이라고 말씀을 해주셔야지요.

하계순 아이고 말 말게. 남을 구하기는 고사하고 지금 오비가 삼 척일세. 내가 자네를 귀머거리로 진찰을 하였다고, 어찌해서 귀머거리냐고 들이닦아세우는데 대답할 말이 있어야지. 하릴없이 나는 지금 벙어리가 갓 되었는데 남의 사정 생각할 여가도 없네. 벙어리라고, 의원이 떨어져서 문간 심부름꾼이 되었으니 어떻게 하면 이 일이 폐일는지 큰일 났네.

정필수 저는 그래도 당신만 잔뜩 믿고 있었으니 인제는 당신이나 저나 다 마찬가지가 되었습니다그려.

(이때에 홀연 안으로 좇아 공소사가 나오며)

공소사 그게 누구야, 벙어리가 무엇을 이리 요란히 중얼거리고 있어.

(하계순은 급히 입을 막고, 정필수는 두 귀를 붙들고, 공소사의 얼굴을 흘금흘금 쳐다보는 것이 막 닫히는 암호)

제3장 여학교장 김원경 사무실

평무대平舞臺 양실이 되고, 테이블·교의 등물이 놓였으며 지화가 궤 속에 들어 있고, 수판을 놓으며 장부를 조사하고 있는 사람은 그 학교 교장 김원경의 남편되는 박원청이니 나이는 삼십여 세 되었는데 그 학교 회계로 있는 사람이러라. 이때 하인이 들어오더니,

하인 지금 밖에 웬 여편네가 하나 와서 영감께 보이겠다고 합니다.

박원청 웬 계집이란 말이냐. 나이는 얼마나 되었디. 모양은 어떠하고.

하인 전에는 보지 못하던 계집이야요. 나이는 스물대여섯 세나 되어 보이고, 얼굴은 기름이 조르르 흐르는 것이 꼭 기생의 집 자릿저고리 같습디다. 매화의 집에서 왔다든가요.

박원청 무엇이, 매화의 집에서. 그럼, 거기서 조방 보는 설월이라 하는 년이 온 것이로구나. 학교에까지 좇아와서야 어떻게 하나. 내가 없다고 해서 보내려무나.

하인 댁에 계시다고 했는 걸이요.

박원청 그럼 안 되었구나. 그렇지만 네가 어떻게 말을 잘 꾸며대서 말을 해 보내야지. 이리 들어와서야 쓰겠니.

하인 아이고, 쓸데없습니다. 벌써 여기 들어 왔는 걸이요.

(박원청이는 깜짝 놀래어 어찌할 줄 모르는데 설월이가 들어온다)

설월 영감은 오래간만에도 뵈옵겠구려. 어쩌면 그렇게 한번 아니 오 신단 말이오. 우리 매화는 밤낮으로 영감 생각만 하고 있는데 인정이 있거든 한번 와서 좀 보시구려.

(박원청이는 하인이 옆에 있는데 창피함을 못 견디어 눈짓과 기침으로 눈치를 보이나, 종알거리기 좋아하는 설월이는 조금도 남의 창피한 것은 돌아보지 아니 하고 물 흐르듯 종알거린다)

박원청 글쎄, 다 알아들었으니 그만두어. 매화가 필 때가 되면 어련히 내가 또 꽃구경을 갈라구.

설월 얼시고, 그렇게 시침을 떼이고 딴소리로 나를 속이려고 하면 내가 그렇게 속아넘어가나. 우리 매화가 당신으로 해서 병이 나다시피 한 것을 생각하면 매화는 고사하고 내 마음에도 미워서 못 견디겠소.

박원청 실없는 소리 하지 말게. 여기가 어디인 줄 알고 이렇게 와서 요란을 피우나.

설월 어디는 어디야, 학교지. 우리 집에 와서 매화 무릎을 베개삼아 베이고 자빠져서 지랄할 때와는 아주 다르게* 점잖은 체도 하네.

박원청 그건 무슨 소리야. 어서 오늘은 그대로 가게. 오늘은 사무가 좀 바쁘니.

설월 일이 있어서 왔는데 도로 가요. 그러나 지난 달 세음은 어찌하실 터이오. 오늘은 좀 주셔야지요.

박원청 세음이 무엇이야.

설월 왜 또 모르는 체하고 이리하오. 똑 노름채라고 말을 해야 알아듣겠소.

(박원청이는 하인 보는데 창피를 이기지 못하여)

박원청 이애, 너는 왜 거기 잔뜩 서서 있니. 어서 가서 심부름이나 하

---

* 원문에는 없으나 '다르게'를 넣어야 문맥이 자연스럽다.

지 아니하고. 어서 저리로 가거라.

하인 네―지금 가겠습니다. 두 분하시는 수작이 곧 자미 있습니다그려.

박원청 예―그놈, 가라면 어서 갈 것이지.

설월 손님이 왔으니 차라도 한 잔 주구려.

박원청 차 가져 올 것도 없다. 저기 나가 있다가 부를 때나 들어오너라.

(하인이 밖으로 나간 후에)

박원청 글쎄, 사람이 어찌하면 그렇게 염치없이 덤비나. 하인이 앞에 있는데 창피해서 죽을 뻔했네. 만일 교장께서…… 아니 우리 마누라가 이것을 보았더면 어찌할 뻔하였나. 큰일날걸.

설월 무엇이오, 큰일나요. 판관사령*으로 사는구먼. 아이고, 망측해라. 그게 사내 주벽이란 말이오.

박원청 그렇지만 여기는 여편네가 주장하는 학교가 되어서 암만 사나이라도 소용이 없어. 그러나 내 세음은 모두 얼마가 되나.

(세음발기를 받아 보더니)

박원청 합계 이십칠 원 삼십오 전이로군. 대단 비싸다.

설월 당신은 놀 제는 좋아하다가도 세음 해달랄 때면, 꼭 군소리를 하고서 값을 깎으려고 하니, 노름채도 깎습디까. 그런 단작스러운 버르장머리는 인제 좀 내버리시오. 암만해도 오늘은 세음을 다 해주셔야 하겠소.

박원청 아무렴, 세음은 해주겠지마는 오늘은 돈이 마침 없으니 요 다

---

* 判官使令 : '아내가 시키는 대로 잘 따르는 사람'을 뜻함.

음에 받아가게.

설월 할 수 없어요. 오늘은 세상없어도 받아가야만 하겠소. 저 책상 위에 있는 것은 그게 돈이 아니고 무엇이요.

박원청 (손을 들어 돈을 꽉 누르고) 천만의 소리를 다하네. 이것은 학교 돈이니까 암만 많이 있어도 쓰지 못하는 것이야. 만일 그 돈을 건드렸다가는 내 목이 비어서 양풍하는 날일세.

설월 당신 목 달아나는 것을, 내가 알 것 있소. 당신이 돈을 아니 주면 나는 교장 마님께 달라겠소.

박원청 아이고 아이고, 천만에. 우리 마누라더러 그런 말을 했다가는 나는 죽고 살지는 못하는 사람일세. 그저 오늘만 참아주면 내일은 일찍이 어떻게든지 변통해다가 줄 터이니, 오늘은 그저 돌아가게. 이 치부책을 다 그럭저럭 하면 그 곳에서 돈이 날 모양이니까 내일은 실기 아니함세, 응.

설월 할 수 없어요. 속이는 것도 한번 두번이지요. 오늘은 세상없어도 받아야 하겠소. 세음만 다 해주시면 당신이 반가워하실 것을 하나 드리지요.

박원청 내가 반가워할 것? 무엇이야, 응.

설월 무엇은 물어 무엇해요. 보면 기가 막힐 것이지. 생각해보시구려, 무엇일 듯한가.

박원청 암만 생각해도 알 수 없는걸.

설월 알면서도, 부러 모르는 체하는 게. 자, 그런 게 아니라, 매화가 편지를 당신에게 전해달라고……

박원청 응, 매화가, 내게 편지를 했어. 옳지, 요전에 만났을 때에 우리 단둘이서 문 밖으로, 훗훗하게 놀러가자고 하더니, 필경 그 말인 게로구. 이리 내어 어서 보게, 궁금하니.

(하며, 수염을 좌우로 쓰다듬으며 얼굴 모양을 낸다)

설월 드리기는 드리더라도 세음을 해주셔야지요. 세음을 해주어야 드릴 터이요. 세음을 해주시면 이 편지를 드리지. 그렇지 아니 하면 이 말을 교장마님에게 하고, 돈을 받아 갈 터이니, 어찌 하실 터이요.

박원청 어, 지독한 귀신도 만나고. 할 수 없으니 나중에 어떻게든지 할 량으로 하고, 우선 이 돈으로라도 세음을 하여줌세.

설월 그러면 어서 주시오.

박원청 편지부터 먼저 뵈여야지.

설월 그건 할 수 없소. 편지를 드릴 터이니, 돈을 내이시기요. 우리 좌수우봉* 합시다.

(박원청은 할 수 없어 이십팔 원 지폐를 책상 위에 내어놓고 편지를 받는다)

박원청 자— 돈은 여기 이십팔 원이 있으니 육십오 전을 거슬러 내야지.

설월 아이고, 고맙습니다. 또 한 번 놀러 오시오.

(하며 이십팔 원을 다 가지고 슬며시 밖으로 나아가니, 박원청은 편지 보기에 정신이 없어 설월이 가는 것도 알지 못하고 있다)

박원청 편지는 무슨 편진고.

"요사이 기운 어떠하시며, 일전 세음은 도무지 소식이 없사오니 어찌하시는 일인지 모르와 이 설월을 보내오니 회편에 곧 보내주시기 바

---

* 左授右捧 : 왼손으로 주고 오른손으로 받음. 즉 당장 그 자리에서 주고받음을 뜻함.

라오며, 일전에 말씀하시던 반지는 그간 잊어버리셨는지 다시 소식이 없사오니 약조대로 곧 사서 보내십소서. 아녀자에게 그다지 실언을 하시옵나이까. 총총 수자 적습나이다."

이런 빌어먹을 년 보았나. 나는 무슨 정다운 편지나 하는 줄 알고 반가이 보았더니 왼통 돈만 달라는 말뿐일세그려. 이 설월이란 년이 나를 속였구나. 고얀 년 같으니…… 아 이 년도 벌써 달아났네. 육십오 전 거슬러 주지도 않고. 이런 죽일 년이 세상에 있나.

(마침 이때에 안으로서, 기침 소리나며 그 학교 교장 김원경이 양복 입고
나온다)

김원경 이애, 무슨 소리를 그렇게 요란히 떠드오.
박원청 지금, 잠깐 일이 있어서…….

(하며 급히 편지를 집어 양복 주머니에 넣으려 하다가 책상 아래에 떨어
뜨린다. 김원경은 무심히 이 편지를 집었더라)

김원경 왜 이리 허둥허둥하고 있소. 오늘 세음은 다 해보았소.
박원청 네, 대강, 다 되었습니다.
김원경 (치부와 돈 수효를 맞추어 보더니) 아, 세음이 맞지 않는구려. 치부보다 돈은 이십팔원이 부족인데…….
박원청 응, 그럴 리가 있다구.
김원경 그럴 리가 있는 게 무엇이요. 자세히 세음을 해보구려.
박원청 그러면 치부의 합계가 잘못된 게지.
김원경 아니 가만히 있소. 내가 세음을 해보고 내 도장까지 쳤는데 틀릴 리가 있소. 그런데 돈이 왜 부족이 된단 말이오. 바로 말을 하오.

박원청 모자랄 리가 있다구. 내가 똑 여기 있어서 떠나지를 아니 하였는데 누가 와서 집어 갈 리도 없는데 어쩐 세음이란 말인고, 알 수 없는 일이구…… 아— 옳지, 아까 내가 오줌 누러 갔을 때에 누가 와서 훔쳐간 게로구. 암만해도 하인 놈의 짓인 게지. 다른 놈이야 여기를 들어올 틈이 있나. 그놈의 목자가 항상 불량하더니 그게 그런 짓을 하는구. 눈을 밝혀야 하겠네그려.

김원경 얼사, 그건 다 무슨 소리야. 제 죄를 남에게 씌우려고 하니. 나를 암만 속이려도 내가 속지 아니 할걸.

박원청 그건 무슨 소린가. 내가 그럴 리가 있나.

김원경 그러면 왜 돈이 부족될 리가 있소.

박원청 나는 부족되는 줄을 모르겠는데.

김원경 그러면 돈하고 회계하고 맞추어 보구려.

박원청 무슨 회계하고…….

김원경 이 회계해 놓은 치부책하고 맞추어 보란 말이에요.

박원청 (안경을 쓰고 책을 들여다보며 어름어름하다가) 어디 보이나.

김원경 이 합계해 놓은 것 보고, 이 돈을 세어보란 말이에요. 그래도 몰라.

박원청 글쎄, 합계가 어떤 것인지 돈이 어떤 것인지, 도무지 모르겠네. (눈을 쓱쓱 씻는다)

김원경 나를 속이려고. 나는 벌써 다 알고 있는데, 낫살이나 먹어 가지고 밤낮 계집의 집에만 당기고.

박원청 그럴 리가 있나.

김원경 그럴 리가 있나. 흥, 그러면 이 편지는 웬 것이야.

(하며 매화의 편지를 내밀어 박원청의 턱 밑에 들이댄다)

박원청 응, 무…무엇이, 무엇인지 도무지 나는 보이지가 않는데.

김원경 아니 보이거든 내 읽어주리까.

(하며 편지를 낭독한다)

김원경 이래도 모른다고 하겠소. 그래도 명색이 여학교 교장의 남편이란 사람이 이런 나쁜 짓을 하고 당긴단 말이요.

박원청 나는 그런 일이 없는데 웬 소린지 모르겠네.

김원경 왜 이리 시치미를 떼고 이리해. 겉봉에다가 당신 이름이 잔뜩 쓰여 있는데 그래.

박원청 거짓말 하지 말게. 그럴 리가 있나.

김원경 글쎄, 이걸 보면서도 그럴 리가 있느냐고 그리오. 이 편지는 그래, 눈에 들어가지 않는단 말이요.

박원청 편지가 눈에 들어가면 요술꾼이지.

김원경 말을 어떻게 알아듣고 그리해. 이 편지가 보이지 아니 하느냐 하는 말이오. (소리를 지른다)

박원청 도무지 안 보이는데, 어디…….

(하며 눈을 희번덕이고, 손으로 더듬더듬하여 장님 모양을 짓는다)

김원경 눈을 뜨고서도 이것 못 보아요.

박원청 응, 눈은 떴어도 희미해서 도무지 보이지를 않네그려. 별안간에 안질이 났나, 원, 조금도 보이지 않는걸.

김원경 그러면 장님이로군.

박원청 그렇지, 보이지 아니 하니까 장님이지.

김원경 응, 그러면 그만두오. 전재 출납하는 일을 장님에게 맡겨 둘

수 없으니 회계는 보지 마오. 내가 요전부터 어쩐지 궤 속에 돈이 날마다 없어지더라니. 이상히 여겼더니 모두 이 장님의 짓이로구먼. 인제 장님이 되었으니까 장님 행세를 해야지.

박원청 장님 행세는 어찌 하는 것인가.

김원경 내 뒤로 돌아와서 어깨나 좀 주물러주어요.

박원청 그건 좀 어렵구려. 명색이 서방님인데 계집의 어깨를 주무르다니, 그건 정말 어려운걸.

김원경 어렵기는 무엇이 어려워. 잔말말고 어서 주물러요. 공연히 분부를 거역하면 서방의 지위까지 파직을 시킬 터이니…….

　(하릴없이, 뒤로 돌아와서 어깨를 주무른다. 이때에 하인이 들어오는지라. 박원청은 머뭇머뭇한다)

하인 지금 여기 공소사께서 오셨는데, 교장 마님을 잠깐만 조용히 뵈옵겠답니다.

김원경 그러면, 이리 들어오시라려므나……. 그런데 어깨는 왜 안 주무르고 가만히 있어.

박원청 글쎄, 손님이 왔다는데, 이게 무슨 꼴인가. 여봅시오, 그저 남 보는 데는 그만 둡시다.

김원경 아이고, 아니꼬와라. 이 꼴에다가 부끄러운 줄은 아는 것일세. 관계치 아니 하니 어서 주물러요.

박원청 그렇지만 공소사가 비밀히 만나서 이야기를 하겠다고 하니, 나는 저리로 들어가겠소… 이애, 내 손을 좀 끌어다고. 보이지 아니하니.

　(하며 발을 더듬더듬하여 하인에게 끌려 들어가고, 공소사는 밖으로서 들어온다)

공소사 아이고, 어떠십니까.

김원경 웬일이시오. 어서 이리 올라오시오. 무슨 일이 있소?

공소사 다른 말씀이 아니라요, 내가 이 학교 의원이지요. 명색이 촉탁의가 되어서 듣고 가만히 있지 못할 일이 있어서…….

김원경 예, 무슨 일인가요.

공소사 다른 게 아니라, 이 학교 직원 중에 꾀병하는 사람들이 있어서 못 쓰겠어요.

김원경 꾀병하는 사람이 있어요?

공소사 예, 지금 당장에 우리 남편된다는 사람이 가짜 벙어리가 되었지요. 또 하인에 정필수는 가짜 귀머거리가 되었지요.

김원경 예―, 요새 그런 일이 많이 있구려. 우리 학교 회계도 지금 별안간에 장님이 되었구려. 당신 말을 지금 듣고 보니까, 그것도 꾀병인 게요. 저런 못된 사나이들이 어데 있단 말이요.

공소사 예―, 당신 남편 양반께서도 그러셔요. 그럼 요사이 꾀병들이 돌림인 게올시다.

김원경 그럴 리가 있소마는 명색이 사나이 주벽이라고, 여편네를 업신여겨서 그리하는 것이니까, 다시는 그 따위 버릇을 하지 못하게 단단히 버릇을 가르쳐야 하겠소.

공소사 글쎄, 내 말이야요. 우리가 오백여 년을 갇혀 있다가 이런 성대를 만나서 여자로 사회에서 활동을 해서 사나이의 업신여김을 받지 아니 하려는 것이 우리 목적인데, 이런 일이 있어서야 우리 목적을 득달할 수가 있소. 그러하니까 다시 사나이들이 이런 행실을 못하도록 단단히 장치를 해야겠길래, 당신을 뵈옵고 그 의론을 하러 온 길이올시다.

김원경 아이고, 당신 말씀이 옳소이다. 우리 영감…아니면, 우리집 치부꾼부터 먼저 징치를 해주셔야 하겠소.

공소사 그렇게 하지요. 나도 지금 하계순이를 단단히 혼을 내고 왔습니다. 그러면 당신 남편을 징치하여 드리리다.

(하며 하인을 부르더니 박원청을 데려 오라 한다. 박원청은 하인에게 끌려 나온다)

김원경 여보 영감, 눈이 그렇게 별안간에 아니 보이면 어찌하오. 마침 의사가 여기 와서 계시니, 좀 보아줍시사고 하구려.
박원청 아─니, 의사한테 보일 것은 없어. 돌림으로 그러한 것이니까 며칠 있으면 도로 낫겠지요.
김원경 그걸 어찌 믿소. 사람이란 것은 눈 같이 중한 것은 없는데, 만일 그대로 두었다가 영 눈이 멀어버리면 어찌 하려고 그리하오.
공소사 그렇게 사양하시지 말고, 어서 이리 와 보이시구려.
김원경 이애, 그 영감을 교의에 앉혀 드려라.

(싫어하는 것을 억지로 하인이 교의에 앉히니, 공소사가 대강 진찰한 후)

공소사 지금 보아서는 눈은 아무렇지도 아니한 것 같은데.
박원청 글쎄, 보기에는 그러해도 조금도 보이지는 아니하니까.
공소사 그것 참, 안 되었소이다. 그러면 시험을 해봅시다.

(하며 실내에 있는 제구를 가리키며 무엇이냐 묻는데, 박원청은 진정 보이지 아니하는 것 같이 딴소리로 대답한다. 두 여자는 웃음을 억지로 참으며)

공소사 이것은 참 중병이올시다. 정말 아니 보입니다그려. 이 병을 만일 그저 내버려두면 눈뿐이 아니라 나중에는 얼굴까지 다 썩어 없어지지요.

　김원경　예? 그러면 큰일났소이다그려. 어서 무슨 약이든지 써서 고쳐 주시오.

　공소사　염려마십시오. 내게 맡기시면 고쳐드리오리다.

　김원경　어서, 속속히 고쳐주시오.

(하며 가방 속으로부터 가위와 칼과 집게를 내어 가지고 앞으로 가니, 박원청은 놀래며)

　박원청　아, 여보, 내 눈을 어떻게 하려고 기계를 가지고 덤비오.

　공소사　눈이 보이는 게일세.

　박원청　아니, 보이지는 아니 해도 무엇인지 번쩍번쩍하는 것 같아서 하는 말이오.

　공소사　이 눈은 칼로 도려내어야 낫지, 그렇지 아니하면 큰 병신이 되오.

　김원경　(하인을 부르며) 이애, 잔뜩 붙들고 있거라. 꼼짝 못하게.

　박원청　도려내어. 아이고머니나.

(하며 하인과 공소사가 붙든 손을 뿌리치고, 한달음에 달아난다. 뒤쫓아 세 사람도 쫓아가는데, 막이 닫힌다)

제4장 여학교 문전

　무대 상수*에는 여학교 통용문이 되고, 바른편에는 여학교 문패가 걸

---

* 上手 : 객석에서 바라보았을 때 무대 오른쪽.

렸고, 장명등*이 처마 앞에 달렸고, 정면으로는 담이 둘리었으며, 담 안에는 학교 교실이 넘어다 보이는데 하수로는 멀리 시가가 보이는 배경.

이때에 화도로 좇아 정필수와 하계순이 들어오는데, 학교 문안으로 좇아 미친 사람 같이 쫓겨오는 박원청은 이 두 사람과 마주쳐서 세 사람이 넘어질 뻔하다가 다시 일어서서 박원청은 두 사람을 지나 화도 있는 곳까지 갔는데,

하계순 여보, 그게 박 회계 아니오.

정필수 옳지, 그게, 박 생원이로구먼. 웬일이야, 사뭇 쫓겨나오니.

박원청 (별안간에 장님인 체하며) 그것들이 누구야, 응, 모를 사람들이니.

하계순 왜 이렇게 시침을 떼이고 이리해. 나는 하계순이오.

정필수 저는 정필수올시다.

박원청 응, 나는 누구라고. 자네들일세그려. 그럼 상관없지.

하계순 아, 무엇이 상관없다고 그리하시오.

박원청 아니, 그건 지금 내 말일세……. 그러나 자네들은 어찌하여서 왔나?

정필수 다름이 아니라요, 당신이 좀 살려주셔야 하겠습니다. 저는 저의 처에게 일어를 배우는데요, 배우기가 귀치 아니해서 귀머거리 노릇을 하였더니 그 후로는 밥도 먹이지 아니하고, 그래 견디지 못 해서 하 선생님 댁에를 의론차로 갔었지요…….

하계순 나는 저 정필수를 귀머거리로 진찰을 하였더니, 우리 마누라가 그렇게 진찰하는 법이 어떤 책에 있느냐고 들이대니까 나도 할 수 없이 벙어리 행세를 하였더니, 벙어리가 의원노릇 할 수 없으니 인제부터는 문간 심부름이나 하라고 내어쫓는데, 마침 저 사람이 오기에 서로

---

* 長明燈 : 밤새도록 켜두는 등.

신세타령을 하고 계집년들 날뛰는 것을 어떻게 방비할 도리가 없겠느냐고 의론하는데, 또 마누라에게 들키었지요. 그러니까 할 수 없이 당신에게나 말씀을 해서 계집들을 단속을 해볼까 하고 온 길이요.

   (두 사람이 간단히 지낸 일들을 말을 하니 박원청은 같은 일도 다 있다고 혼자 중얼거리는 말로 하다가)

박원청 자네들 하는 말이 무슨 못생긴 소린가. 제 계집한테 꾸지람을 듣고 꿈쩍을 못 한대서야 그게 사람인가, 무엇인가.

정필수 암만 말씀은 그렇지오마는 사나이보다 여편네가 글도 잘하고 돈도 더 벌어서 서방을 먹여주니까 어떻게 할 수 있습니까.

하계순 이게 이른바 우승열패優勝劣敗라 하는 것이오그려.

박원청 자네들은 생각을 그렇게 하니까 못 쓰겠다 하는 말일세. 대체 동양이라 하는 것은 남존여비한 풍속이 있는 곳이라. 가령 여자가 아무리 학문이 있고 돈을 많이 벌지라도 사나이는 감히 꺾지 못하는 법인데, 자네들은 처음부터 마누라들에게 소들하게* 보여 놓아서 점점 여편네는 기승하고 사나이는 죽 쳐지지. 나를 보게나그려. 암만 보기에는 이러해도 밤낮 기생 삼패집으로 돌아다니면서 진탕 놀아도 누가 나를 가지고 말을 하겠나. 오늘도 어떤 내 정든 기생 한 아이가 편지를 하구서, 둘이서 훗훗이 어데로 구경을 가자고 했네그려. 그 편지를 마침 우리 마누라가 보고서 무엇이라고 옥천암을 내어서 종알거리기에 내가 주먹 기운으로 막 내질러 놓았더니 자라 모가지 모양으로 쑥 들어가서는 다시 꿈쩍을 못하데. 그런데 자네들은 계집이 무서워서 병신흉내를 다 낸단 말인가. 그저 주먹 바람이 제일일세. 그래도 듣지 않거든 내쫓

---
* 마음에 차지 않게.

아버리지.

정필수 아이고나, 내쫓아요. 계집을 내쫓기는 고사하고 제가 지금 내쫓기게 되었습니다. 그럴 수는 없으니 달리 무슨 묘한 방법이 없겠습니까.

박원청 글쎄, 이왕 병신인 체들을 하였다니 그대로 내어 뽑는 것도 사나이의 행동이란 말이야. 그래서 여편네들을 좀 고생을 시켜야지. 그것도 묘한 계책인데.

하계순 정말 그렇소이다. 제일 병신이라 하는 것은 법률상으로 말을 하더라도 불론죄不論罪라 하는 것이 있으니까.

박원청 그렇지, 그렇지. 여간 야단은 좀 쳐도 관계없네.

(이때 박원청의 아내 김원경이 문안으로부터 나온다)

김원경 여보, 여기서 무엇을 하고 있소. 장님이 되어 가지고도 고칠 생각도 아니 하고, 도망질하여 나와서는…… 어, 자네들은 어찌해서 왔나. 여기들 모여서 무슨 못된 공론들을 하고 있었어…… 응.

박원청 그게 누구야, 나는 도무지 보이지 않는데.

김원경 나요, 내야, 교장 김원경 씨야. 그래도 몰라.

박원청 응, 나는 누구라고, 마누라든가.

김원경 마누라가 다 무엇이야. 버릇없는 소리하지 말고 어서 들어가서 눈 고칠 생각이나 해요. 만일 그래도 아니 들어가면 끌고라도 들어갈 터이니.

박원청 네네, 가겠습니다. 여보게, 자네들 내가 지금 들어가면 눈을 칼로다가 도려낸다니, 좀 말려주게.

(정필수와 하계순이 보다 못하여 두 사람의 사이를 타고 들어선다)

김원경 자네들은 교장도 몰라보고 이게 무슨 짓들인가.

(하며 하계순과 정필수를 좌우로 밀어 물리치니, 두 사람은 비틀비틀하며
좌우로 물러갈 때에 상수로는 공소사, 하수로는 이옥자가 나온다)

이옥자 저 하인이 왜 여기를 왔어, 응.
공소사 아이고, 저이는 왜 또 여기 있을까.

(세 사람은 모두 병신 모양을 제가끔 한다)

이옥자 너 같은 하인은 두어야 쓸데없으니까, 오늘부터 내어쫓는 것
이니 그런 줄 알아.
공소사 하계순도 오늘부터 방축하는 것이니 그리 알으시오.
김원경 박원청도 오늘 이혼선고를 집행하였소.
박원청 자—인제 우리가 이 모양 당한 바에야 무엇을 헤아릴 것이 있
나. 병신은 법률에도 불론죄니까 아무짓을 하여도 관계없으니, 우리 세
사람이 입때까지 벌어놓은, 학교에 있는 돈은 모두 가지고 나가서 우리
분배하여 먹세. 자—들어가세.

(하며 박원청이 앞을 서고 하계순·정필수도 문안으로 들어가려 하는 것을
세 여자는 놀래어 못 들어가게 붙들고, 한참 동안 다투는데, 헌병보조원 길
춘식이 나와서 제재하며)

길춘식 이게 웬일들이냐.
이옥자 예— 이것은 우리 하인인데, 잘못한 일이 있어서 내어쫓으려
하니까 이렇게 요란을 피웁니다그려.

정필수 거짓말마라, 이년아. 내가 무엇을 잘못하였니. 네가 도리어 나를 밥도 아니 주고 구박을 하였지.

이옥자 에라, 귀에 말이 들리는 게일세.

(정필수가 깜짝 놀래어 어름어름)

길춘식 그리고 너는.

공소사 이것은 우리 병원에 있는 의사올시다. 그런데 지금까지 환자의 병을 보는데 약을 잘못 써서 사람을 수없이 죽였으니까 이 사람은 살인죄인이올시다.

하계순 언제 내가 사람을 죽였어.

공소사 에라 벙어리가 인제 낫나.

길춘식 그리고 또 너는?

김원경 이 사람은 우리 학교의 회계로 있던 사람인데, 돈을 너무 축을 내어서 노─나무래도 듣지 않다가 심지어 오입을 해서 기생의 편지가 하루에도 몇 십 장씩이 오는지 모르지요…… 이게 증거물이니, 이 편지를 좀 보십시오.

박원청 함부로 사람을 무소하지 말아. (하며 급히 그 편지를 빼앗는다)

김원경 어마, 눈이 보이는 걸세.

길춘식 허허, 우연히도 오늘은 큰 중죄인들을 잡았군. 어떻든지 우선 구류를 해야 하겠구.

정필수 네, 가서 갇혀 있는 것이 밥은 줄 터이니까 집에 있는 것보다 낫습니다.

하계순 집에서 찡찡거리는 소리만 듣느니보다 상팔자올시다. 어서 갑지요.

박원청 저 세 계집이 우리 잡혀가는 것을 보면 속이 시원들 할 터이니

어서 잡아갑시다.

(헌병은 포승으로 얽으려 하고, 세 여자는 잡아다가 어찌하려느냐 물은즉)

길춘식 말끔 조사한 후에는 검사국으로 보내서 감옥소로 들어갈 터이지.

(세 여자는 깜짝 놀래며)

이옥자 잘못했으니, 용서하십시오.
공소사 감옥소에는 아니 가도록 하여 주십시오.
김원경 그러면 우리 여자 사회의 명예가 손상이 될 터이니, 잡아가시지는 말고 단단히 꾸짖기나 하여 주십시오.

(세 사나이는 발을 구르며 잡아가라 하고, 헌병은 영문을 모르고)

길춘식 안 된다, 안 되어. 저희들이 호소를 하고 나중에는 무슨 딴소리야…… 너희들, 어서 가자.
세 계집 잠깐, 기다리십시오. 그 사람들이 죄인이 아니올시다.
길춘식 응, 그러면 무엇이야.
세 계집 저의 남편이올시다.
길춘식 응, 남편이야? 기가 막혀. (깜짝 놀래는 모양이 막을 닫히는 군호)
세 계집 남편의 버릇을 좀 가르칠까 하고 이 지경을 하였습니다그려.
세 사나이 이후에는 그런 방자한 짓들, 하지 말렷다.
세 계집 인제 다시는 병신 흉내들, 내지 마시오.

(세 뭉텅이 내외가 서로 손을 잡고 화목한 모양. 헌병 보조원은 기가 막혀 말 한마디 없는 것으로 막이 닫힌다)

　　　　　　　　　　　　　　　— 《매일신보》(1912. 11. 17~12. 25).

규한 閨恨

이광수

규한
(전1막)

처소

시골 어떤 부가富家의 안방. 의롱衣籠, 금침, 적의適宜하게*

시절

초동初冬의 야夜

인물

김의관金議官 : 주인(40)

찰씨札氏 : 부인(40)

이씨李氏 : 의관의 자 동경 유학생 영준永俊의 처(21)

순옥順玉 : 의관의 여(16)

병준丙俊 : 의관의 차자次子(13)

최씨崔氏 : 인가隣家 백림** 유학생의 부인(22)

매파 : 순옥 간선차看善次로 옴(50)

---

* 적당하게.
** 伯林 : 베를린.

(이씨의 방. 양등洋燈. 이씨·최씨, 양인이 침선針線하고 순옥은 곁에서 수놓다)

이씨 백림이란 데가 얼마나 먼가요?

최씨 이만 한 오천 리 된대요.

이씨 거기도 동경 모양으로 배타고 가나요?

최씨 거기는 배타는 데는 없대요. 앞 정거장에서 차를 타면 발에 흙 아니 묻히고 죽 간다는데요.

이씨 에그마니나! 이만 오천 리라니! 철도가 길기는 긴 게외다. 누가 다 그 철도를 놓았는고?

최씨 장춘*이 어딘지 장춘까지는 일본 차 타고, 거기서부터는 아라사** 차 타고, 그 다음에는 덕국*** 차 타고 간다는데, 여기서 떠나면 한 보름 가나 봅데다.

이씨 차 타고 보름이나 가면 하늘 붙은 데겠지요?

순옥 에그, 형님! 지리도 못 배우셨나봐! 땅덩이가 둥그렇지 넓적한 가요.

이씨 우리야 학교에를 다녔어야지.

최씨 참, 우리도 학교에나 좀 다녔으면! 집에 오면 늘 무식하다고 그러면서 공부를 하라고 하지마는, 글쎄 이제 어떻게 공부를 하겠소.

이씨 참 그래요. 저도 밤낮 편지로 공부해라, 공부해라 하지마는 어느 틈에 공부를 하겠습니까. 또 설혹 틈이 있다면 가르쳐주는 선생이 있어 야지요.

최씨 너무 무식하다, 무식하다 하니깐 집에 들어 와도 만나기가 무서

---

* 長春 : 중국 지린성(吉林省)의 성도省都.
** 我羅斯 : 러시아.
*** 德國 : 독일.

워요. 서울이랑 일본이랑 다니면서 공부하던 눈에 무슨 잘못하는 것이나 없을까 하고 그저 잠시도 맘놓을 때가 없어요.

이씨 그래도 백 선생께서는 우리보다는 좀 성미가 부드러우시고 다정하신가 봅데다마는 우리는 너무 성미가 급해서 조금이라도 맘에 틀리는 일이 있으면 눈을 부릅뜨고 "에구, 저것도 사람인가"하니깐 차라리 이렇게 멀리 떠나 있는 것이 속이 편해요. (하고 눈을 씻는다)

최씨 에그, 울으시네!

이씨 호호…… 눈에 무엇이 들어가서 그럽네다. 울기야, 팔자가 그런 것을 울면 무엇하겠습니까?

최씨 참 시집살이가 고추 당추보다 더 맵다더니 정말 못할 것은 시집살입데다. 시집 온 지가 벌써 4,5년이 되어도 정든 사람이 하나이나 있어야지요. 그저 친정에만 가고 싶은데요.

이씨 그래도 백림 계신 어른이 계신데, 호호…….

최씨 아이구, 백림이 어디게요. 10년만에 오겠는지 20년만에 오겠는지. 그동안에 좋은 세월 다 가고…… 아까 그 중매 할미 모양으로 노파가 된 뒤에 오겠는지.

이씨 왜 그래요. 집에 보고 싶은 사람이 있는데 마음이 끌려서 그렇게 오래 있나요. 저 유영식 씨 부인도 남편 돌아오라고 백일기도를 하더니 지난달에 돌아왔는데요.

최씨 그래 형님도 백일기도를 시작하셨습니까? 동경 계신 어른께서 어서 돌아 오시라구?

이씨 호호호호.

최, 순 백일기도를 벌써 절반이나 하셨겠지.

이씨 (순옥더러) 여보, 누이님은 어서 백 서방님 만나게 하여 달라고 백일기도나 하시오.

순옥 (몸을 핑 돌리며) 형님은 당신께서 기도를 하시니까. 내 오빠한테

"형님께서 오빠 돌아오시라고 백일기도를 하나이다. 어서 바삐 돌아오소서"하고 편지하랍니까?

　최씨 응, 순옥 씨 그러시오. 내일 편지하십시오.

　노파 (들어오며) 이 방에서 왜 백일기도 소리가 이렇게 나나. 옳지, 남편 멀리 보낸 양반들이 모여 앉아서 남편 돌아오라는 기도토론을 하나 보군.

　최씨 아닙니다. 이순옥 씨가 어서 백 서방님 보게 하여 달라고 백일기도를 한답니다.

　노파 백 서방님 이제 한 달만 지나면 볼 터인데. 백일이 차겠기에. 29일 기도나 하지그려.

　이씨 혼사가 맺혔는가요?

　노파 그럼. 아까 다 말씀을 하였는데. 참 신랑이야 준수하시지. 동년 평양고등보통학교를 우등으로 졸업하고 내년에는 일본에 보낸다는데.

　최씨 또 일본!

　이씨 또 일본!

　노파 일본이라 하면 모두 다 진저리가 나나 보구려.

　최씨 진저리가 왜 안 나겠소. 가서는 4, 5년이 되도록 집에 올 줄도 모르고, 혹 하기방학에 돌아오면 좀 집에 있을까 하면, 무슨 일이 그리 많은지 밤낮 사방으로 돌아다니기만 하고. 작년에 백림 가노라고 들렀을 적에 집에 이틀밖에 아니 잤답니다. 그도 하루는 사랑에서……

　노파 저런 변이 있나! 그렇게 멀리 가면서 한 열흘 동안 좀 마누라님의 원을 풀어 줄 것이지. 워낙 사나이란 무정하니깐.

　이씨 참 사나이란 무정해요. 우리가 그만큼 보고 싶으면 당신네도 좀 생각이나 나련마는.

　최씨 생각이 무슨 생각이오. 공부에만 미쳐서 다른 생각이야 하나.

　노파 아, 왜 생각을 할꼬. 도처에 기생첩이 넘너른하였는데 왜 생각을 할꼬. 우리 영감장이두 첩 버린 지가 이제 겨우 3년짼데.

　이씨 그래도 설마 아주 잊기야 하겠소?

　노파 암. 아주 악한 놈 아닌 담에야 아주 잊지야 않지. 또 당신네 남편 네야 다 좋은 공부하러들 다니는 인데 설마 어떠하겠소.

　최씨 그까짓거, 한 20년 있다가 다시 찾으면, 호호.

　노파 참 당신네들은 다 불쌍하외다. 꽃 같은 청춘에 생과부 노릇을 할라니 여북이나 섧겠소. 인생의 낙은 젊은 부처夫妻가 원앙새 모양으로 쌍쌍이 노는 데 있는데.

　이씨 그러니 저 우리 누이님도 또 유학생한테 시집가면 어떡한단 말인가. 나 같으면 싫다구 그러지.

　순옥 (웃고 무언)

　최씨 그렇고 말고! 여보 순옥 씨, 어머니께 가서 싫다, 유학생은 싫다고 그럽시오. 또 우리와 같이 속 썩이지 말게.

　노파 왜 백 서방님이야 아주 다정한 온순한 사람이니까 이런 (순옥의 등을 두드리며) 꽃 같은 새아씨를 잠시인들 잊을 수가 있나. (하고 말을 낮추어) 저 재령 김덕천金德川의 아들— 일본 가 있는 그 김덕천의 아들이 기처*를 하였대.

　　(양인은 경악하여 바느질을 그치고 노파를 본다)

　노파 아무 죄도 없는 것을 부모의 명령, 아니 복종한다는 죄로 동년 여름에 이혼을 하였대. 그래서 그 새색시가 울면서 친정에 쫓겨갔더니, 그 새색시의 어머니가 분이 나서 머리를 풀어 헤치고 김덕천네 집에 와서 사흘이나 왕왕 처울면서 내 딸 왜 죽였는가고 야료를 하였답데다.

---

* 棄妻 : 처를 버림.

저런 변괴가 어디 있겠소.

　이씨 나 같으면 죽고 말지, 왜 친정에를 돌아가겠노.

　노파 그렇지 않아. 참 새색시도 우물에 빠질라는 것을 누가 붙들어서 살아났다는데.

　최씨 아니, 부모에게 불순은 하였던가요?

　노파 남들의 하는 말이, 3년이나 남편이 일본 가서 아니 오니까 어서 데려다 달라고 좀 하였던가 봅데다. 그게 왜 안 그러겠소. 남편 하나 믿고 시집살이하는데 시집 온 지 한 달만에 일본 가서는 3년이나 아니 돌아오니, 데려다 달라곤들 왜 아니 하겠소.

　이씨 아무려나 머리를 풀고 서로 만난 아내를 어떻게 버리노, 인정에 차마.

　최씨 일본 가서 일녀日女를 얻은 게지. 글 잘하고 말 잘하는 일녀한테 홀리면 우리 따위 무식쟁이야 생각이나 할랍디까.

　　(잠시 무언. 바느질. 노파는 순옥의 수를 본다)

　병준 (웃고 뛰어들어오며) 아주머니, 나 조끼 하여 주셔요. 평생 형님 옷만 하시것다. 형님이 조선옷이야 입기나 하게.

　이씨 무슨 조끼를 하여 드릴까요?

　병준 그저 고오운 조끼를 해줍시오. 해주시지요?

　이씨 하여 드리고 말고요. 도련님 아니하여 드리면 누구를 하여 드리겠소.

　병준 정말 해주셔요? 참 좋구나, 아아, (춤을 추면서) 오는 토요일날 원족회*에 입게 하여 주셔요, 네?

————
* 遠足會 : 야유회, 소풍.

이씨 그럽지요. 그런데 조끼는 왜 갑자기 하라고 그러십니까? (하고 웃으며 병준을 바라본다)

병준 (유심한 듯이 뒷짐을 지고) 그러면 나도 아주머님께 좋은 ('조' 자를 길게) 것을 드리지요. 참 좋은 것을 드리지요. (일동의 시선이 모인다)

이씨 (역시 바늘을 세우고 보면서) 무슨 좋은 것을 주시겠소? 또 그 잘 그린 그림인가 보외다그려.

병준 아니오.

이씨 그럼 무엇이오?

병준 좋은 게야요. 어디 알아 맞춥시오. 그저 아주머님께 제일 좋은 것이니…….

최씨 옳지, 내 알아 맞추랍니까?

병준 어디 알아 맞춥시오.

노파 그 무엇을 가지고 그러노?

순옥 배를 또 가 훔쳐 온 게지.

병준 (순옥을 향하여 눈을 부릅뜨며) 내가 도적놈이야. 제가 남의 조끼에서 연필을 훔치고는…… 야이 야이, 백 서방 마누라, 야이 야이.

순옥 저리 나가거라. 보기 싫다.

병준 으하 으하 하하하. 백 서방만 보고 싶고.

최씨 내 알아 맞추리다. 음. 곽 곽선생 주역선생…… 옳지, 알았소이다. 일본서 온 편지외다그려. (이씨의 어깨를 툭 치며) 일본 계신 그리운 어른께서 편지가 왔구료. 에그 부러워라!

병준 야하, 보았나 보구나. 아니야 아니야. 편지 아니야.

이씨 4년째 내게야 왜 편지 한 장 하게?

최씨 한 번도 없어요?

이씨 한 번도 없어요. 글도 모르는 사람에게 무슨 편지를 하겠소.

최씨 (병준의 팔을 당기며) 어디 내어 놓으시오. 자, 이게 편지가 아니고 무엇이고? 자, "이영옥李永玉 보시오." '동경 영준'이라고 쓰지 아니 하였소!

이씨 (웃음을 참지 못하고 편지를 받으며) 이게 웬일이야요! (하고 바느질 그릇에 넣는다)

최씨 넣긴 왜 넣어요. 어디 여기서 봅시다.

이씨 그것은 보아서 무엇하오.

최씨 봅시다. (이의 팔을 잡아채며) 보아요.

이씨 이따가.

최씨 이따가는 왜? 자, 어서 봅시다.

병준 (서서 만족해 웃으며) 아주머님, 이제는 조끼 하여 주셔야 합네다. 노파 보이시구료. 피차에 같은 처지에 그만큼 보여 달라는 것을 탁 보여 주시구료, 시원하게.

최씨 제가 안 보이구 배기나. (하고 억지로 빼앗으련다)

이씨 보여, 보여.

최씨 글쎄, 그렇겠지. 자, 어서 내요. 내 읽으리다.

이씨 백림서 온 편지도 보여 준다야.

최씨 네, 보여 드리지요.

이씨 (피봉을 떼고 편지를 끄집어낸다. 온 머리와 시선이 그 편지로 모인다)

최씨 (편지를 들고) 이때 날이 점점 추워 가는데 양당 모시고 몸이 이어 평안하시니이까. 이곳은 편안히 지내오니 염려 말으시옵소서. 그대와 나와 서로 만난 지 이미 5년이라. 그때에 그대는 17세요, 나는 14세라—자, 나 토론은 또 왜 나오노—나는 14세라. 그때에 나는 아내가 무엇인지도 모르고 혼인이 무엇인지도 몰랐나니, 내가 그대와 부부가 됨은 내 자유의사로 한 것이 아니요—.

이씨 자유 의사가 무엇이야요.

최씨 나도 모르겠습니다. 평생 편지에는 모르는 소리만 쓰기를 좋아하것다―자유의사로 한 것이 아니요, 전혀 부모의 강제―강제, 강제―강제로 한 것이니, 이 행위는 실로 법률상에 아무 효력이 없는 것이라―.

이씨 그게 무슨 말이야요?

최씨 글쎄요, 보아 가노라면 알겠지.

노파 (응 하고 입맛을 다시며 돌아앉는다) 응, 응.

최씨 아무 효력이 없는 것이라. 지금 문명한 세상에는 강제로 혼인시키는 법이 없나니 우리의 혼인행위는 당연히 무효하게 될 것이라. 이는 내가 그대를 미워하여 그럼이 아니라 실로 법률이 이러함이니, 이로부터 그대는 나를 지아비로 알지 말라. 나도 그대를 아내로 알지 아니할 터이니, 이로부터 서로 자유의 몸이 되어 그대는 그대 갈 데로 갈지어다. 나는― 아, 이게 무슨 편지야요! (하고 중도에 편지를 놓는다)

이씨 (바느질하던 옷 위로 푹 쓰러지며 소리를 내어 운다) 아아, 내가 이 옷을 누를 위하여 하던고!

노파 (나가면서) 저런 악착한 일이 어디 있노!

최씨 여보 순옥 씨, 이게 무슨 일이오?

병준 형님이 미쳤구나. 공부가 무슨 공부인고. (하고 편지를 들고 뛰어나간다)*

이씨 (고개를 번쩍 들며) 여보, 이게 무슨 일요? 세상에 이런 일도 있소?

최씨 이게 무슨 일이오?

이씨 이게 무슨 일이오? 천하에 이럴 법이야 어디 있겠소. 이런 법도 있소?

최씨 아마 잠시 잘못 생각하시고 그러셨겠지요. 얼마 지나면 다시 잘못된 줄을 알겠습지요. 또 아버님께서도 좋도록 하여 주시겠습지요.

―――
* 여기서 병준이 편지를 들고 나간 것으로 처리되었으나, 이하에서도 보듯이 이 인물은 무대 위에 한동안 계속해서 남아 있는 것으로 보아 이는 극작술상의 착오이다.

이씨 아니야요. 아버님이니 어떡하십니까. 평생에 나를 보고는 다정하게 말 한마디하여 준 적 없고 늘 눈을 흘겨보았습니다. 혹 성이 나면, 네 집에 가거라, 보기 싫다, 하고 잡아먹고 싶어하였습지요. 지난 여름에 집에 돌아왔을 때에도 나와는 말 한마디 아니하고, 내 방에라고는 발길도 아니 들여놓았답니다. 그런 것을 오늘까지 혼자 참아 오노라니 얼마나 가슴이 아프고 쓰렸겠습니까. 죽고 싶은 때도 한두 번이 아니언마는 시부모님의 정에 끌려서 여태껏 참아 왔어요. 남들 같으면 설운 때에 친정 어머니한테나 가서 시원히 진정이나 하련마는, 나는 어머님도 일찍 돌아가시고…… 그래도 행여나 마음이 돌아설까 돌아설까 하고 기다렸더니, 이제는 이 꼴이 되고 말았습니다그려. (하고 흑흑 느낀다)

최씨 어머님께서 안 계셔요?

이씨 제가 네 살 적에 제 동생을 낳으시고 오래오래 앓다가 돌아가셨답니다. 그 후에도 사나운 계모님 손에 길려 나다가 시집이나 가면 좀 낙을 보고 살까 하고 어린 생각에도 하루 바삐 시집가기를 기다렸더니, 정작 시집 온 뒤에는 친정에 있을 적보다도 어떻게 괴로운지 모르겠어요.

최씨 저런, 참! 세상이 무정해요. 저 예수 믿는 마누라가 세상은 죄악에 찬 지옥이라 하더니, 정말입데다. 이 세상에서 누구를 믿고 누구를 의지하겠소.

이씨 나는 남편을 제 몸보다 더 중히 여겨서 밤잠을 못 자면서 옷을 지어 드리고 반찬 한 가지라도 맛나게 하려 하고, 혹 남편의 몸이 좀 달더라도* 무서운 마음이 생겨서 울안에 돌아가서 북두칠성께 기도를 몇백 번이나 하였는지 모르겠습니다. 사랑에서 평생 몸이 약하여 겨울에는 사흘 건너 앓지요. 앓을 때마다 나는 치마 고름도 아니 끄르고 밤을

* 열이 올라 몸이 뜨거워지더라도.

새웠습니다그려. 그렇건만 그 보응이 이렇습니다그려. (하고 최의 가슴에 머리를 비비며 목을 놓아 운다)

병준 (다시 편지를 보더니) 아무리 해도 형님께서 정신이 빠지셨군. 아주머님 걱정 맙시오. 제가 내일 길다랗게 편지를 하겠습니다. 형님도 사람인데.

최씨 아무려나 마음을 좀 가라앉히고 하회*를 기다리십시오. 경輕하게 무슨 일을 하시지 말고.

이씨 글쎄, 정답게 말 한 마디야 왜 못 해주겠소. 말에 밑천 드오? 그렇건만 5년 동안을 다정한 말 한마디 아니하여 주다가 이게 무슨 일이오.

최씨 이후에 잘 살 날이 있을지 알겠습니까?

이씨 잘 살 날? 땅 속에 들어가면 평안하게 되겠지요.

최씨 그런 생각은 애여 말으십시오.

이씨 아니오. 이제 살기를 어떻게 삽니까? (하고 웃으며) 이제는 형님과도 이 세상에서는 다 만났습니다. 형님께서나 잘 살으십시오. 그리고 나물하러 갈 때에는 제 무덤이나 와 보아주십시오. (바느질하던 옷을 다시 보더니 접어서 함롱函籠에 넣더니, 수식**과 패물을 집어내어 두 손에 들고 망연히 섰더니 문득 눈을 부릅뜨고) 어머니, 어머니, 이 바늘통이 어머님의 것이외다. 어머니, 어머니, 저것, 저것, 저기 어머님께서 오시노나. 어머니, 어머니! (하고 밖으로 뛰어 나가련다)

(최, 순, 병은 놀라서 이를 붙든다)

최씨 여보, 영옥 씨, 정신 차리시오.

이씨 저기 저 문 밖에 어머님께서 이렇게, 이렇게 손을 혀기십니다.

---

* 下回 : 윗사람이 아랫사람에게 주는 회답.
** 首飾 : 여자 머리에 꽂는 장식품.

네, 네, 곧 가오리다. 가서 어머니 젖을 먹겠습니다.

최씨 병준 씨, 나가서 아버님 들어오시랍시오.

이씨 놓으시오, 놓으시오. 멀리, 멀리, 사람들 없는 데 어머님 따라 갈랍니다. 놓으시오.

최씨 나를 두고 어디로 간단 말이오. 자, 앉아서 이야기합시다, 네, 영옥 씨.

이씨 아니! 아니! 네가 누구냐. 네가 누구관대 어머니 따라 가는 나를 붙드느냐. 이놈 놓아라. 아니 놓으면 물어뜯겠다. 놓아! 놓아!

순옥 형님, 형님, 정신 차립시오. 내외다. 순옥이외다. 형님, 형님.

이씨 (순옥의 목을 쓸어안으며) 아아, 우리 순옥 씨, 우리 누이님. 아니 이제는 누이가 아니지요. 어머니, 어머니, 나 이 노리개 차고 분 바르고 어머님께 갑니다. 네, 네, 지금 갑니다. 놓아라, 놓아.

(김의관 부처 들어온다)

김의관 이게 무슨 변이냐. 왜 병준이 너는 그 편지를 갖다가 보였느냐. 얘 며늘아, 정신 차려. 여봐 내로다.

모 얘 며늘아, 이게 무슨 일이냐. 정신 차려라, 내로다. 얘 며늘아.

이씨 하하하하. 이게 다 무엇들이야. 너 웬 아이들이냐? 무엇 하러 왔니? 나를 잡아먹으려고? 내 이 고기를 뜯어먹고 피를 빨아먹으려고? 에크, 무서워라! 어머니, 날 데리고 가시오!

김의관 자, 우선 방안에 들여다 누이고 좀 정신을 안정시켜야겠구나. 며늘아, 자 들어가자.

모 그게 무슨 자식이 고런 철없는 생각이 나서 집안에 이런 괴변이 생기게 한단 말인고.

병준 형님 오라고 전보 놓읍세다. 공부고 무엇이고.

최씨 여보 영옥 씨, 나를 알겠소?

이씨 (몸을 불불 떨며) 나는 가요. 이 노리개 차고 분 바르고 일본 동경으로 가요. 자, 간다. 뛰 푸푸푸푸. 잘은 간다. 동경 왔구나. 저기 영준 씨가 있구나. 좋다, 어떤 일녀를 끼고 술만 먹노나. 여보 영준 씨, 영준 씨! 나를 잘 죽여 주었쇠다. 나는 갑니다. 멀리 멀리로 갑니다. 여보 여보, 왜 나를 버리오? 여보, 영준 씨!

김의관 마음에 맺혀 오던 것이 오늘 그 편지를 보고 그만 정신이 혼란하였구나.

모 그동안 어린것이 얼마나 가슴이 아팠겠소. 참 생각하면 저 영준이 놈을 때려죽이고 각을 찢어 주어야지. (하고 운다)

이씨 거, 누군고. 어! 누가 우리 영준 씨를 때린다고 그러노. 어! 어디 해보자. 나하고 해보자. 영준 씨가 머리만 달아도 내가 밤을 새우고 칠성기도를 하였다. (갑자기 몸을 흔들며 소리를 높여) 간다, 간다, 놓아라. 어머니, 영준 씨, 나는 갑니다. 멀리고 갑니다. (하더니 피를 푹 토하고 쓰러진다. 여러 사람은 안아 들어다가 뉘었다. 몸이 경련한다)

김의관 애 병준아, 가서 공의원 급히 오시래라. 그리고 순옥아, 가서 냉수 떠오너라. 여보 부인, 이 수족을 좀 주무르시오.

최씨 여보 영옥 씨, 정신 차리시오. 여보. (하고 냉수를 얼굴에 뿌리며 가슴을 쓴다)

모 (우는 소리로) 애 며늘아, 정신 차려라. 내가 있는데 걱정이 무엇이냐.

김의관 애 며늘아, 애, 정신 못 차리느냐. 아뿔싸, 입술이 까매지노나. 애 누구 얼른 또 의원한테 가서 급히 오라고 하여라.

순옥 형님, 형님!

무언.

병준 (뛰어들어오며) 의원 옵니다. 아주머님, 아주머님, 내 내일 가서 형님 데려 오리다. 일어나십시오. 아주머님!

—《이광수전집》 제20권(삼중당, 1963).

(《학지광》, 1917. 1. 소재).

운명

윤백남

운명
(전1막 2장)

시

현대 여름.

장소

미령포왜* 호놀룰루 시

인물

이수옥李秀玉 : 미국 유학생, 일본 북해도 농과대학 출신

양길삼梁吉三 : 양화 수선업자

박메리 : 양길삼의 처, 이화학당 출신

장한구張漢九 : 제당회사 인부감독

송애라末愛羅 : 전도사 부인

인근여인 갑·을 : 이주민의 처

---

* 米領布哇 : 미국령 하와이.

제1장

호놀룰루 시 교외에 가까운 빈민동내貧民洞內 양길삼의 집 방안. 하오 6시경.

정면에 큰 유리창, 좌편 벽에 도어, 정면 유리 좌편에는 간단한 염사용炎事用 기구, 우편에는 목제 침대, 그 아래 벽에 석판 유화, 방안 중앙에 칠이 벗은 사각 테이블, 그 주위에 삼각의 허튼 의자, 방 좌편 무대 끝쯤에 양화수선기구와 석유통궤石油桶櫃가 놓여 있다. 모두가 빈한을 드러낸다.

(박메리, 흰 상의와 검은 치마의 질소한* 양장으로 등을 객석으로 지고 설거지를 한다)

(멀리 교당에서 울리는 종소리, 흘러 들어온다)

메리 (에이프런으로 젖은 손을 씻으며) 에그, 벌써 여섯 시 종을 치나베.

(테이블 옆으로 걸어 나와서 우편 쪽 의자에 힘없이 걸어 앉는다. 두 팔을 테이블 위에 내던지며 어깨를 축 늘어뜨리고 한숨을 지운다. 밖에 노크 소리)

메리 (깊은 꿈에서 깬 듯이 잠깐 놀라서) 누구세요, 들어오세요.
여인 갑 (도어를 열고 들어서며) 에그머니나, 캄캄해라. 저녁은 벌써 치셨소. 혼자 계시구료.

－－－－－
* 質素 : 질박하고 검소한.

메리 아이참, 전깃불 들어왔겠죠. (일어서서 전등 스위치를 틀었다. 방안은 일시에 소생한 듯이 밝다)

여인 갑 몇 신데 그러시우. 아이참, 또 무슨, 앗다 저 무어, 옳지, 공상인가 무엇인가 하고 계셨구료.

메리 아—네요, 지금 막— 설거지를 치르고 가빠서 숨 좀 돌리고 있었답니다.

여인 갑 (방안을 휘휘 둘러보고 나지막이) 안 들어오셨구료, 바깥양반.

메리 네, 아니 저 인제 곧 들어오겠죠.

여인 갑 나한테야, 무어 그리 기우실 것 있소? 엊저녁에 아니 들어오신 게로군. 그러기에 큰일들예요. 돈푼이 뫼이면 무얼 허우. 한번에 갖다가 쏟아버리는걸—그래서 민회에선가두 아주 그걸로 말들이 많다우—사내들은 이 사람 저 사람 할 것 없이 모두 뜨끔한 구석들을 좀 보아야 해—사면을 돌아다보아야 돌봐줄 집안 내 하나 없는 이런 천지에 와서 있으면서 누구를 믿고 살 줄 알고들 그러는지 모르지. 에그, 그런 생각을 하면 그저 고생을 좀 폭폭들 했으면 좋겠어—그나마 당신 같이 학문이나 있어서 혼자라두 벌어먹을 수나 있으면 모르거니와 우리 같은 위인들이야—.

메리 별말씀을 다 하십니다. 내가 무슨,—.

여인 갑 아니, 사내들이 모두 그립디다. 양서방네 댁은 혼자 벌어도 양서방버덤도 날 것이라고—참 그렇지, 양 서방에게 과만* 하지—무얼 바른 말했다고 누가 어쩔라구?—에이 망할 놈의 것 오나가나 모두 고생들이야. (테이블 위에다가 손에 들었던 무엇을 내던졌다)

메리 (좀 놀란 기색으로) 에그, 그게 무엇예요?

여인 갑 허, 참, 기가 막혀 웃음도 안 나가우. 그게 쥐 꼬랑지라우.

---

* 過萬 : 차고 넘침.

메리 (조금 눈살을 찌푸리며) 에그머니나, 쥐 꼬랑지는 왜 가지고 오셨어요.

여인 갑 하도 내 우스워서 혼자 속에다만 담아 두기가 아까워서 이야기 좀 하려고 가지고 왔죠. 내 말을 좀 들으시우. 내 참 우스워 못 견디겠지. 어제가 반공일*이 아니우? 그래서 집사람이 공전**을 타왔단 말예요. 그래, 돈 얼마를 내주면서 하는 말이 내일은 공일이니까 무슨 좀 별식을 만들어 보라는구료. 돈 적게 드는 별식을 맨들라니, 더구나 무얼 하우. 그래서 생각다 못해서 생선이나 사다가 오래간만에 전유어나 맨들어 줄까 하고서, 오늘 점심때나 겨워서 바깥 사람이 출입한 뒤에, 아니 부리나케 생선을 산다 밀가루를 팔아 들인다 한참 법석을 하지 않았소. 그래 다 저녁때나 돼서 겨우 좀 전유어 비스룸한 것을 맨들어 놓았구료. 아, 그런데 막— 손을 씻고 나려니까 아따 저— 다이아몬드 농원에 다니는 마서방댁이 황당스럽게 들어와서 급작시리 편지 한 장을 써달란다 말이야. 아, 왜 이리 수선을 떠느냐고 그랬더니, 자기 남편 몰래, 남편이 알면 또 뺏어다가 써버릴까 봐서 친정으로 돈을 좀 부치겠다나. 그러나 저러나 날더러 편지를 써달라니 어떻게 하우. 낸들 개발괴발 내 편지나 쓰지 남의 편지를 어떻게 쓰우. 아, 그래도 하도 졸라싸킬래 몇 자 적어주려고 서로 앉아서 부르거니 쓰거니 한참 하는데 무에 덜커덩 하드니 접시가 절컥 하고 떨어져서 산산박쪽이 났죠. 깜짝 놀래서 보니까, 내참 하도 기가 막혀—일껀 없는 솜씨에 애써 맨들어 놓은 전유어가 헙수룩해졌구료. 쥐가 물어갔지. 아, 그래 얼른 쥐 구녕을 보니까 아니 할 말로 족제비 만한 쥐가 꼬랑지만 쏙—내놓고 들어갑디다그려. 그래서 분김에 가만가만 걸어가서 그놈의 꼬랑지를 꼭 잡아버렸지. 아, 쥐 꼬랑지만 홀라당 벗겨져 나옵디다그려. 그런데 요절을 할 뻔

---

* 半空日 : 오후의 한나절을 쉬는 토요일을 일요일에 대하여 이르는 말.
** 工錢 : 물품을 만들거나 수리한 데 대하여 보수로 치르는 돈.

했어. 내가 확 잡아 빼는 김에 내 뒤에서 들여다보고 있던 마서방댁이 꽝 하고 나가 자빠졌죠. 편지 쓰러 왔다가 엉덩이 깨졌다고 야단이구료. 대관절 전유어가 반이나 없어졌으니 어떻게 하느냐고 그랬더니, 이것 좀 봐요, 쥐 꼬랑지를 증거물로 두었다가 바깥양반이 오시거든 약차* 이러저러해서 전유어가 없어졌다고 그러라고 그러는구료. 하도 우스우니까 어디 말이나 나갑디까.

메리 아이고, 참 세상에 징그러운 증거품도 있어라. 내버리십쇼. 어디 징그러워서 손에나 들겠습니까.

여인 갑 그러나 저러나 참, 저— 지지난 달에 새로 들어왔던 김서방댁. 아따, 저— 사탕회사에 있는 이의 아내 말예요.

메리 네, 그이가 어째서요?

여인 갑 그이가 아까 세 시에 일본 배 파나마 환丸 갑판 위에서 칼에 찍혀서 죽었단다우.

메리 네? 칼? (놀라서 일어서며) 그건 또 웬일예요.

여인 갑 그, 김서방이란 이가 좀 하우. 술만 먹으면 아주 미친 사람 모양으로 공연한 사람을 가지고 들볶지요. 그런데다가 요새는 또 누구하고 눈이 맞았느니 누구하고 배가 맞았느니 하고 막 칼을 가지고 날뛴다는구료. 그래 아마 참다못해서 조선으로 도로 도망을 가려고 했는가 봅디다그려. 원래 학문도 있는 이니까 남편 몰래 아마 빙표** 섯건 모두 내두었던 게야. 자기 친정도 견딘답디다—중매쟁이한테 속아 들어왔지—그래서 오늘 떠나는 파나마 환을 몰래 탄 게야. 그런데 누가 가서 알렸는지 김서방이 뒤미처 쫓아와서 내려가자고 그러니까, 죽어도 아니 가느니 어쩌느니 하고 아마 옥신각신 말이 된 끝에 칼질이 났나봅디다그려—에구, 이러니 저러니 말하면 무얼 해. 죽은 사람밖에 더 불쌍

* 若此 : 이와 같이.
** 憑票 : 여행 허가증.

한 건 없지—

　메리 (힘없이 의자에 걸어 앉으며) 그래, 아주 죽었어요? 불쌍도 해라—
그래도 되려 그게 편할는지도 모르죠. 그런 고생을 하는 것보담, —

　(이때 밖에서(좌편 도어) 노크 소리난다. 메리, 고개를 든다)

　여인 갑 (메리를 보고) 누가 온 게로군. 들어오라고 그럴까요?
　메리 네, 누구세요. 들어오십쇼.
　여인 을 (엉덩이를 움켜쥐고 들어오며) 엉덩이 깨진 계집 들어갑니다.
　메리 에구, 누구시라구. 어서 이리 오십쇼.
　여인 갑 여기까지 왜 또 껍적거리고 왔소. 남의 전유어만 모두 없애주
고—.
　여인 을 남의 엉덩이 깨진 생각을 좀 하우. 그런데 당신이야말로 이
댁에 와서 또 무슨 흉을 보았소?
　여인 갑 흉은 무슨 흉, 지낸 대로 이야기했지.
　여인 을 그런데 전유어는 있으면 무얼 하우, 자실 양반이 계셔야지.
　여인 갑 왜 승천입지*를 했단 말이우. 들어오면 찾을걸.
　여인 을 여보, 꿈도 꾸지 마우. 오늘 들어오시긴 틀렸소.
　여인 갑 왜, 어째서요?
　여인 을 지금 누가 와서 그러는데 왕가의 집, 아따 저— 광동판점인가
하고 있는 왕가 말이야. 그 집에서 노름판이 벌어졌는데, 거기에 있드
라우, 댁 영감이. 그뿐이오? 다이아몬드 농원에 있는 박서방하고 전등
회사에 있는 최서방하고—또 이 댁 바깥양반하고.
　메리 네?

———
* 昇天入地 : 하늘로 솟고 땅속에 들어감. 자취를 감추거나 사라짐을 뜻함.

여인 갑 망할 위인 같으니. 내 그렇게 말해도 또 그 짓을 하는군. 내가서 좀 막 염병때를 부려야지, 그냥 두구는 볼 수 없단 말이야. (나가려 한다)

여인 을 가서는 무얼 하우.

여인 갑 아—니 모양 흉한 꼴을 좀 뵈야지— (메리는 고개를 숙이고 수연히* 있다) 갑니다. (급히 나간다)

메리 네.

여인 을 에구, 쫓아가 보면 무얼 해. 한 세상 그냥저냥 지내지, 못된들 지금버덤 더 못될라구. 갑니다. 좀 놀러오셔요. 심려하시면 무얼 허우.

메리 네, 또 오세요.

 (여인 을 퇴장. 메리는 깊은 우수에 쌓여서 왼손을 바른편 어깨 위에 얹고 번민한다. 양구,** 노크 소리. 메리, 일어서 가서 비***를 손수 열었다)

메리 에구, 어서 들어오셔요.

애라 (들어오며) 바깥양반은 어디 가셨어요?

메리 네, 어디 좀 나갔습니다—.

애라 그런데 메리 씨, 나는 밖에 손님을 뫼시고 왔어요. 좀 만나보아주렵니까.

메리 저를 보시려고 그러세요? 누구신데 왜 뫼시고 들어오시지 않으셨어요. 내 가서 여쭈어드릴까요. (하며 2,3보 걸어나가려 한다)

애라 (그것을 막으며) 아니, 가만히 계셔요. 여인이 아니라 남자시랍니다.

---
* 愁然 __ : 수심에 잠겨.
** 良久 : 한참 지나서.
*** 扉 : 문짝.

메리 네—에?

애라 수상스럽게 생각하시지 마세요. 만나보시면 잘—아시는 터이시라니까, 그 양반 이름도 물으실 것 없습니다. 내가 이런 조건 아래에 뫼시고 왔을 적에야 메리 씨에게 욕될 양반이야 뫼시고 왔겠습니까— 어떻게 하실 테에요, 만나보아 주시렵니까?

메리 (조금 웃으며) 참 이상한 소개도 하십니다. 그러나 사모님의 인격을 믿고 만나 뵈올까요? 누구신데 그리시나—.

애라 그럼 승낙하신 줄로 알고 들어오시라고 하겠습니다. (비를 열고 내다보며) 이리 들어오십쇼.

수옥의 소리 (밖에서) 네, 들어가겠습니다—.

(메리는 바깥 목소리에 귀를 기울인다. 수옥이 회색 세루* 조복鳥服을 입고 모자를 벗어 들고 들어온다. 메리는 이윽히 수옥의 얼굴을 보았다. '의외'가 그를 잠시 동안 의운**에 싸이게 하였다. 그러나 마침내 수옥인 줄 알았다)

메리 오—수옥 씨—. (2,3보 달려들려 하다가 애라가 있음을 깨닫고 걸음을 멈추고 외면했다)

(수옥이는 억지로 냉정한 태도를 짓고서 서 있다. 애라는 유심히 이 광경을 보고 홀로 점두***하였다)

애라 (메리에게) 나는 또 복음회가 있으니까 곧 가봐야 하겠습니다. 용

---

* セル. 사아지(serge)의 일본어 표기로, 소모사로 짠 모직물을 뜻함.
** 疑雲 : 의심스러운 일을 구름에 비유하여 이르는 말.
*** 點頭 : 고개를 약간 끄덕임.

서하십쇼.

메리 (무언, 다만 고개로만 답할 따름이다)

애라 그러면 (수옥에게) 천천히 오십쇼. 먼저 갑니다.

수옥 네, 그러면 있다가라두 또 뵈옵겠습니다. 감사합니다.

애라 천만에, 또 뵙겠습니다.

메리 안녕히 가십쇼. (공손히 예한다)

애라 있다가 교당에 오시겠죠. 갑니다.

(애라, 퇴장. 양인간에는 잠시 동안 침묵이 계속된다)

수옥 (한걸음 나서며) 오래간만에 뵙겠습니다, 메리 씨!

메리……. (별안간 몸을 던지듯 의자에 엎대인다. 격렬한 전율이 그의 어깨
에 나타난다)

수옥 (한참 동안 그것을 이윽히 바라보고 있다가) 왜 그러십니까. 이러실
줄 알았더면 찾아뵙지를 아니 할 것을 그랬습니다.

메리 (엎대인 채로) 아니올시다. 너무나 뜻밖이라 꿈결도 같고 또,— 뵐
낯도 없어서—.

수옥 볼 낯이 없어요? 볼 낯,— 나는 메리 씨에게 예전 상처를 집어 떼
이는 것 같은 고통을 드리려고 온 것은 아니올시다. 내가 미국유학을
가는 길에 이 하와이에서 우연히 2,3일 간 두류*하게 된 것을 기회 삼아
서 메리 씨의 근황을 알고자 한 것이올시다. 그리고 하나는 나와의 약
속을 저버리시고 이 하와이로 들어오시게 된 동기와 원인을 고요히 냉
정히 듣고자 함에 지나지 않습니다.

---

* 逗留 : 체류.

(이렇게 이야기하는 동안에 메리는 일어나서 종용히 의자에 걸어 앉아서 수옥이와 서로 대하였다)

메리 모두가 내의 죄올시다. 용서해주셔요.

수옥 용서요? 용서하고 아니고가 어디 있습니까. 나에게는 그런 권리도 없고 의무도 없습니다. 다만 자기의 불행을 느끼고 허영과 불순의 벌레가 메리 씨의 정신을 좀먹어 들어갔던 것을 한탄할 따름이죠.

메리 이곳에 오게 된 것으로 말씀하면, 여러 가지 사정과 경위가 있어서 그렇게 된 것입니다마는, 어쨌든 내가 굳세지 못 했었던 까닭이올시다. — 그런데 미국으로 가시면 어디로 가실 예정이십니까?

수옥 뉴욕으로 가겠습니다.

메리 그러면 여러 해 되시겠습니다그려.

수옥 그렇지요. 10년이구 20년이고 내가 고국으로 돌아가고 싶은 때까지는 그곳에 있을까 합니다. 그러나 또 내일이라두 고국으로 가고 싶은 생각만 나면 곧 떠날는지도 모릅지요. 고때나 지금이나 나는 독신이올시다. 무상無常과 무주無住의 진리를 깨달았습니다. 홀로 있는 몸뚱이에 무슨 구애가 있겠습니까.

메리 그렇지만 노경老境에 계신 자당께서는!

수옥 어머니요? 어머니께서는 올 봄에, 돌아가셨습니다—

메리 네? (고개를 들었다가 다시 숙였다)

수옥 (점점 흥분하여가며) 어머니께서는 돌아가실 때 내 손목을 붙드시고, 이 세상에 아무 유한遺恨은 없으나 다만 한 가지의 한이 있다고 하셨습니다. 다만 한 가지 한, — 자부를 얻지 못하고 가는 것이 한이라고 그리셨습니다. 아— 나는 나의 주의와 고집과 실망이 착한 어머니 가슴에 한을 품게 하였습니다. 불효의 죄를 입었습니다.

메리 …… (회한, 책임, 자기를 저주하는 여러 감정이 그의 가슴을 태웠다.

뜨거운 눈물이 양협*에 흘렀다)

수옥 아, 아, 쓸데없는 이야기에…… 실례했습니다. (힐끗 메리 쪽을 보고 다시 냉연한 태도로) 그런데 한 가지 청할 일이 있습니다.

메리 (눈물을 걷고) 네, 무슨 말씀이셔요.

수옥 다른 게 아니라 내가 고국에 있을 때에 드린 반지하고 또 나의 화간畵簡 등속이 만약에 남아 있거든 모두 내게 돌려보내 주십쇼.

메리 (잠깐 생각하고 나지막이) 그건 못 하겠어요.

수옥 네에—, 어째서 못 하셔요.

메리 수옥 씨, 나에게 옛일을 생각하는 자유를 용서하셔요. 그거나마— 아무리 내가 미우실지라도 빼앗아 가시지 마셔요—사막과 같은 쓸쓸한 나의 생활 가운데에 다만 그것 하나가 때때로 나의 가슴에 따뜻한 피가 뛰놀게 합니다. 모든 영화스러운 꿈과 환락이 그곳에 있습니다. 그것만은 용서해주세요.

수옥 (흥분해서) 영화스러운 꿈? 환락? 어—참 그러지요. 영화스러운 꿈이지요—. 남자를 조롱하는 영화스러운 꿈이지요.

메리 네?

수옥 그렇지요 황금에 눈이 어두워서 약속한 남자를 저버리는 것이 남자를 조롱함이요, 연애를 장난감으로 여기신 게 아니면 무엇입니까. 메리 씨에게 영화스러운 꿈은 나에게는 추악한 꿈이올시다.

메리 …….

수옥 황금에 뜻이 기울어져서 일신을 의탁하는 것은 길고 짧은 시간의 틀림은 있을망정 아침에 이랑李郞을 맞고 저녁에 장가張哥를 보내는 창부의 행동과 구분이 없습니다— 그러나 나는 이제 와서 메리 씨의 과거를 추구치 아니 하려 합니다. 다만— 정신이 빠진, 빈 껍질에 지나

*兩頰 : 두 뺨.

지 못하는 종잇장은 두어서 무얼 하십니까.

　메리 (울면서) 그래도 그것만은 용서하세요.—그러나 반지는— 드리겠습니다.

　수옥 …….

　　(메리는 정면 우편 구석 침대 밑에 있는 트렁크 속에서 금지환을 내어다가 종용히 수옥의 앞으로 밀어 놓는다. 이때에 정면 유리창 밖에 장한구의 얼굴이 나타났다가 곧 없어졌다. 양인은 조금도 그것을 알지 못하였다. 수옥은 그 지환을 고요히 집어넣었다)

　메리 수옥 씨! 바쁘시지만 않으면 나의 이야기를 좀 들어주세요. 아니 꼭 좀 들어 주셔야만 하겠습니다—이번에 가시면 이 억울한 가슴 속을 영원히 여쭈어볼 날이 없을 것 같습니다.

　수옥 네—, 이야기하시면 듣겠습니다. —바쁘지는 않습니다.

　메리 지난해 봄 일이올시다. 아버지께서 교당에서 돌아오시더니 웬 남자의 사진 한 장을 내보이시고 미국으로 가볼 생각이 없느냐고 물으셨습니다. 아버지께서는 원래 전도사라는 직업관계상 서양인과 교섭이 많으시고, 무엇이고 서양 것이라면 덮어놓고 숭배하시는 폐가 있었습니다. 그런 까닭에 서양에, 더욱 미국에 있는 사람이라면 모두가 훌륭한 인격과 지식과 부가 있는 줄로만 오신誤信하셨습니다. 나는 극력極力 그렇지 않은 이유를 설명하고 반대했었습니다마는 아버지의 성격은 수옥 씨도 짐작하시거니와 고집이 여간 하십니까. 자식에게 대한 아버지의 권위가 침해되고 하늘이 내리시는 행복을 발길로 차버리는 것인 줄로만 생각하신 게지요. 꾸지람이 여간치 않으셨습니다. 그리고 중매 든 사람한테 혼자 승낙을 해버리셨습니다. 나는 잠을 이루지 못하고 번민했습니다. 그러나 나는 수옥 씨와의 약속이 있는 것을 자백하지 못 했습니다. 지금 생각하면 어찌 그리 약하고 어리석고 빙충맞았든지요—
천지신명이 굽어살피시드래도 조금도 부끄럼이 없는 우리 두 사람의
약속을 어째서 아버지 앞에서 굳세게 주장하지 못 했었던지요. 그릇된
도의의 관념이 오늘날의 나의 불행을 빚어냈습니다. 그렇지만 수옥 씨!
나에게도 불순한 마음이 다소라도 있었던 것을 자백합니다. —수옥
씨! 나의 죄를 용서하십쇼— 서양을 동경하는 허영이 나의 양심을 적지
아니 가리웠던 것도 사실이올시다. 그래도 그것은, 그것은 결코 나의
마음의 전부는 아니었습니다. 그래서 나는 퍽 반대를 했습니다마는 급
기야 아버지께서는 전보로 여비를 청하신다, 여행권을 내신다, 여러 준
비를 나 몰래 하신 뒤에 망상거리는 나를 잡아끌 듯 당신이 횡빈*까지
안동해 오셔서 배타고 떠나는 것까지 보시고야 가셨습니다. 자세한 긴
이야기를 어찌 다— 하겠습니까. 그래서 급기야 이곳에 들어와 보니까
훌륭한 성공자라는 남편은 구두를 고치는 생활을 하고 있습니다. 수옥
씨— 나의 심중의 고통을 미루어 생각해주십쇼.

　수옥 구두 고치는 생화? (비로소 방안을 둘러보았다)

　메리 네, 그렇습니다. 더구나 교양이 없는 사람이라, 술만 먹으면 말
못할 구박이 자심합니다.

　수옥 사진결혼의 폐해올시다. 또 하나는 썩어진 유교의 독즙이올시
다. 부권의 남용이올시다. 그러한 그릇된 도의와 폐유의 습속이 우리
조선사회에서 사라지기 전에는 우리 사회는 얼빠진 등걸밖에 남을 것
이 없습니다. 인생의 두려운 마취제올시다. 모든 생기와 자유를 그것이
빼앗아 갑니다. — 그런데 왜 메리 씨는 이 하와이에 오신 뒤에 그 결혼
을 거절치 아니 하셨던가요. 일종의 사기결혼이 아니오니까?

　메리 어디 그럴 겨를이 있었나요. 배에서 내리자 남편 될 이가 찾아

---

* 橫濱 : 요코하마.

나와서 곧 그 길로 교당에서 결혼의 서명을 해버렸는 걸이요.

　수옥 …… (다만 점두할 따름)

　메리 수옥 씨, 저는 영원히 이 그릇된 결혼의 희생이 되어서 일생을 마쳐야만 옳을까요? 네, 수옥 씨!

　수옥 …… (침사* 양구良久) …….

　그런 일은 나로는 알 수 없습니다. 단언할 수 없습니다. 메리 씨도 모르실 것이올시다. 만약 그것을 미리 아는 이가 있다 하면 그것은 아마 하나님뿐이시겠죠. 우리 인생의 모든 일은 결코 조그마한 우리들의 마음대로는 아니 될 것이올시다. 숙명의 무거운 지계문은 그 속이 비밀인 까닭으로 존귀합니다. —그러나 메리 씨, 당신께서는 지금의 자리를 떠나려 하시지 말으십쇼. 그리고 굳세게 서십쇼. 굳세게 서서 뜨거운 사랑의 힘으로 무지한 남편을 한걸음 한걸음 향상의 길로 이끌어 가십쇼. 그것이 메리 씨의 밟아 가실 길이올시다. 자기가 뿌린 씨는 자기가 거둬야만 하겠죠. 행복은 남이 주는 것이 아니올시다—메리 씨는 남편의 무교육을 한탄하셨지요? 그러나 그것은 누구의 죄도 아니올시다. 다만 모험적 제비를 뽑은 메리 씨에게 죄가 있지요— 그러나, 그러나 메리 씨! 결코 비관치 말으십쇼. 행복이니 평화이니 하는 것도 결코 절대가 아니올시다.

　메리 …….

　수옥 아, 메리 씨, 너무 오래 앉았었습니다. 남편되시는 이가 계셨다면 좀 뵙고 갈 것을— 내가 타고 온 춘양春洋 환이 상처가 생겨서 그것을 수선할 동안은 이곳에서 구류區留하게 되었습니다. 아마 2,3일 간이나 된다나 봅니다. 프리스톤 호텔에 있으니까 또 만나 뵐 기회가 있을 듯합니다. (일어선다)

* 沈思 : 조용히 깊게 생각함.

메리 네, 그러면 내일이라도 폐만 아니 되신다면 찾아가서 뵙겠습니다.

수옥 그러면 가겠습니다. (공손히 예를 마치고 나간다)

(메리는 도어 턱까지 전송하고 돌아와서 의자에 힘없이 몸을 의지하고 긴 한숨과 함께 두 손으로 얼굴을 가려 싸고 번민한다. 이때 장한구가 양이 넓은 파나마를 쓰고 골통대를 문 채 좌편 도어를 소리없이 열고 고개만 먼저 쑥—들이밀더니 한걸음 방안으로 들어왔다. 내흉스러운 미소를 띠고— 메리는 조금도 그것을 모르고 있다)

장한구 (에헴 하고 기침하며) 밤새 안녕하십니까—.

메리 (깜짝 놀라 일어서며) 에그머니—.

장한구 (빈들빈들 하며) 놀래실 것 없습니다. 사람이 왔는데 왜 그리 놀래십니까— 무얼 그리 생각하고 계십니까. 아마 길삼이가 아니 들어와서 그리시는 모양이지요.

메리 (노기를 띠고) 아무리 친근한 터이라도 남편이 없고 계집 혼자 있는 집에 그렇게 아무 통기없이 들어오시는 법이 어디 있어요.

장한구 아하— 이건 참 실례했습니다그려. 그러나 길삼이두 그런 경우에 내세우기는 훌륭한 남편감이올시다그려.—그래 이런 보기 싫은 놈은 남편 없는 데 들어와서는 못쓰고 해반죽으러한 젊은 놈은 남편이 없는 데 불러 들여도 관계치 않다는 말인가요?

메리 (가슴이 뜨끔해서) 네?

장한구 아, 아—니, 이를테면 말이지요. 여보시오, 메리 씨, 내 입에서 그런 저런 말이 나가두룩 하실 것이 무엇 있소, 네? 다,—오는 정이 있으면 가는 정도 있을 것이니까. (한 걸음 두 걸음 메리 옆으로 간다. 메리는 우편 구석으로 피신한다) 그러니까 여보시우, 얼른 결말을 냅시다그려. 사람을 너무 그렇게 말리지 말고 요전에 말한 것은 생각을 좀 해보셨

소? 어떻게 하실 테요. (메리의 어깨에다가 손을 얹었다)

　메리 (본능적으로 그 팔을 뿌리치며) 왜 이러세요. 너무 사람을 업수이 여기지 마십쇼. 그런 불의의 추행은 할 수 없어요. 양심이 있거든 부끄러움을 아십쇼—.

　장한구 허허허, 이애 이건 좀 돈 한데,— 나는 귀머거리가 아니오. 그렇게 꽥꽥 소리 지르지 말고.

　　(이때 창 바깥 거리에서 술취한 양길삼의 휘주하는 소리 들린다)

　메리 어서 나가셔요. 어서 나가셔요.
　장한구 오—냐, 어디 두고보자. (황당히 문 밖으로 나아갔다)

　　(메리는 머리와 옷깃을 가다듬었다. 양길삼이는 한 손에 위스키 병을 들고 비틀거리며 들어왔다)

　양길삼 으, 어—이, 아하하하, 마누라, 마누라. (건들건들 하며 메리가 한편에 우뚝 하니 서서 수연한 기색이 가득함을 보고) 이건 도무지 저러니까 못쓴단—마, 말이야. 남편이란 사람이 들어오거든 아, 인제 오십니까—하고 맞을 것이니 이건 제—미 오리정五里亭 장승뻔으로 딱— 서서 있기만 하면 제일이람. 대관절 저녁은 치렀소?

　메리 나는 먼저 먹었어요. 저녁은 어떻게 하셨소.

　양길삼 나? 나는 빠아에서 실컷 들어마셨으니까 고만 두우. (테이블 위에 있는 컵에 위스키를 따라서 한숨에 마셨다)

　메리 (가까이 오며) 그런데 대관절 가정을 어찌 할라구 매일 같이 이렇게 술을 자시고 또 어젯밤은 무얼 하셨길래 아니 들어오셨소.

　양길삼 친구들이 모여서 술을 먹으면 자연히 그 —.

메리 속이지 마세요. 부부간 불화의 제일 큰 원인이 서로 속이는 데 있어요. 제발 그 잡기만 좀 고만 두어주시우.

양길삼 알면서 물을 건 무어야. 이런 제—미, 흥, 밖에 나가서는 주머니를 톡톡 털어서 잃고 집안에 들어와서는 바가지 긁는 소리를 듣는다 이래서야 어디 사람이 견딜 수 있나. 잔말 말고 술이나 좀 칠 생각허우, 응, 여보.

(메리는 대답이 없이 침대 위에 놓였던 성서와 찬미가책을 가지고 왔다)

메리 여보시우 혼자 술을 자시던지 무엇을 하시던지 마음대로 하시우. 나는 교당에 좀 갔다올 터이니.

양길삼 교당? 그 교당에 간다는 꼬락서니 참 볼 수 없다. 이건 3일 예배이니 복음회이니 공일 예배이니 하고 사흘이 멀다고 교당 출입이라, 아, 이래가지고 살림이 돼? 그렇게 교를 믿다가는 집안 망하겠다.

메리 그건 무슨 상식이 없는 말씀예요. 교를 믿어서 집안이 망하다니오? 당신은 교를 아니 믿어서 얼마나 집안을 이루셨소, 네? 교를 아니 믿으시면 고만이지 교를 그렇게 험담하는 법은 없어요. 주일마다 신성한 마음으로 교당에 모여서 정신상에 위안과 신앙을 누리는 설교를 듣는 것이 좋은 일인 줄 이해치 못 하실 망정 그렇게 험담하실 것이야 무엇 있어요. —나는 갔다가 오겠습니다. (한 걸음 두 걸음 나아간다)

양길삼 그래. 오라. 그래. 오라, 어서 가우, 입으로야 당해낼 장비*있나.

(메리는 비扉 외로 나가버렸다. 양은 독적獨的으로 또 술을 마셨다. 노크 소리)

---

* 張飛 : 중국 삼국시대 촉나라의 무장으로, 관우와 함께 최고의 용장으로 일컬어진다.

양길삼 (몽롱한 눈을 바로 뜨고) 누구냐.

장한구 (고개를 들이밀며) 길삼이 들어왔나?

양길삼 오, 형님이시구려. 들어오시우, 들어오시우.

장한구 (들어와서 걸어 앉으며) 웬일인가, 어디서 먹었나?

양길삼 아따, 그 왕가의 집에서 한판이 벌어져서 있는 돈은 죄다 까발 았지. 그래서 홧김에 한 잔 먹었소— 자아, 형님 한 잔 잡수시우. (술을 따라 권한다)

장한구 (들어 마시고) 주는 술이니까 먹기는 먹네마는 자네도 너무 그리지 말게. 집안을 생각을 해야지.

양길삼 무슨 생각, 있으면 쓰고 없으면 말고 그리지.

장한구 돈이야 그까진 어찌 되었든지 꿈 좀 깨게, 자네도. 자네 마누라님이 좀이 먹어.

양길삼 좀? 좀이 먹다니!

장한구 글쎄, 내 처지로 앉아서 자네에게 이런 말을 하는 게 좀 하기 싫은 말일세마는 또 내가 아니면 누가 이런 말을 자네에게 들려주겠나.

양길삼 응, 그래서?

장한구 내가 아까 자네를 찾으러 저 창 바깥까지 왔더니 방안에서 이상한 소리가 난단 말이야. 그래서 좀 안된 일이지만 가만히 들여다보았네그려. 아, 그랬더니 웬 젊은 놈하고 울고불고 짜고 늘고 막 야단이데그려.

양길삼 (한참 동안 대자*의 얼굴만 노려보고 있다가 별안간 빙글빙글 하면서) 이건 왜 이리시우. 형님도, 참 농담을 해도 분수가 있지— 아니야 아니야,—어쩌니 어쩌니 해도 마누라는 신자는 착실한 신자라우.

장한구 옳—지, 그렇게만 믿어라. 말을 들어 이야기를 듣노라니까 조

---

* 對者 : 마주하고 있는 사람

선 있을 때부터 관계가 있는 모양인데 그 위인이 미국으로 가는 길에
일부러 들른 모양일세그려.

양길삼 아—니 정말이오?

장한구 그럼, 이 사람아, 무슨 농담을 할 게 없어서 남의 내외간사內外
間事를 들어서 말한단 말인가.

양길삼 응— (신음 양구) 그래, 그놈이 어떻게 하려고 하는 세음이야!

장한구 그것이야 낸들 아나. 남의 뱃속을. — 좌우간 자네 마누라님하
고 이 방에서 만나서 울고 짜고 한 사실만 보았으니깐 하는 말이지.

(양의 얼굴에는 격렬한 질투의 빛이 오른다. 거의 무의식적으로 술잔을
들어 마셨다)

장한구 자네가 내 말을 종내 믿을 수 없거든 저기 (침대 밑을 가리키며)
있는 자네 마누라님의 트렁크 속을 뒤져보게. 그러면 그 곳에 증거품이
나올 것이니.

(양은 조금도 망상거리지 않고 침대 옆으로 가서 트렁크를 끌어냈다. 그
것이 잠긴 것을 알고 다시 테이블 위에 있는 나이프로 트렁크 장식을 비
틀어 열었다. 그리고 그 곳을 황당스럽게 뒤적거리다가 수옥의 편지 한
장을 발견하여 잠시 떨리는 손으로 그것을 읽었다. 그의 눈에는 점점 불
온한 광채가 나타났다. 편지를 포켓 속에 부벼 넣고 다시 뒤적거려서 마
침내 수옥의 사진 한 장을 끄집어냈다. 양의 얼굴에는 이미 주기酒氣가 사
라졌다)

양길삼 여보, 여, 여보 형님, 그놈이 이놈입딥까?

장한구 (사진을 들여다 보며) 옳다, 그놈이다. 자네 같은 수염 텁석부리

에다가 대겠나. 내가 계집이라도 좀 생각을 해볼 일이지—.

(양은 사진을 마룻바닥에 힘껏 내던지고 손에 나이프를 든 채 바로 밖으로 뛰어나가려 한다)

장한구 (가로막으며) 어디로 가려나?
양길삼 (입살을 떨며) 교당으로 가서 메리를 불러내서…….
장한구 메리는 둘째일세.—이런 사람 같으니— 그놈이 지금 프리스톤 호텔에 있어. 그러니까 우선 그놈을 제독을 주어야지.
양길삼 프리스톤 호텔? 응. (무엇을 결심한 듯이 비 외로 나아갔다)
장한구 (비 외를 바라보며) 아, 여보게, 나하고 함께 가세. (내흉한 미소가 다시 그의 입살에 오른다) 이렇게 뜨끔 영슈을 좀 내려놓아야— 어디 한잔 먹고—. (테이블에 있는 위스키를 병째 들어서 한 모금 마신다)

제2장

포왜 공동묘지 앞, 오후 8시경.
정면에 공동묘지의 철문, 좌우편으로 철책, 철문과 철책 너머로 멀리 십자가의 묘표가 검성드뭇이 서서 있으며 문간이 열대의 화초와 야자수가 서서 있음이 월광 아래에 처냉凄冷히 보인다. 철문으로부터 조금 좌편(객석에서 보아서)에 조그마한 대합실 비스름한 건물이 있다. 좌편에는 3인쯤 앉을 만한 벤치.

(이수옥이 우편으로서 등장. 피우던 시가를 땅에 던져 끄고 2, 3차 철문 앞을 거닐었다. 이때에 어느덧 검은 구름이 달을 가리었다. 음습한 바람 결과 함께 우레 소리 나며 빗방울이 뜬다)

수옥 (하늘을 쳐다보며) 아, 비.

(이수옥은 손을 들어 비 내리는 여부를 검檢하고 갈까 말까 하는 망상거림이 있다. 비가 소리쳐 오기 시작하며 천둥소리 크게 가까이 일어난다. 이수옥이는 황당히 철문 옆 대합실로 몸을 피했다. 그리자 박메리가 좌편으로서 번개와 비에 쫓겨서 달음질하여 나왔다. 그리고 미리 예정한 듯이 대합실 속으로 바로 뛰어 들어 갔다. 무대 암흑. 다만 날카로운 번개 빛이 빗줄기를 뚫고 번득일 뿐이다)

수옥 오— 메리 씨!
메리 아, 수, 수옥 씨! (긴 포옹)

(비가 끊이고 구름이 걷히매, 월색은 일층 영롱하다)

수옥 (대합실 밖으로 나오며) 용서하십쇼, 메리 씨! 급작스레 너무나 지독하게 쏟아지고 천둥번개가 곧 불이 내리는 것 같아서 예의를 차릴 여유가 없었습니다.
메리 그렇게 말씀하시면 저는 더구나 부끄럽습니다. 저는 노상 겪는 일이건만 하도 천둥소리가 지독하니까 번쩍만 하면 몸서리가 처집니다. 수옥 씨가 아니 계셨더면 무서워서 어쨌을는지 몰라요. 퍽 놀래셨죠?
수옥 네— 좀 놀랐습니다. 그렇게 맹렬하고도 급작스레 오는 것은 처음 보았습니다.
메리 열대지방의 특색이랍니다. 그런 줄 알면서도 저는 이따금씩 퍽 놀래요. 그런데 이런 고적한 데를 어째서 혼자 나오셨어요.
수옥 식후의 산보도 할 겸 일부러 고적한 데를 찾아 나왔습니다. 한적한 곳에는 존귀한 시가 잠겨 있습니다. 허위가 가득한 사람의 마음도 이런 한적한 데 있으면 모두 그 가면을 벗습니다. 그런 이유로— 그런 이유라면 어쩌 말이 너무 과장된 듯도 합니다마는 실상 나는 한적한 곳을 좋아하는 버릇이 있어요. 그런데 메리 씨야말로 어쩌서 이곳으로 오셨어요.

메리 교당에 가는 길이었어요. 교당이 바로 저—건너편에 있으니까요.

수옥 (점두)

메리 그런데 수옥 씨, 만약 상치되는 약속이 있지 아니 하시면 이곳에서 잠시 동안 저의 이야기를 들어주실 수 없어요?

수옥 나는 관계치 않습니다마는 교당에 가신다면서 예배 시간에 상치가 아니 되겠습니까.

메리 아—니요, 관계치 않아요. 예배는 오늘에 한한 것이 아니에요. 그러나 수옥 씨는 이번에 동쪽으로 가시면 또 어느 때 만나 뵈올는지—. 어쩌면 생전에 다시 만나 뵙지 못할는지도 모르지 않습니까?

수옥 네에. (잠깐 생각하고) 그러면 (벤치에다가 수건을 내어서 깔고) 이리 와서 앉으시죠.

메리 수옥 씨도…….

수옥 네, 그러면 함께 앉으십시다.

(양인이 걸어 앉는다. 수옥은 좌편으로 메리는 우편으로, 양인간에는 잠깐 침묵이 계속된다)

메리 수옥 씨! 나는 아무리 기를 써도 영원히 지금 고통으로부터 해방될 날이 없을는지요?

수옥 해방이요? 그것은 될 수 없는, 아니 생각하실 것도 아니겠지요.—메리 씨는 영靈으로서 살으십쇼. 영으로서 구함을 받으십쇼.

메리 영으로요? 그렇게 될 일일까요. 저는 그것을 노상 번민합니다. 수옥 씨, 육으론 죽어버리고 영으로만 구함을 받는 것은 필경 병신밖에는 아니 될 듯해요. 불구자이올시다. 저는 그것을 안타까이 생각해요. 시원스럽지 못하게 생각해요. 저는 영과 육을 고대로 말끔 옮겨 갈 만한 자리를 구해야만 살 것 같아요. 내가 이곳에 온 뒤로 끝없는 번민과 고통이 얼마나 나를 마르게 했는지 아십니까. 그래서 고국에 있던 때의 나와 오늘의 나와는 아주 다른 계집— 성격상으로 보아서 그렇게 되어 버렸어요. 최초야 굳세게 못 했었던 뉘우침이 인제는 자기를 저주하기까지 이르렀습니다. 자기가 미웁구두 빙충맞은 생각의 어느 때에는 이러한 고생을 하는 것이, 이렇게 오뇌에 쌓이는 것이, 당연한 일이다, 나에게 대한 상쾌한 응보라고까지 자기를 떠나서 냉정스러이 볼 때도 많이 있었습니다. 그래서 내종에는 할 수 없이 영으로나 구함을 받으려고 애를 썼어요. 그렇지만 육이 나날이 더러워져 갈 때마다 겨우 버티어 가던 영의 힘도 밑둥서부터 꺼부러져버립니다그려.

수옥 늦었어요, 늦었습니다, 메리 씨! 그러한 굳센 힘이 왜 고국을 떠날 최후의 날에나마도 없었던가요. 나는 한없이 그것을 애달프게 생각할 따름이올시다. 모두가 과거올시다. 과거는 다시 어쩌지 못할 엄숙한 사실이올시다 — 다만 — 그렇지요 — 의례히 하는 말 같으나 — 메리 씨는 그 뜨거운 굳센 감화의 힘으로 남편되는 양길삼의 사랑을 한걸음 한걸음 참된 사랑으로 인도하실 수밖에 도리가 없겠죠. 이런 말씀으로 여쭐 수밖에 나는 다시 더 할 말을 모르겠습니다. 이러한 타협을 뜻없이 아니 할 수 없는 것이 아마 우리 인생이겠죠. 그곳에 모든 슬픔과 희생의 아름다움이 있습니다.

메리 (수건으로 수옥이 모르게 눈물을 씻었다) 만약, 암만 그리해도 아무 효력도 없고 다만 내란 계집만 도로徒勞의 희생이 된다 하면 그래도, 그래도, 나는 그것을 참고 있어야 할까요?

수옥 (두 손으로 메리를 얼싸 안고 잠깐 침사沈思한다) 아아, 운명이올시다. 모두를 운명으로 돌려보내죠. 아니 신명께 맡기십쇼. 우리 조그마한 인생이 아무리 운명의 체바퀴를 벗어나려 한들 그것은 큰 바다에 조약돌 하나 던진 만큼도 힘이 없을 것이올시다. (일어서서 거닐면서 감개무량한 듯이) 그렇습니다. 모두가 운명이올시다. 오늘밤이 이국풍정異國風情이 가득한 하와이 공동묘지 앞에서 메리 씨와 함께 앉아 있는 것도 또한 운명의 신의 작란作亂인가 합니다─ 아까도 댁에서 내가 잠깐 말씀한 거와 같이 나는 메리 씨를 만나보면 통쾌히 인정없이─ 가사* 그것이 자기를 떠난 한덩이의 고기에 지나지 못한다 하드래도─ 나는 메리 씨를 박주고 박주어서 메리 씨의 고통과 오뇌를 냉정한 미소로 내려다볼까 했었습니다. 그러나, 그것도 쓸데없는 꿈인 줄 깨달았습니다. 그래서 모든 것을 냉정히 객관하려고 결심했습니다. (수옥이 다시 걸어앉았다)

메리 (흥분해서) 저를 미워하십쇼. 그리고 마음껏 꾸짖어주셔요. 꾸짖고 꾸짖어서 나를 실컷 울려주십쇼, 네, 수옥 씨! (메리, 운다)

수옥 (그의 두 눈에는 정열의 이슬이 눈자위를 뜨겁게 해간다) 아, 아, 메리 씨─ 그런 말씀은 말으십쇼. 그래서 멀리 동쪽으로 떠나가는 나의 가슴을 쓰리게 하지 말으십쇼─ 메리 씨! 그런 말씀을 하실 때마다 내 가슴에는 옛적 그대를 애달프게 생각하는 원한이 독사와 같이 솟아오릅니다. (그의 눈은 멀리 처냉한 묘지로 돌았다)

　　(침묵 양구)

수옥 (일어서며) 저─반딧불을 보십쇼, 메리 씨. 저것을 보니까 우연히

---
* 假使 : 가령.

고국생각, 아니 고국에 있던 때의 생각이 납니다. 청량리 늦은 저녁에 메리 씨와 나와는 옷자락을 이슬에 적시며 꿈으로써 꿈을 쫓아서 지향 없이 돌아다녔었지요. 그때에 우리 두 사람이 서로 속살거리던 것은 무엇이던가요. 그때에 내 손을 쥐었던 메리 씨의 보드랍고 따뜻한 손의 촉감이 이제껏 사라지지 않습니다. 아아—그때에 풀숲에서 명멸하던 반딧불은 오늘날의 이 얕은 꿈을 암시하던 그것이던가—.

메리 (마저 일어서며) 늦은 봄, 가는 비 내릴 때에 삼청동 깊은 고을에 서 서로 다투어 가면서 국수버섯을 따던 생각이 때때로 나서 온밤을 잠을 이루지 못한 일도 한두 번이 아니올시다.

(양인의 눈에는 달디단 옛 환락을 회상하는 몽롱한 빛이 가득하여 간다)

수옥 그렇지. 그 어느 해 겨울이던가, 옳지, 내가 고국을 떠나기 전 해 크리스마스 날 밤이던가 보오이다. 정동 예배당에서 돌아올 때올시다. 모진 삭풍에 눈이 날려서 살을 에이는 듯이 추운 밤이었죠—그때에 메리 씨가 자기의 망토 속에 나를 집어넣고 남이 볼까 부끄럽다고는 하면서도 머리를 한 데 대이고 갔었죠. 그때의 가슴속에서 뛰놀던 피의 고동은— 이제껏 나의 귀밑에 남아 있는 것 같습니다.

메리 (정열적으로 달려들어 안기며) 수옥 씨—.

수옥 (잠깐 포옹하였다가 고요히 내밀며) 아, 아, 죄악이올시다— 고통이 올시다.

(이때 메리는 우연히 앞길을 바라보았다. 공포의 빛이 일순간에 그의 얼굴을 스쳤다)

메리 아, 여보셔요, 수옥 씨, 저—기 오는 것이 필경 나의 남편 양길삼이올시다. 그리고 그 뒤에 오는 것이 장한구라고 하는, 나에게 불의의 추행을 강청強請하는 고약한 사람이올시다. 이런 광경을 보면 또 어떤 오해로 시비를 일으킬는지 모르니까 나를 좀 숨겨 주셔요.

수옥 (잠깐 황당히 일어나 곧 냉정으로 돌아와서) 숨는다 하드래도, 옳지, 그러면 저 대합실 뒤에 가서 계십쇼.

(메리는 곧 대합실 뒤로 몸을 감추었다. 수옥이는 냉정한 태도로 거닌 다. 양길삼이 앞서고 장은 그 뒤로 비틀거리며 등장. 양은 수옥을 보고 다 시 장에게 향하여 눈짓했다)

장한구 (눈으로 대답하며) 옳다, 그 위인이야.

양길삼 (달려들어서 수옥의 멱살을 붙들고) 이놈아, 이런 빤질빤질한 녀 석 같으니라고. 그래, 이 자식아, 그렇게 계집이 귀해서 하와이까지 남 의 계집을 뺏으러 와, 이 자식!

수옥 (조용히) 이 손을 노시우. 상말에 아닌 밤에 홍두깨로 이게 무슨 무례한 일이오.

양길삼 무례? 아, 이런 도적이 외장친다더니. 아, 이런 빌어먹을 자식 보아라. 잔말말고 어서 내놓아, 이 자식.

장한구 톡톡히 으르게. 섣불리 하다가는 안되겠네.

수옥 (양에게) 대관절 당신은 누구요. 원, 이런 어디.

양길삼 누구냐? 누구냐? 알고 싶어? 알아야만 하겠니. 이런 도무지. (수옥의 엄연한 태도에 다소 눌려서 멱살을 놓으며) 메리의 서방이다, 왜 어 째!

수옥 네, 그러하십니까. 나는 이수옥이라는 사람이올시다. 그야 당신 아내되는 메리 씨하고는 이전에 서로 연애가 없었던 것은 아니올시다. 그러나 그것은 당신하고 결혼하기 전, 일이올시다. 길게 말하고 보면 되려 당신의 양심에 부끄러운 일이 있지 않겠습니까?

양길삼 이애, 이 자식 봐라, 무어 어째, 이런 주제넘은 자식 같으니. 어서 이 자식아, 내놓아.

장한구 여보게, 이건 무얼 그리고 있어. (고개로 대합실 쪽을 가리키며) 그래버리지.

수옥 아, 잠깐만 계시우, 당신에게—.

양길삼 (수옥의 말은 귀에 들리지 않는 듯이 장을 보고) 여보게, 이 자식을 좀 맡게. 이런 년놈은.

(수옥이 전진하려는 양을 가로막았다. 그렇게 아니 할 수 없는 경우에 빠졌다. 양은 질투의 불길에 끓었다. 그래서 힘껏 수옥을 뒤로 내밀치고 대합실 뒤로 들어갔다. 장은 쫓아 들어가려는 수옥을 가로막았다. 모두가 순간이었다. 대합실 뒤로서 남녀의 노매怒罵, 비창悲唱이 엉클어져 나온다. 두 남녀는 서로 얽혀 부비닥이치며 무대로 나왔다. 양길삼의 손에는 큰 나이프가 번득였다. 문득 나이프는 메리의 손에 빼앗겼다. 메리는 격렬한 공포와 증오에 거의 무의식적으로 (손에 칼 든 것을 모르고) 양길삼의 가슴을 내질렀다)

양길삼 아, 앗—. (일순의 고민과 함께 엎드려졌다)
수옥 오—메리 씨! (메리에게로 달려들어 어깨와 팔을 잡았다)
메리 ……….

(메리는 뜻하지 아니 한 두려운 결과에 거의 혼도할 지경이라. 격렬한 전율. 장한구는 과연히 자실自失상태에 있다가 양의 시체로 가서 상처를 검檢한다. 메리는 달음질하여 양의 시체 위에 덮어 엎디며 울었다. 이윽고 메리는 고개를 들었다. 얼굴은 핏기 없는 창백색이요, 입살에는 약한 경

련이 일어난다)

메리 (수옥에게 달려들어 안기며) 수옥 씨—.

수옥 메리 씨, 어쩔 수 없습니다. 운명이올시다. 어디까지든지 메리 씨를 전유專有하려든 길삼이는 이 세상을 떠나가고, 메리 씨를 뜻하지 아니하게 수옥이는 마침내 얻게 되었습니다. 메리 씨, 안심하십쇼. 나는 어떠한 희생을 바치드래도 그대에게 행복이 있게 하려고 이곳에서 결심했습니다. (모자를 벗어 땅에 던지며) 오— 하나님이시여, 불쌍한 길삼의 영을 아버님 계신 곳으로 인도해주시고 죄 많은 우리들에게 갈 곳을 지시하소서.

(장은 모자를 벗어들고 무릎을 꿇었다. 멀리 찬미 소리와 종소리로, 막)

— 윤백남, 《운명》(창문당, 1930).

국경

윤백남

국경
(전1막)

장소

자택

시기

구久 기모일期某日 오후 5시경

등장인물

안일세安逸世 : 삼일은행 지배인(32세)

영자榮子 : 안일세의 부인(23세)

얌전이 : 시녀(18세)

점돌 : 사동使童(18세)

박도일朴道一 : 의사(35세)

맹오일孟五日 : 양복점원(20세)

배경 및 무대의 장치

무대 좌우에 각실各室이 유有. 중간은 마루가 있고 양실兩室 문은 마루로 개開하였으며 출입 인물은 마루 후면으로 함.

  (영자, 화장을 마치고, 반지 궤를 내어놓고 이것저것 고르면서)

  영자 이 애, 얌전아— 이년이 무엇을 하나. (초인종을 울리고) 이년이
외투를 만들어 가지고 오려나— 얌전아— 야— 이것 보아. 얌전아—
(회중시계를 꺼내 보며) 에그머니, 시간이 되어 오는데, 얌전아—
  얌전이 네— (얌전이가 망토를 두르고 들어온다)
  영자 아, 이년이 곧 백 번을 불러도 대답이 없더니, 무얼 했어.
  얌전이 아씨도 거짓말 퍽 하시네. 네 번밖에 더 부르셨습니까?
  영자 네 번 부르도록 세고 있으면서 대답을 아니 했단 말이야.
  얌전이 들어가 있었으니까 그렇지요.
  영자 어디를 들어가.
  얌전이 작은 집.
  영자 에그, 미친년, 이, 저년 보아 망토를 입고 섰네. 얼른 이리다구.
  얌전이 에그머니, 참 하도 보기 좋기에 입어 보았지요. (하며 벗어 영자
에게 입힌다)

  (영자는 거울을 들여다보며 홀로 웃었다, 노했다, 여러 가지로 얼굴 표
  정을 하여 본다)

  얌전이 아씨, 그게 무슨 짓이세요.
  영자 이게 표정술이란다. (시계를 내어 보고) 늦었다. 어서 가자— 이번
음악회에는 나의 독창이 제일일 듯 하다는데 어서 가자.

  (점돌이가 들어온다)

점돌 아씨, 벌써 가십니까?

영자 그래.

점돌 아, 영감이 오셔서 진지나 잡수셔야지요. 아직도 해가 있는데 가셔요.

영자 영감은 장* 계실 영감이지. 음악회는 일년에 몇 번밖에 없단다.

점돌 아, 그래도 영감마님은 진지를 어떻게 하세요.

영자 니가 있는데 무슨 걱정이냐.

점돌 쉰네가 진지를 어떻게 지어요.

영자 못하겠거든 서양요리나 사다가 드리려므나.

얌전이 저리가— 주제넘게 굴지말고.

점돌 (얌전이를 보며) 이년이 왜 이래.

얌전이 저놈이 왜 이래.

점돌 저놈이 무에야.

얌전이 저년이 무에야.

점돌 이년.

얌전이 이놈.

점돌 이년.

얌전이 이놈.

점돌 이년.

영자 요란스럽다.

(얌, 점은 서로 입은 다물고 입과 몸을 움쑥이린다)

영자 자— 가자.

---

* 長 : 여기서는 '오래' '계속' 의 뜻.

(영자 및 얌전이 퇴장)

점돌 (독어)* 참 기가 막힌다. 내가 열일곱 살 먹는 오늘까지 이런 집 저런 집에 고용도 많이 하였지마는 이 댁처럼 거꾸루 된 집은 처음 보았어. 소위 영감은 아침바람에 찬이슬을 맞고 은행에 가서 하로 종일 주판과 씨름하지, 이렇게 한 달을 애를 써서 번 돈이 모두 어디로 가느냐 하면 아씨 향수값, 반지값, 분값, 외투값, 옷값에 다 들어가는데, 당신은 인력거도 아니 타고, 참 세상에 이런 일도 있을까. 이것은 모두 아씨가 편한 데서 나온 것이것다. 첫째에 영감은 사철 양복을 입으시니까, 바느질 할 것 없이 속옷은 빨래집에 보내고, 음식은 얌전이란 년이 되지 못한 솜씨에 뚜싹거리어 만들지, 그 중에도 우습고 기가 막히고 능글능글 한 게, 아씨가 만드는 서양요리엇다. 비프스테이크라고 만드는 것이 신창 같이 질기고 스튜라고 만든 것이 갈분에 고기점 베어 넣은 것 같으니, 먹을 수가 있어야지. 그래도 영감은 그것이 좋다고 (먹는 흉내를 내이며) 응, 이것은 맛나는데, 간이 조금 덜 들었는데, 에그 참 기가 막히지. 그것은 오히려 예사이나, 서양요리를 만드시면 서양 요리 만드는 책을 옆에다 놓고 소금이 몇 푼스, 빠다가 몇 푼, 밀가루가 얼마, 빵가루가 몇 숟가락, 일일이 저울에다 달아서 만드시는 광경이나 참 구경할 만하지. 그것도 하시지 않는 날에는 소설책과 소리하시느라고 집안이 떠들썩하고, 오늘은 무슨 회, 오늘은 무슨 회 하시고, 밤마다 돌아다니시니 암만 인품이 좋으신 영감이지만 말 한마디 없을 수가 있나. 참고 계시다가 못하여 두어 마디 말씀하시면 도리어 아씨께서 언덕 위에서 물 내려 붓듯 남녀동등권이니 가정개량이니 예전처럼 심창**에 들어앉을 필요가 없고 아무쪼록 교제에 힘을 써서 은연중 남편의 지위

* 獨語 : 독백.
** 深窓 : 깊숙한 방의 창문, 즉 규방을 뜻함.

를 견고하게 하는 것이 오늘 부인의 직책이라고. 아이고, 나는 다 옮길 수도 없어— 또 그러고 말끝에 무에라 그리시더라, 오—라—, 빨래하고 밥짓는 것만 계집의 뚜뚜뚜, 뚜뚜, 뚜틱—가 아니야, 오라, 띄유틱(Duty)라든지. 영감께서 말 한마디하실 적에 아씨는 천 마디나 하시니 될 수 있나. 고만 흐지부지—되지. 제기, 나 같으면 말하기 전에 한 번 짝 부치고 한 번 들었다 놓겠더라. 그러면 (여자의 음성으로) 애고, 왜 사람을 이리 탕탕 치시우. 때리지 않으면 말못하시오. (남자 성으로) 너 같은 것은 주먹으로 알려서 따끔한 경상을 보아야 한다. 좀 맞아 보아라, 하고 또 한 번을 짝 부치면

(이때에 안일세, 집에 돌아온 모양으로 아내 방 가까이 온다)

점돌 (여자의 음성으로) 에그, 사람 살리우.

(안일세, 깜짝 놀라서 모자를 눌러쓰고 두 팔을 걷으면서 깜짝 놀라)

점돌 에그, 영감 오십니까.
안일세 아, 이놈 너 혼자냐?
점돌 네.
안일세 지금 사람 살리라 하던 계집 목소리가 나지 않았느냐?
점돌 소인이 혼자 연극을 했습니다.
안일세 (어안이 벙벙한 모양으로) 미친 놈, 그런데 아씨는 어디 가셨니.
점돌 음악회에 가셨습니다.
안일세 음악회에? 언제 가셨니.
점돌 가신 지 얼마 아니 되었습니다.
안일세 (입맛을 쩍쩍 다시며) 시장하다. 밥이나 어서 가져오너라.

점돌 저녁이 없습니다.

안일세 없다니…….

점돌 안 지어 놓고 가셨습니다.

안일세 얌전이란 년은 무엇했단 말이냐.

점돌 얌전이도 갔습니다.

안일세 아, 얌전이까지 갔단 말이냐?

점돌 가다 뿐이에요, 그년이 어떤 년인 줄 아십니까. 음악이라면 알지도 못하면서 사족을 못쓴답니다.

안일세 그래 아무 말도 없이 갔단 말이냐.

점돌 왜요, 소인이 영감마님이 오시면 어떻게 하시라고 진지도 아니지어 놓고 가느냐 하니까 아씨 말씀이 영감마님은 평생을 계실 양반이고 음악회는 일년에 몇 번밖에 없는 것인즉 불가불 시간 전에 가보아야 하겠다고 하시면서 영감께서는 서양요리를 사서 드리라 하시던 걸이요.

(안일세는 점점 분기가 택중하여 오는 모양으로)

안일세 (혀를 끌끌 차며) 에이, 응— 참 이 애 점돌아, 너는 나가 있거라.

이런 제기. 아마 세상에 나 같이 우스운 사람은 없을 것이다. 일년열두달 정성 들여 벌어다가 저축은 못 해보고 모두 마누라의 반지값, 옷값에다 들어가버리지. 그리고본즉 나는 반지와 옷값에 고공살이*하러 이 세상에 태어난 사람이요, 또 한편으로 생각하면 아내를 위하여 사는 사람쯤 되는구나. 그러면 내 마음이나 받아주거나 서로 아끼어 주고 알아주는 맛이나 있어야지. 남편이란 의례히 아내를 위하여 돈을 벌어다

———
* 雇工__ : 머슴살이 혹은 품팔이 생활.

가 주는 동물쯤 아는 게야. 은행에서 빵 조각 얻어먹고 집에 돌아와서 따뜻한 음식이나 먹을까 하고 오니까 요 모양이란 말이냐. 부처님 얼굴도 세 번만 문지르면 노한다든가, 사람이 골이 나서 못 견디겠다. 응— (하며 일어나서 이리 왔다 저리 왔다 방 속을 거닐면서 화가 점점 나는 듯이 교의를 보고) 이건 왜 맨가운데에다 놓았어. 한 옆으로 좀 못 치우나. 이애 점돌아.

점돌 (무대후면에서) 네. (점돌이 등장) 부르셨습니까.

안일세 아, 이놈아 방이나 좀 잘 치워놓지, 응.

점돌 잘 치웠습니다.

안일세 아, 그런데 아 이놈아, 아씨가 가시거든 얌전이라도 붙들어 두지 못 했단 말이냐.

점돌 할 수 없는 것을 어떻게 합니까.

안일세 그러면 굶어야 옳단 말이냐, 응? 그래 그런 경우가 어디 있네. 음악회는 좀 늦게 간들 무슨 상관이야. 아, 또 일찍 가야 할 일이면 밥이나 지어 놓고 상이나 보아 놓아서 계집의 손이 없드래도 먹도록 해놓아야 하지, 글쎄, 응?

점돌 (머리를 긁으면서) 글쎄, 절 가지고 꾸중만 하시면 무엇하십니까.

안일세 (깜짝히 정신을 차린 모양으로 어색하여) 응, 응, 저리가.

(점돌이 퇴장)

안일세 이걸 어떻게 하면 좋아. 오거든, 내 한 번 몹시 꾸짖어야 하겠다. 내가 말하면 필연 또 남녀동등권 문제를 꺼내 놓으렷다. 에그 지긋지긋하다.

(이때에 무대 후에서 인성人聲이 나며, 영자, 얌전이, 점돌이 등장)

점돌 (주인방으로 들어오며) 아씨 오셨습니다.

안일세 (옷을 정제하고 얼굴을 별안간 무섭게 하며) 어서, 이리 들어오시래라.

(점돌이가 마루에 나아가서 영자를 안내하여 들인다)

안일세 응— 응—.

영자 왜 어디가 아프시우? 응— 응— 하시니— 아주 음악회가 어떻게 자미가 있는지 그저—메리 씨라든지 그 양반의 피아노 독주야말로 정신이 황홀하여지고 저절로 몸이.

안일세 듣기 싫어.

영자 듣기 싫으시면 그만 두시구려.

안일세 대관절 아내의 일이 무엇인지 아우.

영자 모르니까 가르쳐주시구려.

안일세 제일에, 남편의 마음을 따라서

영자 남편의 마음을 따라서

안일세 반항하지 아니 하고 남편으로 하여금

영자 남편으로 하여금 항상 유쾌한 마음을 가지게 하고 가정에 봄바람이 불게 하는 것이야. 하하하…….

안일세 남편이 말하는데, 웃는 것은 실례가 아니오.

영자 실례는 말고간에 우스운 걸 어떻게 해요. 그런 소리는 귀머리 땋고 다닐 때부터 귀속에 못이 배기두룩 들었다우.

안일세 왜 그럼 실행하지 아니하우.

영자 내 줏대와 다르니까 그렇지요.

안일세 그러면 그 줏대라는 것 들어 봅시다그려.

영자 말할 것 없이 날마다 실행할 것이니, 저 길이 저 사람의 줏대이

로고나 하시오구려. (영자, 나아가려 한다)

안일세 응— 응— (하고 신음하다가 영자가 거진 문 밖으로 나아가려 할 때에 비로소 생각이 난 듯이) 여보, 여보, 앗차 잊어버렸다, 여보.

영자 왜 그러세요. (다시 들어온다)

안일세 그런 법이 어디 잇소.

영자 무엇요.

안일세 남편의 저녁을 굶기는 법이. 아— 음악회가 중하오, 남편이 중하오, —응.

영자 누가 굶으라 여쭈었소. 양요리라도 차려다 자시지 않고. 자기가 좋아서 굶었지요. 나는 오다가 청목당靑木堂에 들어가서 요리를 먹고 왔는걸요. 대저 음악이라 하는 것은 고상한 예술이니—

안일세 듣기 싫소— 여보, 고만 둡시다. 이러다가는 사람이 부아가 터져서 못 견딜 것이니 우리 서로 상관을 맙시다. 내가 부인의 일에 간섭할 것도 없고 부인이 내 일에 간섭도 말고, 국교단절을 합시다— 이리 나오.

(두 사람과 두 하인이 모두 마루로 나온다. 안이 백묵으로 종선획縱線劃을 하고)

안일세 자, 이것이 국경선이야. 까닭없이 또 허락없이 이 국경선을 넘어 오지는 못한단 말이오. 부인은 부인방에 가 있소. 인제는 서로 말도 아니 할 터이니, 어서 가우.

영자 누가 싫어요. 더 좋지요. 얌전아, 너는 내게 오너라.

안일세 점돌아, 너는 내게로 오너라.

(네 사람이 서로 갈라 들어간다)

안일세 점돌아, 가서 서양요리나 좀 차려 오너라.

영자 얌전아, 가서 과일이나 좀 사오너라.

(두 하인이 출거出去. 영자는 무답舞踏 흉내를 내고 있고, 안은 의자를 이리 놓았다 저리 고쳤다 하고 있다. 점돌이가 양복 점원 맹오일을 안내 등장)

맹오일 영감―기체 안녕하십니까.

안일세 오―너 이제 왔니.

맹오일 (청구서를 내어놓으면서) 저 일전에 지어온 아씨 양복값 받으러 왔습니다.

안일세 아씨 양복값……. 입으신 이에게 가서 주십시사고 하여라. 일 없다. 인제는, 국교단절하였으니까.

맹오일 국교단절이요?

안일세 말하자면 가교家交 단절이다. 어찌 하였든지 입으신 이에게로 가라. 나는 일없다.

(맹오일이 퇴장, 도영자실전.* 얌전이가 안내 입실)

맹오일 안녕하십니까. 저 양복값 받으러 왔습니다.

영자 무엇 양복값? 왜 이리 왔니.

맹오일 대감께서 국교단절되었으니까, 인제는 일없다고 입으신 이에게로 가라고 그리셔요.

영자 무엇 국교는 단절되었드래도 그것은 단절되기 전의 것이니까 저

___
* 到榮子室前 : 영자의 방 앞에 이름.

리 가 받아라. 소급遡及은 아니하니까.

맹오일 그것도 그리할 듯합니다.

　　(맹오일, 점두* 퇴장, 재도영감실**)

맹오일 아씨께서는 상관없다고 하십니다.

안일세 왜 상관없다고 하시더냐.

맹오일 입으시기는 아씨께서 입으시었더라도 그것은 국교단절되기 전이니까요. 무엇 소급을 아니한다나요.

　　(안일세가 대금을 지불. 맹오일 퇴장. 영자, 독창 일곡. 안일세가 국경선 외에서 경이절청*** 하다가 부지중 오입경내娛入境內. 영자가 안일세의 국경침입한 것이 화장경에 비추인 것을 보고 돌연히 일어서며)

영자 아니— 왜 남의 국경에를 기탄 없이 침입하십니까—.

안일세 (주저하면서) 아—아—니—.

영자 아니가 무엇이오니까. 어서 곧 나아가십시오.

　　(안일세가 무료히**** 쫓겨 나와서 분함을 못 이기어 두 손으로 머리를 집고 웅웅거리다가 무엇을 깨달은 듯이 일어나서 자문자답한다)

안일세 (여자음성) 안녕하십니까? 요사이는 일기가 참 추워요.

　　(남자음성) 참 치운데 어떻게 오십니까. 어서 들어오십시오—. 아니요.

---

* 点頭 : 동의나 옳다는 뜻으로 고개를 약간 끄덕임.
** 再到令監室 : 다시 영감의 방에 이름.
*** 傾耳竊聽 : 귀 기울여 몰래 들음.
**** 無聊__ : 조금 부끄러워. 열없어.

그리는 가시지 마십시오— 자, 이리 앉으십시오.

(여자음성) 치운데 왜 혼자 계십니까.

(남자음성) 찾아오실 줄 알고요.

(이때 영자가 자기 방에서 책을 보다가 여자의 음성을 듣고 기색을 변하고 엿보며 나아오다가 안일세가 미리 알고 점점 더 하는 여자음성에 끌리어 오입경내娛入境內. 안일세가 돌연히 나서면서)

안일세 아니, 왜 남의 국경에를 기탄 없이 침입하십니까—.

영자 (주저하면서) 누—누가 온 것 같애서……

안일세 누구가 다 무엇이오니까. 어서 곧 나가시오.

(영자는 무료히 퇴退하고 안일세는 유쾌한 모양으로 소파에 가 앉아 손을 비비다가 밤 지낼 생각을 하고 눈을 크게 뜨며 점돌이를 시키어 침구 인도寢具引渡를 청구하다가 거절을 당하였다. 점돌이가 의사 박도일을 안내 등장)

안일세 어서 이리 들어오게— 아— 이 웬일인가.

박도일 이 근처에 환자가 있어서 다녀가는 길인데 과문불입*이야 할 수 있나. 그러나 늦도록 혼자, 이것—. (하고 사면을 둘러본다)

안일세 국교단절을 하였다네.

박도일 국교단절이라니. 내어쫓긴 모양일세그려. 하여간 왜 그렇다는 말인가.

---

* 過門不入 : 공적인 일을 위해 개인적인 일을 잊음.

(안일세가 이유를 대개 설명한다)

박도일 그러면 화평할 생각은 없나?
안일세 원 남자체면에 화평하자고 기어들 수는 없고, 저편에서 하자면 하다 뿐인가? 그러나 그것은 생각도 아니 하여야 옳으니까.
박도일 저편에서 무조건 굴복을 하시도록 할 터이니 내 말만 듣게.
안일세 듣다 뿐인가. 무엇인가.
박도일 저 밖에 계신 모양이니까.

(박, 일세 귀에다 대고 무엇을 이른다. 이때 얌전이가 목욕이 준비됨을 고하여 영자 퇴장. 안일세가 가병의모*를 연습하고 박의사가 교련. 영자, 환실)

박도일 여기는 어떠한가.
안일세 아구구구구 거기도— 아구구구 막—결니—아구구구 죽겠네그려. 아구구구.

(영자가 경하도국경호박의사**)

영자 안녕하십니까. 그런데 웬일입니까?
박도일 낮에 은행에서 썩은 햄을 잡수시었다는데 그것이 관격된 모양이올시다.
영자 아주 무엇 급하여요.
박도일 가만히 계십시오. 이야기할 틈 없습니다. 또 어떻게 되었는지.

---

* 假病擬貌 : 가짜로 병을 흉내내는 모양.
** 驚呀到國境呼朴醫士 : 영자가 놀라 입을 벌리고 국경선에 와서 박의사를 부름.

(박의사가 황황히 입시)

박도일 좀더 하게. 차차 되어오네.

안일세 아구구구구 죽겠네— 거기도— 아구구구구.

(영자재초의사[*])

영자 좀 어떻습니까?

박도일 무엇 말이 아니올시다. (하고 또 들어가려 한다)

영자 여보시요. 제가 좀 들어가 뵈오면 어떠하겠습니까.

박도일 무엇 국교를 단절하시었다지요. 본인에게 물어 보고요. (급히 들어가서) 거진 되어 가네. 좀더 하게.

안일세 아구구구 그것은— 은— 아구구구 아니 되네— 아구구구.

(박이 재도경선[**])

박도일 아니 된답니다. 아주 말 아니어요. 병은—.

영자 그래도 어떻게 좀.

박도일 그러면 좋은 도리가 있습니다. 그런데 무조건 항복을 하시겠습니까?

영자 (주저주저하며 약한 음성으로) 하—지—요.

박도일 그러면 내 불을 끌 터이니 곧 오시어서 좀 만져 주십시오, 자.

(영자 입실. 얼마 후에 박의사가 갱점등화更點燈火)

---

[*] 榮子再招醫士 : 영자가 다시 의사를 부른다.
[**] 再到境線 : 박도일이 다시 국경선에 이른다.

안일세 나는 박도일인 줄 알았더니 영자로군. 어째서 국경을 넘어 들어왔어. 안되어, 어서 가우.

박도일 아—니 그런 게 아니라, 자네 부인이 전사前事를 후회해서 무조건으로 항복을 하셨네.

안일세 무어야. 무조건 항복이야.

영자 (간신히) 네.

안일세 옳다. 그러면 목적을 달했구나. 삼십년래에 처음 유쾌한 일을 당하였구나. (소파에서 뛰어 일어난다)

영자 에그머니, 정말 급병急病인 줄 알았더니.

안일세 이것이 다 작전계획이올시다.

영자 박의사 같은 참모가 계시니까.

박도일 어찌 되었든지 평화처럼 유쾌한 일은 없습니다.

(풍금소리 나며 3인이 함께 무답의 흉내를 내며 점차 고요히 폐막)

—《태서문예신보》(1918. 12. 25).

황혼

최승만

황혼

(전4막)

제1막

인물

김인성金仁成 : 청년

홍순배洪順培 : 목사

안광식安光植 : 김의 친우

이명찬李明贊 : 김의 동창

무대

김의 서재

김인성 아—요새 같아서는 세상이 다 귀찮다……. 내가 죽을 날이 언젠지는 모르지만 요새 같은 생활을 계속한다 하면 하루 바삐 죽는 것도 좋아! 더 살아서는 무엇하며, 더 살맛은 무엇 있나! 살아서 고통 받는 이보다 죽어서 잊는 것이 오히려 낫겠지! 그러나, 또 죽기도 어려워. (한숨을 휘— 쉰다)

안광식 (조용히 들어온다) 아, 자네 요새, 웬일인가! 무슨 번민을 그리하나? 접때, 말하던 그 일 때문인가?

김인성 (고개를 끄덕대면서) 그렇다네. (잠깐 침묵) 자네니 말이지, 그 문제—그 이혼문제 때문에 야단났네. 이럴 수도 없고 저럴 수도 없으니까, 도무지 어쩔 줄을 모르겠네.

안광식 (걱정하는 얼굴로) 글쎄 말일세. 내가 아무리 걱정한들 자네 마음 같겠냐마는 나도 참, 자네 볼 적마다 딱하데. 나도 경홀輕忽하게, 이래라 저래라 말할 수도 없는 일일세. 물론 사회라는 것이 자네를 이해하고 자네를 잘—안다 하면 모르지만 그렇지 아니하면, 죄다 자네를 욕하지 않겠나! 그렇지 않아도 가뜩, 요새 청년들은 이혼들을 잘한다고 사회에서 떠드는데 자네조차 이혼을 해보게. 지금만치 얻은 자네 명망은 물론 떨어질 것이고 여러 사람들의 떠드는 소리는 귀가 아플 것이 말인가!

김인성 (격렬한 안색으로) 사회라는 것은 무엇인가! 나를 떠난 사회라는 것이 어디 있단 말인가?

안광식 아—그렇게 심하게 말할 것은 없고. '나'라는 것과 '사회'라는 것을 어떻게 떠난단 말인가, 사회를 위해서는 쓰나 다나 해야지. 얼른 말하면 전쟁에는 왜 나가나? 아, 죽고 싶어 나가나? 이것을 말하면 즉 사회를 위해서 나가는 것이 아닌가!

김인성 (침묵이 잠깐 되다가) 글쎄, 이것은 우리끼리 늘 떠드는 말일세마는, 자기라는 '제 스스로'를 너무 그렇게 몰시沒視해서는 아니 되겠지. 개인 개인끼리 제가끔 자기의 할 일만 잘한다 하면, 이것이 사회에 큰 이익을 주는 것이 아니겠나! 내가 지금 말하는 것은 개인주의에 가까운 말일세마는 개인주의의 근본 뜻이 저만 잘 살아야겠다는 것이 아니겠지. 사회를 잊어버린다는 것이 아니겠지.

안광식 아니, 모르는 것이 아닐세. 자네 뜻을, 모르는 것이 아니야! 그러나 좀…….

(이명찬 등장)

이명찬 (주정꾼 모양으로 비틀거리면서) 아이구, 또, 무슨 좀 쌍스런 얘기들을 하는 모양일세그려! 아이구, 아니꼽게 개인주의니 사회주의니. 다 고만두고 밖에 나가서 똥통이나들 끌어라. 너희들 암만 떠들어 소용 있나! 밖에 가서 땅이라도 파는 것이 상책일걸—.

안광식 (웃으면서) 옳은 말일세. 암만, 무엇이니 무엇이니 떠들어 소용 있나. 자네 말이 옳지…….

홍목사 (웃으면서 들어온다) 아, 형님네들, 여기들 계십니까?

(김은 기립하여 애찰*한다. 김은 목사에게 자리를 권한다)

홍목사 (김을 보면서) 아, 형님, 요새 웬일이십니까, 예배당에를 도무지 아니 오시니. 무슨, 몸이 좀 좋지 못하셨습니까?

김인성 아니요, 몸이 아픈 것도 아니지마는— 좀 일이 있어서 못 갔습니다.

홍목사 몸도 아프시지 아니 하셨는데 그러면 무슨 일이 계셨습니까, 집안에 무슨 일이 계셨습니까?

김인성 아니요, 집안에 무슨 일이 있었던 것도 아니예요—.

홍목사 그러시면 무슨 일이 계셨습니까?

김인성 좀— 제게 대한 어려운 사정이 있었습니다.

홍목사 그렇지만 형님, 하나님이 정해주신 안식일 하루는 좀 잘—지

---

* 挨拶 : 앞을 헤치고 나아가 인사를 주고받음. '인사', '인사말'에 해당하는 일본 한자어.

키셔야 아니 하겠습니까! 이 다음부터는 잘 좀 나와 주시지요. (안과 애찰한다) 예수 좀 믿으시지요. 우리 예배당에도 좀 다니셔서 우리 같이 하나님 일 좀 아니하시겠습니까? (안을 향하여)

안광식 네—고맙습니다. 하나님 일이 즉 사회의 일이고, 사회의 일이 즉 하나님 일이니까 어쨌든 사회 일 같이 하자시는 데는 동감이올시다. 그러나 예수를 꼭 믿어야, 하나님 일이 되고 예배당에를 꼭 다녀야, 사회 일이 된다는 말은 없겠지요.

홍목사 예수 아니 믿고 예배당 아니 다니고 어떻게 하나님 앞에 갈 수 있겠습니까. 요한복음 3장 16절 말씀에도 "하나님이 세상을 사랑하사 독생자를 주셨으니 누구든지 그를 믿으면 멸망하지 않고 영생을 얻으리라"하신 말씀도 있지 않습니까! 그러니까 예수를 진실히 믿고 예배당에도 잘 다녀야 아니하겠습니까— 네, 형님.

안광식 (침묵)

(중얼중얼대고 있는 이李에게 목사는 얼굴을 향하였다)

홍목사 이 형님, 예수 좀 믿으시지요.

이명찬 나더러 왜 형님이라고 하시우. 나이로 보더래도 노형이 더 자신 것 같고 봄에는 똑똑한 양반이 젊은이 늙은이도 잘 모르고 다니시우!

홍목사 아— 너무 그리시지 말고 정말 좀 예배당에 좀, 다니시지요.

이명찬 남 싫다는 예배당에는 왜, 자꾸 다니라시우! 예배당에 다니면 술도 못 먹고 기생집도 못 가게요! 여보 다—고만두시우!

홍목사 술 안 먹게 되고 잡기雜妓와 놀지 않게 되면 당신 몸에 얼마나 좋겠습니까? 그러시지 말고 믿으십시오.

이명찬 아, 여보시우. 예수 믿는 이도 술만 잘 먹고 기생집에만 잘 다

닙디다. (김, 안을 보면서) 저—조원근이 안 있나! 요새 나하고도 늘 만났지만 요새 말 아닐세. 예수 믿습네—하고 난봉만 잘 부리러 다니데. 다—소용없어.

홍목사 (일어서면서) 그러면 나는 가겠습니다. 여러분께 부탁 하나 하고 가는 것은 아무쪼록 예수 좀 믿으십시오. 하늘에 계신 아버님께서는 우리를 얼마나 기다리시겠습니까. (애찰한 후 퇴장)

이명찬 (웃으면서) 내 부러 좀 취하기도 한 김에 몰아댔지. 너무 귀찮게 이말 저말 없이 들이 믿으라고만 하니까 인제는 밉살스럽게만 보이데.

안광식 그러나 너무 심했네. 그 무슨 짓인가!

이명찬 심하기는 무엇이 심해! 좀 그렇게 해야 한다네.

김인성 (불쾌한 안색. 천정을 앙시仰視하다가) 여보게 좀 아니 되었네마는 몸이 좀 몹시 아픈 모양이니까 좀 들어가 드러눕겠네.

안광식 아— 들어가 누시게. 어디가 아픈가?

김인성 별로 아픈 곳은 없으나 어쩐지 몸이 대단히 괴로우니 말일세.

안광식 (김을 보면서) 그럼, 잘 치료하게. (이를 보면서) 그럼 우리는 가세.

김인성 (이, 안을 보면서) 아니 되었네. 별로 얘기도 못 하고…….

이, 안 천만의 말을 다하네.

이명찬 (안을 보면서 낮은 소리로) 상사병이야! 걔가 요새는 야단났데. 배 누구라나 어떤 여학생과 '고이(愛)'가 잔뜩 걸려서 지금 죽을지 살지 하는 모양이데.

안광식 아! 이 사람, 남을 그렇게 말하지 말게— 나는 모르는 줄 아나! 그 사람도 실상 딱하지 않은가! 바꿔 생각을 해보게! (용기있게) 가세!

　　(양인 퇴장시 막하幕下)

제2막

인물
김인성
배순정裵順貞 : 김의 애인
이명찬

무대
공원

(순정은 인성을 기다린다. 사방으로 방황한다)

배순정 웬일이야, 시간은 지났는데. 아이, 얼른 좀 인성 씨가 와서 나와 같이 이 꽃구경도 좀 같이 했으면. 인성 씨가 잠시라도, 옆에 있지 아니하면 좀 마음이 횡―한 것 같애. 나는 그이가 없다 하면 곧 죽을 것 같애. 다른 사람이 아무리 많다 한들 나의 러버 인성만 할라구.

(급한 보조步調로 김인성 등장)

김인성 아, 벌써 오셨어요. (시계를 보면서) 시간이 많이 좀 지났지요. 약속하신 시간을 어겨서, 참, 미안합니다.
배순정 아, 저더러 시간 지킬 줄 모른다 하시더니 되려 시간을 못 지키셔요!
김인성 아― 실상은 좀 까닭이 있었어요. 저―과자를 좀 사 가지고 오느라고 과자집에 들렀더니 마침 주인이 어디로 가서. 곧 나오려다가 또 다시 한참을 더 가야 과자집이 있으니까 아주 잠깐 기다려서 사 가지고

오느라고 한 것이 이렇게 늦은 모양이외다. 아무려나 허물하시면 달게 받지요. (미소)

배순정 까닭은 단단히 계신 모양이니까, 허물은 아니하겠습니다…….

김인성 고맙습니다. (벤치를 가리키면서) 여하간 앉으십시다. 그러게 순정 씨를 믿지요. (양인은 벤치에 앉는다. 과자를 펴놓고 집어먹는다) 잡수십쇼. 맛있는 과자올시다.

배순정 맛있는 과자는 아니로되 사 오신 것이니까 맛있겠지요. (미소로써)

김인성 고맙습니다. 좋은 과자가 없어서 그 중 좋은 놈으로 뽑아 사온 것이 이거랍니다. 좋지 못하더라도 제가 사온 것이니 많이나 잡숴 주십시오.

(이명찬, 비틀거리면서 등장)

이명찬 아, 자네 여기서 잘 노네그려!

김인성 아, 자넨가, 좀 일이 있어서…… 좀 앉게. 아니 되었네마는 과자나 좀 집으시게.

이명찬 아—니, 앉기도 싫고, 먹기도 싫어! 잘 놀게! 허허 허허. (퇴장)

배순정 (불쾌한 안색으로) 그 누구에요!

김인성 그런 사람 있지요. 술이나 먹고 돌아다니는 사람이지요. 중학교 다닐 때에 동창생이었었는데 공부도 잘하고 똑똑한 사람이더니만 요새는 그렇게 큰 타락 같이 된 모양이외다그려.

배순정 나는 행길에 가다가도 술주정꾼 같은 이가 그 중 무서워요. 그런 이를 만나면 어쩔 줄을 모르게 되는 걸요. (귤 하나를 까서 김을 준다) 제가 깐 것이니 잡숴 주셔요.

김인성 고맙습니다. 특별히 먹겠습니다. 그런데 이야기나 좀 들려주시지 않으시렵니까? 혹 일반 여자계에 대한 것도 좋겠지요. 나는 여자계에 대한 것이라고는 도무지 모르니까 혹 여자의 사조라는 것은 얼만한 정도에 있는지, 혹 여자의 행동이라는 것은 얼마만치나 진보되었는지 대강은 안다고 할는지 모르겠습니다마는 자세히는 알 수가 없게 됩니다그려. 혹 아시는 대로 일러주시면, 좋지 않을까요.

배순정 모르실 것은 무엇 계신가요. 조선여자계라야 참 무슨 말할 것이 되나요. 아직도 멀었지요. 무엇이 무엇인지 아나요!

김인성 아— 그래도 과히 어떻지는 아닌 모양 같던데요. 언제인지 어떤 여학교 졸업식인지 연설하는 데 가본 일이 생각납니다마는 그때 가보니까 무슨 굉장한 소리를 하더군요. 쫀 딱크가 어떠하니 빵카스트가 어떠니 하고 떠드는 품이 곧 여걸이나 날 것 같고 여정치가나 생길 것 같던데요. (빈정거리는 듯이)

배순정 아, 그것이 제 속으로 나오는 말인 줄 아십시오? 무슨 연설이나 하나 한다면 선생님한테 가서 차적을 받아 가지고 와서 서너 달 밤을 새가면서 외어 가지고 하는 연설이랍니다.

김인성 외요? 외다가 막히면 어떻게 합니까?

배순정 그렇게 막힌다든지 할까 보아서 미리 연설말 쓴 종이를 펴들고 있는 선생님도 계시답니다.

김인성 (빙글빙글 웃으면서) 그러면 연설회 한번 하려면 굉장히 힘이 들겠습니다—그려! 어쩐지 연설할 때 보면 줄줄 내려 읽는 것 같아서 꽤 빨리는 한다 했더니 그것이 지금 생각하니까 즉 외는 것입니다그려! 네— 어쨌든 여자가 외는 총기는 많은 모양이에요.

배순정 외는 총기가 많으면 무엇하나요! 무슨 연구성이라는 것이 조금이라도 있어야지요!

김인성 아마, 여자가 허영심도, 꽤 많지요? 옷이나 잘 입고 돈이나 많다 하면 그런 사람들을 꽤 흠모하지요?

배순정 그럼요, 대개가 그렇지요. 그 어떻게 그리 아셔요.

김인성 다―아는 수가 있지요. 그것도 모르겠습니까!

배순정 도무지 이것저것 할 것 없이 우리 조선여자라는 것은 너무 몰라요. 또 잘 가르쳐 주는 이도 없어요. 어느 때에는 왜 내가 남자가 되지 아니했나 하는 생각도 없지 않아요. 좀 남자 같이 자유로운 몸이 되고도 싶어요.

김인성 남자는 무엇이 그리 나은 것이 있습니까! 깨달은 것이 무엇이 그리 있나요―지금 조선사람으로서는 여자나 남자나 다―새 사람이 되야죠. 부술 것 부숴버리고 깨뜨릴 것 깨뜨려버려야지요. 지금은 무엇 무엇 하는 이보다 모든 것을 파괴할 것, 파괴해버려야 하지요. 건설한다고 떠드는 이보다 지금 이 시대는 파괴시대에 있는 줄 압니다. 이 말씀이 난 김에 제 이야기도 하겠고, 또 제 할 일도 말씀하겠습니다. 나는 순정 씨가 나를 사랑해주시겠다는 회답을 받은 후로 하루도 마음이 고요치 못하였습니다. 일요일이면 가던 예배당에도 여러 달 아니 갔더니 언제는 목사님도 왔습니다마는 어쨌든 저는 그동안 번민 중에 있었습니다. 순정 씨 뵙는 데는 순정 씨조차 맘 상케 해드리기가 딱해서 억지로 좋은 얼굴로 순정 씨를 대했으니까 순정 씨는 조금도 모르셨겠지오. 그러나 실상은 남 모르게 혼자 속을 태우고 있었습니다. 나는 곧 해결하기로 작정했습니다. 지금부터 새 생활을 시작하겠습니다. 지금이라도 우리 집에 가서 이혼해달라고 말씀하겠습니다. 물론 우리 집에서 큰 야단이 날 테지요. 또 사회의 냉평冷評도 있겠지요. 그러나 사람의 '사랑'이야 어떻게 끊겠습니까. 순정 씨와의 '사랑'이야 뗄 수가 있겠습니까. 나는 모르겠습니다. 집안의 호령이 있거나 사회의 욕이 있거나 나는 나요, 그는 그올시다. 나는 언제든지 나요, 그는 언제든지 그겠지요…….

배순정 저는 참… 한 분만 믿고 있겠어요.

김인성 (숙사熟思하는 듯이 머리를 수그리고 있다가) 참, 공연히 이 말씀 저 말씀 떠들어서 마음만 불쾌하게 해드렸습니다. 저리 산보나 하시지요!

(기립하면서 김은 순정의 두 손을 잡고, 한숨을 쉬며 창공을 앙시할 때 순정은 고개를 조금 수그리고 있다. 막하)

제3막

인물
김인성
김의 부친 및 모친
김의 원부인原夫人

무대
김인성 가청家廳

부친 그 애가, 어디로 가서 들어오지를 아니하나. 혹, 시가에 다니다가 다치지나 아니했나, 혹, 어떤 몹쓸 놈한테 맞지나 아니했나, 온, 어디로 가서 입때 들어오지를 아니한단 말인가.

모친 아이구 영감두, 입때 그것을 모르시우! 언젠지 영감 아니 계신 새, 개 친구들이 작은 사랑에들 와서 같이들 이혼을 해야 하느니 아니해야 하느니 하고 떠드는 소리도 들었지만 암만해도 걔가 이상합디다.

부친 이혼이야기들을 해! 요새 젊은 녀석들은 모여 앉으면 이혼 어쩌구 하니까 세상 말세라 어쩔 수 없어!

모친 요새는 잘 가던 예수당에도 아니 가는 모양입니다. 술도 먹고 와서 주정 같이 혼자 무어라고 중얼중얼 떠들기도 하는 것을 보면 암만 해도 일이 단단히 났어, 영감!

부친 글쎄 말일세. 팔자도 사납지, 다만 자식이라고는 그것 하나를 두 었더니 그것이 그러하니 어찌 하면 좋단 말인가!

모친 영감, 글쎄 말이요. 영감이나 돌아가면 큰일났소. 집안일을 다 어떻게 한단 말이요. 제 처는 도무지 본 척도 아니 하니 어떻게 하면 좋 다는 말이요.

부친 그래, 제 처와는 말도 잘 아니 하나?

모친 아이구, 영감, 말이 무어란 말이요. 말이라도 하면 좋게! 제 처가 밥상이라도 들고 갖다 주면 머리쌀을 잔뜩 찡그리거나 화를 데럭데럭 내고 있는 걸. 참 큰 일 났소. 다만 몇 식구에 집이 이러하니, 어찌하면 좋단 말이우! 걔도 불쌍하지 영감, 젊은것이 시집 와서 무엇 바라고 있 겠소, 다만 사내 하나 아니오. 그 오죽 하겠소, 오죽 속이 타겠소. 또 걔 가 맘이 뗑—해서 말을 안 해 그렇지, 그 오죽 하겠소. 아이구 애 녀석 도 어쩔 심인지.

부친 마누라, 글쎄 말이요…….

모친 걔가 그러니까 집안이 꼭 난가亂家 같구료 영감. (며느리를 부른다) 애야! 게 있니? 숭늉이나 한 그릇 떠오려무나. (네! 하는 대답 소리가 난 다) 글쎄 하루 이틀 아니고 딱해서 그걸 어떻게 본단 말이요.

며느리 (숭늉 한 그릇 가지고 등장) 좀 식었습니다. 잡수기 좀 차시겠습 니다.

(김인성 등장. 양친은 반희반책半喜半責으로 떠든다. 원부인이 나가려 할 즈음에 김은 나가지 말라고 한다. 한 모퉁이에 서 있다)

김인성 참, 저는 할 말씀이 있습니다. 그래서 제 처에게도 나가지 말고 좀 있으라고 했습니다.

부친 그래, 무슨 말이냐.

모친 (며느리를 보며) 그럼, 너도 거기 앉으려무나.

며느리 괜찮아요.

부친 거기 앉으려무나, 다리 아픈데.

며느리 네— (가만히 앉는다. 고개 숙인 채, 소리 없이 앉았다)

김인성 다른 말씀이 아니올시다. 저는 이 말씀을 벌써부터 하려고 했었죠. 그러나 차마 못 했었습니다. 물론 제 마음에는 말씀하는 것이 옳겠다고 하였지만 하도 아버님 걱정이 심하시니까 차마 말씀은 못 하고 있었습니다.

부친 무어란 말이냐. 대관절.

김인성 지금 제가 말씀하면 물론 또 걱정하실 줄 압니다. 그러나 저는 제 일이요, 제가 하지 않으면 아니 되겠으니까 아버님이 '걱정'은 하신다 하더라도 아니 말씀은 못하겠습니다. 아버님의 걱정은 일시적이요, 제 '걱정'은 영구적이 되겠습니다. 아버님의 '걱정'은 객관적이요, 제 '걱정'은 주관적이겠습니다.

부친 객관적이고 주관적이고 글쎄 무어란 말이야! 왜 속 시원히 말을 못해!

김인성 다른 말씀이 아니라 저는…… 제 처와, 살 수 없습니다.

부친 살 수가 없어— 살 수가 없으면 이혼하겠다는 말이냐!

김인성 물론, 그 말씀이겠습니다.

부친 무슨 이유로?

모친 아이구, 애도. 이혼이 무슨 이혼이란 말이냐. 한번 혼인한 것을 어떻게 버린다는 말이냐.

부친 (모를 보면서) 가만히 있게. 무엇을 안다고. 그래, 이유가 무엇이냐 말이냐?

김인성 이유는 많습니다. 장황하게 말씀할 것은 없고 간단히 말씀하면 제 처가 저는 싫습니다.

부친 (격노) 이놈아, 그것이 네 이유냐! 아, 싫다는 것이 네 이유야! 세상을 살려면 좋은 것도 있는 것이고 나쁜 것도 있는 것이지, 꼭 네 맘에 드는 것만 한다는 말이냐! 이놈아, 너보다 중한, 네 에미 애비도 마음에 드는 것만 할 수 없어!

모친 네 아버님 말씀이 좀 옳으냐. 어떻게 세상에서 꼭 내 맘에 드는 것만 하니. 나도 단 것 쓴 것 다 지나 보았고 너 때문에 내 머리도 이렇게 하—얗게 되지 않았니! 영감, 너무 그러지 마시우, 걔도 생각이 있겠지.

김인성 제 말씀을 그래도 못 알아 들으셨습니다. 혼인이라고 하는 것은 딴 사람이 못 하겠죠, 당사자 이외에는. 제가 일평생을 같이 살 것을 어떻게 남이 정합니까? 제가 한 혼인이라도 나중에 혹 어떻게 될지 모르는 것을 어떻게 남이 하라고 해서 하고 남이 말려서 아니 합니까. 제 혼인으로만 말씀하더라도 그렇지요. 철도 나지 아니 한 것을 붙들어다 놓고 이말 저말 없이 하신 혼인이 아닙니까. 물론 아버님께서 철도 아니 난 것을 붙들어다가 결혼시키신 것도 잘 못하셨고 싫은 것을 자꾸 살라고 걱정하시는 것도 무리지요. 참 혼인을 하려면 두 사람 사이에 원만한 이해와 열렬한 사랑이 있어야 하지요. 두 사람이 철저하게 이해하고 열렬한 사랑이 있어야 하죠. 이것이 없는 혼인이라면, 벌써 이것은 참 혼인이 못 되겠지요.

부친 이놈아 살면 사는 것이지, 참 혼인은 어떤 것이요, 거짓 혼인은 어떤 것이란 말이냐. 내, 네 소리는 하나두 모르겠다. 또 철저한 이해는 어떻게 하는 것이 철저한 이해며 열렬한 사랑이라는 것은 어떻게 하는 것이 열렬한 사랑이란 말이냐! 나중에는 별 못된 놈 소리를 다 듣는군……

모친　온, 가만히 앉아 들어야 네 말이라고는 하나두 모르겠구나. 저 딴 소리말구, 너 아버지 말씀만 잘— 들으면 그 오죽 좋게 되겠니. 아이, 걔도 온……

　김인성　그러니까요, 제 말씀은 다른 뜻이 아니라 혼인이란 것은 같이 살 사람끼리 정해야 될 것이구요, 부모라도 말할 권리가 없는 줄 압니다. 부모가 정하는 것이 좋겠다고 소개는 해준다 하더라도 하라고 할 절대의 권리는 없는 줄 압니다. 제 혼인으로만 하더라도 제가 응낙한 것도 아니요, 제가 정한 것도 아닌 게 아닙니까?

　모친　아이구, 너도 망측한 소리두 한다. 제 혼인을 제가 어떻게 정한단 말이냐. 서양국에서는 모르겠다마는 우리 조선풍속으로야 그런 일이 어디 있니!

　부친　이놈아 혼인을 정하려면 네가 정해야 하고 네가 응낙을 해야 된단 말이야! 너 소학을 무엇을 배웠니! 부명호父命呼어시는 유이불낙*이란 말도 있지 아니 하냐. 애비가 무엇이라 하면 네! 할 뿐이지 말이 무슨 말이냐. 그런 불경스러운 말을 어떤 놈한테 들었니! 또— 네 처 일로만 하더라도 그렇지. 계집을 얻는 데도 물론 근신할 것이다. 그러게 여유오불취女有五不取하니 역가자불취逆家子不取, 난가자불취亂家子不取, 세유형인불취世有刑人不取, 세유악질불취世有惡疾不取, 상부장자불취喪父長子不取라는 말도 있는 것이다.** 그러하고 이혼이라도 아주 못하는 것은 아니다. 여편네는 칠거지악七去之惡이 있어 가지고 불순부모거不順父母去라든가 무자거無子去라든가 음거淫去라든가 투거妬去라든가 유악질거有惡疾去

──────────

　* 唯而不諾 : 아버지께서 명하여 부르시거든 속히 "예" 하고 대답하여 응함.
　** 아내로 삼아서는 안 되는 5가지의 경우. 즉 역적이나 모반한 집안, 가정이 어지러운 집안, 한 세대에 형벌을 받은 자가 있는 집안, 한 세대에 나쁜 질병이나 유전성 질병을 앓은 집안, 모친이 청상과부가 된 집안 등의 여자는 아내로 취하지 않음을 말한다.
　*** 아내를 내쫓을 수 있는 7가지의 경우. 즉 시부모에게 순종하지 않는 것, 아들 못 낳는 것, 간통이나 음란 행위 혹은 도박행위, 투기, 나쁜 질병이 있는 것, 입이 가벼워서 이간질이나 구설수가 많은 것, 도적질 등이 있으면 언제든지 기처할 수 있음을 말한다.

라든가 다언거多言去라든가 절도거竊盜去라든가 말이 있으니까.*** 이것은 내가 하는 말이 아니라 공자님이 하신 말씀이야. 성현의 말씀이 하나나 그른 것이 있겠니. 그러니까 이 이유 외에는 네가 아—무리 하드랜대도 나는 할 수 없다.

김인성 저는 무엇, 무엇보다도 이해 못 된 혼인이 없을 것이며 이해 못 된 혼인이 계속되지 못하리라고 생각합니다. 저는 이것을 깊이 깨달았습니다. 저는 다시 진정한 혼인, 진정한 생활을 하겠습니다.

모친 너는 밤낮 이해이해, 진장진장만 하니까 나는 원, 너희들 소리를 도무지 모르겠다. 너의 아버지께서도 무슨 불취불취하시니까 나는 무슨 말씀인지는 모르겠다마는 너는 다—잘 아는 말이 아니냐. 하나나 버릴 말씀이 있겠니. 왜, 너를 못된 데로 가라고 하시겠니.

김인성 (모친을 보고) 어머님은 말귀도 못 알아들으시고 자꾸 참견을 하시는구료.

모친 그러게 내가 무엇을 안댔니. 그렇지만 나도 하—답답하니까 이러니저러니 말하는 것이 아니냐!

부친 그러니까 나는 모르겠다. 다시는 나한테 이혼이란 소리 해버리지 말아라. 네가 어떻게 하든 나는 참견 아니 하겠으니 네 맘대로 하려무나. 비선왕지법非先王之法이면 불감복不敢服이라는 말도 있는데 우리 집안에 조상 적부터 그런 일이 도무지 없었어. 지금 내가 와서 이것을 욕되게 한다 하면 나는 죽어도 맘을 못 놓겠으니까 나는 할 수 없다.

김인성 그러면 저는 또 다시 말씀치 않겠습니다.

부친 그건 네 맘대로 하려무나.

김인성 그러면 저는…… 이 집에서 나가겠습니다.

부친 이놈 썩 나가거라.

모친 아이구, 영감, 인젠 좀, 참으시우. 어디로 나가라고 하시우. 아이구 너두 왜, 아버님 말씀을 잘 듣지 아니하고 어디로 나간대니. 나중에는 별소리를 다 하는구나. 네 에미는 어떻게 하고 이 집안은 어떻게 한단 말이냐.

부친 세상을 살고 보니까 온, 별별 일이 다 생기는군…….

김인성 그러면 저를 잊어주십시오. 저는 아버님이나 어머님께서 저를 자식이라고 생각지 말아주십시오. 저는 불효올시다. 그러나 불효보다도 더 중한 것은 제가 말씀한 제 혼인문제올시다.

부친 이놈아, 그래 네 '애비' 나 '에미' 일보다 네 혼인문제가 더 중하단 말이냐!

김인성 그렇습지요…….

부친 그렇습지요! 이놈 입을 곧 찢어 놓을라!

모친 '그렇지요' 가 무어냐. 그래 효도에서 더 중한 일이 어디 있단 말이냐. 아이!…….

부친 그래도 이놈 조선 사람을 위하여 무엇을 하느니 사회를 위하여 무엇을 하느니 떠드는 녀석이 고렇게 사소한 것을 조금도 용서를 못하니 네깐놈이 무엇을 변변히 하겠니…….

김인성 그 문제가 사소한 것이 아니라 가장 중대하겠지요…….

부친 통히 네깐놈하고 말대답하기 싫다. 너로 말하면 오장이 왼통 바뀐 놈이니까 더 길게 말할 필요가 없고 너두 나가려면 나가거라.

김인성 저도 또 말씀 아니하고 나가겠습니다. (기립할 때에 모친은 만류한다)

모친 어디로 간다구 하니. 집안 일은 다 어떻게 한단 말이냐. 너두 사람 녀석이면 생각이 있고 인정이 있겠지. 어디로 간다고 일어선단 말이냐.

김인성 저도 제가 나가고 싶어 나가는 것이 아니외다. 그러나 저는 저를 위하고 사회를 위해서 아니 나가면 아니 되겠습니다. 아버님, 저는 제가 제 처를 버릴 권리가 있습니다. (원부인을 향하여) 여보시오, 당신은 나의 이해한 자가 아니요, 나의 사랑하는 자가 아니요. 당신도 당신을 잘— 아시오. 건강한 몸으로 계시오.

(김, 나간다. 모친은 좇아나가며 우는 모양으로 말리며, 부친은 흘기는 눈으로 대노하여 있다. 원부인은 역시 울면서 한구석에 앉아 있다. 막하)

제4막

인물
배순정
순정 모친
김인성
안광식
한의
서양의

무대
배순정 가(병실)

순정 모 (순정 모친, 방안을 소제하면서) 아이, 귀찮아. 그러게 남의 자식이란 것은 다—쓸데없어. 사윈지 무언지 하나 얻어 가지고 이것이 무슨 '성화' 야! 보기는 튼튼도 한 녀석이 요새는 헛소리를 탕—탕하고 다니니까 웬 까닭인지를 모르겠어. 집안은 점점 졸아 들어가고 그 녀석은 그러하니 큰일났어…….

배순정 (방안으로 급히 들어온다) 어머니, 그 무슨 말씀을 혼자 그리 떠드시우!

순정 모 (자리에 앉으면서 순정을 보고) 거기 앉아라. 얘기를 하마. 글쎄 너도 아는 일이지마는, 김인성인지 네 사내녀석인지 그렇게 미쳐서 다니는 모양이니 집안일 어떻게 하면 좋다는 말이야! 한푼어치 벌어들이는 녀석은 없고 쓰는 년놈뿐이니 돈이 샘솟 듯한 데도 한량이 없겠다.

배순정 글쎄요, 어머니—그러나 어떻게 하겠소. 빚이라도 내서 그 병을 고쳐야지.

순정 모 그 무슨 병이던? 똑 누구한테 미친 것 같더라.

배순정 아이 어머니, 설마 그럴까요. 무슨 병인지 확실히는 모르겠는데 어디가 아프냐고 물으면 괜찮다고만 하고, 혹 어느 때에는 속이 답답하다고만 하니까 원 무슨 병인지는 알 수가 없어요.

안광식 (문 밖에서 기침 소리가 나면서) 인성이 있습니까?

순정 모 누구신지 들어 오시우!

안광식 (순정을 보고 주저한다) 들어가기가 좀…….

순정 모 아이, 별 '내우'를 다 하시우. 개는 늘 보시고도 그러시우. (안은 들어오고 순정은 한구석에 돌아앉았다) 아가! 안 주사께 애찰하려무나. 늘 뵙고도 그 무슨 '내우'를 그리하니. (순정은 몸을 비스듬히 안에게 향하고 앉았다)

안광식 (순정을 향하여) 참 말씀은 늘 듣고 또 뵙기도 여러 번 했지만 기회가 그리 없어서 자연 이렇게 된 모양이올시다. 참, 김인성 씨하고는 친한 사이지요. 자기도 저를 믿고 저도 그이를 믿는 터지요. (순정을 향하여) 그런데 인성이가 어디로 갔습니까?

순정 모 글쎄 말이어요. 어디로 갔는지 지금도 모녀가 걱정만 하고 있는 판이오. 안주사이니까 말이지 접때 제 집에 가서 이혼인지 하고 온 뒤로부터 웬 세음인지 잠도 자지 아니하고 무슨 실성한 사람처럼 헛소리도 하고 답답하다고 밖으로 휙휙 나갔다가 들어오군 하니까 도무지 알 수가 없구료.

안광식 네, 그래요…… 아픈 데는 없답니까?

순정 모 별로 아픈 곳도 없다나 봅디다.

안광식 그래요…….

순정 모 오늘만 하더라도 아침에 풀대님하고 나간 모양인데 어디를 갔는지 입때 들어오지를 아니하는구료…….

(김인성 등장)

김인성 (불쾌한 안색이 만면) 아, 자네 왔나! (안을 보면서)

안광식 그, 어디를 갔다 오나?

김인성 공연히…… 이리저리 다니다 왔네……(순정 모를 향하여) 장모님, 자리 좀 펴주시죠. 몸이, 대단히 괴로웁니다. 정신이 도무지 횡—해 못 견디겠습니다. (안을 향하여) 좀, 아니 되었네. 몸이 아프니까 좀 드러누워야 하겠네. (순정이가 펴 놓은 '자리'에 드러누운다)

안광식 어디가 그리 불편한가?

김인성 어디랄 것은 없고 그저 정신이 횡—해서 꿈인지 생신지 모르겠네.

안광식 그러면 의사나 좀 불러 가지고 올까?

김인성 아 —니, 별소리를 다 하네. 곧 일어날 걸.

안광식 그럼, 나는 가겠네. 조섭 잘—하시게.

김인성 어서 가보게, 아니 되었네. (한숨만 쉬고 드러누웠다. 기모녀其母女는 병인을 위요*했다. 잠시 후에) 여보! 안광식이와 무슨 이야기했소? (순정을 향하여)

배순정 이야기가 무슨 얘기에요!

김인성 다 —알았어. 지금 내가 다 들은 걸…….

---

* 圍繞 : 주위를 둘러쌈.

순정 모 참 걔는 아무 말도 없었네. 말이라고는 내가 그 사람에게 잘 있느냐고 한 것밖에는 아무 말 없었네.

김인성 그만들 두시우! 알았소. 그러하겠지요. 나는 돈도 벌지 못하는 놈이요, 쓰기만 하는 놈이니까 싫기도 하겠지요. 안광식이는 돈도 많고 사람도 훌륭하니까…….

　(이 말 끝나자, 심면深眠 중에 있다. 포위하고 있는 모녀는 조금씩 물러 앉는다)

순정 모 단단히 병이 난 모양이다. 우리를 자꾸 의심을 하는 것만 보아도 제정신은 아닌 게야…….

배순정 글쎄 말이요, 어머니. 암만 해도 의원을 불러와 봐야겠어요.

순정 모 아니, 무꾸리를 먼저 해보자. 암만 해도 대감이 노한 게다. 어제 꿈도 꾸었지만 어떤 하―얗게 소복한 늙은 마누라가 지팡이를 짚고 와서 뒤뜰 안을 뚝뚝 두드리고 가더라. 이것이 아마 터주대감에서 탈이 난 것도 같애.

배순정 아이구 어머니는 늘 그런 소리만 하시우! 터주대감이 무슨 터주대감이란 말이요. 그런 어리석은 일이 어디 있단 말이요!

순정 모 너는 무엇을 안다고 그러니. 에미 말이라면 진득이 듣는 것이 아니라…….

배순정 어머니 말은 물이나 불에다 집어넣더라도 아무 말 하지 말리까?

순정 모 요새 학도년들이란 것은 모두 버르쟁이들이 없어서 에미 말에 말대답을 풍풍 하니까…… 그럼 네 맘대로 해보려무나!

배순정 그럼, 내가 의원을 불러오리라. (급히 퇴장)

순정 모 그래도, 무꾸리를 해봐야 해! 귀신이 하는 짓을 사람이 하는

수 있나! 그렇게 고집 세울 것도 아니야…… 꼽추무당한테라도 가보는
게 수야……. (퇴장)

　(김은 심면 중에 있다. 원부인 혼령이 출현하여 김의 전후로 방황. 김은
거수擧手하여 고통을 표함……)

　김인성 (눈을 뜨고, 벌떡 일어 앉아서, 한숨을 쉬고, 땀을 씻는다) 아— 꿈
도, 이상하다, 이상해……
　배순정 (의사와 등장) 들어오십시오. (문 밖에서 주저하고 있는 의원을 보
고)
　의원 (기침으로써 들어오는 애찰을 표한다. 병인 앞으로 가서 병인을 보면
서) 어디가 아프십니까?
　김인성 아프지 않아요…… (○○을 들어 혼령이 보이는 듯이) 아—저기
또 네…….
　의원 (김의 거동만 물끄러미 보다가) 무엇이 와요?
　배순정 좀 정신이 없으신 것 같애요. 늘 헛소리 같이 하시니까요.
　의원 (진맥한다.) 다 보았습니다. 별일은 없겠습니다. 빤—히 아는 병
이니까요. 염려 마십쇼.
　배순정 무슨 병인지요?
　의원 네, 기허氣虛해서 나는 병이 있지요. 인삼뿌리나 좀 넣고 쓰면 곧
낫지요. 내게로 오십시오. (순정을 보면서) 약을 지어 드리겠습니다. (이
때에 순정 모가 입장)
　순정 모 아, 홍주부 오셨습니까. 벌써 가셔요? (의원을 보면서)
　의원 네— 다 보았습니다.
　순정 모 별 큰 병은 아닌가요?
　의원 그렇지요. 약 몇 첩 자시면 좀 어떤 줄 아시지요.

배순정 (모친을 보고) 어머니, 좀 갔다 오시우, 약국에.

순정 모 그래라. (의원과 같이 퇴장)

김인성 (자기 앞에 있는 순정을 보고) 내 어제 무어라고 합디까?

배순정 나더러 안광식 씨 하고 이야기 했다고 하셨지요.

김인성 실상은…… 내가, 내 정신을 모르겠어…… 저— 어제 꿈인지 생신지, 누가 내 앞으로 자꾸 오던 걸. 살기殺氣 많은 여편네 얼굴이…… 어찌나 무섭던지…….

배순정 어떤 여편네가요?

김인성 저…….

순정 모 (약을 다려서 김의 앞에 놓는다) 아 좀, 어떤가.

김인성 괜찮아요…….

순정 모 약값이 어떻게 비싼지 매첩에 일원씩 준 걸. 물가가 어떻게 등귀해가는지 인제는 여간해 살 수가 없어. 약이 다— 식네. 얼른 자시게!

김인성 (침묵)

배순정 자꾸 식습니다. 얼른 마시지요.

김인성 아—니……. (혼령이 뵈는 듯이 손을 들면서) 아— 또 오네…….

순정 모 여보게, 먹게. 다 식네! 무엇이 또 온다고 그러나!

김인성 (고개 흔들면서, 무슨 생각을 깊이 하는 듯이) 싫어요.

배순정 아 참, 한의는 신용할 수 없다고 하신 말이 지금에 생각이 나는군. (독언獨言) 그럼, 어머니, 서양의사를 불러와 봅시다.

김인성 (침묵)

배순정 제가 불러오지요. (퇴장)

순정 모 (김을 향하여) 대관절 자네 병이 무슨 병인가? 아, 어쨌든 다린 그 약이나 자시게. .

김인성 아니 먹겠습니다.

순정 모 그 왜 아니 먹는대나?

김인성 그 약 먹으면 낫나요…….

순정 모 날지 안 날지 어떻게 잘 아나!

배순정 (양의사와 같이 등장)

의사 (병인을 보고) 어디가 그리 아프십니까?

김인성 네— 좀 머리가 횡—합니다…….

의사 머리만 횡—하셔요?

김인성 네! ……. (혼령이 뵈는 듯이) 아 — 또 오네…….

의사 (진맥한다) 다— 보았습니다. 좀 시일은 오래 걸리겠으나 그리 중하지는 않습니다.

배순정 무슨 병입니까?

의사 네—. 병명이라 하면 신경쇠약이 되겠습니다. 좀, 심한 모양이니까 될 수 있는 대로 마음을 유쾌하도록 해주는 것이 병인에게 큰 약이 되겠습니다. 될 수 있는 대로는 생각을 많이 아니하는 것이 좋겠지요.

순정 모 글쎄올시다. 생각은 무슨 생각을 하는지 늘—그저, 천정만 쳐다보면서 한숨을 쉬거나 그렇지 않으면 머릿살을 잔뜩 찌푸리고 하는 거동이 아주 무엇에 실신한 사람 같으니까, 원, 어떻게 해야 좋을지 알 수가 없어요. 그것이, 미친 병은 아닌가요? 무엇이 자꾸 또 온다고만 하니까 알 수가 없어요.

의사 무슨 미친 병은 아니올시다. 조섭 잘— 하시면 좀 날자는 오래 걸린다 하더라도 낫기는 낫는 병이니까요, 그리 염려하실 것은 없습니다.

순정 모 글쎄올시다. 아무려나 하루 바삐 일어나기나 했으면 좋겠습니다마는…… 도무지 하루 이틀 아니고 똑 애가 타서 죽겠어요.

의사 무슨 대단한 병은 아니니까 그리 염려하실 것은 없습니다. 그러면 난 가겠습니다. 약은 지어 놓겠으니 있다가라도 사람을 보내시면 드리지요. 자, 가겠습니다. (애찰한 후 퇴장)

김인성 (한숨을 내쉰다.) 휘— 답답해라······.

배순정 (김을 향하여) 귤을 좀 사다드릴까요?

김인성 (고개를 흔들면서) 싫어······ 아무것도 싫어. 먹고 싶은 것이라고는 아무것도······.

순정 모 자네도 시방 앉아서 들었지만 생각을 아니하면 그 병이 낫는다대. 좀 너무 그렇게 잔—뜩 찌푸리고 앉었지를 좀 말고, 우리 같이 좀 떠들고 웃고 좀 놀아보게그려.

김인성 (침묵)

배순정 어머니, 병원에 좀 또 갔다 오시우. 벌써 약 지어놓고 기다리고 있을걸······.

순정 모 넌, 나더러만 가라니! '에미' 하나 있는 것 끔찍이는 부려먹는다. (마지 못하는 듯이 일어서서 퇴장)

배순정 (김의 손을 붙들면서) 어디가 그리 아프셔요!

김인성 (불쾌한 안색. 고정苦情을 불감不堪, 태식불절太息不絶*) 순정 씨! 나의 병은 이미 깊이 들었소······한약이 몇 백 첩이면 소용 있고 양약이 몇 백 병이면 쓸데 있소······나의 병은 깊이 들었어······이 세상에는 내 약이 없을걸······하나 서러운 것은······내 병은 내가 만든 것이 아니요······다른 사람이 만들었어······다른 사람이······다른 사람이!······우리 아버지, 어머니가······아니, 우리 사회가!······나는, 나는! 하루바삐 저—리로······저—리로! 광명한 천당으로······광명한 천당으로!······.

배순정 (절망한 기색으로 울면서) 무슨 말씀을 그렇게 하셔요! 저는 어떻게 하게요. (김을 포옹)

김인성 순정 씨!······(유체流涕) 나는······순정 씨를, 사랑해요······내가, 죽더라도······ '사랑' 은 변치 않겠지요······세상이, 있기 전에는······영

---

* 고통스러운 감정을 견디지 못하고 긴 한숨이 끊이지 않는다.

원하게······하루바삐, 저—리로, 광명한 곳으로, 가는 것이, 나에게
는······나에게는, 더 즐거워요······나의, 그리운 곳은, 저—기 저 곳뿐이
에요······조금이라도, 이 세상에, 더 있을수록······더 많은 괴로움밖
에······나는, 저—리로! (소도小刀로 가슴을 찌르자 넘어진다. 순정은 시체를
붙들고 운다) (막)

— 《창조》 1(1919. 2).

이상적 결혼

유지영

이상적 결혼

(전2막 3장)

등장인물[*]

김두영金斗榮 : 신부 부친

장순이張順伊 : 신부 모친

김애경金愛瓊 : 신부

김택수金澤洙 : 신부 종형

정태창鄭泰昌 : 상인

윤기석尹基錫 : 귀족

박원식朴元植 : 노신사

차문환車文煥 : 부랑자

늦동이 : 하인

흔들이 : 중매

꼽쟁이 : 중매

---

[*] 아래의 등장인물말고도 원본에는 원정혁元正赫(대학생), 하상익河相益(농부), 천춘삼千春三(직공), 이무달李武達(청년신사) 등 4명이 더 소개되어 있다. 그러나 실제로 본문에서 이 네 명은 등장하지 않는다. 작가가 애초에는 이들까지 모두 등장시키고자 하였으나 주제의 선명성과 극 행동의 경제성을 고려하여 도중에 빼버린 것으로 짐작된다.

제1막
제1장 소야곡

절기는 모춘*이요, 때는 월야月夜이다.

장소는 경성 교외 산협 소로이다.

배경은 애경의 주가** 일방이 우편에 돌출하였으며 후정後庭의 주위를 막은 석담이 소로와 연하였다. 장내墻內에는 약간의 식목이 있고, 장외에는 은행나무가 있다. 음악소리가 고요히 그치며 개막한다.

 (개막 후에 잠깐 지체하여 애경과 택수가 손목을 서로 이끌고 활발한 태도로 등장. 애경은 출가 전 처녀, 택수는 27~28세 된 신사의 분장으로 등장하여 무대 중앙에 이르러서)

택수 그래 여기가 무서워? 여기가 무섭단 말이냐? 항상 다니던 길이…… 공연히 남을 끌고 오고 싶으니까 무섭다고 했지…….

애경 별로 무섭지도 아니 하나 공연히 혼자 지나가기가 싫은 것도 같고…….

택수 (애경의 말을 잘라) 좋은 것도 같고…… 응─꾀쟁이. 그러면 웬일이란 말인가? 혹시 고양이나 개에게 놀란 일이 있니?

애경 놀란 일도 없으나 공연히 혼자 지나가기는 싫으나 여럿이서는 얼마든지 자꾸 지나다니고 싶어요. (부끄러운 태도로 머리를 숙인다)

택수 오─ 인제 알아들었다. 그러면 아마 누가 너를 붙잡더냐? 아마 어느 남자가 붙들던 게지. 가령 걸인이 붙잡는다 하더래도 참사랑만 가졌다 하면 나는 환영한다.

─────
* 暮春 : 늦봄 혹은 음력 3월을 이르는 말.
** 住家 : 주택.

애경 아니야요. 그런 게 아니라…… 그렇게 궁금하실 것 같으면 이야기하지요.

택수 그래, 별로 궁금하지는 않지마는…….

애경 저번 그게 언제인가? 그러니까? 오—참, 어느 일요일이어요.

택수 그래.

애경 예배당에서 파해서 여러 동무들과 같이 예배당 문 앞에까지 나와서 모두 이리저리 헤어져가고 원정순이와 같이 이야기 저야기 지껄 지껄 하고 오는데 웬 남자가 우리들을 쫓아와요.

택수 그래.

애경 그 남자는 고 한 삼사 삭 전부터 우리 예배당에 다니기 시작하였는데 주제꼴이라든지 보면 좀 구차한 것 같애요. 꼭 어느 광산의 노동자 같애요.

택수 그래, 구차야 무슨 관계 있나.

애경 가만히 계셔요. 내 이야기를 들으셔요.

택수 그래.

애경 그래서 뒤를 따라오더니 여기 와서는 원정순이도 없어지고 아무도 없는 것을 보고 날더러 "여쭐 말씀이 있습니다"하며 나를 불러요.

택수 옳지, 그러면…….

애경 (택수의 말을 잘라서) 아니, 내 이야기를 들으셔요.

택수 그래, 그럼.

애경 나는 그가 자꾸 쫓아올 때 저 남자가 혹시 나에게 무슨 말을 하면 어찌할까 했어요.

택수 옳지.

애경 그 같이 생각하며 급히 달음질하다시피 오는 중에 그 같은 말을 하니까 나는 그만 얼떨결에 아무 대답도 하지 못하고 급히 집으로 들어가 버렸어요.

택수 옳지, 그런 법이지.

애경 글쎄, 내 이야기를 들으셔요. 그럼, 나는 이야기 아니 할 테야.

택수 이야기 아니 할 테야? 그럼, 그만 두어라, 나는 다 바래다주었으니 가겠다. (노한 것 같이 오던 길로 다시 가고자 한다)

애경 아니야, 오라버니! 이야기 할 터이니 이리 오셔요.

택수 뭐—? 아니야? 왜 이야기 아니 한다고 하더니?

애경 이야기할 터이니 대답은 말고 계셔요.

택수 그 이야기 듣기는 참 극난極難한 걸. 대답을 말고 어떻게 듣나? 그래, 아무리나.

애경 그래 집에 들어가서는 온종일 그거를 생각했어요.

택수 응, ……아차, 또 대답을 했는걸. (애경이 웃으며, 택수는 나오는 웃음을 참는다)

애경 아무 대답 없이 들어간 것은 실례이지? 오라버니?

택수…….

애경 응, 오라버니? (택수는 대답 없이 머리만 끄덕인다. 애경은 또 웃는다)

택수 그러면 어떻게 하란 말이냐? 대답하면 대답 말라고 하고 대답 아니 하면 웃고.

애경 대답 아니 한다 해도 묻는 말은 대답해요.

택수 그러면 또 그래, 암 실례이지.

애경 그래 그날 밤에 저녁 예배를 마치고 돌아올 때에도 그가 또 쫓아옵디다. 그래서 또 여기까지 와서는 "나는 아가씨의 가장 친한 벗이 되기를 원합니다. 허락하여 주시기를 간절히 바랍니다"해요. 나는 무엇이라고 대답하여야 좋을지를 몰라서 주저주저하다가 또 아무 말 없이 집으로 들어가 버렸어요. 그래 그 뒤로부터는 저녁 아홉 시쯤 되면 그이가 저 은행나무 밑에 와서 (배경에 은행나무를 가리킨다) 노래를 불러요. 나는 그래서 아홉 시만 되면 바느질하다가도 얼른 집어 치워놓고 자러 올라가지요. 그 노래가 들리면 공연히 잠이 오지 아니 하여서 그 노래가 끝난 후에도 얼마 동안 잠을 이루지 못하다가 다 늦게야 조금 눈을 붙이다가 일어나지요. 그리고 또 이상한 일이 있어요. 웬일인지 알 순 없으나 이곳으로 지나다니고 싶기는 하나 이곳에 오면 공연히 가슴이 두근두근한 것 같애요.

택수 이야기 인제 다 했니?

애경 네—.

택수 그 이야기 길기도 하다. 대답을 참느라고 혼났다. 으레 그런 법이니라. 그것 참 자미있는 일인걸. 그저 참사랑만 가졌다 하면 쓰느니라. 그렇지마는 참사랑을 가졌다 하는 자들 중에도 너의 오장을 베어내는 날카로운 비수를 품은 자가 있다. 내가 말하는 것을 잘 기억해 두어라. 그리고 내가 지금 이야기 하나를 할 것이니 그 이야기를 좀 생각해 보아라. 너는 그 이야기를 생각할 필요가 있다.

애경 부탁하시기 전에, ……그리고 오라버니가 말씀하시는 것은 아버지 어머니께서 말씀하시는 것보다도 특별히 기억이 잘 되어요.

택수 너도 아는 바와 같이 근일에 이혼문제가 꼭 밭에 뿌린 종자가 부슬비 맛을 본 것 같이 그저 이곳저곳서 삐죽삐죽 내밀더라. 그것은 모두 그의 부모가 잘못이라고 하겠지. 그저 아무렇게나 자기들 마음에만 서로 맞으면 그만으로 생각하는 연고이야. 그 당사자들의 의사는 조금도 들어보지 않고 해놓으니, 또 그에서 조금 심하면 강제로 해놓으니, 어찌 그것이 완전하기를 바랄 수가 있나? 암— 불가불 이혼해야지, 이혼을 아니 하고야 자미 있는 가정을 이루어갈 수가 있나? 그렇지마는 이 세상을 지내 가려면, 불가불 도덕이라는 것을 따뜻한 품에 품어야지, 만일 등에 진다 하면 오해이지. 내 저번에 자미스러운 이야기 하나를 들었다. 어느 곳에서 공부하는 유학생인데, 무슨 문학대가이니 무슨 천재이니 무엇이니 하고 떠드는 생원님이 자식까지 낳고 살던 아내다려 너는 사람이 아니니 가거라 해놓고 아직 이혼도 다 되지 아니 하였는데 그저 이 처녀 저 처녀에게 참사랑을 가졌다 하며 결혼청구를 한다더라. 너 그 같은 남자에게 시집가겠니?

애경 아이고, 오라버니는 농담도 분수가 없어.

택수 그러면 그런 남자가 무기를 가지고 협박하면?

애경 그는 그 경우를 당해 보아야지요. 여자는 모든 것이 약하니까, 그 남자와 이전교제여하以前交際如何, 그 당시에 협박이유 등. 그 외에도 자세한 사정을 알아야 처치하지요.

택수 너, 어른 되었고나. (하며 애경의 손목을 쥐인다) 나는 섣불리 그저 어린애로만 안 고로 물었더니. (희색이 만면)

애경 (부끄러운 것 같이 머리를 숙이고) 이야기나 하세요.

택수 그러면 걱정 없다. 내가 이야기를 한 뒤에 네가 시집을 어떻게 가나 보겠다. 그래, 그리고 그 자가 혹시 글 쓴 것을 보면 자기가 그 같은 일을 하더래도 아직도 덜 깨인 우리 조선사회에서는 반대치 않도록 하겠다는 주의이더라. 그 문학대가는 도덕을 등진 자요, 그 가슴 속에는 더러운 야심만 잔뜩 품은 미친 문학가요, 머리는 썩은 천재이다. 지금 그 아들은 4~5세 되었다 하더라. 또 그 자가 본디부터 그 아내를 싫어한 것은 아니다. 만일 본디부터라 하면 그 자식은 없을 것이다. 만일 어려서 철없이 사랑하다가 점점 장성함에 따라 있던 사랑이 없어졌다 하면 그는 자기가 없애고자 하여 없앤 것이다. 아니, 그 아내의 흠점次點을 감추어 주지 못하며 알지 못하는 것을 가르쳐 주지 못하고 도리어 그의 흠점을 드러내는 그의 더러운 야심이 없앤 것이다. 남을 죽이더래도 자기만 좋으면 그만이다 하는 이 세상에서 제일 무섭고 두려운 욕심이 없앤 것이다. 그리고 그가 지금 25~26세 되었다 하더라. 그 자식은 그가 법률상 성년 이후에 출생한 것이다. 우리 조선에 성년 연령은 15세이었던 것이다. 15세면 호패를 찬다 하는 말이 있으니까. 그러면 철

없을 때에 사랑했었다는 말을 할 수가 있을까? 그러면 그 자의 야심은 가히 알 수가 있지 아니 하냐. 그러고서야 자기가 무슨 사회를 위하여 일하느니 뭘 하느니 하겠니?

너도 알다시피, 네 언니가 좀—무식하며 나와는 얼마나 불합不合했었니? 그렇지마는 나는 마주 보기도 싫은 것을 억제하고, 그저 교제장交際場으로 널리 끌고 다니었더니 지금은 사랑도 깊어졌으며 그의 상식은 얼마나 늘었니? 지금은 좀처럼 공부했다는 여자가 따라갈 수 없을 만치 되지 아니 했더냐?

애경 참, 그래요— 나는 좀처럼 언니를 따라갈 수 없어.

택수 그 자가 다시 자기가 참으로 사랑하는 시악시에게 장가를 간다 하더래도 그 시악시의 털끝만한 흠점이라도 보면 또 다시 이혼하고 싶을 것이다. 이 세상에 흠 없는 사람이 어디 있겠니? 사람마다, 여하한 흠이든지 조금씩은 다 있는 법이니라. 나는 그 자를 문학대가라 아니 하고 색마대왕이라고 하겠다.

애경 참, 그렇고 말고요. (혼잣말 같이) 흠 없는 사람이 어디 있나?

택수 그 같은 남자에게 시집가는 여자는 풍전백치* 외에는 없을 줄 안다.

애경 참, 그런 남자가 있을 것 같으면 풍전백치인들 시집가고자 할라고요. 오라버니도, 원, 시집가기에 걸신이 들렸남. (하고 웃는다)

택수 참, 너무 오래 서서 공연히 남의 비평 같이 이야기했다. 그만 들어가거라. 아버님 어머님께 문안 여쭙고, 늦어서 못 뵈옵고 갑니다고 여쭈어라. 잘 자거라.

애경 네—, 안녕히 가십시오.

———
* 瘋癲白痴 : 후천적 병증으로 미친 바보.

(백수 퇴장)

애경 나는 웬일인지 이곳에 섰는 것이 자미있는 것 같애. (달을 쳐다보며) 참, 달도 밝다.

　　(애경이 군소리 같이 중얼거리며 퇴장)
　　(무대는 잠시 고요하다가 먼곳으로부터 남자의 기려崎麗한 노랫소리가 들린다. 그 노래 끝난 후 조금 지체하여 부랑자, 양복 윗저고리는 벗어서 둘러메고 칼라 없는 적삼만 입고 25~26세 된 분장으로 완보緩步로 등장. 달을 쳐다보며 2,3차 이리저리 거닐다가 무대 중앙에 서면서)

차문환 오늘은 달이 저렇게 밝으니까 나의 사랑도 잠자지 않고 저 달을 아끼어서 산보라도 하러 나오겠지. 나오거든 한마디라도 따뜻한 말을 나에게 좀 들려주었으면, 아―아―.

　　(하며 은행나무 밑에 앉는다. 잠시 머리를 숙이고 앉았다가 다시 일어서서 서성서성 거닐다가 도로 은행나무 밑으로 가 앉으면서 애경의 집 2층 유리창을 치어다 보며 노래를 부른다)

　　〈부랑자의 사랑가〉 (곡조, 아리랑별곡)
　　1. 고요한 밤, 축축한 은잔디에,
　　　　졸고 섰는 은행나무 은근한 그늘 속에,
　　　　사랑아, 사랑아, 나 왔노라,
　　　　화평하게 잠자기를, 기도하러 왔네.
　　2. 나의 노래는 달빛과 함께 섞이어,
　　　　나의 사랑 베갯가에 흩어져 방황한다,

사랑아, 사랑아, 나의 혼은,

그대 위해 기도하니, 나의 꿈을 꾸어라.

3. 나의 남극南極아 간절히 원하노니,

자네 고운 숨소리를 내 귀에 들려주게,

사랑아, 사랑아, 잘 쉬어라,

사랑 꿈에 들어가서, 부디 잘 자거라.

(막)

제2막
제1장 이상理想

절기는 모춘, 때는 오전 10시경, 장소는 애경의 집이다.

배경은 서양실 내부, 무대는 향하여 우편에는 조그마한 테이블이 놓여 있고 그 주위에는 의자 4~5각脚이 있으며, 향하여 좌편에는 5~6인이 앉을 만한 장의자長椅子가 놓여 있다. 애경과 그의 양친이 나란히 걸어 앉아 있으며 애경의 앞에는 공책이 있고 그의 후방에는 자기의 이력서가 걸려 있다. 장쾌한 음악소리가 그치며 개막.

모친 (자기 부군을 향하여) 어디 한 아이나 오? 원, 그런 혼인이 세상에 어디 있담. 신랑이 선을 보이러 오다니…….

부친 글쎄 마누라가 시집올 때와는 달라요. 지금은 당사자끼리 합의하여야 혼인을 한다니까.

모친 그런 혼인이 어디 있단 말이요. 이선달 집 혜선이도 진명여학교를 졸업하고 시집가는 것을 못 보셨소? 또 수남네 집 금순이도 일본까지 가서 다섯 해나 있다가 1등으로 졸업을 받았다나 하면서도 이렇게 신랑 골라 혼인은 안 합디다. 공연히 어린 아이의 철없는 말을 곧이 듣고…… 참 딱도 하오.

부친 허허, 그래도 못 알아들은 모양이야. 혜선이가 그래 어찌 하였단 말이요? 그 애들은 어려서부터 서로 동무 삼아 놀다가 급기야 성成한 뒤에 저희 부모의 승낙을 받아서 혼인한 것이 아니오? 우리 애도 제 맘에 맞는 신랑을 택해서 우리 내외의 승낙을 받겠다는 것인데 무엇이 어떻다고 그래…….

모친 그러면 혜선이는 그렇다고 하더라도 금순이는 어떻게 되었소? 좀 생각해 보오.

부친 응, 금순이, 그 애로 말하면 강제로 혼인을 시킨 것이지. 그렇기 때문에 그 애들 두 내외는 늘 불화하게 지내지 않소? 첩을 얻느니 무엇을 하느니 하고……

(늦동이 등장. 주인 영감에게 명함 한 장을 내어놓으며 내객이 있음을 고하였다)

늦동이 누가 찾아 왔어요.

부친 왜 왔다고 하시더냐?

늦동이 아씨 선 보러 오셨다나 보아요.

부친 응— 이리 들어오시라고 해라.

(늦동이 퇴장)

부친 자 보구려. 차차 들어오지 않소? 그저 그렇다니까…….

모친 모르겠소. 어떻게 하는 세음인지.

(늦동이의 뒤를 쫓아서 50여 세 된 분장의 노인이 등장)

노신사 (신부 부친을 향하여) 노형이 주인장이시오?

부친 네—그렇소, 내가 주인이요.

노신사 나는 장가를 들어볼까 하고 왔는데요.

부친 네— 그러시오. 그러면 잠깐 저기 앉아서 기다리시오. (좌편 장의자를 가리킨다)

(노신사 착석. 늦동이 다시 등장)

늦동이 또 손님이 오셨어요.

부친 들어오시라고 해라.

(늦동이 퇴장. 조금 뒤에 신식 하이칼라 양복에 단장을 들고 가장 사치한 분장으로 26~27세 된 신사가 늦동이의 뒤를 쫓아 들어온다)

신사 (신부를 향하여) 오래간만에 뵈옵겠소이다.

(애경이는 머리를 푹 숙이고 묵묵 부답. 늦동이 퇴장)

부친 여보시오. 누구길래 덮어놓고…….

신사 어— 참, 가만있소, 잊었구려, 나 말이요? 나는 백작 윤기석이오.

부친 응?! 백작…… 무슨 일로 오셨소.

신사 네— 나는 장가를 들러 왔소이다.

부친 그러면 저편에 앉아서 잠깐만 기다리시오.

신사 좀, 바쁜데…….

부친 무슨 장가를 그러면 당장에 들려고 하셨습디까. 바빠도 좀 기다려야지요.

(윤백작 착석. 늦동이 우복* 등장)

늦동이 (명함을 내놓으면서) 또 왔어, 왔어.
부친 아, 이놈아, 존대를 좀 해, 또 왔어가 무엇이냐? 들어오시라고 여쭈어라, 원 그놈 참…….

(늦동이 퇴장)

부친 (부인을 향하여) 그놈은 하는 수가 없어. 그만치 일렀건만…….
모친 그놈이야 평생 그런 걸, 말씀하여 무엇하오.

(25~26세 된 검소하게 분장한 청년과 늦동이 등장)

청년 (주인 내외에게 점두**한 후) 주인어른이십니까?
부친 네— 내가 주인이요. 노형이 차문환 씨요?
청년 네, 그렇습니다. 어떤 매파의 말을 듣고…….
부친 네, 알아들었소이다. 그러면 저편에서 좀 기다리시오.

(늦동이 등장)

늦동이 누가 또 왔어…….
부친 들어오시라고 여쭈어라— 아— 못생긴 놈.

---

* 又復 : 다시 돌아와.
** 點頭 : 고개를 약간 끄덕이는 것.

(늦동이 퇴장. 양구*에 조선의복을 입은 상인의 분장으로 23~24세 된 정태창이 늦동이와 함께 등장)

늦동이 이거야, 이거, 이 못난이가 왜 왔어.
부친 에이놈, 버르장이 없이, 썩 나가거라.
정태창 아─참 그놈, 우스운 놈이로군…… (주인을 향하여) 주인 영감이십니까?
부친 네, 그렇소. 무슨 일로 오셨소?
정태창 저는 신랑감으로 왔습니다.
부친 네─ 그러면 저리로 앉으시오.

(조금 후에 늦동이 등장)

늦동이 또 한 분 오셨습니다.
부친 오─ 들어오시라고 하여라.

(늦동이 퇴장 후, 조금 있다가 다시 여전한 분장으로 완만緩慢히 등장)

부친 이놈아, 이게 무슨 걸음이야. 손님은 왜 아니 모시고 오니.
늦동이 여기 들어오셨습니다.
부친 어디? 어디 오셨어?
늦동이 여기요, 이 양반 말씀이어요. (하고 자기를 가리킨다)
부친 (노한 어조로) 아─ 이놈아! 그게 무슨 버릇이야? 괘씸한 놈 같으니, 썩 나가거라. (이때에 만장滿場이 대소大笑)

───────
* 良久 : 한참 지나서.

늦동이 나도 장가를 들러왔는데, 왜 나가라고 하오?
부친 에이, 저놈! 이리 오너라. 고약한 못된놈.

(하고 벌떡 일어서자 늦동이는 도주)

부친 자— 그러면 또 오실 양반이 없는 것이로군. 그러면 신부의 이력은 이와 같으니 자세히 보시오. 지금 신부가 자기의 이상과 희망을 말할 터이니 들으신 후에 여러분 중에 그 의향이 같으신 이만 말씀하시오. (하고 벽에 걸린 신부의 이력서를 가리킨다. 다시 자기 딸을 향하여)
부친 자— 그러면 여러분께 네 의향을 말씀하여라.

(애경이는 부끄러운 안색으로 머뭇머뭇 하다가 테이블 앞으로 나서면서)

애경 나는 화락한 가정의 주부가 되어 주인에게와 또 가족들에게 따뜻한 사랑을 받으며 나의 가슴 속에 뭉쳐 있는 사랑을 다하여 주인을 섬길 터이며, 여가에는 아직도 잠을 깨이지 못한 동성同性 곧 나와 같은 여자들을 깨우치며 그 외에 우리 조선여자사회의 타파할 대소 긴급사緊急事를 몸을 바쳐서 하여 보겠습니다. 첫째는 지금 말씀한 나의 이상과 충돌됨이 없어야 하며 둘째는 이 몸을 참으로 사랑하시어야 할 것이외다. 이와 같은 이상을 가지신 분이 계시거든 각각 자기의 이상을 말씀하여 주십시오.
부친 신부의 이상은 아마 대강 들으셨겠으니 자기의 이상과 비교하여 보아서 적합하다는 분만 남아 계시오.

(노신사는 노기등등하여 일어서며)

노신사 나는 가겠소. 참 건방진 여자로군. 아무리 말세가 되었기로 별별 괴악한 일도 많군.

　　(노신사 퇴장 후, 상인 정태창이 일어서며)

정태창 나는 원래 상인이니까 그러한 이상은 꿈에도 생각지 못하였습니다. 그러면 저도 가겠습니다.

　　(예를 하고 퇴장 후, 윤기석이 일어서며)

윤기석 나는 그 이상이 매우 적합한 줄 아오. 그러면 지금 나의 이상도 말할 터이니 들어보오.
부친 말씀하시오.
윤기석 네, 내 이상은 이러하외다.

　〈이상의 노래〉
　아지랑이 속에 쌓여 있는 버찌 꽃과, 그것을 에워싸고 흥에 겨워서 춤추고 있는 호접들이, 비추어 있는 처녀의 마음 같고 선녀의 태도 같은 연못 가운데 잠기어, 동무들과 서로 맞아 춤추고 뛰노는 금어*들을 볼 때에, 나의 이상 거기 있도다.

윤기석 제 이상은 이러합니다.
부친 네……
윤기석 그리고 나의 이력은 대강 이러합니다. (하고 회중**으로부터 이

---
* 金魚 : 금붕어.
** 懷中 : 품 속.

력서를 꺼내었다)

부친 알겠소, 잠깐 계시오. (다시 차문환을 향하여) 당신도 이상을 말씀
하시오.

(차문환은 이력서를 꺼내어 주인에게 주며)

차문환 제 이력은 이러합니다. 그리고 이상은……

〈이상의 가歌〉

아—무거웁다, 내가 가지고 있는 짐, 남에게 맡기지 못할 내 집의 내 짐
이로다. 이 짐이 무엇인고? 낙원도 있고 공중누각도 있다, 아— 참 무겁
고나.

내가 무슨 힘으로 이 짐을 지고 일어설까? 염려마라, 마라, 뼈가 부러지
고 살이 녹더라도 결단코 일어서고야 말리로다.

차문환 이것이 나의 이상이올시다.

부친 네— 자세히 알았소. 그러면 가부간 통지해드릴 터이니 2, 3일
동안 기다리시오.

(윤기석과 차문환이는 예를 마친 후 퇴장)

부친 차문환인가 그 사람 매우 똑똑은 하다. 어쩌면 그렇게 영악해?
…….

모친 응— 지금 그 사람 말이요? 참 착실합디다. 이애 애경아! 너
저—번에 이야기하던 사람은 안 왔니?

애경 왔나 보아요. (부끄러운 태도로)

모친 어떤 사람이더냐?

애경 지금 말씀하시던 그 사람인가 보아요.

모친 응?! 바로 그 사람이? 영감! 차씨라는 그 사람이라는구려.

부친 그 사람이 어찌 하였단 말이요?

모친 앗다, 왜 저번날 밤에 내가 이야기하였지요. 애경이 뒤를 쫓아왔더라고…….

부친 오—오, 그 남자가 바로 그 사람이데?

모친 그렇대요.

부친 그러면…….

(이때 애경이는 부모의 앞에서 피하고 그의 부모는 차씨를 무한 칭찬한다)

제2장 결연結緣

무대는 조선식 온돌 내부이다. 향하여 우편에는 반침半寢이 있으며 좌편에는 출입구가 있다. 애경의 부친과 모친이 여전한 분장으로 서로 향하여 앉아 있다. 음악소리가 그치며 개막.

부친 무어 더 고를 필요는 없지…….

모친 아무렴. 더 골라 무엇하게요, 너무 고르다가 도리어 지나치는 법이라오. 여보 그 사람은 잠깐 보아도 점잖고 똑똑한 듯합니다.

부친 그렇고말고. 인제 생각하니까 그 애 아버지가 젊었을 때에 꼭 그랬지. 아— 나는 처음에 시속時俗 부랑자인 줄 알았거든…….

모친 벌써 생김생김이 그러합니다. 그게 어느 때인지? …… 맛동 어

* 議官 : 조선시대 고종 때 두었던 중추원中樞院의 한 벼슬.

머니가 칭찬칭찬 하던 사람이 지금 생각하니까 그 사람 같애…… 돌아간 어떤 의관*이 그 많던 재산을 모두 허비하여 학교를 설립하느니 회사를 경영하느니 하고 떠든다더니 차씨가 아마 그 집에 있던 학생인가 보아…….

부친 응, 하여간 무던한 듯한데.

모친 어쨌든지 사람다운 사위를 얻게 되나 보오. 말은 바른대로 말이지 우리 아기도 누가 데려가든지 참 쓸 만하지.

　　(꼽쟁이 매파 등장)

꼽쟁이 마님, 안녕하십시오. 영감마님께서도 안녕하십니까?

부친 어— 자네 왔나? 그래 잘 있었나.

모친 아— 자네 왔나…….

　　(흔들이 매파 등장)

흔들이 영감마님, 안녕하십니까?

부친 오— 잘 있었나?

흔들이 마님 안녕하십니까?

모친 자네 왔나. 요새는 자미가 어떤가?

흔들이 그저 그렇지요.

모친 그런데 이 애는 어디 갔나…… (하며 퇴장코자 한다. 꼽쟁이 매파는 모를 붙들며)

꼽쟁이 그런데 어떻게 되었습니까? 정말이지 제가 말씀하던 신랑은 아무리 골라도 더 없습니다. 그런 신랑을 놓치면 또 얻기 어렵지요. (이번에는 흔들이 매파가 모를 끌고 한 편 귀퉁이에 가서)

흔들이 마님! 그래 어떻게 되었습니까? 참 제가 말씀하던 신랑은 아마 세상에 드물 걸이요. 그런 신랑을 놓치셨다가는 원통합니다. (꼽쟁이 매파는 흔들이 매파가 신부 모를 끌어간 줄도 모르고 홀로 서서 자기가 중매한 신랑의 칭찬을 하다가 다시 신부 모를 자기 곁에 끌어다 세우고)

꼽쟁이 참 부자여, 추수를 오천 석이나 하고, 집에 들어가 보면 참 으리으리하지요. 그뿐입니까. 당자로 말하더라도 세상이 다 칭찬하고 부러워하는 처지이라오. (흔들이 매파도 또한 자기 곁에 신부 모가 있는지 없는지도 모르고 한껏 지절대다가 다시 신부 모를 자기의 곁에 끌어다 세우고 자기가 꼽쟁이 매파의 섰던 자리로 바싹 달겨들며)

흔들이 그 신랑으로 말씀하면 형세는 과히 넉넉하다고 못하겠지마는 당자가 참 똑똑하고 얌전하고 학문 많고 문벌 좋은 사람이어요. 어느 모로 뜯어보든 남에게 빠질 염려는 조금도 없습니다. (꼽쟁이 매파는 정신없이 신부 모를 끌어간다는 것이 흔들이 매파를 끌어갔다. 흔들이 역시 아무 정신없이 한참 끌려가다가 힐끗 치어다 보고야 비로소 깨닫고 꼽쟁이의 손을 뿌리치며)

흔들이 아! 이거 왜 이리 잡아끌어…….

꼽쟁이 어? 난 누구라고. (신부 모도 이제야 비로소 매파들에게 끌려다닌 줄을 알았다)

모친 여러 말할 것 다시 없네. 아무래도 자네들이 말하던 신랑은 못 쓰겠네. 그 중에도 얌전어멈이 천薦한 신랑이 조금 나은 듯하던데…….

꼽쟁이 요새 시대에는 혼인도 이상하게는 해요. 모두 이 댁에서 하시듯 하니까 좀처럼 해서는 중매를 들어먹을 수가 있어야지…… 양편에서 모두 당자들끼리 고르니까 도무지 못 해먹겠어…….

흔들이 참 그래, 인제 우리 따위는 빌어먹을 수도 없어. 갑시다, 다 틀렸나 보오. 그럼 마님, 안녕히 계십시오.

(두 매파는 퇴장하고, 애경이 등장)

애경 (자기 부친을 향하여) 아버님, 어디 갔다 오셨어요?
부친 김규현이 좀 찾아보고 왔다. 규현이도 신랑 칭찬은 퍽 하더라마
는…그래 네 의향은 어떠냐?

(애경은 묵묵 부답)

모친 무얼 또 물어 보아서는 무엇하오. 제가 꼽은 중에는 제일 맘에
있나 보던데.
부친 응…….

(애경은 부끄러운 태도로 머리를 숙이고 있다)

부친 그러면 더 할 말 없지. 나도 반 짐작은 하고 오늘 김규현이 보고
신랑을 좀 보내달라고 했는데.
모친 김규현이가 신랑을 아나요?
부친 알고말고. 바로 그 신랑이 김규현이 집 사랑에 묵고 있는 사람
이야.
모친 응? 오— 그러면…… 오오, 알겠소.

(얼마 아니 되어 늦동이 등장)

늦동이 어제 왔던 사람이 또 왔어.
부친 응, 이제 온 것이로군. 이리 들어오시라고 해라.

(늦동이는 밖에 나아가 차문환이를 데리고 들어왔다)

차문환 (신부 부를 향하여) 안녕히 주무셨습니까?

부친 오—잘 잤나. 내 아까 자네에게 갔었더니, 그래 규현이가 무엇이라고 하던가?

차문환 네, 두 시쯤 해서 찾아가 뵈라고 해요.

부친 응, 잘 왔네. 자— 이제부터는 내 딸의 일생을 너에게 부탁하는 것이니 아무쪼록 서로 의합하여 원만히 백년을 해로해라. 그뿐 아니라 이 세상에 살아 있을 동안에는 남의 모범이 되어야지.

차문환 황송합니다.

(애경이는 부끄러운 빛으로 퇴장)

부친 이애 애경아! 이애 왜 나가니. 자식도 참 못생기는 했네. 무엇이 그리 부끄러워 그래? 일생을 같이 할 사람이 그렇게도…… 여보아 문환아, 오늘 보자는 것은 다른 것이 아니라 우리 내외 앞에서 네 부부의 혼약을 맺으려고 부른 것이다. 택일을 한다든지 예식을 치르는 것은 장차 의론하려니와 첫째로 네 마음이 어떠한지 알아보려고 하는데……

차문환 저야 무슨 딴 생각이 있겠습니까. 다만 그같이 말씀해주시니 미거未擧한 제 마음에는 무엇이라고 여쭐 말씀이 없습니다.

모친 그래 자네 마음에 적합은 한가?

차문환 적합여부가 있습니까, 그저…….

모친 그러면 여보 영감! 애경이를 좀 부르시오.

(애경이 등장)

부친 이애 애경아, 오늘부터 너의 두 사람으로 부부를 정해주는 것이
니 아무쪼록 낙락樂樂한 가정을 이루어서 부모에게 욕되지 않게 해라.
자— 문환아, 이리 와서 이애하고 인사를 해라.

　　(차문환이는 애경이와 악수하고 인사를 할 때 막)
　　　　　　　　　　　　　　　—《삼광》 제1~3호(1919. 2·12, 1920. 4).

연戀과 죄罪

유지영

연과 죄
(전3막)

등장인물

곽윤오郭潤五 : 창현의 후견인

곽창현郭昌鉉 : 윤오의 사자*

변화심卞花心 : 기생

천태종千泰鍾 : 탐정

기타 보이 1~2인

제1막 월하月下의 남극南極

장소 요리점 후정後庭

시일 초추初秋 월야 12시경

배경과 무대

배경은 화려하게 꾸미어 놓은 화원의 일부이다. 그러므로 무대도 또한
그 화원의 일부가 되며, 향하여 우편에 3~4인을 용납할 만한 의자 한 개

---

* 嗣子 : 상속자.

가 놓여 있다. 달은 교교히 비치고 있다.

(음악소리가 그치며 개막)

(곽창현은 23~24세 가량의 청년. 변화심은 18~19세 가량의 가희歌姬의 분장으로 창현과 서로 손목을 이끌고 다정히 서로 어깨를 의지하여 서서히 완보緩步로 등장하면서, 진중한 태도와 언사로)

화심 말로는 이러니저러니 하여도 나으리 같이 믿을 수 없는 양반은 이 세상에는 또 다시 없을 것이야.

창현 (애연哀然한 언사로) 여보게! 웃음의 말이라도 그 같은 말은 제발 하지 말게. 하는 자네는 재미있을는지 모르겠으나 듣는 나는 한 번 들을 때마다 나의 심장心臟은 이루 말할 수 없이 뛰네.

화심 (의자에 앉으며) 참 정말? (조소로) 해해해.

창현 (따라 앉으며) 정말 그렇게도 나를 못 믿겠나? (애걸하는 태도로) 자네도 거짓말 잘하네그려! 저번에는 "그만하며 알았으니 참으로 나를 사랑하여 달라고" 자네 입으로 말하지 아니 하였나? 그러더니 지금은 또 딴소리를 하니…….

화심 그래도 나는 팔자가 이러한 년이니까……. 언제이든지 가끔 의심이 일어나요.

창현 그러기에 저번에도 알아듣도록 말을 하지 아니 하였나? 제발 못 미덥게 여기지 말게! 나의 가슴을 빠개어서 곧 보이고 싶으이.

화심 (달을 치어다보며 혼잣말로) 오늘밤은 참 달도 밝기도 하다— (달을 가리키며) 저 달도 내일부터는 이지러져 가겠지?

창현 아무렴……. 자네도 나도.

화심 (한숨을 길게 쉬고 다시 구름을 가리키면서) 저기서 오는 저 검은 구

름이 모처럼 밝은 저 달을 가리울 모양이지요! (흐르는 눈물을 몰래몰래 씻는다)

창현 (한숨을 쉬면서 달을 치어다보다가 다시 화심을 돌아보고 깜짝 놀래이면서) 여보게! 왜— 우나? 여보게. (화심의 얼굴을 들여다보며) 여보게! 이게 무슨 짓인가?

화심 (의자에 엎어지면서 눈물 머금은 말소리로) 아— 우리 어머니 아버지가 나를 왜 낳아 놓으셨는지……. 낳아 놓으시었거든 조금 더 사시었더면, 10년만 더 사시었어도…….

창현 일어나게. (비장한 표정으로) 이게 무슨 짓이야! 어서 일어나게! 남이 보면 흉보네. (흔들어보다가 다시 안아 일으키면서) 원 사람도… 못생기기도 했네.

화심 (안겨 일어나서 다시 창현의 무릎에 엎어져 느껴 울면서) 나으리— 참으로, 정말 저를, 저를 사랑…….

창현 (반가운 태도와 언사로) 아무렴. 조금도 의심하지 말게—. 자네가 오히려 나보다 못할까 겁내이는 터일세. (머리도 쓰다듬어 주며 어루만져서 어찌할 줄을 모르는 것 같이 한다)

화심 나으리! 참말이지 이 세상에는 나는 나으리밖에는… 사람이 없는 줄…… 나으리! 나으리를 나으리라고 부르지 아니하게 하… 네!

창현 화심이! 여보게! 참말인가? 정말인가? (기쁨을 억제하지 못하는 태도로) 이제야 나의 속을 자세히 안 모양일세그려?

화심 그렇지마는 아저씨께서 허락을 하실는지.

창현 (생각난 것 같이) 참… 글쎄— 글쎄…… (무슨 결심을 한 것 같이) 관계치 않지. 걱정말게.

화심 정말 저는 나으리가 아니 계시면 제 목숨은 없습니다.

창현 자네만…… 나도…….

(보이 등장. 창현이 화심을 흔들매 화심이 깜짝 놀래어 일어난다)

보이 (창현을 향하여) 영감께서 곽창현 씨입니까?

창현 그래 왜 그러니?

보이 대청에 어떤 손님이 오시었습니다.

창현 손님이 오시었어? (혼잣말로) 누구인가? (보이를 향하여) 뉘시라고
하시더냐?

보이 "누가 오시었다고 여쭈어요?" 하고 여쭈어 보았더니 그저 들어가
서 계시거든 잠깐 나오시라고 여쭈라고 하시어요.

창현 그러면 어떤 어른이더냐?

보이 한 육십 가량 되신 노인이야요.

창현 (깜짝 놀라 일어서며) 그래 지금 어디 계시냐?

화심 (깜짝 놀라 일어서며) 그러면…….

보이 지금 대청 뜰 앞에 계십니다.

창현 (잠깐 생각하다가) 아니 계시다고 여쭈어라. 가셨다고. 아니, 아니
오시었다고 여쭈어라.

보이 네— (보이, 퇴장하고자 한다)

창현 (보이를 다시 불러서) 그리고 가시거든 요리 값을 회계하여 가지고
오너라.

보이 네—.

(보이 퇴장)

화심 아저씨이신 게지요?

창현 글쎄 아마 그러한 가본데.

화심 이곳에 오신 것을 어찌 아시고 또 쫓아 오셨어요? 대체 참 잘도

아셔.

　창현 글쎄 나도 또한 모르지.

　화심 또 꾸지람 들으시겠지요?

　창현 …… 이놈이 무엇을 하나. (출입구를 바라본다)

　(보이, 모자와 양산을 가지고 등장하여 모자는 창현에게, 양산은 화심에게 준다)

　보이 가시었습니다. 여기 온 줄을 알고 왔는데 거짓말을 하느냐고 하시면서 한참 서 계시다가 가시었어요. (요릿값 회계서를 창현에게 내어 준다)

　창현 그래 가시었니? (지갑을 열고 돈을 꺼내어 보이에게 회계하여 준다) 세어 보아라, 맞나.

　보이 (세어 보며) 네— 맞습니다. 인력거 타고 가셨어요.

　창현 (화심이를 돌아보며) 가세. 우리 그대로 걸어서 산보 겸 가세. 다리 아프지 않겠나?

　화심 관계치 않아요.

　(창현과 화심이 다정하게 손목을 이끌고 퇴장. 보이도 또한 두 사람의 뒤를 따라 퇴장. 막)

제2막 조물造物의 시기猜忌

장소 경성 한양공원*

시일 초추 월야 11시경

배경과 무대

배경은 향하여 우편에는 수목과 거암巨巖 등이 있으며 좌편은 창공을 보여 험준한 산세를 나타내며, 무대는 잡목과 암석 등으로 꾸민다.

(곽창현과 화심이 또한 전과 같은 분장으로 다정히 손목을 이끌고 등장)

화심 (숨 찬 것 같이 허덕허덕하며) 에구 참 높기도 하다. 그렇게 올라왔건마는 그래도 올라갈 데가 또 남았네. (바위 위에 걸어 앉으며) 나는 여기 좀 앉아야 하겠어요. 인제는 나는 더 못 올라가겠어요.

창현 인제 그만 올라가지. 더 올라가서는 무엇하게. (곽창현도 또한 따라서 그 곁에 앉는다)

화심 나으리? (배경을 가리키며) 어이구! 저 시가를 좀 보셔요. (혼잣말로) 조밀하기도 하다.

창현 그럼 우리 조선의 수부首府인데 그만도 못할까.

화심 (혼잣말로) 개아미집 같구나.

창현 사람 사는 것이 한걸음만 높이 올라서서 보면 다 그런 것이야.

(잠깐 침묵)

화심 저러한 속에 무슨 재미를 보겠다고 사람들이 사노. 우리 같이 이

---

* 1908년부터 현재의 남산 분수대와 식물원 부지 일대에 약 30만평 규모로 조성되어 1910년 5월19일 개원한 공원. 1940년에, 남산 북쪽에 있는 화성대공원(1897년 개원)과 통합하여 남산공원으로 지정되기까지 한양공원으로 불리었다.

렇게 서로 사랑하는 맛에 사는 것이야 아마. 저번에 어떠한 신문에 어떠한 젊은 여자가 자기 남편이 신병으로 죽었는데 사랑을 잃어버리고 살 수 없다고 자기도 생목숨을 끊고 말았다는 것이 났어요. 그런 것을 보면 세상은 사랑이라 하는 것이 지배하는 것이야.

창현 (신기히 여기는 모양으로 얼굴을 쳐다보며) 제법일세! 그런 것을 다 알고.

화심 하하. 샌님이 종만 업수히 여긴다고, 공연히 남은 퍽도 업수히 여기시오!

창현 그렇지. 그렇지마는 세상에는 금전이 세상을 지배한다고 생각하는 자들도 많이 있어. 우선 우리 조선의 소위 재산가들을 보게그려. 한 푼 쓸 데에 쓰지 못하고 부르르 떨면서 이 세상은 금전 세상이거니 한다네. 애愛의 세계인 줄을 깨닫는 사람은 자네나 나 같은 경우를 당한 사람들뿐이야. 그렇지? (하면서 화심의 손목을 잡으며 바싹 다가앉는다)

화심 (창현이 앞에 머리를 숙이며) 에그… 남부끄러워라.

창현 누가 있나! (두 손목을 다 쥔다)

　(잠깐 침묵)

창현 그러나 어찌 하면 좋은가!

화심 (머리를 들고) 무엇을 그렇게 자꾸 걱정을 하십니까! 아까 제가 말한 대로 하셔요. 아직은.

창현 글쎄 그것은 아니 될 말이야. 다시 기생 노릇을 한단 말이야. 될 말인가!

화심 글쎄 그러면 어떻게 해요. 아저씨께서는 일절 허락을 아니 하시고 나으리는 아저씨 댁을 나오신다고 하시니 돈 한푼 없이 무엇을 먹고 삽니까? 당장 한푼이라도 생기는 구석이 있어야지요. 그리고 나도 이 같이 '순태淳泰' 하고 헤어져 나와서 이집 저집 동무에게로 다니면 어떻게 합니까. 만일 정말 내가 버는 밥은 먹기 싫으시거든 아직 나오시지 말고 얼마 동안만 더 기다려서 무슨 도리를 하시구려. 그동안에 저는 저 혼자 벌어서 다만 집 한 간이라도 장만하여 놓을 터이니.

창현 (그 말은 들은 체도 아니하고) 아저씨 같이 박정한 양반은 없어. 아까도 돈 3백 환만 달라고 하였더니 3백 환커녕 3환이 없다고 하시데그려.

화심 그동안에 갖다가 쓴 것은 얼마인데요! 그리고서 이번에 또 달라는 대로 주시지 아니한다고 박정하시다고 해요?

창현 그래서 아까 나올 때에 나는 다시 이 집에 발 그림자를 아니 하겠다고 불쾌한 말까지 하고 나왔으나, 갈 데 없는 내가 또 어디를 가나. 그렇지마는 한번 다시 들어가서 말씀을 여쭈어 보아서 그래도 허락을 하지 아니 하시거든 굶어 죽드래도 다시는 들어가지 아니 할 터일세.

화심 그게 다 내 탓이올시다. 그리 자미있는 집안을 공연히 제가 모두 편치 못하게 하였습니다그려…… 나으리, 나으리. (떨리는 목소리로) 저를 생각지 마시면…….

(잠깐 침묵. 곽윤오 등장. 56~57세 된 노인)

윤오 에험. (기침을 한다)

(두 사람은 깜짝 놀라 일어난다)

윤오 (화심이를 붙잡고) 이애 네가 화심이라는 기생이냐? 너 (창현이를 가리키며) 이 사람은 암만 쫓아 다니더라도 조금도 소용없다. 공연히 헛애 쓰지 말고 다른 사람하고 살아라. 이 사람은 만날 쫓아 다니어도 너 같은 계집에게 장가갈 사람은 아니다. 공연히 나중에 후회하지 말고 내가 이르는 때 얼른 들어라.

　　(화심, 아무 말도 아니 하고 머리를 숙이고 섰다)

　　창현 (윤오를 향하여) 아저씨께서 상관하실 일이 아니십니다. 저는 저의 마음대로 할 터이니 어서 돌아가십시오. 글쎄 굶어 죽어도 아저씨 댁에는 아니 들어갈 터이야요. 내가 흥하든지 망하든지 도무지 상관마셔요.
　　윤오 (화심을 향하여) 글쎄 요년아— 무슨 말을 하였기에 남의 자식을 이 지경을 만들어 놓았니. 요 간악한 년아!

　　(화심은 그 자리에 펄썩 주저앉아서 훌쩍거리어 운다)

　　창현 글쎄 왜 이렇게 쫓아 오셔서 못 살게 구셔요. 아저씨 눈앞에 보이지 아니 하고 저의 마음대로 하겠으니 가만히 두셔요.
　　윤오 이놈아! 못 살게 구셔요? 내 마음대로 하게 가만히 두셔요? 고이한 놈 같으니…….
　　창현 고이한 놈이고 무슨 놈이고 간에 상관을 마셔요.
　　윤오 (들었던 단장으로 곽창현을 때리고자 한다) 이놈아, 웬 말버릇이냐?
　　창현 (단장을 붙들면서) 왜 때리셔요?
　　윤오 (단장을 빼앗으며) 이놈 보아라, 어른을 항거하려고 한다. 왜 때리오?
　　창현 왜 때리셔요?
　　윤오 이놈아! 어서 가자. 이놈을 곧… 어서 가자. 남부끄럽다.
　　화심 (일어나서 창현을 향하여) 어서 가셔요. 말대답하지 마세요.
　　창현 무엇이 남부끄러워요. 참 남부끄럽습니다.

윤오 이놈이 그래도…아니 갈 터이냐?

창현 안 가요.

윤오 안 갈 터이야? (창현의 멱살을 잡아끌며) 이놈아 가자.

(창현, 윤오의 붙든 것을 뿌리치고자 떼밀었다. 윤오는 창현에게 밀리어 뒷걸음질을 하다가 실족하여 절벽 아래에 떨어진다)

창현 (얼굴빛이 변하여) 에구.

화심 (얼굴빛이 변하여) 에구머니.

(이때에 12점을 보報하는 종소리는 은은히 들리운다. 화심이는 엎어져서 기절한다. 창현이는 어찌할 줄을 모르고 허둥지둥하다가 화심을 쳐들어 안고 흔들며)

창현 화심이! 화심이! 화심이!

(창현이는 기절한 화심이를 그대로 업고 달음질하여 퇴장. 막)

제3막 두려운 종성鐘聲

장소 고故 곽윤오의 자택

시일 그 후 10여 일 후 암야 11시경

배경과 무대

양실洋室의 내부이니, 배경에는 좌우측에 출입문이 있고 정면에는 창이 있어서 멀리 검은 하늘이 보이며 그 창 곁에는 야소耶蘇나 혹은 성모의 조상彫像이 걸리어 있다. 무대에는 중앙에 사선상* 일대一臺가 놓여 있고, 그 주위에는 3~4개의 의자가 놓여 있다. 향하여 좌편에는 모자걸이가 있고 우편에는 의衣걸이와 서적 탁자가 있다.

(곽창현, 여전한 분장으로 책 한 권을 들고 사선상 앞에 잠깐 앉았다가 그 책을 앞에 놓고 우수右手로 숙인 머리를 받쳐들고 초연한 목소리로 기도한다)

창현 천상천하에 가장 거룩하옵신 하나님 아버지여— 우열愚劣한 저의 무리를 사랑하사 항상 도와주시며 죄악에서 벗어나게 하사 아버지 앞에 나아가기를 허락하여 주시오니 감사하옵내다. (화심이 여염집 부인과 같은 분장으로 우편 문을 열고 등장하고자 하다가 창현을 보고 깜짝 놀라며 조용히 문을 닫고 또한 머리를 숙이고 그 자리에 서 있다) 이제 아버지 앞에 나와서 비옵나니, 아버지께서는 저의 양심을 깊이 살피사 조물의 시기로 말미암아 그릇 죄악에 죄악을 더 ○와 매야每夜 12시 종소리가 들려오면 고통을 받사오니 이도 또한 마땅한 줄 아오며 겸하여 아버지의 시기심인 줄 믿사오나, 아버지! 아버지께옵서는 저의 양심을 깊이 살피사 모든 죄악을 용서하여 주시옵기를 간절히 바라옵내다. 매양 이와 같이 아버지 앞에 나와서 비올 때에는 거룩하옵신 우리 교주敎主 예—수의 이름을 받들고 비옵내다. …… 아—멘.

(두 사람이 모두 진중한 태도로 머리를 든다. 우편 문 밖에서는 문을 두드린다. 창현이는 깜짝 놀라며 화심이는 문을 향하여 귀를 기울인다. 밖에서는 또 한 번 두드린다)

---

* 四仙床 : 네 다리가 달린 네모난 음식상.

창현 (화심이를 돌아보며 겁내이는 태도로) 누가 왔나?

(화심이는 문 앞에 가서 가만히 열며 억지로 반가운 낯을 지으며)

화심 이거 웬 일이십니까? 이렇게 늦게……
창현 (벌떡 일어서며) 누가 왔나?

(형사 천태종이 30여 세 된 분장으로 활발히 등장. 화심이는 창현의 곁에 와서 선다)

태종 (예를 마친 후에) 요 문 앞에 와서 기도를 드리시는 듯하기에 잠깐 지체하여 인제 들어왔습니다. (창현은 깜짝 놀래인다) 참 정성스럽게 드리시던데요. 말은 자세히 들리지 아니 하는 고로 듣지 못하였습니다마는 기도는 그 같이 드리어야 하겠지요. 무어— 아마 백부되시는 어른을 위하여 드리시는 것입내까?

(창현과 화심은 또한 깜짝 놀래인다. 태종은 창현의 얼굴빛을 가만히 곁눈으로 엿보다가 의자에 앉으며)

태종 그러나 좀 들으시면 놀래이실 만한 말씀을 전하여 왔습니다.
창현 (얼굴빛을 고치며 의자에 앉으면서) 무슨 말인데요.
태종 다른 것이 아니라 일전에 수색원搜索願을 제출하시었던 백부 윤오 씨는 돌아가시었습니다.
화심 (깜짝 놀라면서) 그게 웬 말인가요? 그럼 어떻게?
창현 어디서?
태종 그 돌아가신 시체를 남산 봉수峰燧 아래에서 아까 아침에 발견하였습니다.

（창현과 화심은 깜짝 놀래인다）

창현 그러면 그 돌아가신 시체는 지금 어디 있소. 그런데 통지는 왜 이제야 하시었소?

태종 시체는 지금 검사 중이야요. 속히 통지하여 드리지 못할 형편이 있어서 이제 온 것이올시다.

창현 그러면 지금 곧 이리 옮기어주시오.

태종 아니 되어요. 검사를 다 마치어야 내어 주는 것이니까요.

화심 왜— 그렇게 검사가 더딘가요?

태종 그러나 아마 좀더 늦을는지도 모르겠소. 지금까지는 누구에게 살해를 당한 것이라고 범인을 수색 중이니까요. （창현의 동작을 가만히 엿본다）

창현 （깜짝 놀라 어찌 할 줄을 모르면서 떨리는 목소리로） 어떻게?

화심 （깜짝 놀라며 벌벌 떨면서） 무슨 증거 거리가 있어요?

태종 （連하여 동작을 엿보면서 진중한 태도와 어조로） 네—, 그 양반의 시체에서는 별로히 증거 될 만한 것은 없었으나 다른 방면에서 조금 의심나는 점을 얻었어요.

（창현과 화심은 여전히 떨고 섰다）

태종 왜 이렇게 너무 이리 하십니까? 진정하십시오.

창현 （웃는 낯으로） 아니야요.

태종 그러나 통지도 할 겸 여쭈어 볼 것도 좀 있기에 왔는데요.

창현 네—, 무엇을? …… 네—, 묻는 대로.

태종 그러나 (화심을 가리키며) 이 양반은 조금 다른 데로 가셨으면 좋겠는데요.

화심 왜 제가 있으면 어떠한가요?

창현 이 사람은 저번에 소개한 바와 같이 나의 집 주부이니 같이 들어도 관계없겠지요.

태종 아니 되어요. 누구를 물론하고 아니 되어요.

창현 (화심을 돌아보며) 그러면 좀 저리로 들어가 있게.

(화심이 무색하여 퇴장. 천태종은 화심의 퇴장하는 것을 보고 있다가 발끝으로 마루를 두드려서 적적한 방안을 더욱 적적하게 하여 창현의 마음을 연약하게 하고자 하며 진중한 어조로)

태종 그런데 여쭈어 보고자 하는 것은 다른 것이 아니라 (회중시계를 내어 보며) 우선 그 양반이 누구하고 근일에 시비하여 서로 감정을 품었던 일이 있었나요?

창현 나 알기에는 없어요.

태종 그러면 혹시 전부터 서로 혐의 있던 사람은 있나요?

창현 그도 나 알기에는 없어요.

(창현은 얼굴빛이 변하여지며 태종의 발을 내려다보며 대단히 괴로워하는 기색을 나타낸다)

태종 (창현의 기색을 엿보며 쉬지 아니하고 속速하여 발을 구르며) 그러면 남말고 집안 사람과는 무슨 불평이 있었던 일은 있나요?

창현 (깜짝 놀라며 주저하다가) 그런 일도 없어요.

(창현은 괴로움을 견디지 못하여 앉음앉음도 고치며 혹은 어깨 짓도 하며 혹은 의복도 주무르며 견딜 수 없는 것 같이 하여 참다 못 하여 태종의 말을 내려다보며)

창현 (힘없는 말소리로) 그 발 가만히 두시오. 적적하오.
태종 네— 나는 그것이 항상 버릇이 되어서……. (하며 그친다)
창현 (괴로워하며 허둥지둥 하는 태도로) 또 무슨 말씀을, 물어보실 말씀이 있나요?
태종 네—. (하며 다시 손가락으로 사선상을 두드린다)
창현 나는 근일에 신병이 있어서 이렇게 오래 앉아 있을 수가 없으니 더 물어보실 것이 있거든 좀 속히 물어봐 주시오.
태종 네— 그런데 어디를? 무슨 병환으로 그러하십니까?

(창현은 태종의 말은 들은 체도 아니 하고 손가락 두드리는 소리도 듣기 싫은 기색을 나타내며 또는 그 소리에 마음이 연약하여진 것 같은 형용으로 애원하는 듯한 언사와 태도로)

창현 (태종의 손을 붙들면서) 이것도 두드리지 마시오.
태종 네— 에 참 잊었습니다. 버릇이 되어서 항상 그 같이 손발을 가만 두지 못하여요.
창현 …….
태종 (혼잣말로) 그런데 이 사람이 왜 아니 오나?
창현 누구를 기다리시오?
태종 네— (혼잣말 같이) 같은 동관인데 이리 오마고 그랬는데 (창현을 향하여) 그 사람도 이번에 이 일에 대하여 조사하느라고 골몰하는 사람이지요.

창현 그러면 나는 몸이 아파서 더 앉아 있을 수가 없으니 그 사람을 기다려 가지고 가시오. 좀 실례하겠소이다.

태종 (깜짝 놀라면서) 아니요, 그 사람이 여쭈어볼 말씀이 더욱 많다고 하니까요. 바로 말하면 나더러 먼저 가서 주무시지 않도록 하고 잠깐 기다려 주십사고 여쭈어달라는 부탁을 받아 가지고 온 것이올시다. 통지도 할 겸 그 사람의 부탁을 받고 왔습니다. 잠깐만 더 기다려 주십시오.

(창현은 아무 말 없이 찡그린 얼굴로 할 수 없이 도로 앉는다. 태종은 창현의 기색을 살피며 시계를 또 한 번 꺼내어 보고)

태종 몸이 매우 괴로우신 모양이올시다. 내가 항상 좋아하는 단소 한 곡조를 불 것이니 들어보십시오. (허리춤에서 단소를 꺼내어 들며) 몸이 그 같이 불편하실 때에는 조금 위로가 되지요.

창현 그만 두시오.

태종 (문동답서問東答西로) 천만에. 제가 좋아하는 것이니까 부는 것인데요, 미안이라니요. (아리랑 타령 한 곡조를 유창하게 분다)

창현 (잠깐 듣다가 얼굴을 찡그리며) 그만 두시오! 네! 그만! 네!

(12점을 보報하는 종소리가 은은히 들린다. 창현은 종소리를 듣더니 별안간 미친 사람 같이 벌떡 일어서며 혼자 중얼중얼 하다가 한 편 공벽空壁을 바라보며)

창현 에구 어머니! (태종은 단소를 뚝 그치고 창현의 거동을 본다) 에구 어머니! 에구 아저씨, 잘못했습니다. 에구 잘못했습니다. 에구 아저씨, 살려줍시오. 잘못했습니다. 에구! 아저씨, 제가 아저씨를 그렇게 떨어지시게 하고자 하여 떼민 것은 아니올시다. 에구 아저씨, 살려줍시오.

(태종은 급히 달려들어서 창현을 결박한다. 화심이는 급히 등장하여 깜짝 놀라며 창현을 얼싸안고)

화심 에구! 에구 나으리, 이게 웬 일이오니까? (태종을 향하여) 아니야요. 우리 나으리가 떼민 것이 아니야요. 멱살을 붙잡으시는 것을 뿌리치는데 당신이 실족하여 그 같이 돌아가신 것인데 왜 이렇게 죄 없는 사람을 잡아가시라고 하십니까?
태종 (힘세게 소리를 질러서) 요년, 잔말말고 저리 가. (하며 잡아 일으키며 떼밀어버린다)
창현 (깨어나서) 이것 왜 이리시오.
태종 이놈아! 정신없니? 이것 왜 이리시오? 정신 좀 차려라. 이놈아! 기도는 웬 기도냐. 가자.
창현 (떨면서) 어디로요.
화심 (태종에게 달려들며) 같이 가게 함께 잡아가 주셔요.
태종 저리가. 요년아!

(태종은 화심을 떠밀어 친다. 화심은 밀리어 엎어진다)

태종 이놈아! 네 백부를 네 손으로 죽이고 죄를 숨기고자 수색원을 제출해? 이놈아! 그래 나는 자살인 줄 알고 시체 발견한 것을 통지하러 왔지— 이놈아! 기도는 왜 드리니? 기도만 아니 드리었더면 살인한 놈을 모르고 그대로 둘 뻔했지. 어서 가자! 일어나!

(태종은 창현을 잡아 일으키어 가지고 앞세워 가지고 간다. 화심이는 쫓아 나가다가 태종에게 떼밀려 문 앞에 주저앉으며 울음 반 말 반으로)

화심 에구— 하느님도 야속하십니다. 어찌 하면 이 같이도 제게 대하여는 박정하게 하십니까? 에구 저는 인제 누구를 바라고 이 얼음 같이 찬 이 세상을 살아갑니까? 에구 저도 한시 바삐 이 얼음 세상을 떠나야 하겠습니다.

　(화심, 탁자에 가서 단도를 집어들고)

화심 제 목숨을 제가 죽이는 것도 또한 죄가 될는지 모르겠으나… 에구 나으리!! 에구 영감! 이 세상에서는 조물의 시기로 이 지경에 이르렀으니 저 세상에 가서는 자미있게 지내보십시다.

　(단도로 자살. 막)

—《매일신보》(1919. 9. 22~26).

연戀의 물결

김영보

연의 물결
(전3막)

등장인물

김진수金鎭洙 : 실업가, 70세 전후

김희영金禧永 : 장남, 24세

김순경金順卿 : 장녀, 22세

김혜경金慧卿 : 차녀, 20세

정도한鄭道漢 : 백작, 30세

경애敬愛 : 정도한의 처

구교창具教昌 : 방랑자, 23세, 실은 희영의 이모제異母弟

김소파金小波[*] : 타락 문사

정정순鄭貞順 : 정 백작의 누이, 21세

기타 정 백작 친우, 하비下婢, 순사 등

시대 현대

---

* 원문에는 '문설파文雪坡' 로 되어 있으나 이하 본문에서는 일관되게 '김소파' 로 되어 있어 이를 바로잡았다.

제1막

실업가 김진수 저邸의 응접실. 실 좌편 벽으로 내실로 통한 문이 있고, 외객外客은 전정前庭을 통하여 무대 좌편 끝으로 보이는 객실 대문과 다시 좀 들어와서 있는 중문으로 통행하게 되어 있다. 전정으로 면面한 툇마루에 놓은 침의자寢椅子에 주인 김진수는 누워서 독서 중. 장남 희영과 차녀 혜경이 등장.

진수 (눈을 들어 희영을 보며) 너, 지금이야 오니.

희영 (혜경과 같이 장의자에 앉으며) 네, 지금 곧 온 참이올시다. 두통은 좀 나으십니까.

진수 응, 조금 나은 모양이다. 회사에서는 별일 없었니.

희영 네, 만주 광산에서도, 아무 편지도 없었고…….

진수 (한참 있다가) 늘 하는 말이지마는, 그런 대규모의 사업을 무슨 자금으로 경영하여 가려고 하는 심이냐. 돈은 돈대로 들고도 일은 성공 못 할 것이 뻔—한데. 대관절 자금을 융통할 길이 있단 말이냐.

희영 지금 당한 문제가 그 자금 융통 여부올시다. 이런 소도회에서는 도저히 어려운 일이고, 아무리 하여도 대도회로 나가서 활동을 하여 보아야 하겠어요. 다행히 친구들의 권유도 있고, 나도 이런 코구녕 같이 조그마한 곳에서 일생 지낼 것도 아니고 하니까 일간 회사일은 다른 사람에게 맡기고 서울로 가려고 생각 중이올시다.

혜경 그때는 나도 같이 갈 테야, 아버지.

진수 미친 아이들. 서울 가기만 하면 무슨 일이든지 여의하게 될 듯하냐. 이곳이니까 무슨 일이든지 내 마음대로 할 수가 있지. 김진수라는 이름에 일분가치도 주지 않는 경성 복판에서 무엇을 한다고 그러니. 잘 성공이 되면 몰라도, 그렇지 않으면……. 그는 여하간, 그런 큰 욕심을 낸 까닭이 무어냐.

희영 그러니까 아버지는 머리가 아직도 구식이야요. 조그마한 회사중역 자리에 연연하다가 그만 죽어버리기에는 지금 청년의 성공심은 너무 큽니다. 자기의 가진 바의 전력을 다하여 성공하는 사업이라야 과연 가치 있는 성공이요, 또한 장쾌한 청년의 사업이 아닙니까. 넉넉히 할 수 있는 사업에 아무리 실패가 없었다한들, 무슨 상쾌한 맛이 있겠습니까. 아직 청년의 뛰노는 피를 가진 나는 그렇게 쉽게 조그마한 것에 만족할 수 없습니다. 물론 지금부터 성패 여부는 문제가 아닙니다마는.

혜경 아니랍니다. 오라버니 좋아하는 사람하고 결혼할 조건의 한 가지가 그것이랍니다. 만주 광산사업이 성공되어야 결혼한다고 둘이 약속했대요. 하하하하하하.

    (이때 하비, 편지를 들고 들어와 김진수에게 전하고 퇴장)

진수 편지? 어디서? (뜯고자 하다가 차출인差出人의 성명을 보고 돌연히 노기를 띠며) 고약한 놈! 또 이 따위 짓을?! (하며, 편지를 싹싹 찢어 뜰로 던져버린다)

희영 (이상한 듯이 보고 있다가) 무슨 편지야요?

진수 (고개를 돌리며) 아무 것도 아니야……. 그런데 혜경아, 어머니는 어디 가셨니?

혜경 아유! 아버지도 정신 없으신가보이. 오늘 막차로 형님이 동경서 오신다고 해서 지금 환영준비하시노라고 야단이신데.

진수 오—참, 순경이가 오는 날이 되어서. (희영이를 보고) 그래 결혼 기념사업으로, 그런 위험한 일을 계획하는 심이냐.

희영 아버지도, 참. 혜경이가 거짓말한 것이랍니다. (하며, 고개를 숙인다. 하비, 다시 들어와)

하비 정 백작 대감께서 오셨습니다.

진수 정 백작? 들어오십사 하지. (희영이를 보며) 희영이 나가 보아라.

(하비와 희영이 내실로 통한 문으로 나갔다가, 정 백작 부처와 같이 전정으로부터 등장)

정백작 영감, 그간 안녕하십니까.

진수 허—, 올라오시오.

혜경 (일어나 맞으며 백작 부인을 보고) 아유, 형님도 오십니까. 어린 아해 잘 자라요?

경애 네, 오늘 동경서 형님이 오신다지요. 얼마나 기쁩니까.

혜경 아유, 어떻게 벌써 아셨어요. 옳지, 오라버니가 벌써 정순 언니에게 말을 했지요? 정순 언니도 잘 계셔요?

경애 네.

정백작 (인사를 마치고 부인과 같이 앉으며 주인을 보고) 오늘은 마침 어느 연회에 가는 길에 댁 앞을 지나게 되어서 병 문안도 아뢸 겸 들렀습니다.

진수 그처럼 과념하셔서 감사하오. 그렇지 않아도 나도 득남하셨다는 말도 듣고 해서, 한번 댁에 가려고 하였으나 본시 몸이 불편해서 출입도 못하고 늘 희영에게 안부는 들었소마는.

정백작 천만의 말씀이외다.

하비 (다시 들어와) 문 밖에 손님 한 분이 영감을 뵈옵자고 오셨어요.

진수 어떤 손님이야.

하비 성함은 가르쳐 주시지 않고, 아까 약속하셨다고요.

진수 나를 보러온 손님이야?

하비 네.

진수 그러면 들어오시래라. (하며, 무엇을 생각하는 모양. 하비 퇴장)

정백작 (주인의 기색을 한참 보다가) 손님이 오신 모양이니, 나는 그만 실례하겠습니다.

진수 왜—그만 가셔요.

희영 모처럼 오셨다가, 그만 그리 섭섭히 돌아가십니까.

정백작 아니요, 연회시간도 되고 했으니까, 그만 돌아가겠습니다. 또 뵈러 옵지요.

　　(정 백작 부처 인사를 마치고 정원으로부터 퇴장. 이때 방문하러온 객과 객실 대문에서 마주치게 되었다. 남루한 의복을 입은 신객新客은 구교창 이란 청년 남자. 옆으로 고개를 숙이고 지나가는 정 백작 부인을 흘깃 보 고 이상한 웃음을 구변*에 띠며)

구교창 부인, 안녕하십니까.

경애 (구를 보고 깜짝 놀라다가 다시 진정하며 피치 못하는 듯이) 네, 오래 간만에 뵈옵겠습니다. (하다가, 주의하고 보고 섰는 남편을 돌아보고, 다시 놀라며 황망히)

경애 이 분이 그 전 제게 영어를 가르쳐 주시던 구교창 씨이야요.

정백작 그렇소? (구를 보고) 나는 경애의 남편되는 사람이올시다. (이후 친절히)

구교창 (구변에 냉소를 띤 채로) 일찍이 뵈옵지 못하여 황송합니다.

정백작 천만의 말씀이오. (처를 돌아보며) 아차, 단장을 놓고 나왔는데,

———
* 口邊 : 입가.

잠깐 다녀오리다. (하며, 다시 안으로 들어온다)

　　구교창 (백작의 뒷모양을 보낸 후, 부인을 향하여) 경애 씨, 못 본 동안 훌륭한 부인이 되셨습니다그려. 한번 댁으로 찾아 뵈올까 하였더니.

　　경애 당신도 그런 말하시기에 너무 염치없지 않아요.

　　구교창 네, 사람이 궁해지면 염치가 없어지지요. 알기 쉽게 말하지만 당신처럼.

　　경애 무어요.

　　구교창 아니올시다. 그런데 아직 우리의 비밀을 백작께 물론 말하지는 않았을 터이지요?

　　경애 네, 그런 일은 생각도 안 했어요.

　　구교창 네, 그리 하셨겠지요. 한데, 그것에 대하여 이 달 안으로 돈 백 원만 어떻게 변통하여 주실 수 없을까요.

　　경애 (너무 뻔뻔하게 보이는 구의 얼굴을 한참 흘겨보다가) 당신을 누가 무서워하는 줄 아십니까.

　　구교창 네, 그런 줄 압니다. 하하하, 내가 그 비밀을 백작께 말하면 어떻게 하실 심입니까.

　　경애 (붉어오는 얼굴을 들어 한참 구를 흘겨보다가) 당신은 그런 악한 마음을 가지고도 부끄러운 줄을 알지 못하여요?

　　구교창 네, 돈에 궁하면 다―그렇지요.

　　(이때, 정 백작은 단장을 가지고 나오는 희영과 중문 안에서 만나 한참 무엇을 밀담하다가 인사를 마치고 다시 고개를 숙이고 무엇을 생각하며 나온다)

　　경애 (고개를 숙이고 무엇을 생각하다가, 백작이 나오는 것을 보고 급히) 어떻게 변통하여 보지요.

구교창 (역시 백작이 나오는 기척에 황망히) 감사합니다. 비밀은 꼭 지켜 주시요. 또 뵈옵겠습니다. (하며, 안으로 들어가려 한다)

정백작 (가까이 온 후, 구의 하직하는 것을 보고) 이후에 내 집으로 한 번 놀러 오시오.

구교창 네, 감사합니다. 또 뵈옵지요.

정백작 그러면 실례합니다. (하며, 잠잠히 부인과 같이 퇴장)

　　(구는, 오랫동안 백작 부처의 뒷모양을 통쾌히 생각하는 듯한 미소와 미움에 찬 눈으로 보고 있다가 돌아서며, 고만高慢한 태도로 천천히 걸어 들어와 등실登室. 혜경은 객을 보고 내실로 퇴장. 희영은 보지 못한 인물의 방문을 괴상히 생각하는 모양)

구교창 (침착한 태도를 강작强作하며, 노주인을 향하여) 오늘 저녁에 오겠다고 아까 영감께 편지를 올렸더니.

진수 (역시 의외의 인물에 기막히는 듯이 잠잠히 쳐다보다가 성난 어조로) 너에게로서 온 편지? 흥, 한번도 뜯어본 적은 없다.

구교창 (불쾌한 듯이 찡그린 두 눈썹을 급히 펴고 냉소를 띠며) 그러실 듯해서 오늘은 친히 왔습니다.

희영 (두 사람의 모양을 보다가) 아버님?

진수 (황망히) 네가 알 일은 아니다. (구를 향하여) 그래, 대관절 무슨 일로 왔니. 또 강청强請하여 온 것은 아니겠지.

구교창 말할 대로 말씀합시요. 나 같은 무일물無一物의 소유자는 잃어버릴 아무 것도 없지마는, 까딱 잘 못하면 잃어버릴 것은 당신의 지위하고 명예뿐이니까.

희영 여보게, 자네는. (하며, 구를 칠 듯이 앞으로 나선다)

진수 아니, 희영아 성낼 것은 없다. 이 사람은 나를 오해하고서 무엇을 강청하는 것이란다.

희영 (구를 보고) 미친 놈!

구교창 흥, 오해? 왜— 내 어머니가 죽을 때까지 생활비를 대어 주셨어요? 그 후 두서너 번이나마 나에게 돈 준 이유는 무어야요?

진수 아—, 희영아. 내가 또 현운증*이 나는구나. 너, 안에 들어가 약 좀 가져오너라. (희영은 급히 내실로 퇴장) 이놈. 교창아, 너 같은 놈은 천하에 없는 고약한 놈이다. 그런 염치없는 소리가 어디서 나오니. 너 같은 놈의 손에 돈이 있으면 있을수록 악한 짓만 할 뿐이다. 돈은 너 같은 놈에게는 독약이야. 그것을 생각하고 일체 돈을 주지 않기로 결심한 나의 마음도 알지 못하고.

구교창 죽은 어머니 생각을 하면 돈 같은 것도 그다지 아깝지는 않을 터이지요. 하하하하. 어머니에게로 온 편지만 세상에 발표하여도 당신 지위는 그만 쑥밭입니다.

진수 (얼굴이 붉어지며) 그따위 것으로 흔들릴 나의 지위가 아니다.

구교창 그나 그뿐인가. 내가 그 전 당신 회사에 있을 때, 들은 비밀만 하여도 한두 가지가 아니지요. 흥, 당신들의 하는 일이 다행히 결과가 좋았으니까 망정이지, 그렇지 않으면 법률상 문제는 면치 못하오. 당신 손으로 나를 감옥에 집어넣으려면 넣으시오. 그 자리에서 당신도 감옥 구경을 시키게 할 터이니.

진수 엣, 고약한 놈! 그놈이 백주에 강도로구나. (하며, 기침을 연해 한다)

구교창 자— 한번, 시험하여 보시지요? …… 하지만 못할 걸. 감히 생심生心하지 못하실 걸요?

(이때, 혜경이 출장. 구는 한편으로 비껴 선다. 혜경은 미처 구를 보지

---

* 眩暈症 : 어지러움증.

못한 듯이)

혜경 아버지, 형님 오실 때가 다—되었는데, 어서 옷이나 갈아입으시지요.

(구교창은 혜경의 찬란한 의복과 그의 미모에 정신 없이 서 있다)

진수 오— 혜경이냐. 지금 손님이 계시다.
혜경 (놀라며) 아유. (구를 웃음으로 돌아보며) 나는 조금도 모르고. 실례했습니다. (하며, 구에게 인사하고 퇴장)
구교창 (독설獨說) 2,3년을 못 본 동안, 어느 틈에 그렇게 미인이 되었나!
진수 (한참 동안 감았던 눈을 뜨며 부드러운 목소리로) 얼마나 쓸 심이냐.
구교창 이백 원씩.
진수 언제까지.
구교창 언제까지든지.
진수 (확, 성을 내며) 안돼. 결코 줄 수는 없어. 너 같은 놈에게 이백 원커녕 이만 원을 주면 무엇하니. 며칠 못 가서 다 없어질 것을. 그렇게 몇 번씩 줄 수는 없다.
구교창 (육혈포를 끄러 내며) 하하 이것 좀 보시오. (하며, 탁자 위에 놓는다)
진수 (깜짝 놀라며) 이놈이!
구교창 그리 놀라실 것이 아니야요. 당신을 죽이는…… 것이 아니라 내가 쓰려고 하는 것이오.
진수 무엇? 무어이야?!
구교창 (미소를 띤 눈으로 육혈포를 보며) 홍, 당신에게서 올 돈이 안 오는 날에는, 나는 혼자 힘으로 살아가려면 재주도 없고 아무 능력도 없으니까. 하하하, 그때 쓰려고. 이렇게. (하며, 육혈포를 가슴에 댄다)

진수 (놀라 힘없는 소리로) 교창아!

구교창 (육혈포를 다시 놓으며) 아니, 아직 죽을 때는 안되었습니다. 당신이 돈을 주지 않으면 그때는 당신이 간접으로 하수인이 되는 심이지요.

　　(이때, 희영이 약을 들고 등장. 구교창, 급히 육혈포를 감춘다)

희영 늦어서 안되었습니다. 어머님이 나와 보시겠다는 것을 만류했지요. 이런 사실은 모르시는 것이 좋을 듯해서.

진수 잘했다. (하며, 떠는 손으로 약을 받아 마신다)

희영 (구에게) 당신도, 아버지가 불편하신 줄은 알겠지. 그런데.

진수 (손을 들어, 희영 말을 중지시키며) 희영아, 이러 말할 것이 없다. 지금 말은, 다— 결정되었으니. (약 그릇을 내려놓고, 붓을 들어 소절수를 쓰며) 이후부터는, 좀 행실을 고치고 너도 사람이 되어 보아라. (하며, 소절수를 구에게 준다)

구교창 하하하, 충고와 돈—. 두 가지를, 다 감사히 받습니다. (희영에게) 실례하였소.

희영 ……

　　(구는, 희영의 보는 증오와 의심에 붉은 시선을 등지고 퇴장. 진수는 동정에 찬 눈으로 구의 나가는 뒷모양을 보다가 구가 아주 보이지 않게 됨에 벌떡 일어서 두서너 번 뒷축뒷축하다가 뒤로 혼도昏倒한다. 희영은 황망히 붙들어 일으키며)

희영 아버지, 정신차리시오.

진수 휴— 아무렇지도 않다.

희영 그런 놈에게 돈은 왜 주셔요?

진수 아니다. 주지 않으면 안 될 것이다.

희영 대관절, 그놈 어미라는 자는 누구야요?

진수 희영아! 나는 늙었다. 그 위에 또 병이 있으니까 살면 얼마나 살겠니. 지금부터는 너의 어린 어깨에 온갖 짐을 맡기지 않을 수 없게 되었다. 희영아, 내가 너에게 이런 말을 하기는 실로 가슴을 가르는 고통이 있으나, 그러나 벌써 말하지 않으면 안될 때는 왔다. 내 말 들으면 왜— 네가 경영하려는 그와 같은 위험한 사업을 내가 말리는지도 알 것이다. 지금 여기 왔던 그놈은, 그 남자는…….

희영 그자가 누구야요?

진수 (비참한 빛을 띠고) 내 자식이다. 내가 그자의 아비가 된다!

희영 네?!

진수 너에게 이모제異母弟가 된다.

희영 그 자가 그렇다 합니까.

진수 아니다. 당자는 아직 그런지도 알지 못한다. 저의 죽은 어미도 그 비밀은 지키고 죽었다. 불의로 생긴 저를 나의 자식으로 삼기는 피차에 불행복의 결과를 이루기 쉬운 고로, 그 비밀은 비밀대로 이때까지 왔다. 그러나 너에게는 그 비밀도 드러내지 않으면 안될 때가 온 것이다. 아— 옛날에 지은 자기의 불의로 온 비밀을, 너에게 말하게 된 나의 고통!

희영 아버지, 그런 말씀은 마시고, 어서.

진수 너의 어머니도 알지 못한다.

희영 어머니에게 알릴 필요가 있습니까.

진수 그렇지. 자— 그러면 돈 준 이유도 알았지?

희영 네. 하지마는 또 한 가지 할 일이 남지 않았어요?

진수 무엇이?

희영 속히 그 사실을 나의 이모제가 되는 그 사람에게 알려주고…….

진수 아니. 안돼. 그도 사람에게 있는 것이다. 그놈은 사람의 대접을 받을 자가 못 된다. 도리어 나의 파멸은 여하간, 너의 어머니에게 의외의 놀람과 걱정을 줄 뿐이다. 우리집 전체의 행복을 파멸시킬 뿐이다. 구태여 그런 재앙을 구할 필요는 없지 않으냐. 다만 너에게 부탁할 것은, (숨이 가빠 어조가 어지러지며) 내가 죽은 뒤라도 어디까지든지 불쌍한 그를 돌아 보아다오. 그래도 나에게는 자식이다. 그리고 이 말은 어떠한 사람에게도 누설치 말아다오.

희영 네, 자세히 알아 들었습니다. 맹세코 하신 말씀은 잊지 않겠습니다.

진수 (고민하며) 아—, 거북해! 안에 들어가 눕겠다. 아니 너는 걱정마라. 나 혼자 들어갈 터이니.

(힘없는 보조로 진수 퇴장. 희영은 선 대로 잠시 명상. 안에서 사람 넘어지는 소리에 깜짝 놀라 뛰어 들어간다. 그러자 "아버지" "아버지"하고 부르는 소리에 따라 집안 사람의 황망히 간호하는 소리가 들린다. 한참 후 희영이 다시 나와 앉아서 침상沈想한다. 이때 혜경이 눈물 흘린 얼굴로 등장)

혜경 의사가 오셨어요. 어서 가보셔요.

(희영, 정연히 내실로 들어간다. 혜경은 힘없이 아버지 누웠던 침의자에 털썩 앉아 수건으로 얼굴을 가리고 우는 모양. 얼마 안 되어 희영이 창백한 얼굴로 등장)

혜경 (얼굴을 들며) 오라버니, 아버지는?

희영 아마 어려우시겠다. (혜경의 우는 것을 보고) 울면 무엇하니. 들어

가서 어머님이나 위로해 드려라.

　(혜경이 급히 안으로 들어간다. 희영은 다시 침상. 이때, 대문으로부터 순경이가 여행가방을 들고 들어와 중문간에서 외실을 들여다보다가, 희영의 무엇을 생각하고 앉아 있는 것을 보고 들었던 물건을 놓고 외실로 올라와 가만히 희영의 뒤로 돌아가서 희영의 감은 눈을 덮어 가린다. 희영은 의외에 놀라며 눈썹을 찡그리고 손을 떼어 뒤로 돌아보다가 순경이가 웃고 섰음에 따라 웃으며)

　희영 지금 온 길이냐. (하며, 반가운 듯이 순경의 얼굴을 들여다보다가 즉시 눈물을 머금고 잠잠히 고개를 돌린다)
　순경 놀라셨지요? 오라버니 속여먹으려고 일부러 시간 일찍이 떠나는 기차를 탔어요. (방안을 돌아보며) 그저 언제든지 그 모양으로, 우리 집은 조금도 변한 것은 없고나.
　희영 그래, 이번 여행에는 자미나 많았니.
　순경 자미 많았지요. 고히비도(연인)*하고.
　희영 고히비도?
　순경 (손으로 희영의 입을 막으며) 아! 비밀—. 아버님에게 말할 때까지는 비밀 엄수.
　희영 대관절 어떻게 된 일이냐.
　순경 저— 처음에는 부산서 만나서 경부선 여행을 마칠 때까지 같이 오다가 서로 약속해버렸지요.
　희영 무슨 약속?
　순경 겟곤.**

─────────
* こいびと.
** けっこん: 結婚.

희영 누구하고?

순경 아유, 지금 말하지 않았어요?

희영 성명이 무엇이야?

순경 김소파.

희영 김소파! 김소파! 순경아, 너는 김소파라는 인물의 성격을 대강 짐작하겠지, 타락 문사로 품행이 좋지 못하다는 소문을. 그리고 여드름 많은 여학생을 제하고는 누구든지 저를 배척한다. 그런 사람하고?

순경 그따위 세상에 떠돌아다니는 소문이 무슨 관계 있어요? 교제해 보니까 훌륭한 사람이야요. 걱정하실 것 없어요.

희영 걱정이 어째 안되니? 김소파하고 며칠이나 살다가 헤어지려고.

순경 하하하, 오라버니도. 옛날 과거의 경력 같은 것이 내가 연애하는 데 무슨 관계 있나요. 현재가 여하하며 장래가 여하히 될까 하는 점에 근본한 나의 선택법으로 한 것이니까. 걱정없어요.

희영 (잠잠히 있다가) 아버지가 돌아가셨다!

순경 네?

희영 아버지가 돌아가셨다.

순경 거짓말만—.

희영 거짓말이 되었으면 좋겠다마는 너 오기 조금 전에 꿈결 같이 돌아가셨다.

순경 네?! (하며, 안으로 뛰어들어간다. 안으로부터 순경의 어머니 어머니 하며 우는 소리가 희미히 들린다. 희영이 여전히 정좌하였다가, 얼굴을 번쩍 들며 미소를 띠고 툇마루로 걸어나와 먼 곳을 바라보며 한숨과 같이)

희영 아— 청춘과 사업! (하며, 부르짖는다)

(급급히 하막)

제2막

1개월 후, 백작 정도수 저의 외실. 초막 때보다 매우 수척한 얼굴로 백작은 친우와 담화 중.

우 자네 부인께서도 문예에 취미를 가지셨다지?

백작 좋아하는 모양이야. 자네 창작도 애독하는 모양이데.

우 그런가. 자네 안색이 어째 그런가?

백작 아니, 별로.

우 무슨 심려하는 것이 있나?

백작 아니.

우 요사이는 회사에 출근하지 않나?

백작 응, 며칠 동안 집에서 소일하였네.

우 부부라는 것이 이상해.

백작 왜?

우 우리는 독신이니까 아직 부부의 진미를 운운할 자격이 없으나 자기가 전신을 들어 사랑하던 사업까지도 던져버리게 되니.

백작 내가 그렇다는 말인가.

우 자네도 적용되는 모양일세.

백작 그렇게 보이나?

우 자네 부부의 화목한 것은 우리들 사이에도 정평이 있지마는 보통 사람의 심정이 사이 좋아야 할 부부 사이가 좋다고 남이 하면 도리어 한 가지 치욕으로 아니까.

백작 그런가. 그러나 우리 부부는 자네 보듯이 그렇게 간단한 것이 못되나 보이. 간단은 할지 모르나 그다지 평화롭지 못하네. 나는 이렇게 보여도 도량이 좁아서 그 위에다가 신경질이니까 내 처되는 사람도 그다지 행복이 아닐세.

　우 부부 사이라는 것이 암만 해도 이상대로는 진행되기가 어렵지.

　백작 그리고 너무 완전히 이상 전부를 희망하는 까닭인 줄 아네. 그리고 또 남에게 대하여 관대한 마음으로 허락할 만한 일도 처에게 대하여는 그럴 수가 없네그려. 그래서 듣기 싫은 말도 하고 울리기도 하고 마지막에는 자기까지 울고 마네그려.

　우 자네도 그런가.

　백작 나는 그 중에서도 좀 심한 편이지. 한번 생각이 나면 울리고야 마니까. 울린 뒤에는 불쌍한 생각이 나지마는 그때까지는 성을 참지 못하네그려.

　우 그것은 너무 하이.

　백작 하지만 처도 잘못한 점이 있네.

　우 무엇이?

　백작 처는 지금 나를 속이고 있네그려. 자네니까 말이지는 다른 사람에게는 비밀일세. 사람의 죄악이라는 것이 보통 미소하고 경한 동기로부터 생기는 것이니까, 될 수 있으면 피차에 용서하는 것이 좋다는 자네 주의도 생각한 일이 있네마는, 처는 지금 (어조를 고치며) 나를 속이려고만 하네그려. 내 자식이 아닌 것을 내 자식이라고 하네.

　우 (백작의 얼굴을 미치지나 않았나 하는 듯이 들여다 보며)…….

　백작 (한참 있다가) 처는 나와 결혼할 때에 처녀가 아니었었네. 그리고 복중에 아해까지 배고 있었던 모양이야. 나도 처음에는 그런 줄을 몰랐는데 지금은 의심할 여지도 없이 나는 그 아해의 아비까지 알았네. 그런데 처는 아직까지 그 사실을 부정하려고 하네그려.

　우 자네는 어떻게 그것을 알았나?

　백작 결혼하고 팔 개월만에 아해가 나왔는데 아무리 해도 조산이 아닌 게야.

우 어째서?

백작 어째서 아는고 하니, 처는 물론 조산이라고 주장하나 의사나 산파의 눈치를 보니까 아해는 태중에서 충분히 완숙된 듯하고 또 처음서부터 처가 처녀가 아닌 줄을 짐작하였네. 그러나 처는 지금도 나를 사랑하는 줄 알고 또 과거의 죄악을 드러내어 피차에 행복을 깨뜨릴 필요도 없고 해서 나는 마음 속으로만 용서를 하여 왔는데, 그래도 불쾌한 것은 어디까지든지 불쾌한 것일세그려. 그래서 한때는 이혼도 생각해 보았지마는 그리하자면 이 사실을 세상에 노출시키지 않으면 안 되겠고, 또 이혼이 된다 하드래도 법률상 상속권은 그 아해에게 주지 않으면 안 되겠으니까. 또 현재 나는 처를 사랑하네그려. 그래서 지금 나의 생각은 될 수 있는 대로 처의 죄를 용서하고, 또 처도 진심으로 자기의 죄를 고백하며 회개하는 모양을 보아야 안심이 될 터인데, 처는 어디까지 자기의 죄를 부정하고 나를 속이려고만 하네그려. 처를 사랑스럽게 생각한다 하면 그만치 처가 과거를 저주치 않을 수가 없네. 나도 무슨 과거의 죄를 지금 책코자 하는 것이 아니라 지금도 혹 처가 어떤 남자하고 무슨 편지 왕복이나 없나, 또는 간혹 밀회하지나 않나 염려가 있어서, 물론 이것은 나의 사추邪推이겠지마는 그것이 나를 번민케 하네. 전도前度에 한번 희영 군을 방문하였다가 그때 처의 어떤 괴상한 남자와 이야기하는 것을 보았는데, 그 남자의 눈이라든지 귀 생긴 것이 꼭 문제의 아해와 방불하고, 또 그 남자의 하는 짓이라든지 처가 황망히 굴며 그 남자에게 나를 소개하는 것이라든지가 매우 수상하데그려. 그래서 그 뒤로부터 늘 괴롭게 물어보기도 하고 듣기 싫은 말도 하여 보고 하였으나 도무지 자백을 아니하네. 요사이는 나도 미친 것처럼 처에게 오는 편지를 불에 쪼여보기도 하고 물에 적셔보기도 하고 하나 아무 의심스러운 흔적을 볼 수 없지마는 마음에 덮인 구름은 늘 개일 때가 없네그려. 어떻게 선후책을 구하지 않으면 얼마 못 가서 나도 미칠까 보이.

우 흠, (한참 무엇을 생각하다가) 어떻게 방책을 구하여야지 쓰겠나.

백작 그래서 자네를 좀 만나볼까 하였더니. 그래서 나의 지금 경우를 자네가 직접 나의 처에게 말을 하고 처의 진정의 말을 듣고자 하는데, 물론 나는 처의 과거를 용서할 터이니까 그것은 자네에게도 맹서하네마는. 처도 자네는 극히 신용하니까 관계치 않으면 처에게 직접 물어보아 주시지 못하겠나.

우 …….

백작 (초조한 태도로 애걸하는 듯이) 자네는 처도 극히 존경하는 터이고 하니 어렵지마는 그래 볼 수 없겠나?

우 물어보기는 어렵지마는 자네 생각만이면 전하여 보지.

백작 그것만이면 족하이. 나는 지금도 처가 그 남자에게 무슨 비밀이나 잡히고 있지 않나 또는 그로 하여금 그 남자에게 자유의 구속이나 받지 않는가, 하는 염려가 있네. 자, 그러면 부를 터이니 말해 주게.

우 자세히 알겠네.

　　(백작, 전기령電氣鈴을 누른다. 하비 등장)

백작 (하비를 보고) 아씨께 잠깐 나오시라고 해라.

하비 네. (하비 퇴장)

　　(조금 있다가 백작 부인 경애 등장. 백작 우인과 공순히 인사를 한다)

백작 지금 이 분께 자세한 말을 하였으니까 이 분 하시는 말을 잘 듣고 경애 씨 생각하는 것도 정직히 말을 하여 주어야겠소.

경애 (무슨 갈피를 잡지 못하는 듯이)……

백작 (우인을 보며) 그러면 부탁하네.

경애 어디 가셔요?

백작 응, 나는 없는 편이 좋지요. (하며, 퇴장)

　(잠시 동안 두 사람 침묵)

우 (비로소) 백작도 매우 얼굴이 상하였습니다그려.

경애 네, 내가 불민해서 늘 걱정을 끼치니까 그렇습니다.

우 백작과는 전부터 친히 교제를 하여 왔던 연고로 댁 일은 다— 알지요.

경애 나도 백작에게 늘 들었습니다.

우 부인께서는 백작의 마음을 자세히 짐작하시겠지요?

경애 네.

우 그런데 왜 바른 대로 말씀을 하시지 그리십니까. 정직하게요.

경애 부정직하다고 그리셔요? 나는 정직한 심이올시다마는.

우 하니까, 백작에게 정직히 말을 하여버리시지요. 그렇지 않으면 백작이 광증이 생길지도 모릅니다. 실례 말 같습니다마는 물론 백작은 부인을 사랑합니다. 다만 부인이 백작을 너무 사랑하시는 끝에 무슨 숨기는 일이 혹 없나 하고 백작은 심려하는 모양이야요.

경애 (고개를 숙이며) 그러나 아무 숨기는 일은 없어요.

우 진정 그러하시면, 거짓말이라도 하시지요.

경애 어떻게요?

우 백작이 의심하고 있는 것을, 다— 사실이라고 거짓말을 하시지요.

경애 …….

우 부인은 백작이 의심하는 것을 무엇부터 무엇까지 다— 부정을 하시니까 안됩니다. 진정을 말해 보아서 믿지 않거든 거짓말이라도 하십시오.

경애 그리 했다가 정말로 아시면 어떻게 하고요? 그렇지 않아도…….

우 그것은 부인께서 아직 백작의 성격을 다 아시지 못하는 까닭이올시다. 백작은 과거의 일을 용서하려고 합니다. 만약 부인이 사실이고 거짓이고간에 잘못하였다고 사과를 하시면 백작은 유쾌하게 용서하여 줄 것이올시다. 그러면 이번 문제도 해결될 것이올시다.

경애 그야 누구든지 사실을 듣기 전에는 용서한다고 하겠지요. 또 용서할 심이겠지요. 그러나 백작께서 묻고자 하는 것은 좀 무서운 일이야요. 들으면 용서할 만한 일이 못 되어요.

우 아니올시다. 꼭 용서하지요. 또 그리 무서울 것도 없습니다. 다만 부인의 과실만 말하면 그만입니다. 세상에는 많이 있는 일이올시다. 백작은 지금 부인이 그 남자에게 무슨 약점을 잡히고 있지 않나, 그리고 그 비밀을 남자편에서 여러 가지로 이용하지나 않을까 하는 것이 백작의 염려올시다.

(경애, 탁자에 엎드려 잠잠히 운다)

우 (경애의 우는 모양을 내려보며 인쇄히 생각하는 듯이) 우실 것 없습니다. 내게 맡기십시오. 어떻든 백작의 하는 말을 거짓이라고 하실 수 없으면, 진정 그렇다고 말씀을 해버립시오. 그리하여 그 남자가 강박을 못하게 하면 그만입니다. 백작도 안심할 수가 비로소 있게 되지요. 내 친구 중에도 그런 사람이 있었는데, 부부가 된 뒤로 조금도 감추지 않고 자기 남편에게 토설한 고로 남편되는 자도 안심을 하고 그 후에 더욱더욱 화평히 지낸다는 사실도 있습니다.

경애 …….

우 부인께서 백작하고 같이 희영 군 댁에 갔었을 때 만나 보셨다는 남자와는 아무 편지 왕복은 없습니까.

경애 네.

우 무슨 약속은 없었습니까.

경애 ……네.

우 진정으로 말이올시다마는 거짓말을 하셔서는 안됩니다. 이후까지 재앙이 미치게 됩니다.

경애 …….

우 무슨 약속을 하셨지요?

경애 …….

우 만나자는 약속을 하셨습니까.

경애 아니요, 그런…….

우 무슨 금전 사건이었습니까.

경애 …….

우 그래서 돈을 주셨습니까.

경애 아니요.

우 그 외에 약속한 것은 없습니까.

경애 네.

우 감사합니다. 부인께 동정합니다. 백작도 용서할 터이지요. 그는 내가 맹서코 단언합니다. 그러면 백작을 불러주십시오.

경애 자세히 말씀을 할 터이니 백작께 잘 말을 하여 주십시오. 저도 숨기기에 얼마나 가슴이 아픈지 알 수 없습니다. 그러나 나는 어린 아해가 그 사람의 아해라고 생각지는 않습니다. 그러나 그런 변명은 하고자 않습니다. 꼭 한번 그 남자의 있는 곳에 빌어 왔던 책을 돌리고자 간 일이 있습니다. 나는 그때 소리를 질렀으면 아무 일도 없었을 터인데 그럴 생각을 내지 못하였습니다. 그 뒤로는 한번도 만나지 못하였다가 전번 희영 씨 댁에서 만났습니다. 그 남자 말이 백작께 비밀을 말하였

느냐 하기에 내가 아니라고 하였더니 돈 백 원을 이 달 안으로 보내어
달라고 하였습니다. 나도 비밀이 누설될까 하고 그만 약속을 했습니다.
(하며, 운다)

우 그래, 돈은 보내셨습니까.

경애 아니요. 아직 보내지 않았습니다. 나는 이때껏 아픈 가슴을 움켜
쥐고 남편이 버리실까 두려워 숨겨 왔습니다. 나는 그 뒤에야 후회하였
습니다. 그때는 그다지 중한 죄인 줄로는 알지 못했습니다. 나는 못생
긴 여자올시다. 백작께서 꾸짖으실 때마다 나는 마음으로 울며 사죄하
였습니다. 입 밖에 낼 것이 못될 만큼 나는 그만큼 양심의 가책을 받았
습니다. 도와주십시오. 나는 당신만 믿습니다.

우 네, 안심하십시오. 그러면 백작을 불러주십시오.

경애 네.

(경애 퇴장. 백작 우인은 일어나 실내를 거닌다. 백작 등장)

백작 어떻게 되었나?

우 안심하게. 다— 알았네.

백작 속지는 않았을 터이지?

우 염려없네.

백작 그래 무어라도 하든가.

우 자네 생각하던 바가 맞았네.

백작 아해는?

우 그것은 자네 부인도 모르는 모양이네. 꼭 한 번 그 남자에게 간 일
이 있다고.

백작 꼭 한번? 어리석은 여자다. 한 번이나 천 번이나 그 죄됨이야 한
가지다. 구求치 못할 여자다.

우 자네는 용서하지 않을 심인가?

백작 용서! 나의 처가 그러던가? 자네 같으면 용서하겠나?

우 물론이지. 이 세상 보통 여자의 한 번 지나는 길을 자네 부인도 잘못 지났을 뿐일세. 자네는 육체적으로 동정을 혼인할 때까지 지켜온 것을 그다지 생각하는 모양일세마는, 자네의 정신상으로는 자네 부인보담 더— 큰 죄를 지었을지 누가 아나. 과거의 일을 허치 못하는 것은 정당한 인생의 취取치 못할 치욕이다. 용서해드리게.

백작 아해가 없으면 나도…….

우 아직도 자네의 사랑이 부족한 것일세.

백작 무엇이 부족해?

(이때, 안으로부터 어린 아해의 우는 소리가 들린다)

백작 아—, 또 우는 소리가 들린다.

우 용서해드리게. 그리고 들어가 어린 아해를 달래 주게. 지금이야 자네의 사랑이 나타날 때일세. 한 사람의 여자가 자네의 구조를 기다리고 있네. 자네는 그 사람의 운명일세.

백작 (한참 동안 고개를 숙이고 침상하다가 결심한 듯이 벌떡 일어나며) 그렇다! 나는 처를 용서하겠네.

(백작 퇴장. 우인은 실내를 거닌다. 얼마 있다가 다시 백작 등장)

백작 나는 용서하였네. 나는 내 처를 위로해주고. 처의 눈물을 훔쳐주었네. 아— 자네도 안심하게.

우 자네의 마음에 동정하네. 그리고 또 한 가지 말할 것이 있네.

백작 무엇인가.

우 전번 자네 부인께서 그 남자와 만났을 때, 비밀을 잡고 있다는 이유로 돈 백 원 청구하는 것을 승낙하셨다네. 자네 생각은 어떠한가.

백작 하— 그런 일은 걱정말게. 백 원 돈이 무엇인가. 주어도 관계치 않아.

우 아니, 나의 생각에는 이후에 또 청구하기가 쉬운 즉 자네가 직접 그 남자와 면회를 하고 비밀인 줄 알고 있는 자에게 지금은 아무 비밀이 아닌 것을 알릴 필요가 있을 듯하이.

백작 그도 그럴 듯하이.

우 자, 그러면 나의 할 것은 다한 모양이니까 실례하겠네.

백작 좀더— 놀다가 가게그려.

우 아니, 또 볼 일도 좀 있고 하니까.

백작 그런가. 오늘은 여러 가지로 실례하였네. 자— 또 보세.

    (백작 우인 퇴장)

백작 (독설) 나도 그 사람을 좀 찾아보고 와야 하겠군. (하며, 모자를 든다)

    (이때 경애가 들어와 백작의 모자 쓰는 것을 보고)

경애 어디 가셔요?

백작 그 남자에게 좀 갔다오겠소.

경애 일부러 가셔요? 그대로 버려 두시지요.

백작 그래도 약속까지 하였다면서?

경애 그렇지만.

백작 아까 한 말이 거짓말은 아니겠지?

경애 그런 일은 결코 없습니다.

백작 아직 그 남자를 생각하거나 그런 일은 없겠지?

경애 처음서부터 아무 생각도 없었어요.

백작 아무 생각도 없는 남자와 관계하는 것은 더 추하지 않아?

경애 ……

백작 당신은 내가 그 남자와 만나는 것을 두려워하지요. 무슨 비밀이나 또 발각될까 하고.

경애 그 염려는 없습니다. 그렇지만 만나게 되면 또 감정을 상케 되실 터이니까.

백작 좀 상한들 관계 있소. 그만한 고통은 피차에 참지 않으면 안될 터이니까. 당신은 그 남자가 혹 거짓말할까 두려워하지요? 부인 한 말 외에 다른 말이 나온다 하면 거짓이 틀림이 없을 터이니까.

경애 그것은 나도 안심합니다. 나는 이번에는 조금도 숨긴 것이 없으니까.

백작 하하, 그러면 잠깐 다녀오겠소.

경애 네, 다녀오십시오.

(백작 퇴장, 경애 미소로 견송見送. 막)

제3막

김희영의 서양식으로 된 응접실. 원탁자, 장의자, 기타 상당한 실내장식이 갖추어 있다. 희영과 정 백작 교의에 마주 앉아 담화 중.

백작 오늘은 다름이 아니라 구교창이라는 사람을 좀 만나 보려고 하는 차에, 들으니까 댁에 서기로 있다 하던데 진정 그러합니까.

희영 네, 이상한 관계로 지금은 나의 서기로 있습니다. 무슨 일로?

백작 아니 별로히 일은 없습니다, 마는, 댁에 그 사람이 있다니까 한 마디하겠습니다. 그 남자는 품행과 심지가 매우 불량하다는 소리를 들었는데, 그런 줄을 모르십니까.

희영 네, 그러한 줄은 나도 벌써부터 알았습니다.

백작 알고서 어째 그런 사람을 채용하셨습니까. 댁 명예에도 관계가 있을 듯한데.

희영 물으시니까 말씀이올시다마는 그 남자와는 남에게 말할 수 없는 이상한 관계와 사정이 있습니다. 그 자가 혹 영감께 실례되는 일을 하였다 하면 내가 어디까지든지 사죄하겠습니다. 그리고 이후라도 내가 그 자에 대하여는 책임을 지겠습니다.

백작 (불쾌한 듯이) 이상한 관계가 있다 하니까, 어떠한 관계인지 짐작할 수는 없습니다마는, 나는 장차 당신의 인형姻兄이 된 지위로 보아 그 남자를 해고치 않는 데 대하여는 어디까지든지 내 누이와의 결혼에 대하여 반대합니다. 그와 같은 불량한 자가 당신의 가정에 있는 이상 나의 누이를 당신에게 맡길 수 없습니다.

희영 (한참 백작을 보다가) 하신 말씀의 뜻은 자세히 알아들었습니다. 그처럼 말씀하시면 다시 생각한 후 처치하겠습니다.

백작 잠깐 그 남자와 만나보고자 하는데 지금 만날 수 있습니까. 될 수 있으면 둘이만 비밀히 만나려고 합니다.

희영 네, 잠깐 기다립시오. 내가 나가서 들여보내지요.

(하며, 희영이 퇴장. 잠시 후 구교창 등장)

백작 전일은 실례하였습니다.

구교창 (조금 놀란 듯이) 그동안 안녕합시오.

백작 (냉정히) 잠깐 고요히 말할 것이 있어서 찾았습니다. 다름 아니라, 일전 나의 처와 무슨 약속한 일이 있다고 해서, 오늘 그 물건을 가져왔습니다. (하며, 종이에 꾸린 것을 내놓는다)

　　구교창 (놀라는 빛을 억지로 감추며 천천히) 일부러 갖다 주셔서 황송합니다.

　　백작 아니요, 그 외에 또 말할 것도 있고 해서.

　　구교창 (불안한 듯이) 네.

　　백작 당신과 처와의 관계를 듣고, 당신과 좀 만나고 싶은 생각이 났습니다. 처가 전월에 순산한 것을 아시겠지요?

　　구교창 네, 그렇습니까, 처음 듣습니다.

　　백작 이때까지 모르십니까.

　　구교창 네, 전혀 몰랐습니다.

　　백작 내 처가 처녀 때에 당신과 만나본 일이 있었다지요.

　　구교창 네.

　　백작 그 후 한번도 만나 보시지 못하셨다지요.

　　구교창 네, 전일 여기서 뵈온 것 외에는.

　　백작 그렇습니까, 그것을 좀 알고자 찾았습니다.

　　구교창 그뿐입니까.

　　백작 네, 그뿐이올시다. 그리고 내 처와 당신의 관계도 안다는 것을, 당신께 알릴 겸.

　　구교창 나를 매우 악한 자로 인정하시지요?

　　백작 당신과 만나 이야기를 하여 보니까, 생각한 것처럼 악한은 아닌 듯하오.

　　구교창 이 돈은 도로 받아주십시오.

　　백작 약속은 약속대로 지키게 하여 주시오.

　　구교창 (주저주저 하다가) 그러면 감사히 받겠습니다.

백작 그립시오. 그리고 또 당신께 말하여 두지 않으면 안 될 것이 하나 있습니다.

구교창 네.

백작 당신 아해가 우리집에 있습니다.

구교창 네?

백작 내 처에게서, 당신 자식이 나왔습니다.

구교창 그런 일이 있을 이치가?

백작 아니요, 사실 당신 아해는 지금 나의 장남이 되어 있습니다. 처의 운명이 파손되지 않는 이상 영구히 나의 자식이 되겠지요. 나는 결코 이 일을 두려워하지 않습니다. 이 일에 대하여 당신의 존재도 두려워하지 않습니다. 그리고 이후에는 또 당신과 만나지 않겠지요. 나의 처도 역시 그러할 것이외다.

구교창 자세히 말씀을 들으니까 내가 도리어 무서운 생각이 납니다. 진정 나의 자식입니까.

백작 결혼한 지 팔 개월만에 조산을 하였으나, 그 아해는 태중에서 만월이 된 모양이오. 처가 당신과 만난 날짜로써 계산하면 들어맞습니다. 그리고 그 아해의 얼굴이라든지, 더욱이 눈하고 귀하고는 당신과 똑 같습니다. 당신은 진정으로 이때껏 모르셨소.

구교창 (통참痛慘한 빛이 얼굴에 돌며) 진정으로 몰랐습니다. 나는 비로소 세상이 무서운 것인 줄을 깨달았습니다.

백작 그러면 실례하겠습니다.

구교창 그렇습니까. 이 돈은 가져가십시오.

백작 가져갈 것이면 가져오지를 않았겠지요. 당신 벌로 받아두시오.

구교창 그렇지만……

백작 희영 씨는 못 뵈옵고 가니, 그대로 말씀하여 주시오.

구교창 네.

(백작 퇴장. 구교창 앉은 채로 침상. 혜경이 등장)

혜경 (구의 어깨를 짚으며) 무슨 생각을 이리 하시오?

구교창 하하, 혜경 씨였소? 나는 지금 꿈꾸노라고 들어오는 줄도 몰랐구려.

혜경 꿈? 무슨 꿈을 백주에 꾸어요?

구교창 다른 꿈이 아니라, 혜경 씨하고 나하고 장차 가정을 이루지 않소. 그래서 살림살이할 꿈인데, 그만 흔들어서.

혜경 아유, 그만 두어요. 그따위 쓸데없는 꿈보다 오라버니께 무어라고 말해야 될 것이나 연구하시오.

구교창 하하하, 여자는 어디까지든지 여자로군.

(이때 황망히 순경이 등장)

순경 (혜경의 어깨를 잡아 흔들며) 오라버니는 어디 가셨니?

혜경 형님 오셨소.

구교창 부인, 오셨습니까. 내가 모셔오지요. (구, 퇴장)

혜경 오라버니는 왜 찾으셔요?

순경 아주 집에서 나왔다!

혜경 (웃으면서) 왜―, 소파 오라버니에게 쫓겨 나왔어요?

순경 쫓겨 나오기는 왜? 미친년 같으니.

혜경 형님이 말 안 해도, 다― 알아요. 형님하고 김종각 씨하고의 소문을.

순경 소문났으면 났지, 무슨 관계 있니?

혜경 하기는 소파 오라버니가 먼저 잘못했지마는.

순경 물론일까. 그래서 소파에게 아주 말해버렸다. 그 여자와의 관계가 세상에 발표되기 전에 속히 이혼해달라고.

혜경 안 하겠대요?

순경 이혼도 못하고 그렇다고 나와 종각 씨하고 교제도 못 한다나.

혜경 그런 품행 나쁜 남자는 단연히 이혼을 해버리시오. 다른 남자의 본보기도 될 겸.

순경 소리 크게 하지마라. 혹 구가 들더래도.

혜경 교창 씨가 들으면 어때요?

순경 그런 음험한 자가 들으면 자미없어. 나는 구라면 소름이 끼친다. 종각 씨하고 관계된 것도 다 구가 누설을 하였지.

혜경 아유 형님도. 나는 그래도 교창 씨가 좋아.

순경 좋아 하다가는 후회할 날이 있지.

혜경 그것은 왜요?

(구교창 등장)

구교창 희영 씨는 출타하고 없고 그 대신 백작 댁 정순 씨가 오셨습니다.

혜경 아, 벌써 오셨어요. 형님, 정순 형님이 오셨대요.

순경 (구에게) 그러면 나도 안에 들어가 있을 터이니, 오라버니 오시거든 알게 해주시오.

(혜경, 순경 퇴장. 잠시 후 희영이 등장. 김소파, 반취반노半醉半怒의 태도로 뒤에 따라 등장)

희영 (구에게) 무슨 이야기가 있으니 잠깐 나가 있게. (구, 퇴장) 형님은 (소파를 보고) 어떻다고 말이야요?

소파 지금 순경이가 왔지? 홍, 순경이가 나에게 이혼을 하자네그려. 그래 내가, 아무리 낸들 그래, 내가 좀 다른 여자하고 친교가 있다기로 이혼까지 승낙할 의무가 있단 말인가?

희영 잠자코 이야기하시오. 형님은 내 누이를 책할 이유가 있습니까.

소파 있습니까? 홍, 있고 말고 있을 뿐일까. 종각이란 자하고 자네 누이하고의 사건을 자네는 모르는 모양일세그려.

희영 무어요? 내 누이가 불량한 행실이 있다고? 아무리 형님이지마는 말을 좀 삼가시오. 내 누이는 당신 같이 그런 불량한 여자가 아니올시다.

소파 어떻든 이혼은 못돼. 별거는 들지언정. 이혼은 못되지.

희영 나는 아직 자세히 내용을 알 수가 없으니까……. 좌우간 당분간만 그대로 두시오.

소파 당분간 유예할 것이 무엇되나?

희영 아니요. 형님도 이번 내 혼인 사건이 있는 줄 짐작하시지요. 하니까 지금 여러 말이 우리 집 가정에 생기고 보면, 모처럼 진행하여 온 혼인문제가 어떻게 될지 모른단 말이야요. 그리하시면 내가 또 순경에게 알도록 이를 터이다.

소파 홍, 알았네. 그러면 자네를 위해서 당분간 기다리기로 하지. 그러나 이혼을 하지 않는 데 대하여 두 가지 조건이 붙네. 어디까지든지 내 처로서 별거할 일. 또 한 가지는 김종각이 하고 영구히 교제하지 못할 일, 두 가지일세. 자―그러면 실례하겠네.

(소파 퇴장코자 하자 순경이 등장. 소파 말없이 퇴장)

순경 소파가 무어라고 하여요?

희영 너도 딱한 일도 하였다. 그렇지 않아도 내 혼인 문제에 저 편에서 여러 가지 조건을 구하고 있는데, 지금 이 일을 알면 정 백작이 또 무어라고 할 줄 아니.

순경 그래, 소파가 무어라고 해요?

희영 그래서, 내 혼인문제가 낙착될 때까지 참아달라고 했다. 너도 이혼이니 무어니 하지 말고 종각이 하고도 교제를 말아다오.

순경 그저 그럴 줄 알았지. 흥, 보복하노라고. 그 자식이 이혼을 안 해 주려고. 그러면 누가 살고 싶은 사람하고 같이 못 사나.

희영 살고 싶은 사람하고? 종각이 하고 말이냐?

순경 그래요.

희영 그런 소리말고, 내 동정을 하여서라도 당분간만 잠잠히 있어다오. 응, 순경아.

순경 그야, 나도 오라버니 일에 대해서는 어디까지 동정해요. 그렇지마는 오라버니 이해利害와 내 이해와 충돌이 되는 경우에도, 오라버니 이해 때문에 내가 희생이 될 수는 없지 않아요?

희영 너 같이 자기이익만 헤아려서야 어디 세상을 살아보겠니.

순경 오라버니가 자기이익만 도모하시는 것이 아니야요. 그것도 이혼만 되면, 나도 3,4년 동서同棲해도 참을 수는 있어요. 하지마는 종각 씨와 교제를 끊으라고 하는 것은, 도저히……

희영 (고개를 숙이고 한참 생각하다가) 그러면 내가 혼인할 때까지만 참았다가, 그 후에는 네 마음대로 하여라. 그리고 그동안에는 아무 말 말고 가서 있어다오.

순경 (한참 생각하다가) 그러면 그리시요.

희영 그리 해다오.

순경 그러면, 그리 알고 가겠소.

희영 그리고 교창이 좀 오라고 해다오. 또 정순 씨 보고 잠깐 기다리시라고.

(순경이 눈으로 묵답하며 퇴장. 한참 있다가 구교창 등장)

희영 (구를 보고) 다른 것이 아니라, 자네로 말하면 아버지 돌아가실 때 유언도 있고 해서 실상 내 친아우 같이 내가 할 수 있는 데까지 힘을 다해 왔는데.

구교창 나도 할 데까지는 다해 왔습니다.

희영 응, 그는 나도 모르는 것이 아닐세. 하지마는 지금부터는 서로 헤어져서 활동을 해보는 것이 어떤가?

구교창 네?

희영 물론 생활비는 부족 없이 매월 보낼 터이니까. 달리 어떻게 직업을 얻도록 하지 못하겠나. 상당相當한 곳이 없으면 내가 소개라도 할 터이니.

구교창 흥.

희영 무슨 대답이 그 모양이야. 싫으면 싫다든지, 좋으면 좋다든지 말을 하여야지.

구교창 흥, 싫은 걸요.

희영 생각을 하고 말을 하게. 그렇지 않으면 도리어 자네에게 손損일세.

구교창 허허허. 손은 벌써부터 하고 있습니다. 이때까지 수당이라고 한 푼 먹은 일은 없지요? 그리고 당신네 만반 사무는 내가 다 보아왔지요? 당신의 비밀, 당신의 약점을 쥐고 있는 자가 대관절 누구요? 하하하.

희영 나에게 무슨 약점이 있니?

구교창 흥, 모르면 가르쳐 드리지요. 만주광산이 성공되기는 관계없는 회사주주의 공금을 무단히 융통하여 쓴 까닭이지요.

희영 그래, 그 결과 각주주에게도 상당히 이익배당을 하였지.

구교창 그것이 법률상 소위 부당한 이익을 취득한 심이라나요. 성공을 하였든 실패를 하였든 공금비소公金費消는 어디까지든지 공금비소이지요. 제재를 받든 아니 받든 범죄자는 어디까지나 범죄자이지요.

（이때, 정순이 등장）

정순 사람만 기다리게 하고 무얼하셔요?

구교창 자, 나는 잠깐 실례합니다. (하며, 퇴장)

정순 (구의 뒷모양을 보내며) 저 사람 보면, 나는 싫더라.

희영 정순 씨도 그 자가 싫으십니까.

정순 송충이보담, 더 싫으요. 그래도 혜경이는 결혼약속까지 하였다지요.

희영 네? 그 무슨 소리야. 진정 그럽니까.

정순 아유 아직도 모르시네. 지금도 혜경이가 날더러 오라버니께 승낙하도록 권고해달라고 하였는데요.

희영 (눈이 휘둥그래지며) 혜경이가?

정순 네, 그래서 말은 해보마 하고 그만 왔는데요.

희영 그게 무슨 소리야! (초인종을 누르며) 물어보아야지.

정순 과히 관계없으면 승낙하여 주십시오그려. 두 편에서 다— 좋아하는 모양인데.

희영 아니요. 관계가 있기만 한 것이 아니오. 도저히 되지 못할 일인데.

（하녀 등장）

희영 작은 아가씨 좀 나오라고 해라.

（하녀 퇴장）

희영 다른 관계가 있다면 모르거니와, 연애관계는 도저히⋯⋯.

정순 (웃으면서) 그것 참, 이상한 사정이올시다그려.

　(혜경이 등장)

희영 (혜경을 앉히고) 너 구하고 혼인 약속이 있다는 것은 사실이 아니겠지.

혜경 왜요, 정말이에요. (얼굴을 붉히며, 히스테리적으로) 흥, 오라버니가 반대할 줄도 알았어요. 하지마는 내가 결혼하는 것을 오라버니가 이유 없이 중지시킬 권리는 없지 않아요?

희영 있다. (소리를 크게 하며) 어째 없어? 나는 이 집 호주로서의 동의할 권리가 있다. (다시 유하여지며) 여하간 혼인은 결코 못 될 터이니까, 진작 단념해버려라.

혜경 (눈물을 머금고) 반대할 테면 하여보시오. 그 사람을 내보내면 나도 나갈 뿐이니까, 같이 나가면 그만이지. 오라버니도 시원하시겠지요. (다시 울며) 오라버니는 명예가 그리 중합니까. (히스테리적으로) 여자는 연애가 전생명이야요. 누가 지나 해봅시다.

희영 (동정과 노기에 떨리는 어조로) 혜경아, 내가 이 결혼을 반대하는 것은 결코 내 자신의 이익을 위해서만이 아니다. 너와 구와는 근본적으로 혼인하지 못할 이유가 있다.

혜경 무슨 이유야요?

희영 그것은 말 못 할 중대한 이유다.

혜경 흥, 그런 불분명한 이유로 항복할 내가 아니야요.

희영 혜경아, 너로 말하면 형제간이 아니냐. 이때껏 내가 너를 얼마나 사랑해 왔던 것도 알 터이지. 하면, 내가 하는 말을 믿고 혼인하는 것은 단념해다오. 더구나 구는 부정직한 남자다.

혜경 어느 편이 단념하나 봅시다. (하며, 문으로 나가려 한다)

희영 (붙들며) 부탁이다. 너를 위해서, 구를 위해서, 또는 돌아가신 아버지를 위해서.

혜경 (희영의 얼굴을 한참 보다가) 오라버니가 허락하시지 않더래도 내 몸은 벌써 구에게……

희영 (악연愕然히 놀라며, 안색을 고치고) 무엇?!

(하며, 우뚝 일어서서 침통한 태도로 명목.* 이때 들어온 구가를 기색에 노기에 타는 눈으로 구를 흘겨보며)

희영 교창아, 내 누이하고 서로 약속이 있다는 것은 사실이냐? 너에게 대한 나의 호의 아니다. 나의 아버지의 호의까지 무시하고 나의 승낙도 없이 내밀히 약속을 하였다는 것은 정말이냐?

구교창 당신 반대하신 줄 아는 이상에, 내밀히 할 수밖에 있습니까.

희영 여러 말 마라. 너희들이 약속하였든지 마든지, 영구히 부부는 되지 못한다.

혜경 (의기가 양양하게) 왜요?

구교창 하…….

희영 교창이 너는, 지금부터 이 집을 떠나다오. 아니, 나가거라, 지금 즉시.

구교창 (비소鼻笑를 하며) 정신을 차리고 말을 하시오.

혜경 나도 같이 나가요.

희영 너는 못 나간다.

구교창 흥, 누가 못 나가게 해요.

---

* 瞑目 : 눈을 감음.

희영 교창아, 네가 정신을 차려라. 혜경이를 처로 삼으면 너는 축생보담 더한 불의의 놈이 되고 만다.

구교창 왜?

희영 (눈을 감으며) 아— 아버지! 용서하시요. (다시 구를 보며 처창凄愴한 빛을 띠고 떨리는 목소리로 천천히) 혜경이는, 너의…… 누이다! 너의 이모異母형제다!

구교창 하하하. 그만한 수단에 속을 내가 아니요.

희영 아니다. 진정이다. 혜경아, 아버지가 돌아가시던 날 나에게만 말씀하신 것이다.

혜경 거짓말.

구교창 거짓말이다.

희영 혜경아! 너는 나에게 대하여 최애最愛의 누이다. 무슨 심사로 너희들의 연애를 공연히 깨뜨릴 까닭이 있니. 단념하여라.

구교창 거짓말이다. 거짓말이다. 나는 어디까지든지 부부가 되고 말 것이다. 자— 혜경 씨, 나와 같이 나갑시다. (하며, 혜경의 손목을 잡아당긴다. 희영은 혜경을 뺏어 안으며, 구를 발로 차려 한다)

혜경 놓아주셔요. 나도 갈 테야.

(요란한 일성 총성에 혜경의 몸은 힘없이 희영의 팔에 매달린다. 만좌滿座는 악연愕然이 색色을 지어 놀란다)

희영 아—! 혜경아! 혜경아! (하며, 탁자 위에 혜경을 눕힌다. 육혈포를 든 채 구는 정신없이 처량한 미소를 띠고 섰다)

구교창 혜경 씨는, 나의 처로써 마쳤다! (하며, 육혈포를 가슴에 댄다. 희영은 뛰어가서 육혈포를 뺏는다)

희영 그렇게 쉽게 죽지는 못한다. 동생의 원수다!

(하비, 황망히 입래入來)

희영 (하비를 향하여) 가서 경찰서에 전화 걸고 순사를 불러라. 그리고
혜경이를 안으로 옮겨 뉘여라.

(하비, 정순과 같이 혜경의 시체를 들고 나간다)

희영 너 같은 놈은 법으로 알려서, 양심의 가책을 받게 하여야 한다.
그렇게 만만히 자살을?
구교창 죽여라. 어서 죽여다오.
희영 못 돼!
구교창 흥, 나를 감옥으로 보내면 너 비밀이라든지 너 아비의 비밀이
폭로될 뿐이다. 그리는 것보담 아주 여기서 죽여다오.

(정순은 놀라 창백하게 된 얼굴로 들어와 희영의 품에 안긴다)

구교창 (정순을 향하여) 정순 씨, 당신께 할 말이 있습니다.
희영 (정순을 내려보며) 안으로 들어가시오.
구교창 흥, 자기의 진상을 폭로시킬까 무서워서 가라고?
희영 (정순에게) 기다려 보시오.
구교창 (정순에게) 당신은, 저 남자가 정직한 공명정대한 신사인 줄로
믿으시지요? 그러나 웬 것을! 이 사람은 이때까지 여러 가지 부정수단
으로 자기의 명예와 금전을 모아 왔습니다. 성공을 했으니까 망정이지,
그렇지 않았으면 벌써 감옥수된 지가 오래지요.

(정순, 듣기 싫은 듯이 급급히 퇴장)

희영 너는 어디까지든지 나를 중상할 심이냐?

구교창 중상? 자기의 양심에 물어보아! 내가 한번만 입을 벌리면 네 명예나 지위는 그만이다. 진작 육혈포를 이리다오.

희영 안돼.

구교창 그뿐이 아니다. 너의 아버지의 비밀까지. 그리고 정순 씨와 약혼까지.

희영 아!

구교창 육혈포를 탁자에 놓아라.

(희영, 힘없이 육혈포를 놓고 출거코자 하다가, 구가 가지러 오는 것을 보고, 다시 결심한 듯이 집어 창 밖으로 던지며)

희영 어디까지 너는 너의 벌을 받아 보아라. 나는 나에게 오는 벌을 받겠다. (털썩 주저앉으며, 느낀다)

(순사의 발자취 소리에 구는 도피코자 하였으나, 소용없이 포박되어 순사와 같이 퇴장. 정순이 등장)

희영 (앞으로 나아가 정순의 손목을 잡으며) 용서하시오! 지금 구가 한 말을 어떻게 생각하십니까.

정순 내 귀에는 한마디도 들어오지 않았어요

희영 하지만, 다 정말이올시다.

정순 네?

희영 구가 한 말은 다—진정의 사실이올시다.

정순 당신이 부정직하다니 하는 것이요?

희영 네, 그렇습니다. 나는 부지불식의 동안에 이 세상 자본가들이 습

관으로 하는 상략商略을 나도 하여 왔습니다. 그러나 사실은 어디까지든
지 부정한 것이요, 불의로 온 것이지요. 아— 나는 정순 씨 앞에 사나
이답게 자백합니다. 후회합니다. 사죄합니다.

정순 그것이 진정이면……?

희영 네, 나는 결심하였습니다. 이때껏 가져오던 나의 온갖 명예와 지
위를 버리고, 다시 방향을 고쳐 신생활의 제일보를 내딛을 생각이올시
다. 적나라한 나의 본체에 다시 돌아가서 최후의 숨이 있을 때까지 나
의 새 목적을 향하여 새로히 출발코자 합니다.

정순 (무엇을 동경하는 듯한 안광을 들어) 그 외에 다른 방책이 없어서 말
씀입니까.

희영 그래서가 아닙니다. 그러나 이때까지 눈을 감았던 내 양심이 비
로소 움직이기 시작하였습니다. 자기의 허물을 감추고 이대로 지나가
지 못할 것은 아니나, 나의 한번 눈을 뜬 양심은 허락지 않습니다. 나는
나의 양심이 평안을 얻을 때까지는 나의 주위에 있는 온갖 것은 희생에
바치고도 주저치 않을 터이지요. 정순 씨! 당신과의 약속도 나는 단념
합니다. 그리하여 때가 오고 생명이 돌아와서 정순 씨와의 약속을 능히
감당할 사람이 될 때를 기다리고자 합니다.

정순 희영 씨, 때를 기다릴 것이 없습니다.

희영 라고 하시는 뜻은?

정순 나는 여자올시다마는, 설사 악한 일을 하셨더래도 한번 뉘우쳐
자기의 진심으로 기꺼이 명예와 지위를 버리고 새사람이 되어 새 살림
을 하는 것이 정당한 길인 줄 깨달아, 그것을 실행코자 하는 사람이야
말로 존귀한 사람인 줄은 압니다. 희영 씨— 나는 그 같이 의지가 강하
고 온갖 시험에 이길 분투력을 가진 사람이 평범히 무사히 세상을 보내
는 사람과 비하여 얼마나 남자다운지를 압니다. 나는 당신의 그 훌륭하
신 결심과 웅웅雄雄한 의지를 가지신 오늘 당신을 보고 도리어 기뻐하

옵니다. 희영 씨의 생각하신 이유로 나를 버리실 필요가 있을까요?

　희영 (희색 만만의 얼굴로 정순을 쳐다보며) 아— 정순 씨—.

　(양인이 서로 악수)

　희영 나는 비로소 깨달았습니다. 지옥의 불을 이기는 자는 천당의 문을 열 힘도 있다는 말을 깨달았습니다.

　(양인은 기꺼움에 못 이겨 서로 포옹함에 따라 서서徐徐 하막)
　　　　　　　　　—김영보, 《황야에서》(조선도서주식회사, 1922).

시인의 가정

김영보

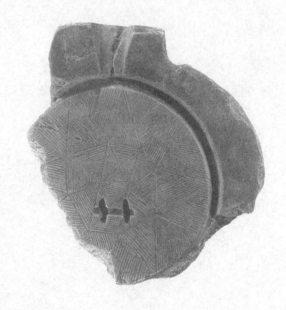

시인의 가정

(전1막)

등장인물

오석강吳石江 : 문사文士, 청년신사

춘자春子 : 처, 신혼의 꿈이 아직 따뜻한 새아씨

개똥어멈 : 하비下婢, 24~5세

두부장사 : 30세 전후의 홀아비

옥섬玉蟾 : 두부장사와 친숙한 인가 하비

시

석반시夕飯時

처소

문사 오석강의 가家. 무대 좌편 행로로 향하여 대문과 비상구가 있고 대문을 들어서면 행랑방이 있다. 이 행랑방과 부엌을 간격하여 안방이 있는 모양. 행로를 건너 인가 대문이 보인다.

사람은 보이지 않으나, 안방으로부터 청아한 피아노 소리가 울려 나온다. 하비 개똥어멈은 들리는 피아노 소리가 성가시는 듯이, 가끔 그 편을 돌아보며 상을 찡그리며, 행랑방에서 큰 보자박을 펴놓고 무엇을 꾸리며 중얼거리고 있다.

개똥어멈 사람을 업수히 여겨도 분수가 있지. 흥, 이 집이 아니면, 누가, 굶어죽을 년 있나. 아니꼬운 것 다 보지, 뒷집 쉰둥이만도 못한 것이, 제 혼자 잘난 체만 하고 아침밥만 처먹으면 빼야논지 피아논지만 뿡뿡거린다지. 아유 참, 우스운 것 다 보지. 그나 그뿐인가. 세수 한 번만 하려도 몇 백 번씩 '개똥어멈' '쇠똥어멈' 하고. 누가, 달구지 끄는 논 소새끼나 되는 줄 아나. 시켜 먹으려고만 하고. 흥, 그것 참, 그래도 나도, 근본을 캐고 보면 너만한 양반이란다. 그래도 부모도 있고, 호랭이 같은 서방님도 계시다네. (다시 분주히 꾸리며) 둘이 모이기만 하면, 찰떡처럼 달라붙어서 지랄들 하는 꼴이야, 차마 못 볼 노릇이지. 겨우 피아노 소리가 그칠까 하면, 신문이니 소설이니 하고, 와자지껄하며 두 다리를 큰 대자로 쭉 뻗치고 자빠져서. 아휴, 그 모양에다가, 누구다려 "이런 것을 알지 못하는 개똥어멈은 불쌍하지"(주인 춘자의 입내를 흉보며)는 다 뭐야. 호호호. 소설이나 신문을 볼 줄 알면, 어떤 못난 년이 한 달에 쉰 냥씩 받고 남의 집 몸종 노릇을 해? 흥, 하다 못해, 우편국 교환수가 못되면, 재봉회사 외교원이라도 다니지. (개똥어멈은 중얼중얼 하면서, 부엌으로 내려가 이리저리 무엇을 찾다가, 사기 그릇 같은 데서 고기 자박 같은 것을 집어먹으며) 이년네 집에는 몸치장할 줄만 알았지, 무엇 변변한 세간 하나 살 줄도 몰라. 가져 갈 것이라고는 아무것도 없네. (더러워 보이는 수건을 집어들며) 더러웠으나 이 수건이라도 집어넣어라. 이것도 내 물건이 되고 보면, 깨끗해진다나, 흥. (하며, 방에 놓인 보퉁이를 허리를 굽혀 집어서 옆에 끼고, 안방을 한 번 흘깃 건너다보며, 피아노 소리를 뒤로 들으면서, 대문을 걸어 닫고 옆문으로 분주히 나간다)

(한참 있다가, 피아노 소리가 그치며 안방에서 춘자가 개똥어멈 부르는 소리가 들린다. 아무 대답이 없음에, 피아노 한 곡조가 다시 들린다. 얼마 있다가, 그도 그치며 춘자가 양머리 아래로 금테 안경을 번쩍거리며, 부엌으로 내려오면서)

춘자 개똥어멈 어디 갔나. 벙어리처럼 어째 대답이 없어? (그래도 아무 대답이 없음에, 화를 벌적 내며) 개똥어멈 있어? (하며 행랑방을 들여다보다가) 어째 사람 기척이 없어! 또 이웃집에 가서, 낮잠 자고 있는 것이로 군. (하며 다시 방안을 휘휘 돌아보다가 깜짝 놀라며) 원! 이것이 웬일이야. 이렇게 헤쳐 놓고? (얼굴이 점점 노래지며) 오—, 기어코 도망을 하고 말 았군. (비참한 빛을 얼굴에 나타내며) 가면 간다고나 하지, 그저 무식한 것 은 할 수 없어. (행랑방 툇마루에 바로 힘없이 앉으며) 그러나 저녁밥 지을 때는 다 되었는데 어찌하나. 본가에서 누구든지 와 주었으면 좋겠지마 는, 심부름 보낼 사람은 없고. 석강 씨는 곧 돌아오실 터인데 집 비우고 나갈 수는 없고. 아휴, 어찌면 좋은가. 그 망할 년 때문에 겨우 이상적 가정이라고 하나 이루어 보게 된 것을…… 지금서부터는 단둘이만 살 아볼까 보다. 어멈도 두지 말고.…… 그러나 밥 지을 사람은 있어야지. 반찬은 누가 만드나. 내가? 구경도 못한 내가 만들 줄을 알아야지.…… 무슨 반찬이 있노? (하며 부엌으로 내려가서 물동이와 남비 같은 것을 열어 보면서) 무김치에, 오이에, 아유! 이게 무어야. 원, 도미가 살아서 펄펄 뛰네. 망할 생선, 왼통 치마에 물이 튀었네. 장만해 놓은 것, 먹기는 좋 아도 그대로는 보기도 지긋지긋 하드라.

(이때 문 밖에 프록 코트의 청년 신사 하나가 나타나며 문을 두드리다가 그래도 아무 기척이 없음에 초인종을 누른다)

춘자 (초인종 소리를 듣고 황망히 일어서며) 아이고, 석강 씨가 오셨나 보다. 오늘은 왜 이리 일찍이 오실까. (연하여 들리는 초인종 소리에) 네, 나 갑니다. (하며 명주수건에 손을 씻으며 분주히 나간다)

(신사는 초인종을 두어 번 누르다가 그래도 아무 대답이 없음에 어디로 사라졌다가 부엌 뒷문으로 들어온다. 춘자는 문 밖에 아무도 없는 것을 보고 도로 들어오면서)

춘자 또 어떤 아해 년석이 장난을 한 것이로군. (하며 부엌으로 들어가려 하다가)

석강 장난꾼은 여기 있는 걸. (하는 소리에 깜짝 놀랐으나 자기의 남편이 서서 있는 것을 보고)

춘자 원! 이를 어찔까. 어느 틈에 들어오셨어요?

석강 (웃으면서) 종을 암만 눌러도 대답이 없으니까 뒷문으로 돌아왔지. (마루에 끌어 앉으며) 그러나 춘자 씨, 내 축하하여 주실 일이 하나 생겼구료.

춘자 (석강의 앞에 서며) 왜요?

석강 이번에, 내 시집이 불과 수개월에 벌써 재판이 간행하게 되어서 책사*에서도 매우 만족한 모양이야.

춘자 원, 그래요. 나도 환영은 받을 줄 알았지만 벌써 재판까지 될 줄은 뜻하지 못하였어요. (허리를 굽실 하며) 축복합니다.

석강 하하. 그러나 이번 성공은 그 대부분이 춘자의 조력이니까, 그 성공에 대한 상당한 사례를 하여야 할 터인데, 부부간 물건 같은 것으로 그 뜻을 표한다는 것도 자미가 없을 듯하고 해서, 나는 이렇게 생각

---

* 冊肆 : 서점.

하였지요. 차라리, 나의 감사와 사랑에 엉긴 입술로써 춘자 씨의 옥수玉手에 놓아 드릴까 하고. 어떠합니까. 네, 춘자 씨. 하하하, 그러나 오늘은 좀 여기저기 다녔더니 배가 고픈 걸. 어서 저녁을 먹게 하여 주시오. 무슨 맛있는 반찬이나 있소?

춘자 (황망히) 네?

석강 무슨 별 반찬이 있어요? (하며, 부엌을 들여다본다)

춘자 (팔을 벌려, 석강의 앞을 가리며) 아이고, 그 편은 들여다 보지 마셔요.

석강 네, 네, 황송합니다. 그러면 나는 양복이나 벗어 볼까. (하며, 안방으로 들어가려 한다)

춘자 여보, 이것 좀 보셔요.

석강 무엇?

춘자 (애걸하는 듯이, 애교를 지으며) 저—, 성내지 마셔요, 네? 저— 어멈이 나가버렸어요.

석강 오—, 심부름 갔나요? 그러면 그때까지 기다리지요. 아무리 배가 고프더라도 그때까지야 못 참겠소.

춘자 아니요. 이를 어쩌나. 저— 어멈이 아주 나갔어요.

석강 응?

춘자 용서하셔요, 네?

석강 (춘자를 한참 보다가 다시 웃으며) 그야, 자기가 싫어서 나간 것이니까, 춘자 씨에게야 아무 책임도 없겠지요, 마는, 어떻든 잘 되었습니다. 그렇지 않아도 될 수만 있으면 자기의 가정에 아무 관계없는 타인을 들이지 말고 우리만 모여서 이상적으로 시적詩的 가정을 꾸며볼까 하였더니, 이제야 그 기회가 왔나 보외다. (손을 춘자의 어깨에 얹으며) 이론은 여하튼, 그러면, 춘자 씨가 밥을 지으시지요. 춘자 씨가 손수 지은 밥이면 나에게는 더 맛나게 먹힐 터이니까. 내 어찌 춘자 씨가 부엌에 있더라니.

　춘자 그렇지만 그런 것을 어떻게 하여요. 또 하여 보지도 못한 것을.

　석강 (정숙한 태도를 지으며) 그런 것이라고, 춘자 씨. 밥짓는 것이 무엇이 그리 천한가요? 더욱이 자기의 사랑하는 남편을 먹이려고 밥 짓는 것이? 자— 어서 시작하시오. 배가 고파 못 견디겠소.

　춘자 (애걸하는 듯이) 그렇지만 오늘만 어디 요리점이라도 가셔서 자시도록 하여 주시요. 나는 안 먹어도 관계치 않으니.

　　(석강은 잠시 동안 멀그머니 춘자의 얼굴을 보다가 두 손을 들어 춘자의 두 어깨에 놓으며)

　석강 춘자 씨!

　춘자 네.

　석강 내가, 그 전 혼인하기 전에 요리법이라는 책을 보낸 일이 있지요.

　춘자 네, 참, 시인이라고 하는 이가, 그 따위 무취미한 것을……

　석강 그 무취미한 것이 오늘은 실용이 됩니다. 문예에 취미를 두어 아름다운 시를 읊는 것도 좋으나, 여자인 이상 또한 여자의 본분을 잊어서는 안됩니다. 정신상 쾌락이 신성한 쾌락에 틀림은 없으나, 그러나 그렇다고 그 한 편에 현실의 생활이 있음을 돌아보지 않고는 우리의 이상理想한 바 완전한 가정을 이룰 수 없겠지요. 물론, 춘자 씨의 취미는 어디까지든지 고상한 것이지요. 우리의 시적 가정을 원만케 함에 대하여는 전신全身의 노력을 아끼지 마시오. 그러나 우리의 먹고 입는 것이 우리의 생활 전부가 못되는 것과 같이 우리의 취미만이 우리 생활의 전부가 아니올시다. 즉 현실적 생활, 육적 생활에도 결핍이 없어야 할 것이외다. 나는 여자이요, 남의 처이요, 한 집의 주부이라, 하는 책임이 있음을 잊어서는 안될 줄 압니다.

춘자 그러면 당신은 나를 현실적 방면이라는, 밥이나 짓고 물이나 긷는 데 부리려고 혼인하였던가요?

석강 그것은 시속교육時俗敎育 받은 여자의 항용하는 말이나 내가 부려 먹자고 처를 삼았는지 아닌지는 춘자 씨도 아는 것 아닙니까. 춘자 씨가 나의 취미와 저술에 다대한 동정을 하여 주신 것이 원인이 되어, 금일의 경우를 이룬 것이지요. 그러나 그렇다고 집안에 규율이 없다든지 질서가 없다 하는 것은, 결코 춘자 씨도 바라는 바가 아닐 것이외다. 남자는 자기의 가족을 위하여 가정을 위하여 밖에서 일을 하며, 여자는 집안 일을 잘 처리하여 그 남편이 집안 일까지 고려치 않으면 안될 근심이 없도록 할 필요가 크게 있겠지요. 고등교육을 받은 춘자 씨가 사랑하는 자기 남편을 위하여 밥을 짓는다 하는 것이, 무엇이 그리 치욕이 될까요. 결코 치욕은 아니올시다.

춘자 마치 수신강의修身講義나 하시는 것 같습니다그려.

석강 수신강의가 되든지 윤리강의가 되든지 나의 관계할 바는 아니나, 나는 결코 춘자 씨에게 못할 일을 하라고 하는 것은 아니요, 또 나 혼자만 생각하고 하는 말도 아니오.

춘자 네, 알아 들었습니다. 명령대로 하지요마는, 밥이 탔더라도 그는 모릅니다. (하며, 장갑을 꺼내어 손에 끼려고 한다)

석강 장갑은 왜?

춘자 손이 더러워지지요.

석강 하하. 부엌에 가기를 무슨 회석會席에나 참열하는 것과 같이 생각하여서는 잘못이지요. 장갑을 끼고 어떻게 쌀을 씻어요. 하하하. 자 — 방에 들어가서 행주치마나 입고 나오시오.

춘자 쓸 데가 있었어야 행주치마도 하여 두었지요. (하며, 머뭇머뭇 하다가 무엇을 생각한 모양으로, 급히 방으로 들어가서 세탁하려고 벗어둔 듯한 남자 두루마기를 입고 나온다) 이게, 어때요? (하며, 웃는다)

석강 하하. 내 두루마기가 춘자 씨 행주치마 대리 노릇을 하게 되었구려. 피약유심彼若有心이면 금석지감今昔之感이 불소不少하겠군.

춘자 어찌 홀로 두루마기뿐일까요. 호호호. 자— 그러면, 무엇부터 먼저 하여야 하나요?

석강 내가 언제 요리고문관이 되었나. 대관절 무엇무엇이 있소? (하며, 부엌을 둘러본다)

춘자 무김치에 오이나 조금하고.

석강 그물 항아리에는 무엇이 있소?

춘자 오—참, 펄펄 뛰는 도미야요.

석강 도미? 그것 참 좋군.

춘자 저대로 그냥 끓이나요?

석강 저대로 그냥 끓이다니? 먼저, 칼로 잡은 뒤에 비늘을 긁고 해야지.

춘자 하여 보셨어요?

석강 경험은 없으나 하면 되겠지요.

춘자 그러면 좀 하여 주셔요. 그동안 나는 피아노나 타고 있지요. (하며, 안방으로 들어가려는 것을 치맛자락을 붙들고)

석강 어—, 그렇게 만만히는 도망 못할 걸. 자— 식칼을 이리 주시오. 도미를 잡게.

춘자 칼로 그것을 어떻게 죽여요. 동물학대도 분수가 있지. 더구나 무죄한 것을 칼로 질늘 수 있도록 당신은 잔인성을 많이 가졌습니까.

석강 하하, 춘자 씨는 바로 군자로군. 내 역시 죽이기는 싫은데, 가 아니라, 죽이는 법을 알지 못하는데. 오— 그러면, 오늘 저녁은 소고기로 합시다. 스끼야끼는 다소간 경험이 있으니까.

춘자 소고기는 없어요.

석강 그러면 사오지.

춘자 아이고, 당신이 어떻게 사오셔요.

석강 내가 사오는 것이 아니라, 미안하지만 춘자 씨가 사와야지요.

춘자 내가요? 남이 보면 어떻게 하게요? 그야말로 너무 무리합니다.

석강 (돌연히 엄숙하여지며) 무엇이 부끄러워요? 무엇이 심해요? 물론, 시킬 사람이 있는데 춘자 씨를 시킨다 하면 그야 심한 무리가 되는지 모르나, 그 시킬 사람은 춘자 씨가 내보내지 않았어요?

(춘자는 잠잠히 방으로 들어간다. 석강은 춘자의 뒷모양을 보며 혼잣말로)

석강 귀골로 자라나서 무엇을 하여 보았어야지. 그러나 미안하지마는 한 번 수양을 하여 보아야지.

춘자 (새 옷을 갈아입고 새 양산을 들고나오며) 갔다 오겠습니다.

석강 야— 어느 연회에 나가는 것 같구려. 그 대신 나는 불이나 펴놓지요.

춘자 (웃으면서) 시인은 불피우고, 시인의 처는 고기 사러.

석강 가는 모양은 꼭 시詩요그려.

(춘자는 또 멈춤멈춤 하다가 결심한 듯이 문 밖으로 나간다)

석강 나도 웃옷이나 벗고 하여 볼까. 불 피우는 데 프록 코트도 너무 우습군.

(하며, 안방으로 들어간다. 이때 문 밖에 두부장사 하나가 나타나며, "두부 사료—"하며 지나간다. 그 소리에 인가 대문이 열리며 그 집 하비 춘섬이가 시첩을 들고 나오며)

춘섬 두부장사—. (하며, 부른다. 두부장사는 지나간 길을 도로 오며 반가

운 듯이)

두부장사 어— 춘섬아씨인가. 매일 같이 이뻐지는구먼. 허허허.

춘섬 망할자식. 너는 매일 같이 입버릇만 얌전해지는구나. 도망간 동네집 개똥어멈, 주인 욕하듯이 너는 욕밖에 배운 것이 없니. 저것 요새 젓통에 죽지 않고, 왜 저래.

두부장사 내가 죽으면 춘섬이는 독숙공방獨宿空房에, 슬퍼서 어찌나 살게. 그런데 개똥어멈은 왜 쫓겨나갔나? (하며, 두부지게를 내려놓는다)

춘섬 쫓겨나갔는지 제가 싫어서 나갔는지는 모르나 강짜 싸움이 났다나.

두부장사 강자? 야—요것 보아라. 그래, 너하고 나하고 그렇고 그런 것이 부러워서?

춘섬 망할 것, 음흉스러운 소리만. 그런 게 아니라. (손가락으로 부부라는 뜻을 표하면서) 저집 이것하고 요것하고가 너—무 사이가 좋아서 볼 수가 없다나.

두부장사 야—요것 기묘하군. 그래, 부부끼리사이 좋은 것이 흠이란 말이야? 이자식 저자식 하며, 나만 보면 도망질 치는 년보다는 매우 낫네.

춘섬 하지만 둘이 서로 빤대.

두부장사 빨다니? 무얼 빨아. 너 같으면 밥주걱이나 빨겠지만.

춘섬 이런 못난이. 말귀조차 어째 그리 둔해. 빤다니까 사탕이나 빠는 줄 아니. 입하고 입하고 서로 맞대고 빨아요.

두부장사 어—릅시요. 입하고 입하고 서로 붙이고 빤다. (고개를 끄덕끄덕 하며) 하야, 알기 쉽게 말하면 요새 여학생들 말로 키스를 한단 말일세그려. 더욱 더욱 기묘한 일이로군. 그래, 서로 맞붙어 빠는 것은 어떻게 되었든, 그리고 보면 코가 걸려대서 어찌노?

춘섬 허허, 자네 요사이 여학생을 다 알고 꽤일세그려. 너처럼 넓적코는 걱정 없네.

두부장사 그런가. 어디 너 뾰족한 코가 걸려 대이나 한 번 빨아볼까. (하며, 팔을 벌려 춘섬이를 안으려 한다)

춘섬 이런 망할, 저기 사람 오오. 저것이, 지금 말한 빠는 집 아씨야. 자— 두부나 어서 주오.

(이때 춘자가 신문지에 꾸린 것을 들고 오다가 얼굴이 붉어지며 두 사람을 피하여 숨는 듯이 집으로 들어간다)

두부장사 저것 같으면 나라도 빨고 싶은데. (하며, 두부를 떠놓는다)

춘섬 이런 망할.

(하며, 두부장사의 등을 한 번 치고, 안으로 들어 가버린다. 두부장사는 다시 "사료"를 외우며 뒷골로 가버린다)

춘자 (옷을 벗고 나와 부엌에서 불을 피우고 있는 석강을 향하여) 사왔어요.

석강 속히 갔다 오셨구려. 누구 만나지나 않았소?

춘자 만나도 만나고 말고요. 동창 중에도, 하필 제일 잘 지껄이는 정자라고, 금년에 박남작 노인 후실로 들어간 사람인데, 나다려 우육점 앞에서 무엇을 하고 있느냐 하기에 거짓말 할 수도 없어서 바로 말을 했지요. 나는 어찌 부끄러운지.

석강 그것 통쾌하게 잘 대답했소.

춘자 무엇이 통쾌하여요? 이 사람 저 사람에게 말짓 할 생각을 하면…….

석강 그와 같은 자에게는 제 마음껏 지껄이게 버려 두지요. 허영에 눈이 어두워서 남의 후실에 몸을 파는 인물이니까 진정한 행복이 무엇인지 알 까닭이 있겠소. 그러나 세상은 참 이상한 것이야. 동록* 냄새와 화족**이라는 허명에 몸을 즐겨 파는 사람도 있고, 또 나와 같은 빈궁한 시인의 처가 되는, 고결한 춘자 씨도 있는 것이야. 제가 아무리 화려한 집에서 살고 능라금수綾羅錦繡로 몸을 감는 호사豪奢로운 생활을 한다 하더래도, 부부 사이에 사랑의 맺음이 없고 서로 속이고 서로 의심하는 곳에 무슨 기꺼움이 있으며 행복이 있겠소. 안해는 남편을 위하여 고기를 사러 가고 사나이는 처를 위하여 불을 피운다 할지라도, 그 중에서 만족함을 얻고 유쾌함을 얻는다 하면, 이 위에 더하는 행복이 인간생활에 또 있겠습니까.

춘자 (매우 깨달은 듯이) 나도 오늘부터 어멈 두지 않고 나 혼자 밥도 짓고, 물도 긷겠습니다.

석강 아―니, 춘자 씨만, 그 심정일 것 같으면 다시 어멈을 두는 것이 좋지요.

춘자 오―참, 당시 시집에 이런 시가 있지요. (하며, 시를 읊는다)

하늘에서 내리시는 달과 햇빛은
높은 데나 얕은 데나 한결 같거든
천하고 추하다고 누가 일렀나,

　(석강도 같이 합창한다)

귀한 이만 복있는 줄 나는 몰라라.

지아비는 뜰 밖에서 천수泉水를 긷고

―――――
* 銅綠 : 재물.
** 華族 : 귀족.

어린 처는 긴 돌에서 쌀을 이노나.
아―아― 맑고도 따뜻한 가정
아―아― 맑고도 따뜻한 가정.

　(소리에 따라 서서히 하막)

　　　　　　―김영보, 《황야에서》(조선도서주식회사, 1922).

나의 세계로

김영보

나의 세계로

(전2막)

등장인물

박승영朴勝英 : 남작(63세)

부인 : 59세

설자雪子 : 장녀(28세)

옥순玉順 : 차녀(23세)

상호相鎬 : 설자의 아들(9세)

이동순李東淳 : 소학교 교원(26세)

민만식閔晚植 : 자작(29세)

하녀

시

현대 모하*

처소

경성 교외

---

* 暮夏 : 늦여름.

제1막 박남작 저경내邸境內, 송림松林, 간間

무대는 하늘을 찌를 듯한 빽빽한 송림. 그 아래로, 풀에 덮인 희미한 일조一條의 소로小路가 통하여 있다. 그 소로의 일단은, 무대 후편으로 멀리 송림 간에 은은히 보이는 민자작 별저와, 무대 좌편으로 겨우 보이는 박남작 저邸로, 통하여 있는 모양. 때는 모하의 일일*, 서로 엉킨 나뭇가지와 가지 사이로 여름 햇빛이 흘러 있다. 간간이 들리는 매미 소리가 멀리서 오는 한가로운 물 흐르는 소리와 같이, 일층 하일夏日의 장한長閑함을 자랑하는 것 같다.

노변의 자연목 의자에는, 소학교 교원 이동순과 옥순이가 같이 끌어 앉아 있다.

옥순 (동순의 손 위에 자기 손을 얹으며) 왜 어제는 우리 집에 오셨다가, 그리 속히 돌아가셔요?

동순 (무엇을 생각하는 모양으로) 더 앉았을라도, 옥순 씨 형님 된다는 이가 유심히 내 얼굴만 주목을 하여 보는 것 같으니까, 갑자기 불쾌한 생각이 나서 그만 나왔지요.

옥순 형님이? 왜 그랬을까요?

동순 아마, 나 같은 자가, 옥순 씨 같은 귀족 영양과 친절히 이야기하는 것이 너무 상스러워 그런 것이겠지요.

옥순 (원망하는 듯이, 눈을 흘겨 동순을 보며) 또?!, 그런 말을 하셔요?

동순 무슨 말을?

옥순 귀족이니 영양이니, 하는 말씀말이야요.

동순 하지만 그것이 사실이니까 어쩔 수 없지 않아요.

---

* 一日 : 어느날

옥순 (바로 앉으며) 내가 귀족의 집에 태어났다는 것은 사실이지요. 스스로 훔칠 수 없는 무형의 표이겠지요. 그러나 그것을 듣기 싫어하는 사람에게 일부러 주석註釋하여 주실 필요는 없지 않아요. 더욱이 동순 씨 입으로 직접 그런 말씀을 들을 때마다, 나는 무슨 모욕이나 당한 것 같아요. 네, 동순 씨, 나를 조금이라도 사랑하시면 그런 말씀은 결코 마셔요. 만약 나의 현재의 신분이 동순 씨의 사랑을 받는 데에 장애가 된다 하시면, 나는 달게 나의 신분을 버리지요. 그러나 내가 스스로 버리지 않는다 하여도 두 사람의 사랑이 열성이 있는 것이고 보면, 구구區區한 신분의 여하는 문제될 것이 없을 줄 압니다.

동순 (차오르는 감개를 억지로 참으려) 옥순 씨, 나는 옥순 씨가 귀족의 영양인 것을 기탄하는 것이 아닙니다. 우리가 이 인생을 지나갈 때, 우리의 밟는 길이 정당한 것이 되지 않으면 안 될 것과 같이, 우리의 가족이나 우인友人도 역시 그러하지 않으면 안 될 것이올시다. 나는 옥순 씨를 믿습니다. 그러나 옥순 씨의 오직 하나인 형님을 존경할 수 없습니다. 어찜일까요?

옥순 …….

동순 (일층 더 소리를 높여) 옥순 씨, 옥순 씨의 형님에 대한 세상의 비난이 얼마나 심한지를 아십니까. 나는 그 말을 들을 때마다, 얼굴에 붉은 땀이 흐릅니다. 자기의 한 몸을 더럽힐 뿐 아니라, 자기의 가명家名에 흙칠을 하고 무단히 집을 떠난 자가, 아무리 부친의 병이 위독하다고 무슨 면목을 들고 돌아옵니까. 아비도 모르는 자식— 사생자에게 댁의 가명을 전코자 하는 영감께서도, 그 본의가 아니실 것은 짐작할 수가 있습니다마는, 사회에서 어찌 그것을 묵인할 리가 있겠습니까.

옥순 (얼굴을 붉히며) 동순 씨께서 내 형에 대하여 그와 같이 생각하실 것은 당연합니다마는, 내 형도 근본부터, 그런 사람은 아닙니다. 무단히 집을 떠나 9년 동안이나 소식을 모르다가, 아버지 임종이나 할 생각으로 오래간만에 돌아온 자식을 정리상으로 어찌 거절할 수가 있습니까.

동순 ······.

옥순 (다시 애교를 내며) 동순 씨는, 그 같은 형을 가진 내까지 더러워 싫으십니까.

동순 옥순 씨는 옥순 씨요, 옥순 씨의 형님은 형님이지요. 나의 사랑은 사랑이요, 나의 주의는 주의이지요. 나는 정情으로 옥순 씨를 사랑합니다. 그러나 의義로서는 옥순 씨의 형님을 미워하지 않을 수 없습니다. 그 같은 형을 가진 옥순 씨를 원망합니다. 옥순 씨의 형과 같이 많은 직업 가운데 특히, 남의 피와 눈물을 짜서 자기의 배를 불리는 소위 요리업을 경영하면서, 스스로 그의 죄악임을 깨닫지 못하는, 부끄러운 줄을 모르는 사람은 보통 사람과 같이 생각할 수 없습니다. 옥순 씨, 나는 이래도 교육가이올시다. 여러 사람에게, 사람된 자의 나아갈 길을 가르치는 교육가이올시다. 그러한 자의 사랑하는 사람이, 많은 여자로 하여금 절조節操를 팔아 남자의 수욕獸慾에 바치는 천하고 추한 직업을 가진 형제를 가졌다 함에, 생각이 미칠 때에, 나는 나의 사명에 대하여 일반 사회에 대하여 변명할 면목이 없음을 슬퍼하는 자이올시다.

옥순 그러면 동순 씨는, 자기의 직책을 다하지 못 할까 하여, 자기의 지위를 잃을까 하여, 자기를 사랑하는 사람까지라도 버리시고자 하십니까.

동순 (일어서며) 사랑은 사랑이요, 주의는 주의이지요.

(동순은 잠잠히 고개를 숙이고 무대 우편 송림 사이로 올라간다. 옥순은 수건으로 눈물을 훔치며 그대로 앉았다가 다시 일어나 동순의 뒤를 따라 퇴장. 이때 설자가 상호의 손목을 잡고, 무대 우편 송림 사이로부터 출장. 설자는 화려한 의복으로, 상호는 양복으로, 경내를 산보하는 풍체風體)

상호 저기 보이는 저 집은 누구 집이야? (하며 무대 후편으로 보이는 양실을 가리킨다)

설자 그 집이…… 남의 집이란다.

상호 어머니, 지금 저 집에 가오?

설자 (감개가 깊은 듯이, 그 양실을 바라보며) 아니, 저 집은 어머니도 모르는 사람의 집이야.

상호 그런데 왜 그곳만 자꾸 보오?

설자 성가신 아해, 다 보겠네. 너, 다리 아프지 않니.

상호 모도 그만큼 오고서, 다리가 아파? 어머니는 아프오.

설자 그래, 여기서 좀 쉬어 가자. (하며 앉는다)

상호 나는 다리 안 아파. …… 어머니, 여기 있어, 내 꽃 꺾어 올게.

설자 그래, 꺾어 오너라.

(상호는 송림 사이로 사라진다. 설자는 홀로 무엇을 침사沈思하는 모양. 이때 민만식 자작, 몸에 운동복을 입고 등장. 설자의 앞을 지나려다가, 설자를 보고 놀라는 모양이었으나 다시 그 앞으로 나아간다)

설자 (발자취 소리에 놀라, 비로소 고개를 들며) 아, 만식 씨!

민만식 아, 설자 씨가 아닙니까.

설자 (다시 침착한 태도로) 네, 설자올시다.

민만식 일전 오셨다는 말을 들었습니다마는…… 오늘은 산보로 이까지 오셨습니까.

설자 산보가 아니라 일부러 왔습니다. 생각나십니까. 9년 전 이곳을?

민만식 네, 참 속速합니다. (하며 생각하는 듯이 눈을 감는다)

설자 처음으로, 둘이 서로 만난 곳도 여기서지요. 나는 여기 와보고 싶었어요.

민만식 세월은 속합니다. 벌써 9년이나 되었나요?

설자 이 송림만은 9년 전과 같이 남아 있습니다.

민만식 아ㅡ, 그때 맛보던 행복은 나의 일생 중에 또 다시 오지 않겠지요.

설자 진정으로 그렇게 생각하십니까.

민만식 네, 진정이올시다. (간間) 언제 댁으로 돌아오셨습니까.

설자 일주일쯤 전에 왔습니다.

민만식 아주 오셨습니까.

설자 왜 그것은 물으십니까. 내가 온 데 대하여 무슨 관계되시는 일이 있습니까.

민만식 그런 까닭은 아니지마는.

설자 아니지마는, 무어야요?

민만식 하하하, 그 전 설자 씨가 아직도 남아 있습니다그려.

설자 그 전 설자를 기억하십니까? 그러나 내가 온 데 대하여 너무 걱정하실 것 없겠지요. 얼마 안 되어서 또 없어질 터이니까.

민만식 이상하게, 말씀하십니다그려.

설자 그동안 어디 계셨습니까.

민만식 외국 가서 있다가 작년에야 비로소 돌아왔습니다. 그때 편지를 올린 일이 있었지요?

설자 네, 9년 전 편지는 받아 보았지요. 그 뒤에는 9년 동안 한 번도, 편지하여 주시지 않았지요.

민만식 편지를 드리고 싶어도, 출타하셨다는 말을 듣고 그만두었습니다. 주소도 모르지마는 서로 모르는 체하는 것이 무사할 듯해서.

설자 처음서부터 몰랐으면 더 무사하였을 터인데.

민만식 그런데, 그때는 왜 설자 씨가 집을 나왔습니까.

설자 달리 할 길이 없으니까 그랬지요.

민만식 왜요?

설자 당신은 아무 말 없이 외국으로 가버리시고, 아버지는 우리 관계를 아신 듯하고 해서 그랬지요.

민만식 그러면, 설자 씨 아버지께서는 낸 줄 아십니까.

설자 아니요.

민만식 그 말은 묻지 않으셔요?

설자 물으시지마는 감추고 말을 하지 않았지요. 그래도 혹독히 자백을 시키시려고 하시니까, 감추다 못해서 도망한 것이에요.

민만식 어디로?

설자 평양으로.

민만식 평양서 무엇했어요.

설자 평양서 여교원을 잠깐 하다가, 그만두었어요.

민만식 왜요?

설자 평양 가서 6개월만에, 아비 없는 아해가 생겼어요.

민만식 네? 아해를?

설자 나는 그 말을 영구히 당신에게 알리지 않으려고 했습니다.

민만식 왜, 그 전에 아무 말도 안 했어요?

설자 그런 말을 하면 무엇합니까. 싫어서 차버리고 가는 사람에게. 남자라는 것이, 그러한 때에는 대개 믿지 못할 것입니다.

민만식 그래서, 어떻게 하셨어요?

설자 그래서, 어린 아해를 안고 몇 번이나 다리 난간을 만져 보았는지 모릅니다. 그러다가, 죽지도 못하고 다행히 요리점하는 부자 과부를 만나서 그 집에 가서 있었지요.

민만식 어린 아해는 어찌하고?

설자 어린 아해는 9년 동안, 한시도 놓지 않고 길러왔습니다.

민만식 그러면 지금도 그 요리점에 있습니까.

설자 사람의 운이라는 것은 이상한 것입니다. 그 집에 들어간 지 3년 만에 그 과부가 죽었습니다. 그리고 그 재산을 나에게 양여하여 주었습니다. 그래서 지금은 평양서도 제일 큰 요리점 주인이 되었지요.

민만식 세상에는 여러 가지 일도 많습니다. 그래서 그 후 혼자서 살아오셨습니까.

설자 혼자요? 과부로 지내왔지요. 아마 이후도 이대로 늙겠지요.

민만식 그러면 역시 내라는 자에게 절조를 지키실 생각으로?

설자 호호, 만식 씨, 지금은 불행히 나는 만식 씨를 생각할 틈도 없나 보외다. 지금까지와 같이.

민만식 영업에 바쁘셔서요?

설자 (냉소하며) 영업보담, 아해 생각하기가 바빠서요.

민만식 (잠잠히 생각하다가) 아―, 꿈에도 생각지 않은 아해! 지금 그 아해는 어디 있습니까.

설자 아비 없는 아해는 자유롭지요. 있고 싶은 데 있고 가고 싶은 데 가고. 지금도 저 솔밭에서 놀고 있습니다.

민만식 (설자의 손목을 잡으며) 설자 씨, 그 아해를 보여주실 수 없습니까.

설자 (민의 손을 공손히 물리치며) 보여드려도 관계치 않겠지요, 마는, 억지로 만나보실 필요는 없지 않아요.

민만식 설자 씨, 나의 자식을 내가 보는데, 무슨 관계할 바 있습니까.

설자 호호, 당신에게, 그 말하실 권리가 있습니까. 그 아해는 자기 아비가 있고 없는 것을 생각도 아니합니다. 아마, 그 필요가 없는 까닭이겠지요. 그러나 보시고 싶으면 보셔도 관계치 않습니다. 한 가지 조건만 지키시면.

민만식 무슨 조건?

설자 아비의 자격이 아니고, 타인의 태도로 보시겠다는 조건이면.

(이때 상호가 송림 간에서 달음질로 나온다. 손에는 여러 가지 꽃 뭇을 쥐고 있다)

상호 (어머니의 가슴에 뛰어 안기며) 엄마, 이것 보아, 아직도 많이 있는데, 손이 작아서 다 못 꺾었어요. 엄마, 이 꽃 곱지. (민자작을 이상히 보다가) 엄마, 나하고 같이 가서 마저 꺾어와, 응.

설자 그래, 많이 꺾어다 줄게. 저 양반에게 인사해라.

상호 나 모르는 사람인데. (하며, 다시 민자작을 쳐다본다)

민만식 (정신없이 서서 있다가) 너, 착한 아해, 이리 오너라. (하며, 상호를 끌어안고 한참 보다가, 못 이기는 듯이 접문*을 한다) 너, 이름이 무어야?

상호 (부끄러운 듯이) 상호.

민만식 너 몇 살 되었니.

상호 (한참 보다가 설자에게로 피하려고 한다)

민만식 (다시 끌어안고 접문을 한다. 상호는 몸을 한번 틀어 민자작의 손을 떨쳐버리고 무대 좌편으로 달아난다. 민자작은 상호의 뒷모양을, 눈물 머금은 눈으로 보며 우뚝하니 서서 있다)

설자 그 아해를 보고 어떻게 생각하십니까.

민만식 (수건으로 눈물을 씻으며) 아! 설자 씨, 용서하시오. 저 같은 아해까지 있는 이상, 설자 씨와 결혼하지 않은 것은 나의 잘못이올시다.

설자 (눈물을 머금고) 지금 그런 말씀 하셔야 늦지 않습니까. 그보담 지금 부인이나, 사랑하여 드리시오.

민만식 아— 설자 씨, 용서하시오. 다— 나의 잘못이올시다. (하며, 설자의 손목을 감개무량한 듯이 잡는다)

---

* 接吻 : 입맞춤.

설자 (고요히, 민자작의 손을 피하며) 만식 씨, 가까이 마십시오. 넘고자 넘지 못할 9년이라는 시간이 당신과 나의 사이에 막혀 있습니다. 만식 씨, 한 번 입 밖에 나온 말을 다시 거둘 수 없는 것 같이, 지나간 옛날을 다시 돌릴 수 없겠지요. 아비 없는 자는 없는 대로, 남편 모르는 자는 모르는 대로, 버려 두는 것이 좋겠지요. 일부러 평화로운 그네들의 공기를 움직이게 할 필요는 없지 않습니까. 과거는 과거대로, 현재는 현재대로, 그리고 다 각기 자기의 미래를 꿈꾸며 나아갈 뿐이 아닙니까.

(민자작은 뒤로 2, 3보 물러나며, 고개를 숙이고 침사. 설자는 잠잠히, 상호의 간 곳을 향하여 퇴장. 매미 소리가 시원하게 들릴 뿐. 고요히 하막 下幕)

제2막 박남작의 거실

양식으로 된 남작 저邸의 일실, 시는 서막 때보다 1일 후. 창 밖으로 서막 때 보던 송림이 멀리 보인다. 탁자, 의자, 실내용 전기 선扇, 기타 장식이 적의適宜히 갖추어 있다. 풍채가 준수한 주인 남작이 얼마간 병에 야윈 얼굴로 의자에 앉은 채, 상호를 무릎에 올라 앉히고 희롱하고 있다. 남작 부인은 옆에 앉아서, 남작의 하는 거동과 상호의 무사기無邪氣한 문답에 간간이 미소를 띠고, 대견한 듯이 보고 있다.

남작 내가, 누구야.
상호 할아버지.
남작 너, 할아버지 보고 싶지 않더냐.
상호 보고 싶지 않았어. 아니, 보고 싶었어. 그래서 엄마보고 할아버지한테 가자고 하면, 엄마가 할아버지 사는 데는 무섭기만 하고 심심하니까 가도 재미없다고.

부인 그래, 할아버지 보니까, 무서우냐.

상호 무섭기는 무엇이 무서워? 엄마가 거짓말해서.

남작 그럼, 상호가 착한 아해니까, 할아버지가 귀해 하지.

상호 할아버지 아픈 데는 나았어?

남작 상호가 왔으니까, 지금은 안 아프다.

상호 어째서?

남작 할아버지가 상호가 보고 싶어서 아팠었으나, 지금은 네가 이렇게 와 있으니까 다 나았단다.

부인 그러니까 너도 지금은 엄마따라 갈 생각말고, 여기 있거라, 응, 상호야.

남작 그렇지, 너는 지금부터, 할아버지하고 할머니하고 또 너의 이모하고 여기서 같이 살자.

상호 나는 싫어. 엄마하고 우리 집에 갈 테야.

남작 왜?

부인 상호가 가면, 할머니가 운단다. 평양 집은 남의 집인데. 여기가 너의 집이야.

상호 아니야, 평양 있는 집이 우리 집이야.

남작 어째, 여기 있기가 싫으냐.

상호 여기는 심심해서 싫어. 나는 심심한 데 싫어.

남작 에—이 녀석. 평양 같은 데 가서 있으면, 이 다음 커서 상놈이 되어.

부인 너, 상놈이 되어도 좋으냐. 여기 있으면 할아버지처럼 양반이 되지.

상호 할아버지, 조선에는 상놈하고 양반하고, 어느 편이 수가 많소?

남작 그는 양반은 귀하니까 적고 상놈들은 많지.

상호 어째서 양반은 귀해?

남작 양반은 저마다 못 되는 것이니까 그렇지. 또 너처럼 심심한 데가 싫다는 아해는 이 다음에 상놈이 되니까, 그래서 더 많단다.

상호 그러면 양반하고 상놈하고 전쟁을 하면, 양반이 지지 않아? 나는 지기도 싫으니까 상놈 노릇할 테야.

남작 …….

부인 양반이 왜 진다더냐. 상놈이 지지.

상호 아니야. 양반은 몸도 적고 힘도 없어 보여도, 양반 아닌 사람은 키가 크고 힘도 많아서, 싸우기만 하면 양반이 지는 거야. 나는 양반 싫어. (문을 향하여 뛰어나가며) 나는 양반 싫어. (하며, 문 밖으로 달아난다)

남작 하하하.

부인 어떻게 생긴 아해가 그럴까? 어미가, 그런 천한 영업을 하니까, 어린 아해까지 그 모양이지.

남작 ……. 그런데 옥순이는 어디 갔소.

부인 아마 놀러나간 게지요.

남작 그 애는 늘 어디로 나돌아 다니요.

부인 아마, 또 선생네 집에 나간 게지요.

남작 선생이라니?

부인 저, 이동순이라는 사람말이요.

남작 이동순?

(이때 설자가 홀로 들어와, 부인의 곁에 앉는다)

남작 (설자를 보며) 상호는 어디 갔니?

설자 아마 뜰에서 노나 보아요.

남작 응. (간) 설자에게 할 말이 좀 있는데.

설자 네, 무슨 말씀이야요?

남작 어젯밤에도 너의 어머니하고 너 장래 일에 대해서 의논한 일도 있으나.

설자 (모친의 얼굴을 보며) 무슨 의논이야요?

남작 의논한 결과, 네가 다시 평양에 가지 않는 것이 좋을 줄로 되었다.

설자 그러면 영업은 어떻게 하고요?

남작 물론 그런 천한 영업은 그만 두어야지.

설자 아버지께서는 천하다 천하다 하시지만, 나에게는 귀중한 직업이야요. 상호하고, 요리점하고는 무슨 일이 있든지 뗄 수 없어요.

남작 그런 향방 없는 소리가 어디 있나. 타지 타관에 가서 사는 것보다, 나의 고향에 와서 있는 것이 여러 가지로 편안한 점도 많고, 또…….

설자 그렇지마는 그것만은 복종할 수 없습니다.

부인 너도 자세히 생각을 해보아라. 아버지도 늙으시고, 또 남의 소문도 사나웁고 하니까, 지금은 집에 와서 있는 것이 피차에 좋지 않느냐.

남작 또 상호 생각을 해서라도, 여기 있는 것이 좋은 일이 아니냐.

설자 하지마는 싫은 것을 어찌 하겠습니까.

남작 (엄히) 내가 이렇게 권하는 것도, 상호 때문에 하는 말이다. (다시 유柔한 어조로) 요리점 주인의 아들로서 기르는 것보담, 나의 곁에서 내 집 사람을 만들어 이 후에 철 안 뒤에도 사회에 조금도 부끄럽지 않은 사람이 되게 하겠다는 생각이다.

설자 아버지 생각과 내 생각과는 아주 다릅니다. 나는 상호를 박씨집 사람으로 만들기는 싫어요. (냉소하며) 아버지는 가명家名과 지위를 크게 생각하시는 모양이외다마는, 그까짓 것이 무엇이 그다지 자랑할 만합니까. 조그마한 세계에서 뺑뺑 돌다가 죽는다는 외에, 무슨 큰 특색이 있습니까. 아버지! 나는 나의 사랑하는 아들로 하여금, 이런 굴 같은 속에서 썩히고 싶지 않아요. 적으나마, 될 수 있는 대로, 자유로운 공기

속에서 살리고 싶어요. 남작이라는 헛된 이름에, 육체와 마음의 구속을 받아가며 교만과 허위의 생활에 저의 모처럼 돋아 나오는 살고자 하는 싹을 무찌르고 싶지 않아요. 그 때문에는 사생자라는 이름도, 상놈이라는 지위도, 그다지 고통이 아닌 줄 압니다.

　남작 (맹렬한 안광으로 설자를 흘겨보며) 이애! 너 같이 마음이 썩은 자와는 말하기도 싫다. 또 필요도 없다. 너는 지금서부터, 내 집 밖에 내보내지 않으면 그만이다. 단연코 평양은 가지 못할 줄 알아라.

　설자 왜요?

　남작 왜고 무엇이고, 그 따위 말은 소용없다.

　(남작 부인은 잠잠히, 수건을 눈에 대고 울 뿐)

　설자 (냉연冷然한 웃음과, 유순한 태도를 강작强作하면서) 아버지께, 그리하실 권리가 있습니까.

　남작 권리? 응, 아비된 권리로 너를 복종시킬 터이다.

　설자 아버지! 9년 전 일을 생각해 보셔요. 너 같은 가명을 더럽힌 자는 영구히 내 자식이 아니다, 하시고 6일 동안이나 나를 방안에 감금하셨던 일을 생각해 보셔요. 나는 그때, 나의 뱃속에는, 아비 없는 자식이 생겨 있었습니다. (눈물을 흘리며) 그 몸을 가지고 몰래 도망할 때 나는 할 고생, 못할 고생을 다 맛보았습니다. 그때 아버지는 시원하게 생각하셨겠지요. 그리하여 나를 찾으시려고도 아니 하셨지요. 그러하던 딸을 지금 와서는 돌아보고자 하시는 것이 너무 우스운 일이 아니어요. 아버지 말씀과 같이, 죄로서 생긴 나의 자식을 위하여 걱정하시던 것이, 이때까지 아버지께서 보아오시던 체면상으로 보아 너무 모순된 일이 아니어요. 아버지. 지금은 나도 근 삼십이나 되었습니다. 내가 할 일은 내가 자유로 할 수 있을 만큼 되었습니다. 또한 그리할 권리도 있겠지요. 아버지께 복종할 것까지는 없어요.

남작 건방진 자식!

설자 실로 건방진 말이올시다마는, 계집이라는 자는 일평생 남자에게 쫓겨 다니다가만, 죽고 말 물건일까요?

남작 그렇다! 어려서는 아비를 따르고, 장성하여서는 남편으로 따르는 것이 여자의 본분이다. 남편 없는 자기 딸을 아비가.

설자 (얼굴을 찡그리며) 그 따위 옛날 정신병자들이 자기 마음대로 짓거린 잠꼬대가.

남작 무엇, 어째? (하며 노기에 타오르는 듯 하는 눈방울을 굴리어, 설자를 칠 듯이 내려본다)

부인 (비로소 얼굴을 들며) 영감, 참으시오. (설자를 보며) 너도 나이가 있거든, 좀 생각을 하고 말을 해라. 너는 아버지 병문안 온 것이 아니라, 아버지와 싸우려 온 것이냐. 아버지께서, 한 번 쫓은 너를 다시 붙들려고 하시는 뜻을 좀 생각해 보아라. 너는 아버지의 센머리가 보이지 않느냐. 얼굴에 주름이 보이지 않느냐.

설자 (잠잠히 울 뿐)

남작 못된 자식!

(이때 돌연히 뜰에서 상호의 부르는 노래가 들린다. 여러 사람은, 일제히 귀를 기울인다)

저기 가는 저 까치야
너의 집은 어디메뇨,
가벼운 날개 뿌리치고서
무엇 찾아 다녔길래
지금이야 돌아가니.

저기 가는 저 구름아
너의 집은 어디메뇨,
자지 않고 먹지 않고

(노래 소리는 점점 멀어진다)

무엇 하려 떠다니나.

저기 가는 저 기차야
너의 갈 곳 어디메뇨,
검은 연기 토하면서
그다지도 바쁘더냐
보내나니 눈물지네.

　　(노래는 차차 멀어, 마침내 들리지 않는다. 창 밖의 모색暮色은 점점 깊
어 오고, 일좌一座는 숙연히 공상에 잠겼다)

　　남작 (갑자기 들어온 전등의 불빛에 자기로 돌아오며) 설자야, 너로 말하
든지, 상호로 말하든지, 내 집에 들어오는 것이 득책得策인 줄을 모르
니. 만약 네가 이번에 내 집을 떠나면 영구히 내 집 문을 들어서지 못할
것이다. 영구하다. 내가 죽을 때라도, 내가 죽은 후에라도.
　　설자 아버지의 시키는 말씀은 수화水火라도 가리지 않겠습니다마는,
이 일만은 듣지 못하겠어요.
　　남작 그러면 너는 너 고집 하나 세우려고 부모도 모르고 자식의 장래
까지 돌아보지 않는단 말이냐.
　　설자 상호 장래를 생각해서라도, 복종치 못하겠습니다.

남작 그는 왜?

설자 아버지께서는, 천하니 어떠니 하셔도, 그래도 여기 있는 것보담은 자유롭고 편안합니다. 그런 곳을 버리고, 일부러 어비 없는 자식이니 음란한 계집이니 하고 남의 지목指目과 조소를 받아가며 이곳에 머물러 있고 싶지 않아요.

남작 (미운 듯이) 하지만 그것은 제 탓이 아니냐.

설자 내 탓이니까, 내 몸 조처는 내가 할 터이야요.

부인 내 탓이고 네 탓이고, 그 따위 일을 아는 사람이 있니. 너는 아비가 싫어하든지 어미가 울든지, 조금도 불쌍한 생각은 없니.

설자 어머니도 좀 생각을 해보시오. 내가 만약 사내 동생이나 있고 하면, 내 생각이나 상호 생각을 아니 하실 터이지요? 내가 빌어 먹더래도, 본체 하시지 않을 터이지요.

부인 이 애가 미쳤나 보다. 무슨 말을 그렇게 하니.

설자 무에 미쳤어요? 어머니도, 있기 싫은 사람에게 있거라 있거라 마시고, 옥순이하고 이선생하고 속히 혼사나 맺어 주시오. 그러면 상호보담, 더 훌륭한 손자를 보실지 압니까.

부인 (어이없는 것 같이 입만 벌리고 앉았다)

남작 옥순이가? 손자를 보아?

설자 아버지는 모르시지마는, 옥순이는 지금, 사랑하는 남자가 생겼답니다.

남작 흥, 옥순이도, 너 같은 인물로 알아서는 잘못이지. 다른 사람이다 어떻다 할지라도, 옥순이만은 결코 없을 터이다.

설자 호호, 옥순이 같이 졸망한 것이, 내 같이 대담한 일이야 하지 않지요, 마는 속히 살도록 하여 주십시오.

부인 너도 좀 삼가서 말을 해라. 그 애가 무에 어떻다고 그리니.

남작 여하간, 이동순이와 혼인은 절대로 못한다.

설자 왜요?

남작 저의 집과 우리 집과는 신분이 틀린다.

설자 신분요? 아버지는 아직도 귀족 귀족 하십니다그려. 그러시는 동안에, 옥순이도 나처럼 아해나 생기면 어떻게 하실 셈이야요?

남작 그런 일은 없다. 옥순이에게 한하여, 그런 일은 절대로 없다.

설자 그러나 여자가 아해를 낳는 것이, 무슨 흉 될 것은 아니지요? 죄될 것도 없지요.

부인 혼인도 안한 처녀가 무슨 아해를 낳는단 말이냐.

설자 혼례라는 것을 모르는 옛날에도 아해는 있었나 봐요.

남작 (설자의 얼굴을 멀그머니 보다가) 이 애 설자야, 네가 지금은 돈도 있고 나이도 젊고 하니까, 네 생각나는 대로 지껄이나 보다마는, 너도 이 다음 늙은 뒤에 네가 지금 하던 말을 상호의 입으로부터 듣는다 하면, 과연 너의 마음이 유쾌할 터일까?

설자 (남작의 얼굴만 쳐다본다)

남작 (한숨을 길게 쉬며) 나도 10년 전에는, 이다지 늙지도 않았고 후사니 손자니 하는 생각도 없었다. 나는 네가 도망간 것을 노하였을지언정, 불쌍히는 생각지 않았다. 그러나 지금은 나도 늙었다. 나는 다시 내 집 문 안에 들이지 않으려고 하였던 너를 도리어 반가이 맞았다. 상호를 보고, 의외에 생긴 손자를 영영 잃지 않고자 하였다. 나는 외손 봉사*를 받고자 하는 생각이 아니라, 진정으로 상호를 남의 손자로 만들고 싶지는 않다. 상호를 박가로 만들고 싶었다. 이것이 거짓 없는 친자의 정이 아니냐. 설자야, 내가 생각한 것이 결코 상호의 장래에 대하여도 손될 것은 없을 터이다. 일생을 아비 없는 자식으로, 평민의 자식으로, 파묻히게 하는 것보담…… 하— 설자야, 나는, 너를 미워하려도, 미워하는

---

* 奉祀 : 조상의 제사를 받들어 지냄.

마음이 일어나지를 못한다. 어째서 그런지를 아니. 나는 선조에게 대하여는 불효의 죄인이다. 그러나 너희들에게 대하여는 아비로서의 할 것을 다 하였을 터이다. 너는 아비를 아비 같이 알지 않나 보다마는, 너도 후회할 날이 있을 터이다. 나는 그때에 네가 후회할 것을 생각하면, 그것이 불쌍하다. 설자야! 옛날 어릴 때 설자로 돌아 가다오. 잠깐 동안이라도. 그리고 나에게 한 번 속은 심 잡고, 내 말을 들어다오.

설자 (흑흑 느끼며, 탁자 위에 머리를 숙이고) 아버지, 용서하여 주시오. 내가, 어, 없는 줄······.

(만좌滿座가 눈물에 젖을 뿐. 남작의 고개는 깊이 숙여진다. 이때에, 옥순이가 초초悄悄히 들어와 문 옆에 서서 있다)

부인 (옥순이를 보고) 왜, 거기 서서 있니.

남작 (비로소, 고개를 들어, 옥순의 가까이 옴을 기다려) 어디 갔다가 지금이야 오니.

옥순 (얼굴을 찡그리며)······.

남작 어디 가 있었어?

부인 학교에서 이때껏 있었니.

옥순 가고 싶은 데 갔었지요.

남작 가고 싶은 데가, 어디야.

옥순 왜요?

남작 누구하고 갔었니.

옥순 말하기 싫어요.

남작 말하기 싫다니. 너도 갑자기 미쳤니.

설자 왜, 이선생하고 싸웠니.

옥순 흥, 형님도 걱정 그만 하시오. 왜 걸핏하면 이선생 이선생 하시오. (감정이 극하여, 흑흑 느껴 울며) 이것도 형님 때문이야.

설자 (한참 동안 옥순의 우는 모양을 보다가) 이 애가 정말 미쳤나 보다. 울기는 왜 울어. 무엇이 내 때문이란 말이냐.

남작 가만있어. 옥순아.

옥순 (엎드려서 울 뿐)

남작 옥순아.

부인 옥순아, 왜 대답을 하지 않니.

옥순 왜 그러세요?

남작 너 오늘, 이동순이와 같이 있다가 왔니.

옥순 누가 그래요? 형님이 그럽디까? 흥, 형님 생각만 하고, 나도 그런 줄 아오. (하며 설자를 흘겨본다)

남작 누가 하였든, 내 말 대답이나 해라. 동순이와 무슨 약속한 것 있니.

옥순 무슨 약속이야요?

남작 너희들의 장래에 대해서 말이다.

옥순 약속은커녕, 이 다음부터 교제도 말자고 여러 가지로 모욕을 받고 왔어요.

남작 응?

설자 절교?

부인 왜?

옥순 아비 없는 자식까지 낳은 자의 아우와는 교제하기도 싫다고. 장래의 국민을 교육하는 신성한 자기의 면목을 보아서라도, 절교를 하여 달라고. 여간 아니야요. 나는 슬퍼서 이때껏 후원에서 울고 있었어요. (하며, 흑흑 느낀다. 남작의 얼굴에는 복잡한 감정의 빛이 흐른다. 일좌는 잠시 침묵)

설자 (한참 동안, 고개를 숙이고, 잠잠히 있다가, 무엇을 결심한 것 같이 일어서며) 아버지! 어머니! 지금 옥순의 말을 들으셨습니까. 아비 없는 자식을 둔 자는, 간 곳마다 의외의 비극을 일으키게 합니다. 아버지! 나는 아마 고향과는 인연이 없나 보아요. 나는 모처럼 아버지 말씀에, 얼마 동안이나마 모시고 있을까 하였더니, 운명의 신은 그것까지도 허락지 않나 보외다. 나는 내 때문에, 나의 동생의 연애까지 깨뜨리고 싶지 않아요. 나는 아버지께 맹서합니다. 또 다시 이 땅에 발을 들이지 않겠습니다. 아버지를 뵈올 날도 영영 없겠지요. 아버지께서도, 설자가 박씨 집에 생기기 전과 같이, 인연이 없는 줄로 아십시오. 관계를 끊어 주셔요. 나는 이곳에 올 사람이 못됩니다. 나의 갈 곳은 따로 있습니다. 그러면 아버지, 나는 이 밤차로 이곳을 떠나겠습니다. 용서하셔요.

남작 안돼, 안돼. 이놈와는 절대로 결혼치 못해. 절교! 흥, 건방진 놈!

설자 아버지, 딸자식 둘 가운데, 하나만이라도 참 사람이 되게 하여 주시오. 옥순이도 내 모양을 시키시지 않으실 생각이면, 저들의 혼인을 허락하여 주시오. (수건으로 눈물을 훔치며 옥순을 향하여) 옥순아, 너도 과히 걱정마라. 아무리 엄격한 이선생이라도, 동생의 연애를 성취시키고자 자기의 고향과 부모친척을 버리고 또 다시 오지 않을 결심으로 다른 곳으로 갔다 하면, 설마 너를 버리지 아니한다. 옥순아! 용서하여다오. 어린 너에게까지 이 못된 형으로 하여금 걱정을 하게 하였으니.

남작 (비통한 어조로) 그러면 아주 갈 심이냐.

옥순 형님, 가시지 말아요. 그리까지 하고도, 내 뜻을 채우고 싶지는 않아요. 첫째 아버지와 어머니의…… (하며, 새로이 또 운다)

설자 고맙다. 감사한 네 말은 영영 잊지 않으마. 그러나 내 갈 곳은 따로 있다. 막는 곳을 버리고, 기다리는 곳으로 가는 것이 온당할 것이지. (억지로, 웃음을 지으며) 이선생과 결혼한 뒤에는, 부디 잘 살아라.

옥순 형님!

설자 어머니! 부디 안녕히 계셔요.

부인 (잠잠히 울 뿐)

남작 (감정이 극하여, 고민하면서) 설자야! 이것이, 도무지 나의 …… (하며, 뒤로 넘어진다. 일좌가 놀라, 남작을 부호扶護한다. 바람 소리, 우레 소리에 따라 소낙비 소리가 요란히 들린다. 전등은 정전이 되어 실내는 암전. 창밖의 전광만이 처연히 번쩍거릴 뿐. 막)

—김영보, 《황야에서》(조선도서주식회사, 1922).

검(犬)

현철

견
(전1막)

등장인물

백남성白南星 : 상처인喪妻人(40여 세)

강순희姜順姫 : 객부인客夫人(30세 내외)

노비 : 백씨 가조전비家祖傳婢(70여 세)

이외, 동리 하인 남녀 수삼 인

장소

중등생활자의 가정. 무대 중앙은 대청에 마루가 이어 있고 청과 마루 사이에는 분합문分閤門이 가려 있다. 네 짝 분합문에 양편 두 짝은 닫혀 있고 가운데 두 짝은 열려 있다. 그리고 대청 좌편은 안방이고 안방에 달려 부엌이 있으며 우편은 건넛방이 달려 있다.

시일

현시現時, 절후는 초추初秋.

제1경 (백남성, 노비)

백남성 (북포복* 두루마기를 입고 마루 끝에 나와 앉아서 하염없이 남쪽 하늘을 쳐다보며 수심으로 정신 없이 앉아 있다)

노비 나리 마님, 또 이렇게 근심을 하시면 어떻게 합니까. 이렇게 하시다는 병환이 나시면 어떻게 하시려고 합니까. 보십시오, 행랑어멈도 오늘 빨래를 간다고 아범을 데리고 지거니 이거니 하며, 점심은 어떠니 반찬은 어떠니, 이렇게 담아 가지고 갑시다 저렇게 담아 가지고 갑시다, 이렇게 가세 저렇게 가세 하며 자미滋味스럽고 정답게 갔습니다. 세상 사람들은 늙으나 젊으나 다 각각 무슨 자미든지 한갓 자미는 다 보는 것이 있습니다. 새 같은 짐승도 날이 새면 날거니 뛰거니 하며 상당히 낙이라고 하는 것이 있는데, 나리마님 한 분이 날이 새나 밤이 드나 집안에만 계셔서 중 되신 것과 같이 세상에 무슨 낙이라고 하는 것은 하나도 없이…… 그렇습니다. 달수를 쳐보면 벌써 반년이나 넘었습니다. 그동안에 한 번도 출입이 없으시고…….

백남성 반년이 다 무엇인가, 평생을 이렇게 지낼 작정일세…… 나가면 무슨 자미 있는 꼴을 보겠나? 나의 평생은 이렇게 한 세상을 보내고 말 것일세……. 아씨는 무덤 가운데로, 나는 이 집구석에서 몸을 묻힌 것과 다름없네……. 우리 둘은 벌써 죽은 사람과 다름이 없네.

노비 천만의 말씀을 다하십니다. 그럴 수가 있습니까. 아씨께서 돌아가신 것은 원통하고 애달픈 말씀이야 어찌 다하겠습니까……. 나리께서도 퍽 많이 우셨습니다. 인제 그만 울어도 넉넉합니다. 고만하셔도 돌아가신 아씨께 대해서는 할 만치 하셨습니다. 사람이라고 하는 것은 울고만 있는 것이 수가 아닙니다. 어느 때까지 복 두루마기만 입고 있

---

* 北布服 : 북포는 함경북도 지방에서 생산된 아주 섬세한 세포로, 관리들이 상부에 바치는 뇌물로 삼아졌을 정도로 매우 고급스러운 마직물이었음.

는 것이 돌아간 이를 위하는 것이 아닙니다. 인제 말씀이지마는 이 한 멈도 5,6년 전에…… 한아범이 죽었을 때에 퍽 많이 울었습니다. 두 달이나 울면서 세월을 보냈습니다. 지금 생각하면 진저리나는 일이올시다. 언제든지 남편을 묻는 꿈만 꾸고 있을 것은 아닙니다. 생각할수록 멀미가 납니다. 그것은 그처럼 생각할 만한 한아범도 아니었습니다. (한숨을 쉬다) 어쩌자고 나리께서는 아주 이렇게 하고만 계십니까?…… 친구도 잊으시고 출입도 아니 하시고 오시는 손님도 아니 보시고, 이렇게 말씀을 하시면 무얼합니다마는 이 댁 식구는 모두 거미 같이 햇빛도 볼 수가 없게 되었습니다. 지어 놓은 옷은 쥐가 다 썰고 말겠습니다……. 장안이 아무리 좁다고 하더래도…… 그래도 나가만 보시면 활동사진도 있고 연극장도 있고 요릿집도 있고 기생 갈보 은근자,* 여러 가지로 소일거리와 심심풀이하실 것이 한량없이 많습니다. 나으리 같이 아직도 나이 계시겠다, 재산이 없습니까 풍채가 남만 못하십니까, 무엇이 어떻다고 이렇게 상심만 하시고 계십니까? 장가를 드시려도 드실 것이고 소실을 얻으려도 얻을 것이고 양첩장가를 가시려도 가실 것이고 무엇이든지 마음 나시는 대로 생각드시는 대로 하고 싶은 대로 하실 것이 아닙니까? 그것도 인제 10년이나 20년이 지내보십시오. 머리털이 호호 이시고 이가 빠지시고 이맛살이 잡히고 하면 그때는 아무리 마음에 드는 시악씨가 있더래도 올 사람이 없습니다.

　백남성 (확연하게) 여보게, 한멈. 그런 말은 두 번도 말게. 내가 다시 장가를 갈 것 같으면 근 1년이나 내가 이렇게 하고 있겠나. 돌아간 아씨로 말하면 숙덕淑德이 있고 남만 못한가. 재질才質이 남만 못한가. 인물이 남에게 빠질 것인가. 그런 아씨가 나를 두고 먼점 죽을 적에야 이 몸의 처복이 얼마나 있으면 그러하겠나. 분복分福에 없는 일을 또 장가를

---

* 殷勤者 : 기생의 한 부류로 남몰래 매춘을 하는 이패 기생을 일컫는다.

간다고 하면 무슨 시원한 사람을 얻게 되겠나. 그리고 내외라 하는 것은 남남끼리 만났다가 죽으나 사나 서로 정으로 지내는 것인데 살아 있다고 정이 있고 죽었다고 그것을 잊는다 하면 그것이 어디 사람의 의리라고 할 수 있나. 세상 사람들은 찰떡근원에 유자사랑으로 지내다가도 그 안해가 죽기만 하면 미처 초상도 치기 전에 중매가 드나든다 사주가 온다간다 하여 시간이 급하다고 다시 장가를 간다 하여 야단법석을 치지마는 그것을 생각하면 사람의 의리라고 할 수가 있나. 남자나 여자나 사람은 다 마찬가진데 어째서 남자는 혼자 되면 마음대로 장가를 가고 여자는 혼자 되면 평생을 과부로 혼자 늙는다는 그런 이치 없는 일이 있을 까닭이 있나. 한멈도 생각해보게. 만일에 아씨가 살아 있고 내가 죽었으면 아씨는 평생을 혼자 과부로 살았겠지? 그것만 생각하여도 사람이 개가 아닌 이상에는 그러한 의리부동한 일이야 할 수가 있나. 사람은 다 마찬가진데 어째서 여자는 혼자 되면 수절을 하고 평생을 혼자 늙어야 한다면서 남자는 안해만 죽으면 하루가 멀다고 장가를 가니 그런 일이 어디 있나. 나는 그러한 인정에 벗어나는 도덕은 나부터라도 고쳐가야 할 줄 아네. 세상 사람들이 웃거나 욕을 하거나 나는 사나이 정절을 지켜볼 작정일세. 돌아간 아씨를 위해서……

노비 참 딱하신 말씀도 다하십니다. 그런 말씀은 마시고 오래간만에 오늘은 근처 친구님 댁에 행기*나 하시고 좀 다녀오십시오.

백남성 (그 말은 들은 체도 아니 하고 먼 산만 바라보며 수건을 대이고 훌쩍거리며 운다) 어 응…어 응.

노비 나으리 마님… 나으리 마님…… 진정하셔요. 진정하셔요. 그렇게 마음 상치 마시고…….

백남성 하아! 아씨가 한 2,3년만 더 사셨더래도 좋을 것을…… 되지

----

* 行氣 : 몸을 움직이는 것.

않은 살림인지 무엇인지 사신다고 그 알뜰살뜰이 아끼고 모으던 것을 생각하면 불쌍해서 못 견디겠네. 못 다 입고 못 다 먹고 갈 것을 그렇게 애를 써가며 용돈이라는 한 푼 두 푼 모아가며 돈 날 일이면 아니 하는 것 없이 돈 놀이도 하고 장도 담아 팔고 김치도 만들어 팔아가면서…… 내가 몸 괴롭다고 그러지 말라고 하면 계집 사람이라고 하는 것은 살림에 알뜰해야 하지요…… 하면서 내 눈을 기어가면서도 집안 늘이는 맛에 괴로움도 모르더니…… 그렇게 속히 죽을 줄이야 누가 알았나.

노비 그러게 말씀이지요. 이 한멈도 그것만 생각하면 뼈가…….

(대문 흔드는 소리가 나며 "문 열게. 문 열게"하는 소리가 들린다)

백남성 (눈이 둥그래지며) 누가 또 왔나. 나는 누구든지 대면을 아니 한다고 나가서 보내 버리게.

노비 그렇게 하겠습니다. (우편으로 나간다)

제2경 (백남성)

백남성 누가 또 왔나. 아마도 요전에 왔던 중매쟁이인 것이지. 장가를 아니 간다고 하여도 하루가 멀다고 와서 사람을 조르지? 이러다가는 나의 결심도 깨지고 말 것이다. 이렇게들 와서 귀찮게 굴면 필경 이곳에서도 오래 살지 못하겠다. 아마도 세간 나부랭이나 있는 것을 다 팔아 가지고 절간으로 나가서 중질이나 할밖에 없다. 그렇게 되면 아마 어느 사람이든지 나를 보아도 장가를 가거라 계집을 얻으라고 그러한 말은 아니 하겠지…… (비색悲色을 띠며) 그것이 내게 제일 적당한 짓이다. 첫째는 죽은 마누라를 위하는 것이고, 둘째는 나의 결심을 지키는 것이다. 옳지! 그 밖에는 더 좋은 묘책이 없다. 그렇게 하여야지, 그렇게…….

노비 (문간에서 대단히 흥분되어 들어온다)

제3경 (백남성, 노비)

노비 나리 마님! 누누구이……신지 못 보던 부인인데 양머리를 하고 검정 옷을 입고 책보 같은 것을 들고 문간에 와서 야단을 칩니다.

백남성 한멈! 댁 아씨가 돌아가신 후로는 아무 손님도 보지 아니한다고 하였나?

노비 그것은 그렇게 말씀을 하였습니다마는 도무지 듣지 아니하셔요. 문 열어! 문 열어! 하며 문을 발길로 차고 이놈의 집은 사람이 죽었다고만 하면 제일인가? 하며 도무지 듣지 아니하여요.

백남성 그래도 나가서 손님을 볼 수가 없다고 돌려보내게.

노비 당최 돌려보낼 수가 없어요. 부인네라도 어떻게 거벽스러운지 말을 들어야지요. 대문을 아니 열어주려다가 문짝이 떨어질까봐 할 수 없어 문을 열어주었습니다. 그리고 들어오면서 중문을 닫아 걸었지요. 걸면서 보니까 성이 통통이 나서 무슨 욕인지 입으로 중얼거리며 가졌던 책보를 떨어뜨려서 그것 주워싼다고 지금 아무 소리도 없습니다. 그렇지 아니하면 벌써 중문간에 와서 또 야단이 났을 것이야요.

백남성 아니 여편네가 그래! 원 참 별꼴을 다 보네. 아니, 나가서 중문을 열어주게. 그따위 여편네는 버릇을 가르쳐 주어야지.

노비 (문간으로 나간다)

백남성 왜 이리 모두 나를 가지고 귀찮게 구나. 정말 견딜 수가 없네. 암만 해도 속히 절로 가야지. 절로 아니 가고 이곳에서 좀 지내려고 하여도 남들이 그렇게 가만히 두지 아니 하니까 하는 수가 있나. (결심한 것 같이) 옳지, 절로…….

객 (들어오고 노비가 따랐다)

제4경 (백, 노비, 객)

객 (노비에게) 이 요악妖惡한 늙은이 같이! 왜 문을 잠궈! 개 같은 놈의 한미…… (백 씨를 보고 어조를 고쳐서) 영감? 처음 뵈옵습니다. 이 사람은 아세아부인상회의 이사 겸 지배인 겸 판매부원감독 겸 회계부감독 겸 외교원감독으로 있는 강순희라는 사람이올시다. 이렇게 공연히 영감댁을 찾아온 것은 우리 상회의 중대한 일로 여러 번 남자사무원을 보냈으나 영감께서 무슨 사고인지 모르지마는 손을 대하지 아니 한다고 거절을 당하고 왔습니다. 그러기 때문에 오늘은 불가불 본인이 출두한 모양이올시다.

백남성 (별로 인사답도 없이) 중대한 일이라니요. 무슨 일인가요.

객 다른 일이 아니라 우리 상회에 돌아가신 부인께서 고본*을 30주 드신 일이 있습니다. 그것의 제1 불입금 150원의 기일이 벌써 석 달이나 지났지요. 그래서 사무원을 몇 번이나 댁으로 보내도 도무지 뵈올 수가 없다고 그저 오기에, 점잖으신 댁에서 그럴 리가 있나 하고 오늘은 바빠서 몸 빼칠 여가가 없지마는 본인이 나선 길이올시다. 아무리 어려우실지라도 좀 기어이 만들어 주셔야…….

백남성 아세아상회에 고본을 들었어요?…… 어째 내게 그런 말도 없이 들었던가요?

객 그거야 영감 댁 일이니까 내가 알 수 있나요. 영감 댁 일은 영감이 나보다 더 잘 아시겠지요.

백남성 (한숨을 쉬면서 노비를 보고) 한멈, 빈소에 국수장국을 물리게.

---

* 股本 : 공동으로 하는 사업에 내는 밑천.

노비 (나간다)

백남성 (손을 보고) 하여튼 우리 여편네가 귀상회에 고본을 들었다고 하니 돈을 내기는 내지요. 그러나 지금 당장 돈을 드릴 수는 없습니다. 마침 수중에 돈이 없으니까요. 아시는 바와 같이 집 여편네가 죽은 후로 반년이 넘도록 내가 출입을 아니하고 이렇게 집안에 들어 있으니까 그처럼 변통성이 없습니다. 이번 추수나 하면 그 돈을 만들어서 곧 상회로 보내드리지요. 그리고 오늘은 마침 죽은 사람의 생일이 되어서 나도 마음이 더 비창悲愴합니다. 거기에다 손님을 대해서 금전 말씀을 하는 것은 더욱이 불쾌하여 못 견디겠습니다.

객 그렇지마는 오늘 꼭 받아가지 아니하면 아니 될 이유가 있습니다. 상회에 큰 낭패되는 일이 있습니다. 그뿐만 아니라 내 처지로서 면목을 지킬 수가 없는 일이 있습니다.

백남성 추수만 되면 돈은 곧 드리지요.

객 나는 댁에 추수를 받으러 온 사람은 아니올시다. 돈을 받으러 왔습니다.

백남성 대단히 미안한 일입니다마는, 당장은 돈을 드릴 수가 없습니다.

객 그렇지마는 나는 추수 때까지 기다릴 수는 없습니다.

백남성 그렇지마는 지금 없는 것을 할 수 없잖습니까?

객 그러면 시방은 못 주겠단 말씀입니다그려?

백남성 못 드리겠단 말씀입니다.

객 흐흥…… 대답이 아주 그뿐입니다그려?

백남성 대답이 아주 그뿐입니다.

객 최후의 말씀입니다그려.

백남성 최후의 말씀입니다.

객 아하! 참 매우 고마운 말씀이올시다. 이 말씀을 죽을 때까지 서로 잊지 맙시다. (콧소리로) 흐응! 참 이래도 세상 사람들은 나를 보면 여보

순희 씨, 당신은 무슨 일이든지 좀 냉정히 성질을 가지시오……라고 하지. 지금도 우리 상회의 대주주되시는 남작부인 박춘애 씨를 만났더니 첫 인사가 "요사이는 상회 일로 얼마나 골몰하십니까?"하더니 "그런데 여보 순희 씨, 너무 무슨 일에 뿔대를 내지 말고 찬찬히 좀 하시오"라고 하지. 참 기가 막혀서 이러구야 뿔대를 아니 내고 견딜 수가 있나? 나는 돈을 받으러 왔습니다. 이 돈을 못 받아 가면 나는 우리 상회에서 체면을 지킬 수가 없습니다. 상회 시작한 지 1년이 다 되었어도 고금股金이 잘 들어와야지요. 한편으로 주문한 물건은 자꾸 오고 돈 쓰일 데는 많고 들어오는 돈은 없고 견뎌 갈 수가 있어야지. 오늘은 생각다 못하여 사무원들을 불러 놓고 일 잘 못한다고 한바탕 야단을 친 뒤에 어디 보라고 내가 나가서 한바탕 돌아오면 그까짓 것 당장 받아 온다고 장담을 하고 새벽부터 나섰지? 돈 낼 만한 자리에는 하나도 빼지 아니하고 찾아다녔지요. 그렇게 애를 쓰고도 겨우 한 사람에게 돈 5환 받은 것. 불쌍하지! 신발값도 못 되는 걸 이래저래 생각다 못하여 여기에 오면 염려 없이 꼭 받을 줄 알고 튼튼한 마음으로 믿고 왔더니 추수를 해야 낸다, "오늘은 죽은 사람의 생일이니까 돈 말하는 것이 자미가 없다?" 내가 무슨 자미 보이러 온 줄 아시오. 이러구야 화가 안 날 수가 있습니까?

　　백남성 화가 나나 불이 나나 추수하기 전에는 돈이 없는 것을 어떡해요. 그러니까 추수하면 돈을 드린다고 확실히 말씀을 하였지요.

　　객 그러나 나는 추수 받으러 온 사람은 아니올시다. 당신 댁에 돈을 받으러 온 사람이올시다. 걸핏하면 추수추수 하니 추수한단 자랑이요, 별 빌어먹을 꼴을 다 보겠네.

　　백남성 아니 빌어먹을 꼴이라니, 참 별 아니꼬운 꼴을 다 보겠네. 부인네라고 남의 남정네를 대해서 그따위 말하는 것은 생후 처음일세. 으이. (하면서 벌떡 일어서더니 안방 장지를 탁 닫고 들어간다)

제5경 (객)

객 무엇이 어떻게? 추수다— 오늘이 죽은 사람의 생일이다, 그러면 나는 돈을 받지 말란 말이야. 생일이면 돈을 아니 치러도 관계찮단 말이야?……뺑긋하면 집사람이 죽은 뒤로 출입을 아니하니까 돈이 없다, 추수를 해야 한다, 생일이니까. 기가 막혀서 그 경칠 추수인지 동장冬藏인지 그것만 밀어 대이면 남의 상회가 파산선고를 받아도 일 없단 말이지. 그것도 둘째지? 상회에서는 내가 나와서 한바탕 휘돌기만 하면 한 푼 나머지 없이 다 받아 올 것 같이 장담을 하고 왔지? 다녀 보니 돈 한 푼 내는 놈은커녕 도로 욕만 하고 덤비지. 기가 막혀. 김낙성의 집에 갔더니 어디 가고 없지, 윤현방의 집에 갔더니 그만 피하고 말았지, 강상호라고 하는 놈하고는 죽도록 싸움만 하고 돈 한푼 못 받았지. 그 경칠 년들이 도장 찍을 적에는 제 손으로 찍어놓고 돈 받으러 가면 사나이를 왜 내세워. 제 입으로는 말을 못 하나. 어려운 일만 있으면 사나이에게 밀고 마니! 그리고도 남녀동등권이다! 자유평등이다! 여자를 해방해다오, 그까짓 소리가 입으로 나오나. 사나이들 나무래 무엇해. 모두 여편네들 죄지. 여편네라도 좀 똑똑들만 해보아, 그까짓 사나이들이 다 무엇이야, 제 아무리 날고 기는 놈이라도 여편네 손에 아니 녹는 놈 있나. 여편네들이 다 알아만 차리면 될 것을 공연히 호랑이 본 것 같이 사나이들만 보면 벌벌 떨고 말을 못하니까 여편내들이 사나이에게 압박을 받지? 으응 나도 그런 여편넨 줄 알고. 참 안 될 소리이지. 그러면 내가 아주 겁이 나서 천리만리나 달아나갈 줄 알고. 어림없지 어림없어! 오늘이야말로 여편네라고 하는 것이 어떤 것인지 좀 알아보아. 내가 성을 안 내니까 아주 순한 물컹이로 알았지? 오늘이야말로 내가 성을 냈다. 너무 성을 내서 다리 팔이 다 떨린다. 목이 마르다. 가슴이 터질 것 같고 두통이 다 난다. (성난 소리로) 이놈의 한멈이 어디 갔어! 한머엄!

노비 (들어온다)

제6경 (객, 노비)

노비 한멈을 부르셨습니까?

객 국수장국이나 물이나 가져와!

노비 (나간다)

객 안될 말이지! 안될 말이야! 주기는 주지마는 추수를 해야 준다. 말솜씨가 묘한 걸! 사람 하나가 권위와 지위와 체면을 보존치 못할 함지*에 빠져도 관계치 아니한단 말이지! 추수 가지러 온 줄 아나, 돈 받으러 왔어, 돈!? 나에게 돈을 아니 주어? 무슨 까닭이야, 무슨 까닭! 오늘은 죽은 사람의 생일이다. 그따위 말이 어떤 논리에서 나온 말이야? 그것이 사나이라는 그 음흉하고 칙칙한 논법이다. 그러니까 나는 남의 사나이들과 말을 아니하려고 한다. 지금까지도 사나이만 보면 피해 다니려고 한다. 아주 내가 젊고 이쁘니까? (거울을 내어 얼굴 보며 머리를 쓰다듬는다) 사나이에게 끌려다닐 줄 알고! 안될 소리이지. 저런 물건은 여자의 정조라고 하는 것을 사나이들의 노리개거린 줄 알지? 너 같은 사나이들과 입을 섞어 말을 할 것 같으면 차라리 화약을 지고 불로 가는 것이 더욱 안심될 것이다. 어허어허 몸이 으쓱으쓱한다. 저따위 물건은 가까이 하지 아니하는 것이 옳은 일인데. 돈만 치러, 돈만!

노비 (들어온다)

제7경 (객, 노비)

노비 (물을 갖다주며) 댁 나으리께서는 몸이 불평不平하셔서 나와 말씀

---

*陷地 : 움푹 꺼진 땅.

을 못 하겠다고 하십니다.

객 듣기 싫어!

노비 (나간다)

객 몸이 편찮아서 나와서 말씀을 못 한다. 누가 말 들으러 온 줄 아나. 나와서 말이야 하든지 말든지 돈만 내, 돈만! 돈만 내면 시방이라도 갈 것이야. 있으라면 누가 있을 줄 알고…… 돈을 안 내면 내가 아니 갈 터이야…… 방구석에서 한 달을 앓아보아, 내가 한 달을 이곳에서 있지 않는가. 1년을 앓아보아, 1년을 내가 이곳에 있지 아니하는가. 그냥 호락호락이 갈 줄 알고…… 여보, 영감…… 나는 돈을 받으러 왔습니다. 돈을요…… 당신의 선이나 보러온 줄 아시오. 부끄럽소, 왜 방 속으로 들어가오. 그러면 내가 갈 줄 알고 그리시오. 그까짓 수단에 내가 떨어질 줄 알고. 보기는 이래도 30만원 상회에 제일 첫째가는 사람이요. 무명 저고리에 검정치마…… 이게 웬 먼지냐? 오오 이러니까 무슨 얻어먹는 거지가 온 줄 알우. 구두 꼴이 이것 무어야. 상관있나, 내가 이 집에 손으로 온 것은 아니니까? 돈 내오, 돈! 돈을 못 받고는 내가 상회에 얼굴을 들고 들어갈 수가 없소. 나는 아무리 되더라도 당신의 사폐만 보아주었으면 좋겠지요. 아아, 시장하다. 배가 고파 견딜 수 없다. 무엇을 좀 먹어야지…… (소리를 친다) 이놈의 한멈!

노비 (들어온다)

객 국수장국 한 그릇 가져와!

노비 (나간다)

객 대체 이놈의 집은 어떤 세음인지 알 수가 없네. 집은 큼직하면서도 사람새끼라고는 둘 뿐이니 이게 무슨 일이야. 장가는 안 가나? 돈이나 잘 내고 말이나 고분고분이 들으면 내가 좋은 중매나 하나 들지. 그까짓 말이 쓸데 있나. 나 받을 돈이나 받아야지? 아니 이러고 말 터이야, 이러면 그만이야, 어쩐 까닭이야, 이놈의 한멈까지 사람을 놀리는 모양인가?

노비 (국수장국을 차려서 나온다) 대단히 미안한 말씀입니다마는……

객 (떠미는 소리로) 무엇이 어찌해?

노비 제가 무슨 그런 말씀을…… 무슨 상관이…… 대체로 제가……

객 누게다 무슨 말을 해…… 지껄이지 말아!

노비 (옆을 보고) 무슨 말을 붙여 볼 수가 있어야지, 내 원 생전 처음 보았네. 밤에 저런 귀신을 만나면 큰일나겠네. (나간다)

객 아아, 분이나 못 견디겠네! 어떻게 분이 나는지 눈에 아무 것도 보이는 것이 없다. 하늘이 캄캄하여 온 세상이 암흑천지가 되어 보인다. 이러고야 사람이 알 수가 있나. 경칠 돈은 줄 터인가, 아니 줄 터인가, 좀 말을 하여야지! 앓고만 있다면 제일 강산인가? 사나이들이 저따위니까 여편네에게 체신을 잃지. 돈을 낼 테야, 아니 낼 테야, 왜 말을 못해, 으응! 아아, 가슴이 답답하여 못 견디겠다. (소리를 지른다) 이놈의 한멈!

제8경 (객, 백남성)

백남성 (성이 나서 나온다) 실례입니다마는 나는 복중인 까닭에 오랫동안 사람의 소리를 피하고 있습니다. 당신과 같이 그렇게 떠드는 소리를 듣고는 견딜 수가 없으니 아무쪼록 조용하게 하여주시기를 바랍니다.

객 그런 말씀을 하시는 여가에 돈을 치르시오. 그러면 당신이 떠들라고 하여도 떠들고 있을 내가 아닙니다.

백남성 그것은 아까 당신의 고향 사투리로 돈은 시방 가진 것이 없으니 내일 모레까지 기다려 달라고 하지 아니하였습니까?

객 그런데 나도 여태까지 당신의 고향말로 돈은 내일 모레 받아도 좋을 것을 오늘 달라고 하는 것이 아니라, 오늘 받아가지 아니 하면 체면을 유지할 수 없다고 하지 아니하였습니까.……

백남성 그렇지마는 오늘 없는 돈은 할 수 없지 아니한가요. 목을 잘라
보시오. 없는 것이 나오나. 아무리 여자기로니 그렇게 통사정을 못 한
단 말이요.

객 아무리 여자기로니 통사정을 못 한다! 오오, 여자가 돈을 받으러
왔으니 못 치른단 말이지요.

백남성 여자나 남자나 돈이 없으니까 못 치른단 말이지.

객 매우 고마운 말씀입니다. 돈을 받을 때까지 어디 이렇게 좀 앉아
기다려 봅시다. (펄썩 주저앉는다) 내일 모레면 치르신다지요. 나도 내일
모레까지 이렇게 앉아 기다리지요. (조금 앉았다가 벌떡 일어나며) 자, 돈
을 치를 터입니까, 아니 치를 터입니까. 아니 어떻게 하실 터이야요. 내
가 이냥 돌아가서 창피한 꼴을 당해야 옳단 말입니까, 아니 당해야 옳
단 말입니까? 아니 이러고 있으니까 무슨 농담이나 하러 온 줄 아시오.

백남성 아니, 여보시오. 그처럼 떠들지 말아 주시오! 여기가 마구간이
아닙니다.

객 마구간이 아니라니요? 아니, 내가 무슨 마구간이나 온 줄 아시오.
마구간이나 외양간이나 그런 말은 다 모르니 돈이나 내시오. 그까짓 말
들으러 온 내가 아니요. 함부로, 말이면 다 주둥이에서 나오는 것인 줄
알우.

백남성 당신은 남의 남자에게 대해서 말이면 함부로 다 하는 것인 줄
아시오. 어디 그럴 수가 있단 말이요.

객 아니, 내가 남의 남자에게 대해서 무어라고 했나요.

백남성 시방 하신 말을 생각지 못하시오. 세상에 그런 불학무식不學無
識한 말이 어디 있단 말이요. 소위 교육받은 신식 여자가 당신 같으려고
해서야 누가 딸자식을 공부시키겠소.

객 해에, 그런가요? 그러면 당신하고 말을 하려면 무슨 딴 규칙이 있
습니다그려. 그러면 진작 그런 말을 하시지요. 나는 전연이 몰랐습니다

그려. 어떻게 말을 할까요. 이렇게 말을 할까요? (조롱하는 것과 같은 표정으로 어조를 고쳐서) 하아참, 영감, 오래간만이올시다…… 돈을 치러주시지 아니한다 하시니 매우 감사합니다…… 용서해주십시오. 오늘은 매우 방해를 놓아서 대단히 미안합니다! 그런데 당신께서는 그 복 두루마기가 매우 적당합니다! (아주 아첨을 하는 모양을 보인다)

　백남성 누구를 놀리는 모양이요. 그런 법이 어디 있소.

　객 (흥을 내며) 누구를 놀리는 모양이요. 그런 법이 어디 있소. 흐응, 여보 영감. 나를 행다반한 여자로 알았다는 큰 코 다치시리라. 내가 꼴은 이래도 남자의 사회라고 하는 것을 모르는 내가 아닙니다. 내가 부모의 태 밖에 떨어진 이후로 모든 사나이를 접촉한 것이 아마도 당신이 당신의 수염 만진 수효보다 더 많으리라. 나는 세 번이나 사나이로 해서 법정에 선 일이 있습니다. 사나이를 열둘이나 버렸습니다. 아홉 사나이에게 소박을 당했습니다. 아니 이래도 한 나이나 젊었을 때는 한번 날친 일도 있었답니다. 꿀 같이 단말로 속살거리며 눈을 슬슬 감으면서 고개를 뒤틀고 상긋상긋 웃으며 남의 간도 녹여보았다나요?…… 그뿐인가요. 연애도 해보고 번민도 해보았답니다. 달을 보고 탄식도 했습니다. 가슴이 터질 것 같은 일도 많이 겪어 보았습니다. 나는 불꽃같은 연애도 하였습니다. 미칠 것 같은 사랑의 생활도 하여 보았습니다. 나는 해방을 구하기 위하여 모든 구식의 여자들이 해보지 못하던 짓을 다 해보았습니다. 예민한 이런 감정에 끌려서 나의 알토란같은 재산을 반분이나 없애 보았습니다. 지금 그것을 생각하면 참 꿈 같습니다. 멀미나는 일입니다. 대단히 미안하나마 인제는 어떠한 사나이를 보든지 곁눈도 까딱하지 않습니다. 인제는 지긋지긋합니다. 당신의 동글납작한 얼굴, 반짝반짝하는 그 눈, 계집만 보면 추파가 넘치려 하는 그 눈동자, 모든 여자를 한꺼번에 마시려고 하는 그 입술, 그것이 다 내게는 소용없는 것입니다. 나는 영감을 앞에 두고 하는 말이 아니라 사나이라고 하는 것들은 어떠한 훌륭한 사나이나 한푼 어치 값없는 사나이나 다 물론하고, 자칭 신사이니 지사이니 무슨 교육자니 사회개량가니 성공자니 하는 그 사람들의 내막을 좀 들여다 보면, 겉으로는 참 훌륭한 것 같지요. 그러나 어때요, 계집만 보면 해치듯 하면서 어떠한 여자가 무슨 일만 있다는 말을 들으면 도덕이 어떠니 풍속이 어떠니 풍기가 문란하니 정절이 어떠니 일부일처주의니 남자도 정절을 지켜야 하느니 하는 그네들 참 장합디다. 아마 당신의 그 복 두루마기도 그러한 것이겠지요? 아니, 당신만 그렇다고 하는 것이 아니라 모든 사나이들이 말이요……. 그래도 여자들을 보면 간사하니 아첨이 많으니 합디다. 입으로 그런 말을 지껄이는 그 사나이들, 참 매우 알뜰하던 걸요. 돈푼 있는 사람이나 무슨 조그마한 권리나 있는 것 같은 사람을 보면 고개가 일어나지 못하고 아유구용*에다, 겉으로는 원수니 구수니 하면서도 돈푼만 주면은 개돼지 노릇만 곧 잘하던 걸요. 그리고도 여자가 어떠니 무엇이 어떠니 하면서 뻔뻔스럽게 그런 말이 나올까요. 원, 나는 사나이가 무엇이라고 입만 벌려도 머리끝이 쭈뼛쭈뼛 합디다. 아마 당신은 사나이니까 사나이 성질을 잘 아시겠지요. 어때요, 내 말이 옳지요? 여편네만 죽으면 사흘을 못 가서 흘레 개 동리 다니듯이 찔찔거리고 돌아다니면서 여편네만 보면 코를 질질 끌면서도 복 두루마기 입은 것을 보면 참 장관이지요. (백을 보며) 아차! 당신도 복 두루마기를 입으셨구려. 잘못되었습니다. 당신이 꼭 그렇다고 하는 것이 아니라 일반 사나이들이 그렇단 말이요.

　백남성 아니, 실례이지마는 그래, 이 세상에서 그 안해를 위하여 정조를 지키는 사람이 하나도 없단 말이요. 그것이 만일 있으면 어떻게 할 터이요.

---

* 阿諛求容 : 아부하며 구차스럽게 행동함.

객 사나이가 정조를 지키면은요? 당신은 사나이가 정절을 지키는 사람이 있단 말씀이요? 있겠단 말이요. 만일에 그런 사람이 있거든 내 손가락에다 장을 지지시오. 조금이라도 내가 아프다고 하나.

백남성 흐응. (냉소하는 어조로) 사나이가 정조를 지키거든 내 손가락에다 장을 지져라!? 이것 참 자미 있는 말씀입니다. 그래 만일 정조를 지키는 사나이가 있다면 당신은 어떻게 할 터입니까? 세상 사람들은 다 그렇게 생각을 하겠지요. 여자는 의례히 정조를 지키는 것이 당연한 이치요, 남자들은 의례히 정조를 지키지 아니하는 것이 현재의 우리네들이 지켜오는 도덕이라고. 그렇지마는, 나는 그렇게까지는 생각을 아니합니다. 무슨 정조를 지키는 그것이 인간의 중대문제라고까지는. 그러나 남자가 정조를 지키지 아니한다면 여자들도 구태여 자기의 자유의사를 꺾어가면서까지 정조를 지키는 그것이 그 사람의 모든 것이라고 할 수 없는 동시에, 여자도 정조를 지킨다 하면 남자도 정조를 지키는 것이 당연하지요. 그러니까 페일언廢—言을하고 정조를 지키는 그것이 문제가 아니라 그 정분이라든지 의리로서 지킬 만하면 지키는 것이지요. 지키지 아니하여도 관계찮을 것 같으면 아니 지켜도 좋겠지요. 적어도 나는 그러한 의미 하에서 죽은 우리 안해를 위해 평생을 두고 정조를 지켜보려고 합니다. 당신 같이 의리 없는 그런 사람들을 좀 보라고.

객 하하. 그래서 당신은 여태까지 복 두루마기를 아니 벗었습니다그려…… 그러면 진작 그런 말을 좀 해주시지요. 나는 전연이 그러한 것을 몰랐습니다. 여보, 영감? 대체 영감이 나를 어떠한 사람인 줄 아십니까. 보기에는 이래도 누가 영감의 일을 모르는 줄 아시오. 당신은 반년이나 되도록 복 두루마기를 벗지 아니하고 이 집에 파묻혀서 이러고만 있으면 모두 다 만사태평인 줄 아시오. 이런 일은 참으로 신비적입니다. 시적입니다. 어디서 여학생들이 이 집 앞을 지나다가 이렇게 생각하겠지요. 하하, 이 앞에, 주인되는 백남성 씨는 참 훌륭한 이야, 그 안해의 죽음을 슬퍼하여 평생을 복 두루마기에다, 눈물로 세월을 보내며 정조를 지킨다고 하겠지요. 그런 것은 우리도 젊을 적에는 다 겪어본 것입니다. 누가 그까짓 꾀에 넘어갈 줄 아시오.

백남성 (펄쩍 뛰면서) 당신은 남을 어떻게 생각하는 말이요?

객 아니, 그렇게 놀라실 것은 아닙니다. 당신은 평생을 이 집 속에 파묻혀서 혼자 정조를 지키고 평생을 보내겠다면서 그래도 하이칼라 하는 머리에 기름칠하는 것은 잊지 아니하였습니다그려!

백남성 아니, 누구를 놀리는 모양이요. 아무리 개화세상이기로니 여자가 남의 남자에게 대해서 그런 말을 하는 법이 어디 있단 말이요.

객 아니, 나는 귀머거리가 아닙니다. 그처럼 소리 지르지는 마십시오. 내가 당신네 집에 월급 먹고 있는 차인꾼差人軍인 줄 아시오. 내가 여자니까 아무래도 관계찮은 줄 알고 하는 말이요. 나는 사나이보다도 더 활발한 사람이요. 하고 싶은 말은 거침없이 하고 마는 성질이요. 그렇게 떠든다고 겁낼 내가 아니니 그처럼 떠들지 말아주시오.

백남성 떠드는 사람은 내가 아니고 당신입니다. 나는 당신 같은 이하고 이야기하기도 싫으니 떠들고 싶거든 혼자 실컷 떠들어보구려. 나는 들어갈 터이니.

객 돈을 내시오, 돈을. 돈만 내면 앉아 있으라고 축수를 하여도 앉아 있을 내가 아닙니다.

백남성 돈은 지금 낼 수가 없어요.

객 돈은 지금 낼 수가 없어요? 그러면 아니 주실 모양입니다그려.

백남성 당신이 무슨 말을 하든지 돈은 한푼도 드릴 수가 없어요.

객 나는 당신네 집에 선보러 온 것이나 당신의 안해되려고 온 것은 아니니까 그러한 작난作亂의 말씀은 그만두시고 돈이나 내시오, 돈을! (마루에 올라앉는다) 이러구야 골이 아니 날 수가 있나.

백남성 (분연憤然) 아니, 이러고 있을 터이요?

객 이러고 있고 말고.

백남성 큰일나기 전에 나가주시오, 나가.

객 흐응, 나가라고. 돈을 내시오, 돈을. (옆을 보고) 이런 봉변을 당하고야 분이 안 날 수 있나! 분이!

백남성 나는 당신과 같이 예의 염치를 모르는 사람과는 말도 하기 싫소. 가주시오! (사이를 두어) 아니 갈 터입니까? 정녕코?

객 아니 가요.

백남성 정말 아니 갈 터입니까?

객 정말 아니 가요.

백남성 어디 견디어 보시오…… (부른다) 할머음—.

제9경 (객, 백남성, 노비)

백남성 이런 사람은 몰아내게!

노비 (손의 앞으로 가더니) 인제 그만 하시고 가주십시오. 암만 떠들어도 소용없는 일이올시다.……

객 (펄쩍 뛰면서) 듣기 싫어! 누한테 대해서 하는 말이야. 이놈의 할멈, 다리뼉다귀를 통겨놓라.

노비 (놀라서 가슴을 만지며) 하누님 맙소사! 아아!

백남성 아범 어멈 다 어디 갔나. 아범! 아범!

노비 다 빨래 가 없습니다. 아아! 가슴이 울렁거려 견딜 수 없습니다. 누가 물을 좀 주시오. 물을!

백남성 (객에게) 나가시오. 아니 나갈 터이요!

객 아니 조금 더 부인에게 대한 예절을 차릴 수가 없습니까?

백남성 당신이 양머리께나 하면 제일이요? 남의 사나이에 대해서 어떻게 하였다고 인제 와서 도리어 날더러 예절을 지켜라 뻔뻔스럽게 개만도 못한 것 같으니!

객 아— 아니 무어라고 하였소. 한 번 더 말해 보시오.

백남성 더 하라면 겁이 나서 못할 줄 아오. 당신은 사람이 아니고 개요, 개만도 못하오.

객 (펄펄 뛰며) 당신은 여하한 권리를 가지고 나를 모욕하오.

백남성 당신 같은 개 같은 사람에게는 모욕을 해도 관계찮지요. 모욕을 했으면 어쩔 터이요. 아주 딱 얼러메이면 내가 눈이나 깜짝할 줄 알우.

객 그래도 남자라고 여편네에게는 아무런 욕을 하여도 관계찮게 생각을 하는 것이지. 그래도 아무 일도 없는 줄 아시오! 자, 대답을 좀 하시오. 대답을!

노비 아아! 목이 타서 죽을 지경입니다. 물을 좀 주시오, 물을!

객 아니 우리 법소法所에 가서 이야기 좀 합시다.

백남성 개모양으로 사람을 보고 함부로 짖기만 하면 내가 겁이 나서 천리만리나 도망을 갈 줄 알고! 되지 못하게.

객 우리 법소로 갑시다. 당신이 내게 무엇이 된다고 함부로 모욕을 하오. 내가 내 명예를 생각하기로니 이러한 모욕을 당코 가만히 있을 줄 알우! 오오! 되지도 못하게 그래도 남자라고 내가 여자니까 만만하단 말이지? 저까짓 물건에게 모욕을 당코 살면 무얼해. 어디 보자!

백남성 저까짓 것이라니! 개 같은 것 같으니. 저것이 개지, 사람이야!

객 아니! 개라니 누구를 보고 하는 말이야?

백남성 누구를 보기는 개를 보고 하는 말이지. 행세가 개지, 무엇이야. 이 개! 개! 개! 이 개야?

객 지금이야말로 모든 여자란 여자가 무조건으로 남자들에게 굴복만 하면 좋다는 묵은 습관을 버리고 남자가 여자를 업수이 여긴다는 모든 모욕을 설치*할 시기가 돌아왔다. 왜 무슨 까닭으로 여자가 남자에게

질 이유가 어디 있나. 남녀가 동권인데. 내가 만일 저러한 물건에게 졌다가는 우리 일천만 여자를 위하여 면목이 없을 일이다. 자아, 우리 법소로 가! 저런 물건은 법을 가르쳐야지!

백남성 법소로 가지! 가지! 가! 저것이야말로 법을 좀 가르쳐야지. 되지도 못하게 조선祖先 때 없던 글자나 배우고 양머리께나 하면 간이 안 남산만하지!

객 어디 누가 버르장이를 가르치게 되나, 좀 보아야지.

백남성 보아! 가만 있어. 모자를 쓰고 올 터이니. (들어가다가 돌쳐 서며) 저런 물건을 법소에 데리고 가서 버르장이를 좀 가르쳐서 다시는 남자에게 그런 행실을 못하게 하여야 우리 남자들이 다시는 양머리꾼에게 욕을 당치 아니하지! 개 같은 것 같으니! (들어간다)

제10경 (객, 노비)

객 모자를 쓰고 나온다. 그래도 행세 푼 어치나 한다고 어디 나가면 모자 쓰고 갈 줄은 아나베. 여자들에게 대해서는 함부로 굴면서도 모자만 쓰고 출입을 하면 고만 행세하는 사람이 다 되는 줄 아나. 그래도 저것이 신사란 말을 듣지? 저 따위가 다 신사라는 말을 들으니까 우리나라 신사라는 것도 다 되었지? 어디! 망신을 톡톡히 시켜서 혼을 좀 내야 정신을 좀 차리지.

노비 여보십시오. 그만 좀 참으셔요, 이 늙은 불쌍한 할멈을 좀 생각하셔서. 참으시고 댁으로 돌아가 주십시오. 늙은 것 하나 살려주시는 셈치시고 지금 곧 댁으로 가주셔요. 그만큼 이 늙은 것을 죽도록 놀라게 하셔 놓으시고 또 무엇이 부족하셔서 법소에까지 가시려고 하십니까.

---

* 雪恥 : 설욕.

객 (들은 체도 아니하고) 법소에 가서 버릇을 고쳐 놓아야지. 그렇다, 법소로 가야지…… 그것이 참으로 동등권이다. 해방이다. 그렇게 되어야 참말로 남녀가 동등이다. 나의 주의로써 저런 사나이를 손목을 끌고 법소에 가서 혼을 내주어야지. 그렇지마는 그 걸걸하고 꿋꿋한 것은 사나이다운 점도 없지 아니한데. 상처를 하고 반년이나 넘도록 복 두루마기를 입고 있는 것을 보아도 여자에게 대해서 비상한 동정과 애정을 가진 모양이야. 보통 사나이 같으면 죽은 처를 묻고 반우*하는 그날로 계집 얻기에 눈이 뒤집힐 터인데! 그것을 보면 하여튼 여자에게 무정한 사람이라고는 할 수가 없어. 얼굴도 그만하면 사나이라고. 나이도 상당하고 재산도 살 만하고 명예, 지위, 근본, 다 해롭잖아! 어디로 내세우더라도…… 아마 내가 요구하는 사람과 비슷해. 시방 세상에 그런 사람도 만만치 아니할 걸. 나는 처음 보았는걸.

노비 (우는 소리로) 여보셔요. 제발 덕분에 그만 가주십시오.

객 괜찮은 사나이야. 마음에 드는 걸! 마음에 꼭 들어. 그래도 사람이 첫째 얼굴에 덕기德氣가 있어 밥술이나 먹을 것이야. 나는 반했다. 내게 대해서 다소간 무례한 행동은 용서해줄 수도 있는 것이야…… 그까짓 생각 다 쓸 데 있나. 분이나 못 견디겠다.…… 저으 여하튼 이상은 한 사나이야. (백남성, 모자를 쓰고 들어온다)

제11경 (객, 노비, 백남성)

백남성 자아 법소로 가서 시비를 가립시다. 간밤에 꿈자리가 사납더니 웬 참 별꼴을 다 보겠네.

노비 한우님 덕분에 제발 법소까지 아니 갔으면…… 이 일을 어찌하

---

* 返虞 : 장사 지낸 뒤에 신주神主를 모셔 집으로 돌아오는 일. 반혼返魂.

면 좋단 말이야. 그저 두 분 중에 한 분만 참아도 좋을 것을…… 이럴 때에 행랑것들이나 좀 있어도 낫지…… 누가 있나, 어디 좀 나가나 보 아야지……. (들어간다)

제12경 (백남성, 객)

객 자아, 갑시다. 어서 나오시오. 이러한 일은 법으로 판단을 구해봅 시다.

백남성 가다뿐이겠소. 할멈? 내가 다녀올…… (살펴보며) 으응 할멈이 어디 갔어! 할멈! 할멈? 이 할멈이 없어 어떻게 하나. 집이 모두 비었 는데.

객 자아, 어서 갑시다. 당신 집 빈 것을 내가 상관할 것 있소. (손을 잡 아당긴다) (손을 만져 보더니) 그 손 참 곱습니다. 우리 여자들 손보다 고 운데. 어쩌면 남자의 손이 저렇게 고울까? 아주 분결 같은 걸.

백남성 갑시다. 할멈이 곧 오겠지!

객 법소에 가면 물론 내가 이기고 저이가 지겠지. 그렇지마는, 그렇지 마는 내가 이기고 저이가 망신을 당한다고 하자. 그것이 무슨 시원한 일이야 되겠나.

백남성 어서 법소로 갑시다. 누가 지고 누가 이기든지.

객 (머뭇머뭇하면서) 가기는 어렵지 아니해요. 그러나 그처럼 급히 가 려고 할 필요가 있나요?

백남성 그처럼 급히 갈 필요가 없다고요? 먼저 가자고 야단을 치더 니 도리어 급히 갈 필요가 없다고요? 하하…… 옳지. 가기만 하면 봉 변을 당할 것이니까 겁이 나서 주저를 하는 모양이구려! 봉변을 당해 도 당신이 스스로 봉변을 당하게 만들었으니 누구더러 칭원稱寃할 수가 없지요.

객 아니, 나는 봉변보다도 더 큰일이 생겼습니다. 지금 내 가슴 가운

데는 그 큰일이 가득 찼습니다. 여보 영감, 우리 그러질 말고 그만 하위*를 합시다.

백남성 하위도 아무것도 다 하기 싫으니 그런 마음이 들거든 어서 가시오.

객 어서 가라면 가지요. (머뭇머뭇하면서) 어서 가기는 어렵지 않습니다. 그러나…….

백남성 그러나 저러나 어서 가오!

객 어서 가요? 어서 가지요. (문간으로 나가다가 도로 돌쳐 서더니) 아니 영감? 우리 그러질 말고 하위를 합시다. 아니— 하위보다 더 큰 것을 합시다. 사람이라고 하는 것은 성날 때도 있지마는 또 좋게 지낼 때도 있어야지요. 지극히 친하려고 하면 지극히 싸워 보는 것도 성격을 아는 데는 퍽 필요한 일입니다. 나는 영감하고 죽도록 싸워본 결과로 영감의 성격을 다 알았습니다. 속담에 과부 설움은 과부가 안다고 영감의 지금 처지와 이 사람의 지금 처지가 꼭 같습니다. 처지가 같고 뜻이 같으며 경우가 같은 우리들은 서로 합하며 서로 도와가야 할 줄로 믿습니다. 그러찮습니까? 서로 합합시다. 서로 도와 갑시다. 노골적으로 말하면 나는 당신에게 반했습니다.

백남성 당신이 그렇게 말씀을 하니 하는 말이지 나도 당신을 퍽 활발한 사람인 줄은 생각했습니다. 그러나 당신하고 길게 말을 하다가는 피차에 자미 없는 일이 많이 있을 것이니 인제 그만 하고 가시오.

객 아니요. 가기는 어렵지 아니합니다. 가는 문제보다도 더 큰 문제를 해결합시다. 그것이 좋겠지요. 당신도 그렇게 생각하시지 않습니까! 쇠뿔은 단김에 빼다는 말과 같이 해결을 합시다. 지금 헤어지면 언제 또 만날는지 모릅니다. 당신도 나 같은 사람이 필요할 때가 있겠지요.

---

* '화해'의 속어.

백남성 필요할 때는 있지마는…… 그래도 그럴 수가…… 아니, 가시는 것이…… 그것이 좋겠지요.

객 여보 영감. 그러질 말고 우리 서로 이해합시다. (달려들어 손을 잡는다) 우리가 한두 살 먹은 사람이요.

백남성 여보 정말이요. 정말 그렇소?

객 정말입니다. 나는 반했습니다. 여학생 시대와 같이 반했습니다. 나를 사랑해주시오. 영원히 나를 사랑해주시오.

백남성 나도 영원히 사랑해주셔요. (둘이 서로 끌어안는다)

제13경
(백, 객, 노비, 행랑 하녀 및 동리 하인 등 차례로 늘어서 들어온다)

노비 (백과 객의 동작을 보고 싸우는 줄 알고) 이리들 와서 저것 좀 말려주게.

백남성 (그 말에 놀라서 서로 떨어지며) 아니야, 그만들 두게. 할멈, 지금부터는 이 댁 아씨로…….

(막)

—《개벽》 19~20(1922. 1~2).

배교자

김유방

배교자

(전1막)

시

부 : 기독교 장로. 엄정한 성격을 가진 노인(54~55세)

모 : 장로의 처. 건장한 부인, 풍부한 애정의 소유자(50세)

기병奇柄 : 장로의 장남(25~26세)

기숙奇淑 : 장로의 장녀(20세)

목사 : 기숙의 약혼자(25~26세)

기순奇順 : 장로의 차녀(13세)

기옥奇玉 : 장로의 삼녀(연령 9세)

기석奇石 : 장로의 차남(7세)

형사 3인, 기타 남녀 하인 수명

장소

장로의 일실一室

구미풍歐米風을 될 수 있는 대로 본받은 장로의 객실은 어떤 항구에 임하여 고대高臺에 처함. 무대 좌편 끝으로는 내실로 통하는 도어. 다음은 바람벽을 의지하여 일각一角 소파. 다음은 책장. 그 다음 바람벽 중앙에는 베란다로 통하는 일제一製 유리문. 유리문으로는 해면海面이 보임. 유리문 다음에는 작은 탁자. 탁자 위에는 1개 조롱. 그 다음은 일각 오르간. 그 다음 무대 우편 끝으로는 현관으로 통하는 도어. 실내 처처에는 수각의자*와 ○○○○이고 바람벽에는 처처에 고성상화古聖像畵가 걸림.

때는 춘절 정오. 때때로 조롱 속에서 새 울음 들림.

막이 열리면 기순은 오르간을 탄彈하고, 기옥은 새의 먹이(餌)를 주느라고 왔다 갔다 하며, 기석은 중앙 테이블을 의지하여 책을 보고 있음.

기석 (책을 한참 보다가 시끄러운 듯이) 떠들지들 말고 좀 가만히들 있어요. 언제든지 공부 좀 하려면 이리 야단들을 하니까 어떻게 공부할 수가 있나. (혼잣말로) 풍금은 할 줄도 모르는 풍금을 비―비. ……새는 저의 조상이드랬나…… 하루에도 먹이를 열다섯 번씩.

기순 (기옥이와 동시에 어처구니없는 웃음을 웃으며) 어쨌어. 풍금을 비―비하는 까닭에 공부를 못 해여…… 아이구 큰 학자났군……. 네가 공부를 하면 합테** 몇 푼 어치나 하니…… 그러구 음악공부는 공부가 아니드냐…… 앙큼시레 아부지가 저만 위하니까 세상에는 저뿐인 줄 아나베…….

기옥 아이구, 언니, 고것보고 아무런 말도 말아요. 조금만 자기보고 무엇이라면 금시로 아부지께 고해바치고. 일전에도 아부지 앞에서 "기순이허구 기옥이허구는 음식 먹을 때 기도도 하지 않두구만……"하였지요. 그러니까 아부지는 고것의 말을 참으로 듣고 날보고 눈을 흘기면서 고것만 곱다고 위해 주시니까 고것은 제 세상 같애서 함부루 날친다우…….

─────
* 數脚椅子 : 몇 개의 의자.
** 문맥상 '도대체'의 의미.

기석 너희는 어째 둘이씩 달려들어서는 나를 가지고 못 살게 허굿 해여…….

기순 누가 널더러 못 살게 굴어…….

기석 일전에도 나는 어서 커서 목사되겠다니까 "네까진 게 무슨 목사냐"고 야단들을 하면서.

기순 아이구, 만날 목사는 빌어먹을 목사! 네가 합테 목사가 무엇인지 알고나 떠드니.

기옥 알기는 밋뗌은치를 알아요. 일전에도 어떤 사람이 "어떤 목사가 기도해서 병을 고친다"고 하니까 금시로 아부지 앞에서 "나도 인제 커서 목사가 되면 한우님께 기도해서 사람들의 병을 고칠 테야……"했지요. 그러니까 아부지는 고것의 말을 듣고 좋으시다고 머리를 끄덕끄덕하시겠지.

기순 (기옥이와 동시에) 아하…… 그런 것이 다— 사람을 수모하는구만. 사나애가 좋기는 좋아.

기옥 사나애면 무엇이 나지 낫었나요. 기병이 오빠처럼 나가 빌어먹기야…….

기석 (노한 음성으로) 계집애는 무슨 대감이 나지 낫었나…….

기순 (기옥과 동시에) 그렇기에 계집애가 무엇이고 하드냐, 애.

기석 그러면 사나애의 욕은 왜 했어. 어째 욕을 했어…….

기옥 누가 사나애 욕했었니.

기석 그러면 사나애더러 왜 빌어먹는다고 그랬어……. 사나애가 빌어먹어……. 사나애는 대통령도 있어……. 계집애에게 무슨 대통령이 있었나.

기옥 계집애는 대통령 같은 것은 준대도 싫어.

기석 흥, 싫겠다. 계집애는 순사 하나도 못해먹어…….

기옥 네게는 순사가 그리 훌륭하드냐, 애. 그렇게 순사가 훌륭하면 이 세상 순사는 너 혼자 다— 해먹으려무나, 어서.

　기석 나는 목사야, 좀! 누구더러 순사를 해먹으래.

　기옥 아이구, 그 거지 같은 목사! 목사가 무엇이드냐 합테…….

　기석 목사는 미국 가지…… 너희 미국 갈 터이냐 그래.

　기옥 어째 못 가……. 계집애는 발도 없고 손도 없드냐. 내 발 가지고 나가는 데 어째 못 간단 말이냐.

　기석 아부지가 안 보낼* 텐데.

　기옥 아부지가 못 간다면…… 아부지가 못 간다면 이 다음에 새서방 허구 가지 왜.

　기순 (미소)

　기석 너 웬 새서방 있었니.

　기옥 새서방이 왜 없어. 새서방이 어째 없어.

　기순 아이구, 듣기 싫다, 그만들 두어라.

　기석 새서방이 있다면 또 미국 갈 만한 새서방이 어디 있었나.

　기옥 어째 미국 갈 만한 새서방이 없어. 너만 미국 가드냐.

　기석 상싸에 순사나 얻어 갈 터이지.

　기옥 (노기 발하여) 이놈의 자식, 어째 날더러 순사나 얻어가란 말이냐.

　기석 목사가 왜. 옛 다윗 것을 얻어 갈 텐데.

　기옥 네 눈에는 목사밖에 사람이 없드냐. 거—지처럼 장사葬祀에나 따라다니는 것…….

　기석 어째 거—지야…… 어째 목사가 거—지야.

　기옥 거—지 아니구, 목사가 무엇이 나지 낮었니 그래…….

　기순 (돌아앉아 다시 풍금을 탐함)

　기석 아부지 오신 다음에 물어볼 테야. 목사가 거지냐고…….

* 원문에는 '보낼'로만 되어 있으나 문맥상 '안 보낼'로 해야 의미가 통함.

기옥 너는 세상에 아부지밖에 없드냐, 애.

기석 너는 그러면…… 세상에 새서방밖에 없드냐 그래.

기옥 누가 새서방밖에 없다고 무엇이라드냐 그래.

기석 그러면 어째 목사더러 거지랬어…….

기옥 목사가 거지랬으면…… 네게 무슨 상관이 있느냐 그런데.

기석 어째 상관이 없어.

기옥 너 같은 게 목사나 한 번 되보기나 할금 사냐 그래.

기석 어째 못 된단 말이냐, 빌어먹을 계집애.

기옥 계집애면 네게 밥을 달라드냐, 죽을 달라드냐. 어째 계집애란 말이냐, 이놈의 자식…….

기순 아이구, 시끄러워요, 쌈들 말려요.

기석 그러면 어째 날더러 빌어먹는다고 그랬어.

기옥 이놈의 자식, 네가 빌어먹으라고 그랬지, 내가 빌어먹으랬었니 그래.

(모, 빗자루와 소제 걸레를 들고 등장)

모 아이구, 어쨌다구 또 이리 야단들이니. (기옥을 보며) 너는 어쨌다구 어린것과 같이 야단이냐.

기옥 고 빌어먹을 것이 만큼 야단을 하니까 그리지…….

기석 공부하려는데 너희가 야단을 했었지 내가 무엇이랬었니.

기순 누가 공부를 말랬었나.

모 그만 그쳐라, 듣기 싫다. 인제 아부지 들어오신다. (실내를 소제하며)

기석 아부지 돌아오시면 고할 터이야.

기옥 고하면 고하랬지, 누가 죄졌나.

기석 어째 날더러 순사나 해먹으라고 했어.

기옥 어째 날더러 순사새서방이나 얻어 갈 테라고 했어.

모 순사니 감사니 떠들지들 말어라! 공부면 공부지, 모여 앉으면 싸움 짓거리들뿐이니 사람이 귀치 않어 어디 살겠니.

기석 어머니, 기옥이는 새서방 얻어 가지고 미국 가란다우.

모 아, 아직두 가만히 있지 못할 테야……. (기순, 기석은 큭큭 웃으며 원상原狀대로, 기옥은 노한 표정으로 좌편 도어를 열치고 실내로 들어감) 원, 어쩌면 아이들이 그 모양일까. 의붓자식들처럼…… 밤낮 싸움짓거리들만 하고…… 다른 집 어린애들을 좀 보아. 너희 같은 것들이 또 어디 있더냐…….

(부, 우편 도어로 등장)

모 (소제를 멈추며) 아이구, 퍽 속히 돌아오시는구려.

부 잠깐 의논할 말이 있어 갔더니 뜻밖에 이상한 일이 있어 그냥 곧 돌아왔으니까.

모 이장로는 계세요.

부 계십디다…….

기석 아부지, 책 사오세요.

부 잊어버렸다. 내일은 꼭 사다주마.

기석 내일도 또 출입하세요.

부 응, 일부러라도 사다주마.

모 그 댁에서는 다 — 평안하시던가요.

부 지금도 한 말이지만 너무도 이상한 일이 그 댁에서 생긴 까닭에 의논할 말도 못하고 그냥 돌아왔구려…….

모 아, 그 댁에서 무슨 일이 생겼어요…….

부 일도 너무 허망하고 듣두 보두 못한 일이 되다보니까 입을 열어 말할 수가 없소.

　모 아, 그런 댁에서 무슨 말씀 못할 일이 생겼을까요…….

　부 저— 그 애 이름이 무엇이더라…… 아니 있소, 이장로 맏자제말입니다그려.

　모 네— 작년에 일본인가 어디서 졸업하고 돌아왔다는 애 말이지요.

　부 옳소! 그 애가 어제 새벽에 검사국에 붙들려 갔답니다.

　모 그 애가 붙들려 가다니요……. 어째 그랬어요.

　부 자세한 말은 아직 알 수가 없으나 교당을 들부시겠다고 폭발탄을 은닉하였다가 아마 발각이 된 모양이라나 봅디다.

　모 아니 무엇이라구요……. 저 교당을 폭발탄으로 어쨌어요…….

　부 그렇기에 말이지요. 일이 너무도 괴상한 일이 되다 보니까 원, 무엇이라고 말할 도리가 없습디다그려.

　모 아이구, 세상에서 무서운 일도 있어라……. 그런데 그 댁에서는 무엇이라나요.

　부 사실은 어디서 폭로가 되었는지 그 댁에서는 벌써 알았습디다그려…….

　모 아이구, 얼마나 근심을 하실까…….

　부 별로 근심은 하지 않는 모양입디다. 이장로께서는 오히려 그 아들을 위하여 잘된 일이라 하면서 "만일 그것이 일을 저질러 놓았더라면 어찌 되었겠느냐고…… 인제부터라도 제가 감옥생활을 하는 동안에 하나님 앞에 회개나 하고 다시 옳은 사람이 되기를 바라노라"고 하시면서 조금도 자식에게 대한 애착哀着하는 빛은 기색에도 나타내지 아니합디다.

　모 믿음이 굳세시니까……. 그러나 두려운 일도 세상에 있습니다.

　부 한편으로 생각하면 이장로 말씀과 같이 오히려 다행이었지요. 그야말로 일을 저질렀더라면 그 아들의 죄도 죄려니와 교회에 대한 이장로의 체면은 무엇이겠소.

모 그렇구 말구요. 어차피 될 일 같으면 그만하기가 다행이었지요……. 그러나 어쩌면 그런 범람犯濫스러운 일을 생각할까요.

부 세상은 차차 바람맞은 물결 같이 질서는 문란하고 도덕은 스러져서 노소의 별째이라든지 부모자식지간의 의리는 차치하고…… 심지어 하나님까지 모욕하려는 세상이니까 어떻다고 말하여 무엇하겠소.

모 글쎄요, 어떤 일인지 근년에는 나날이 인심이 달라가면서 어른이든지 아희들이든지 서로 조금도 사랑하는 빛이 없어요.

부 정녕코 그리스도의 심판하실 날이 멀지는 않았겠지요…….

(우편 도어를 두드리는 소리 들림)

모 들어오시오.

(목사, 등장하여 일동에게 묵례함)

부 오— 김군이었구면…… 어서 이리 들어오지…… 어서 거기 걸어 앉어…….

목사 일간 별고나 없으세요.

부 우리 집이야 어느 때나 일반이지…….

모 그동안 어디 가셨드라우…….

목사 아니올시다—그저 있었습니다.

부 여러 날만이지…….

목사 그동안 교회에서 무엇을 좀 맡은 것이 있어서.

부 음, 항상 한가치는 못하니까.

목사 네, 그렇습니다……. 그런데 기숙이는 좀 어떻습니까.

부 …….

모 요사이는 정원출입도 이따금 하구 정신도 이전 보아서는 좀 깨끗한 모양인데 아직도 의사의 말이 외출은 시키지 말라니까요……

부 그 병은 그렇게 속히 낫는 병은 못되니까.

모 그래도 입원하고 있을 적 보아서는 완전한 사람되었지요.

목사 물론! 퇴원할 적만 하드래도 병은 덜 낫었으니까요.

모 그러나 아직도 신경이 너무 과민해서 항상 맘을 놓고 지날 수가 없어요.

목사 신경쇠약 같은 것은 집 안에 꼭 들어앉아 있는 것보다는 조금씩 바깥 공기를 마시게 하는 것이 좋습니다.

부 어떨는지…….

목사 그런데 저— 정희 군의 말씀 들으셨습니까……. 저— 이장로 자제올시다.

부 음, 방금 내가 그 댁으로 다녀온 길인데 일도 너무 괴상하니까 어떻다고 말을 하여야 좋을는지…….

목사 글쎄올시다. 저 역시 그런 말씀을 듣고 곧 이장로를 좀 가 뵐까 하다가…… 일이 지금 말하시던 것과 같이 너무도 수상하니깐두루 오히려 그 어른을 위로한다는 것도 좀 어떨까 싶어서 입때껏 가 뵙지는 못 하였습니다.

부 음, 지금 한 말과 같이 이장로를 좀 뵙고 의논할 말씀이 있어— 전혀 그런 사실이 있으리라고는 꿈에도 생각지 못하고 방금 그 댁에를 갔었더니, 뜻밖에 그런 범람스러운 말을 듣고 처음에는 이장로를 보고 무엇이라고 할 말이 없었더니…… 이장로는 본시 믿음이 굳세신 이라, 조금도 자식의 일이라고 기탄하는 빛이 없이 도리어 교회에 대하여 면목이 없으시다는 말씀을 하시면서, 그 아들의 장래를 위하여서는 오히려 어느 때까지는 감옥생활을 좀 하여야 좋을 양으로 말씀하시는 것이 과연 믿는 자의 태도가 아니라고 할 수가 없던걸……

목사 하! 참 평소에도 그 어른께는 항상 탄복할 일이 많으셨지요마는, 참으로 탄복치 않을 수 없습니다.

모 하나님의 힘이지요.

목사 그런데 사건은 일절 비밀에 부치어 신문상에도 발표가 못되니까 자세한 말씀은 알 수 없으나, 추후로 잡혀 들어간 연루자가 여덟 명인가 그렇고 그 근거는 조선내지가 아니라는데 그동안에 폭발탄을 수입하였다가 은닉하여 두었던 것이 거의 수백 개라 합니다.

모 그러고 그것은 다— 압수가 되었나요. 또 그 잡혀간 사람들은 모두 같은 목적으로 그 폭발탄을 사용하려고 했었던가요.

목사 물론 압수되었지요. 그러고 역시 그 사람들은 조선 안에 있는 모—든 교회당을 좌—파괴시키겠다는 목적으로 비밀히 활동을 하던 것이랍디다.

모 아이구, 어쩌면 저 사람들의 생각이 저 같았을까……. 저러고도 하나님 앞에 형벌을 받지 않으리라고 생각하였을까……

부 하나님을 생각하는 자들 같으면 어디 그런 일이 생길 까닭이 있소.

목사 더욱이 괴상한 것은 그 청년들은 태반이 신자의 가정에서 생장한 자제라는 것이 이상하여요.

모 태반이…… 그게 웬 까닭입니까…….

목사 글쎄올시다. 웬 셈인지를 모르겠어요.

부 유다가 예수를 팔아먹은 것과 같이 이 세상은 자기 손으로 자기를 멸망시킬 세상이니까……. (초인종을 두드려 차를 명함)

기석 선생님, 목사는 그런 일을 아니하지요.

목사 목사? 목사도 그런 나쁜 일을 하는가. ……어째 그런 말을 묻느니…….

기석 나는 이 다음에 크거든 공부 많이 하여 가지고 목사가 될 터이니까요.

목사 하… 옳지! 너는 이제 공부 많이 하여 가지고 좋은 목사가 되어서 저런 악한 사람들을 잘 가르쳐서 하나님 앞에 죄짓는 사람되지 않도록 할 터이지…….

기석 네!

모 목사가 될 아희는 동생들과 싸움을 아니 하여야 한단다.

기석 그래도 기옥이가 나더러 순사나 해먹으라니까요.

부 (웃으며) 어째 기옥이가 너더러 순사 노릇을 하라여…….

기석 그러구 목사는 거지 같구, 장사에나 따라다닌다구요.

일동 하…….

부 어째 그래.

모 아니랍니다. 저이들끼리 싸움짓거리들을 하면서 너는 순사가 되느니 너는 순사서방이나 얻느니 나는 목사가 되느니 목사는 거지 같으니 허구 한참 야단들을 했었답니다.

부 기옥이가 만일 널 보고 다시 목사가 거지 같다고 하면 너는 기옥더러 마귀 같은 것이라고 그러지……. (하인, 차를 가져옴)

목사 말씀은 달라집니다마는 저 기숙이올시다. 만일 아직도 정신이 아주 깨끗지를 않으면 김주성 목사께 데리고 가서 기도치료를 좀 받아 보시도록 힘쓰시지요.

부 …….

모 그런 데라도 가 보였으면 좀처럼 좋겠소마는 그것이 어디 말을 들어야지요.

목사 어떻다고 말씀을 듣지 않나요…….

모 (장로의 얼굴을 쳐다보고) 교회라면, 말만 하여도 십리씩 달아나니까요.

목사 그런 것이야 알아듣도록 좀 이르셔야지요…….

모 이르지야 않나요. 아무리 일러도 듣지 않는걸요……. 그렇고 또 신경이 과민하니까…… 그렇게 과격히는 꾸중할 수도 없어요.

목사 그렇지만 신경병이라는 것은 될 수 있는 대로 속히 치료를 하여야지 만일 그것이 장구한 시일이 걸리면 좀처럼 고치지 못합니다.

부 (불쾌한 표정으로) 병도 병이려니와 그 밖에 우리 집에는 사랑(愛)병이라는 것이 있으니까.

일동 (침묵)

부 병은 고칠 수가 있다고 할지라도 다른 병은 고쳐볼 의약이 없어…….

목사 그것은 그렇지 않습니다. 부모가 자식들을 헤아린다고 옳은 길로 못 가는 것은 아니니까요…….

모 당신은 항상 아희들이 당신과 같지 않으시다고만 하시니까…….세상사가 어떻게 다—그렇게 마음과 뜻과 같이 헴에 꼭 맞기가 쉬울 일인가요. 한 몸뚱이에 붙은 팔다리도 왼편 오른편이 있는데…… 지금 50이 넘으신 늙으신 이허구 인제 열소리들 하는 어린애들허구 그렇게 무엇이나 다— 헴에 맞기가 쉬운 일이야요.

부 옳소, 옳소, 혼자 다— 잘 아오.

모 옳지 않아 그렇지요. 오늘 어찌하여 이처럼 집안끼리 모였으니 말씀이지 언제나 아희들을 한번이나 헤까레 보신 일이 계세요. 평생 하지 않던 말이지만, 아희들이 기도하는 것까지 하도 뜻에 맞으시지를 않는다구 하시니 어떻게 그것들이 나이 많으신 노인의 심리를 꼭 고렇게 알 수가 있어요.

부 아희들! 언제까지든지 아희들! 나이 스물이 되어도 아희들, 서른이 되어도 아희들, 아희들은 밤낮 아희들대로만 있고 어른될 줄은 모르드라우.

모 부모에게야 늙어죽도록 아희들이지요……. 글쎄 이를테면 그렇다는 말이야요. 나도 애를 쓰다—쓰다 못하여 하도 속이 타니까 하는 말입니다.

부 딱한 병이요. 쩍하면 아희들, 집안을 두러빼드라도 아희들, 역적도 모를 한다 하여도 아희들, 심지어 하나님을 모욕하드래도 아희들! 밤낮 아희들이라구만 하는 그것이 고칠 수도 없는 병이란 말이요.

모 아이구, 어서 그만두세요. 이렇다 저렇다 하여 밤낮 그 탁이 그 탁이니까요.

부 나는 결단코 아희들을 헤까리지 말라는 말은 아니요. 그러나 무엇이든지 덮어놓고 아희들이라고는 못 하겠소.

모 …….

부 물론 헤까례야 할 때도 있겠지. 그러나 밤낮 아희라고 떠받치고만 있어서 무슨 효험을 보갔소……. 기병이란 놈은 헤까리지를 못해서 그렇게 되었소……. 밤낮 어루만지고 쓰다듬고 떠받치고 있던 그 놈은…… 무슨 까닭에 제 아비를 박차고 달아났노. 그뿐이었소. 그놈이 하고 나간 것이 그뿐만이었소. 집안에 풍기는 문란시키고 거—룩하신 하나님을 모욕하며 그나마에는 늙은 어미와 애비를 내던지고 달아나지 않았소……. 그리하야 지금은 어디서 빌어먹고 있는지 길가에서 폐사斃死가 되었는지…….

모 (치맛자락으로 눈물을 씻음)

목사 그만두시지요. 안에 병인도 있는데.

부 그리고 지금도 하는 말이지만 그 병인은 어디서 생겨난 병인이요. 누구 때문에 그런 병을 들었소. 본래부터 기숙이가 그런 병을 가지고 나왔더라우. 집안이 물끗릇하고 사회가 부끄러워 낯을 들지 못하게 된 것이 그 다— 뉘 탓이란 말이요. 역시 아희들을 사랑치 못한 까닭이었소. 밤낮 떠받치고 어루만지던 그 놈은 저를 길러주고 저를 어루만져준 그 값으로 저러한 보수報酬를 남겨 놓고 달아나지 않았소. 그러고도 아직 사랑이 미진하오.

모 아이구, 나는 모르겠소. 너무 사랑을 해서 그런지 어째 그런지 누가 압디까.

일동 (침묵)

부 (의자에서 일어나며) 아희들의 병을 고칠 생각은 잠시 차치하고 만츰 함부루 헤까리는 사랑병을 좀 고치시오.

(부, 좌편 도어로 퇴장)

모 (한참 침묵하다가) 집안이 어찌 될라는지 하루도 평안한 날이 없구려……. 아희들까지라도 날마다 모이면 싸움짓거리들만 하고…… 하나는 저렇게 병석에 누워서…….

목사 아부지께서도 기병군이 집을 떠난 후로는 더욱이 신경이 과민하여져서 조금만 흥분이 되시면 저렇게 참으시지를 못합디다.

모 (눈물을 씻으며) 그것도 인제는 그만하고 돌아왔으면 아니 좋겠소. 어디서 빌어먹고 있는지…… 아주 죽어버렸는지…… 아무런 소식조차 없으니까…….

목사 돌아오겠지요……. 그러나 될 수 있는 대로 널리 구경하는 것도 역시 좋은 일이니까…….

(무대 배면背面에서 기숙이 노래함)

산밑으로 가려느냐
바닷가로 가려느냐
길을 떠나 아득이는
눈 멀은 비둘기.
네 어비는 뒷동산에

네 동무는 앞동산에

너 어디로 가려느냐

눈 멀은 비둘기……

목사 (기순을 보며) 기숙이지?

기순 그래요.

(기숙이 노래하며 좌편 도어로 무대에 나오다가 목사를 보고)

기숙 오─김목사… 벌써 오셨어요. (의자에 걸어 앉으며)

목사 네. 온 지 한참 되었소.

기숙 그동안에 자미스러운 이야기 많이 듣고 오셨어요.

목사 네─많소. 기숙이를 큼쩍 놀래게 할 이야기도 있소.

기숙 나를 큼쩍 놀래게 할 이야기…… 아이구, 좋구려. 어서 말씀하세요.

모 너는 옷이나 좀 갈아입고 머리도 좀 만지고 나올 것이지, 침실에서 굴던 채로 그냥 나왔구나.

기숙 어서 이야기하세요. 듣고 싶습니다.

(기옥이 등장함)

목사 가만 계세요. 차차 말씀할 터이니…….

기옥 (목사를 보고 예하며) 어서 오세요, 선생님.

목사 오─너도 이야기 들으려고 나오는구나. (기옥이 아희들과 같이 풍금 곁으로 가서 걸어 앉음)

기숙 어디서 하나님이라도 장사葬祀하였다나요…….

모 아이구, 저런 말두 있어…….(염려하는 듯이 좌편 도어를 한 번 돌

아봄)

목사 천만 없는 말이지요.

기숙 그러면 내가 큼쩍 놀랠 만한 이야기가 무엇입니까…….

목사 어떤 지방에서는 연세가 70이나 넘으신 노인네가 잠든 듯이 이 세상을 떠나셨는데, 그 노인은 돌아가신 지 3일이나 되어서 다시 살아 났다는 말이 있습니다.

모 언젠가 참 신문에 그런 말이 있었지요.

목사 사실이올시다. 이 일은 청주 지방에서 생긴 사실인데, 그 노인은 하나님의 명령을 받아 이 세상 사람들에게 천국을 알으키려고 다시 살아왔다고 합니다. 그 노인은 본래부터 믿음이 굳세시던 신자인 까닭에 그 지방 신자들은 물론 그 밖에 믿지 않는 사람들까지라도 그 노인을 한 번 만나보겠다고 하루동안에도 그 노인을 찾는 사람의 수가 얼마가 되는지 모르겠다고 우리 교회에도 기별이 왔어요.

모 아이구, 그런 일이 이 세상에 참으로 있으리라고 누가 생각하겠소.

기숙 그 불행한 노인은 아직 살아 있어요.

목사 물론 살아 있습니다. 그러고 그 노인은 결단코 불행한 노인이 아닙니다. 죄많은 이 세상 사람으로 천국을 보고 왔다는 것이 얼마나 큰 영광이겠소. 그런 노인은 반드시 가실 곳을 예비하고 오셨을 것입니다.

기숙 이 세상에 다시 살아 나왔다는 것이 그렇게 영광스러운 일일까요. 70이나 넘어 살고… 무엇이 또 부족하여…… 오—두려운 일이야요.

목사 하… 나도 기숙이가 이런 말을 들으면 반드시 그러한 생각을 할 줄은 알았소. ……기숙뿐 아니라 누구나 다— 이러한 죄악 가운데 빠져 있는 세상에 처함을 만족타 할 사람이야 어디 있겠소. 그러나 내가 지금 영광스러운 일이라고 하는 것은 이 세상 사람으로 천국을 보고 다시 돌아왔다는 것이 얼마나 기이하고 영광스러운 일이 아니겠습니까.

기숙 네— 그 말씀이었던가요. 나를 큼쩍 놀라게 하신다는 말씀이…….

목사 하… 그 말씀은 따로히 있지요.

기숙 그 말씀을 어서 하세요…… 선생님.

모 야, 기숙아, 그 말은 김선생 대신에 내가 하마……. 저—이장로 계시지…… 이운영 씨 말이다. 그니의 아들이 어제 새벽에 검사국으로 잡혀 들어갔어.

기숙 네—.

목사 정희 군이 잡혀 들어갔다는 것이 놀랍다는 것이 아니라, 그 잡혀 들어간 사실이 기막히니까 말입니다.

모 그 아해가 지금 바로 20이 넘지 않았니……. 그런 어린것이… 아이구, 참 말하기도 끔찍해.

목사 그 사람이 폭발탄으로 예배당을 파괴하겠다고 대담한 음모를 하다가 붙들렸어요.

기숙 예배당을? 그래 그 예배당은 그 사람들의 계획대로 파괴가 되었습니까.

목사 그럴 이치가 있겠소. 적어도 하나님을 공경한다는 성당이 아닙니까. 그 성당이 그렇게 용이하게 파괴가 되어서야 어찌 될 수가 있어요. 그저 시험에 빠진 자들이 오직 망상을 품었을 뿐이었지요.

기숙 오직 시험에 빠진 자들이… 망상을 품었을 뿐이었나요……. (신경적으로) 그러면 그 사람들은 그 폭발탄을 한 번 시험도 못 해보고…… 다 잡혀 들어갔습니까.

목사 그렇지요. 그 일을 도모하던 모—든 불량배들은 하나도 남기지 아니하고 다— 잡혀갔답니다.

기숙 (무엇을 생각하는 것처럼) ……하나도 남기지 않고……그것을 한 번 시험도 하기 전에…….

모 기숙아, 너무 그렇게 무슨 생각을 마라…… 병에 좋지 못하니까.

기숙 어머니, 어젯밤 꿈에 나는 나가신 오빠를 보았어요.

모 기병이를 보았어…….

기숙 오빠는 이상스러운 복색을 입고 크다란 문짝만한 캔버스에다가 그림을 그렸었는데…… 그 그림이라는 것은 어떠한 어여쁜 여자가 전신을 빨거니 벗고…… 오른손으로 날카로운 칼을 들어 자기의 가슴을 헤치고 왼손으로는 시뻘건 피가 뚝뚝 흐르는 자기의 심장을 꺼내들면서 빙긋빙긋 웃고 섰는 그림인데…… 오빠는 그 그림을 사람들에게 구경시키겠다고 잔등에다 걸머지고 큰 거리로 단기셨어요. 그때에 그 그림을 보는 모든 사람들은…… 오빠를 미친 자라고도 하고, 또 반역자라고도 하면서 돌과 몽치를 들어 오빠를 치려 하였어요……. 나는 그것을 보고 목이 터질 것 같이 고함을 치다 못하야……오—오빠…… (의자에서 일어서며 정신 없는 듯이 무엇을 가르키며) 오빠…….

모 기숙아! 이것 봐, 기숙아! 애, 정신차려, 응, 기숙아!

기숙 …….

모 정신차려 가지고 여기 가만히 앉았거라……. (기숙이 다시 걸어 앉음)

목사 아직 신경이 여간 아닙니다그려.

모 무엇인지 속상하여서 죽겠어요……. 무엇이든지 조금만 흥분이 되면 이렇구려.

목사 본시부터 신경질에다가 기병 군의 영향을 받고 더구나 그 몹쓴 열병에 부대낀 뒤니까요……. 시일이 좀 지나가면 자연 원상회복이 될 터이지요.

모 글쎄 언제나 되면 완전한 사람이 될라는지……. 지금 같아서는 알 수가 없어요.

기숙 김목사. 당신은 나를 사랑하신다고 항상 말씀하셨지요.

목사 네, 나는 말뿐 아니라 사실상 언제든지 기숙이를 생각지 않을 때가 없습니다.

기숙 감사합니다… 고맙습니다. 그러나 당신이 나를 사랑하시는 것은 당신의 자유에 있겠지마는 당신은 결단코 내 아부지가 나를 사랑하시는 것처럼 사랑하시지는 마세요……. 나를 당신의 가슴 속에 넣으시려고는, 아니 꼭 당신과 같은 나를 만드시려고는 하시지 마세요.

목사 기숙이, 이것 보세요. 나는 적더라도 자유의사라는 것을 존중히 하려는 나올시다. 결단코 나는 사람의 개성을 무시하려는 사람은 아닙니다.

기숙 네— 고맙습니다. 감사합니다. 그러나 당신은 항상 나를 다려 무엇이라고 하셨어요. 저—거룩하신 하나님 앞에 꼭 당신과 같은 마음으로 기도를 드리자고 하지 않으셨습니까…….

목사 그러나 기숙이, 그것은 결단코 사람의 자유의사를 속박하려는 의미가 아닙니다. 그것은 오직 전지전능하신 하나님 앞에 우리가 한뜻으로 두 사람의 행복을 구하자는 데에서 지나지 않습니다.

기숙 그러면 당신은 당신의 뜻과 같이 만족을 얻으셨겠지요……. 행복을 얻으셨겠지요……. 그러나 당신은 나도 당신과 같이 행복을 얻었으리라고 생각하셨습니까.

목사 물론 그렇게 생각했습니다.

기숙 물론 그렇게… 물론 그렇게… 어째 그리 생각하셨나요……. 나도 물론 당신과 같은 뜻을 가졌으리라고요?……그렇게 생각하셨나요.……아니요, 그렇지 않습니다. 그것은 생각이 잘못된 것입니다. 아니, 그것은 너무 잔인한 생각입니다.

목사 잔인한 생각…….

기숙 물론 그렇습니다. 자기 자신의 만족을 얻기 위하여 그 다른 사람으로 하여금 자기를 만들려 하는 것은 너무도 잔인합니다. 참혹한 일입니다.

목사 그런 것이 아닙니다. 기숙이…….

기숙 그러나 나는 심약한 처녀였습니다. 나는 당신과 같이 손을 마주잡고 저—하늘을 향하여 기도를 드릴 때에…… 아니, 나는 오직 당신의 명령을 받아 아무것도 없는 허공을 향하여 무엇이라고 소곤거릴 때에 가슴은 터질 것 같이 아프고 잔등에는 채찍질을 하는 것 같이 싫으면서도 오히려 나는 당신 앞에 그러한 빛을 보이지 않으려고 힘썼습니다.

목사 …….

기숙 그것이 자유의사를 존중히 하시는 본의였었나요…… 그것이 조금도 잔인치 아니 하려는 생각이라고 할 수 있을까요.

목사 기숙이, 나는 결단코 기숙더러 명령한 일은 없습니다.

기숙 나는 하나님 앞에 한 번 기도했습니다. 내가 이 세상을 찾아 나온 후로는 처음 드린 기도였습니다. ……또한 최후로 드린 기도였습니다. ……꼭 한 번…… 참말 내 뜻대로…… 기도를 드렸습니다……. 나를 이러한 세상에서 나의 고향으로 돌려 보내달라고…… 그러나 하나님은 대답지 아니 하였습니다. 하나님은 나를 이 세상에 가두어 두고 내 아부지가 저 조롱 속에 있는 밀화부리를 구경하시듯이…… 내가 애를 끓고 가슴이 타서 고통하여 우는 것을 구경하시려고…….

모 기숙아! 마음을 너무 약하게 가지지 마라. 그리고 좀 정신을 차려서…… 진정할 생각을 해라.

기숙 그러나 나는 그러한 하나님 앞에 항상 머리를 숙이고 뜻에도 없는 말로 빌지 않으면 아니 되었습니다……. 내 아부지의 눈이 무서운 까닭에…… 그 가시 같은 눈으로 나를 한 번 훑어볼 때는 내 가슴에는 화火살이라도 들어와 꽂히는 것 같고 나의 전신에는 양수*라도 퍼 끼얹는 것 같이 심장이 떨렸습니다.

모 기숙아, 인제는 그만하고 말아야 한다, 기숙아.

---

* 凉水 : 서늘한 물.

기숙 그 몹쓴 나의 아부지의 눈은 나의 온 전신에서 오직 기숙이라는 육체만 남겨 놓고 그나마는 아무것도 없이 모두 빼앗아버렸습니다……. 그리하여 기숙이라는 허수아비는 당신과 같이 결혼하게 되었습니다.

목사 기숙이! (굳센 목소리로) 하나님을 배반하는 자는 영혼을 구하지 못합니다.

기숙 오호…영혼 말씀이요……. 영혼은 벌써 나의 고향으로 돌아가기를 약속했어요.

목사 기숙이! 정신을 차리시오.

모 기숙아!

기숙 나는 미친 사람이 아닙니다. 지금은 결단코 이전과 같이 당신들의 위협에 빠질 심약한 여자도 아닙니다. 나는 입때껏 당신들에게 빼앗겼던 그 모—든 것을 내가 다시 찾게 되었습니다. 나는 지금 나의 눈으로 무엇이나 다— 볼 수가 있습니다. 나의 귀로 들을 수도 있습니다. 그러고 나의 회복된 정신으로는 무엇이든지 판단치 못할 것이 없습니다. (의자에서 일어나 무엇을 가리키며) 당신들은 저—기를 보지 못합니까……. 저—기는 나의 고향이랍니다. 내가 따뜻이 묻혀 있던 나의 집이 저기 있답니다……. 거기서는 오직 행복스러운 웃음소리밖에는 들리는 것이 없답니다.

목사 침실로 데려가시지요.

모 (기숙을 안으며) 기숙아, 나와 같이 안으로 들어가자……. 저리로 가서 좀 진정해야겠다.

기숙 (신경적으로) 아무도 내 몸을 다치지 말아요. 나를 핍박하지 말아요.

모 기숙아, 정신차리고 나를 보아라……. 나를 모르겠니, 기숙아…….
(목사, 기숙을 붙들고 모와 같이 좌편 도어로 들어감)

기숙 사악은 너희가 창조한 것이니라. 너희는 너희의 손으로 옥獄을 만들고 스스로 그곳에서 형벌을 받느니라…….

(3인 퇴장)

기옥 (세 아희가 한참 침묵하고 있다가) 언니 미쳤나.

기순 누가 아느냐, 가만히 앉았거라.

기석 아부지한테 꾸중듣고 미쳤지.

기순 알지 못하거든 좀 가만히나 있어요.

기석 나는 아부지께 꾸중은 아니 들어.

기순 옳소, 옳소, 아이구, 그만두어요. (기선氣船에서 기적 소리 들림)

기석 (한참 듣다가) 기선 왔나부다— (세 아희가 창으로 다가가 해면을 바라봄) ……야—저 것 봐라, 기선일세…….

기옥 아이구, 크기도 하다…….

기순 아까도 없던데 어디서 벌써 왔을까…….

기석 저것은 미국 기선일세.

기옥 무얼 하려 왔을까.

기석 구경하러 왔지.

기순 구경을 왔는지, 어째 왔는지 네가 어떻게 아느냐.

기석 저 기선 속에는 목사가 하나 가득 찼어요.

기옥 헤—우스운 애도 있어.

기석 나도 인제 목사가 되면 저런 기선 타고 미국 갈 터이야.

기순 듣기 싫어. 좀 떠들지 말아요.

기옥 아이구, 사람들도 많이는 내리네. 언니, 저 사람들이 무엇 하러 저렇게 많이 내릴까요.

기순 누가 아니, 무엇 하려구 내리는지…….

기석 저—미국사람 보소, 저—기. 어린애를 척 붙안고 부인허구 척척 나오는 것 좀 보아요.

기옥 조선 옷 입은 사람들은 얼마 없다.

기석 목사들만 탔으니까 왜 조선옷을 입나.

기순 목사는 조선옷 못 입든가.

기석 오늘 저녁에 회당에서 강연하려고 저렇게 내린단다.

기순 망측해라, 참. 애가 참말 미쳤네.

기석 저것 봐라. 지금 짐들 내려서 구루마에 싣는다.

기옥 아이구, 저것이 다 무엇일까!

기석 저것은 아마 대폰가 부다.

기옥 대포는 또 무슨 대포야.

기석 예수 믿지 않는 사람들을 인제 저 대포로 죄―다 쏴죽일 테란다.

기순 아이구, 그런 대포 좀 그만두어요, 글쎄.

기옥 아이구, 저, 물 나오는 것 봐라, 기선에서.

기석 저것 봐, 저거! 싸우는구나.

기순 어쨌다구 저 야단이니…….

기옥 아이구! 참말…….

기석 저것 봐라, 잘은 달아난다.

기순 아이구! 저 사람들 보게…….

기석 아마 도적놈 잡나부다.

3인 (한참 보다가……)

기순 (오르간 앞으로 가서 걸어 앉으며) 이리들 오느라… 그만 구경해요,
인제는…….

기석 어디루 달아나 부렀는지 모르겠지.

기순 아부지 오시면 야단하실 터이야요. 어서 이리들 와요. (두 아희가
기순의 곁으로 감)

기옥 언니, 어쨌다구 그렇게 싸울까…….

기순 아이구, 누가 알더냐. 그만두고 찬미 연습이나 하자……. (찬미가
를 펴놓으며)

기석 나쁜 사람들이니까 싸우지……

기순 내 주여 뜻대로…217장.

기옥 217장! 나는 어려워요.

기순 어렵기에 연습해야지……. 기석이도 다—하는데…….

기석 나는 어려운 게 없더라.

기순 (오르간을 누르며) 자, 일시에 하나 둘 셋. (3인이 찬미가를 합창함)

  1. 내 주여 뜻대로 행하시옵소서

     온몸과 온 영혼 다 주께 드리니

     이 세상 고락간 주 인도하시고

     날 주관하셔서 뜻대로 합소서

  2. 내 주여 뜻대로 행하시옵소서……

(우편 도어를 두드리는 소리 들림. 아희들 노래를 그치고 도어를 바라봄)

기순 누구세요…….

기옥 (도어를 열음) ……오빠!

기병 (파열된 옷을 입고 등장) 오, 잘들 있었니…….

기순 오빠, 언제 오셨어요.

기병 지금 오는 길이다…….

기순 저, 기선 타고 오셨나요.

기병 음…다— 어디 가셨니.

기순 안에 계세요.

기병 안방에. 언니두.

기순 네 나오시래요?

기병 아니… 잘들 계시지.

기순 언니만 그동안에 몹시 앓았어요.

기병 기숙이가?… 무슨 병으로……

기순 열병이라나요. 퇴원한 지 얼마 안 되었어요.

기병 열병?…… 지금은 아주 쾌차한가…….

기순 병원에 있을 때 같이 몹시 앓지는 않아요.

기병 그러면 아직 자리에 누워 있나.

기순 아니요, 집안에서는 일어다니기는 하세요.

기병 그러면…….

기순 누워 있지 않아두…….

기병 누워 있지는 않아두 깨끗지를 못한가.

기순 네… 그저 이전 같지를 않아요.

기병 홍―, 어떻게…….

기순 늘― 말씀도 이상스레 하면서…….

기병 무슨 말을 이상스레 하여…….

기순 그저 한마디도 알아들을 수가 없이 하시면서…… 좀전에도 너
무― 너무 이상스레 구시는 까닭에 침실로 데리고 들어가셨어요.

기석 아부지께 꾸중듣고 미쳤지…….

기병 아부지께 꾸중 듣고 미쳤어…… 하하하― 얼마나 꾸중을 들었
기에 미쳐…….

기옥 아이구, 공연한 말이야요.

기병 공연한 말이야……. 그러면 장래 목사님도 그런 거―짓말을 할
까…….

기석 아부지의 말씀을 아니 들으니까 꾸중듣지.

기병 대관절 안에서 무엇들 하시니.

기순 누가 알아요. 무엇들을 하시는지…… 한 30분 전에 오마니와 아
부지가 다투시고. 아부지는 노하여서 들어가신 뒤에 언니가 또 야단을

하시니까 오마니하고 김목사하고 언니를 데리고 침실로 들어가셨지요.

기병 김목사가 누구냐.

기순 저 안에 계세요. 김응두金應斗……

기병 호, 그 어린애가 벌써 목사님 행세를 하든가……. 그 목사님은
아부지의 택임擇任 사위님이시란다.

(무대 배면에서 기숙의 노래 들림)

산밑으로 가려느냐
바닷가로 가려느냐
길을 떠나 아득이는
눈 멀은 비둘기……

기병 저 노래는 기숙이가 하는 노랜가.

기순 네. 이즈음은 날마당 저 노래만 하세요.

네 어비는 뒷동산에
네 동무는 앞동산에
너 어디로 가려느냐
눈 멀은 비둘기……

(기숙이, 머리를 풀어 치고 천천히 등장함)

기병 (반가운 표정으로) 기숙아!

기숙 (실신失神한 모양으로) 오빠!

기병 (기숙을 안으며) 네 모양이 이게 무엇이냐, 그야말로 미쳤구나.

기숙 오빠… 어떻게 오셨어요.

기병 저—기선하고 왔다.

기석 형님은 저—미국 기선 타고 오셨다우.

기숙 어째 오셨어요…….

기병 어째 왔느냐고……. 이 댁에 일이 있어서 온 것은 아니다.

기숙 언제 가세요.

기병 언제 가느냐구! 글쎄, 자세 알 수는 없다. ……그러나 이 댁에는 오래 머무르지 않겠다.

기숙 저—기선은 언제 떠나요.

기병 아마 곧 떠날 터이지.

기숙 가실 때도 오빠는 저 기선 타고 가세요.

기병 그도 알 수 없다. 어찌 될는지…….

기숙 어머님 뵙지 않으세요…….

기병 …….

기석 아부지 아시면 꾸중듣지…….

기순 왜 가만히 못 있어.

기병 뵙는다 할지라도 특별히 일이 있어 온 것은 아니니까……. 그런데 너는 그 동안에 몹시 앓았다지…….

기숙 네, 앓았어요.

기병 아직도 쾌차치는 못하다구…….

기숙 아니요, 벌써 병은 다—나았어요.

기병 그래도 지금 기순이의 말을 들으니까……. 아주 이전 같지는 못하다는데…….

기숙 오빠! 저—허수아비들은 나를 보고 미쳤다고 하여요.

기병 허수아비가 누구냐.

기숙 허수아비가요……. 나를 다려 미쳤다는 사람들이지요.

기병 또 다투었구나.

기숙 오빠! 오빠는 아직 그림을 그리세요.

기병 그림? 누가 그림 같은 것을 평생 그리고 있더냐.

기석 아부지는 세상에 그림 그리는 사람이 제일 나쁜 사람이라 하세요.

기병 아부지는 너를 기독교회의 모범이 될 만한 목사를 만들기 위하여 아직까지 있는 수단을 다—쓰는구나…….

기숙 꿈은 역시 거짓이었다.

기병 꿈을 보았니.

기숙 네— 꿈에 오빠가 그림 그린 것을 보았어요.

기병 이 집에서는 꿈에라도 나를 생각할 사람은 역시 네가 하나 있을 뿐이겠지.

기숙 그러면 오빠, 지금은 무엇하세요…….

기병 내가 말이냐…… 아무것도 하지 않는다.

기숙 아—무것도…….

기병 그러나 오직 한 가지 만들던 것이 있었다.

기숙 그것은 무엇이야요…….

기병 그것은… 유력한 폭발탄이다.

기숙 폭발탄! …… 그것은 무엇하세요.

기병 그것은… 그것은 우리의 이성의 도살장을 파괴시키는 데 소용하려는 것이었었다.

기숙 오빠! (신경적으로) 그러면 오빠는 저—교회당을…….

기병 쉬잇, 떠들지 마라! ……내가 이 집에 오기는 너를 잠깐 보고 가려고 왔었다. …… 잠깐 너를 찾아보고 다시 한 번 네게 작별하려고 왔었다.

기숙 그러고…그러고 오빠는 어디로 가실 터이야요.

기병 그러고 내가 갈 곳은…… 이 앞으로 내가 가야할 곳은 아무 데도

없다……오직……오직…… 저—컴컴한 감방 한 개가 나를 기다리고
있을 뿐이다.

기숙 에! 감옥으로…… 오빠가 저—컴컴한 감방으로…….

기병 내가 이곳에 오기는 진실한 자아를 구하기 위하여, 천만 사람의
이성을 무즈러뜨리는 저—교회당, 아니 우리 이성의 도살장을 파괴하
려고 왔었다. ……그러나… 그러나… 모—든 계획은 다— 수포가 되어
버렸다.

기숙 (흥분한 태도 보임) 오빠!

기병 내가 이 부두에 도착되었을 때에는 이미 나의 동지는 다 법률이
라는 손에 포박이 된 뒤였었다……나는 그것을 부두에서 노동자로 변
장한 나의 남아 있는 동지로부터 알았다……. 그이는 나를 맞을 때에
몸에서 검은 수건을 내어 좌우로 흔들었다……. 그것은 모—든 계획이
다 거꾸러졌다는 암시였었다. 나는 그것을 볼 때에 온—전신은 바아지
는 것 같고 앞은 막막하여 촌보寸步를 내딛을 수가 없었다……. 나는 기
색을 감추기 위하여 겨우 정신을 차려 가지고 이 부두에 몸을 옮겨 놓
았을 때에는 수색대가 벌써 우리를 둘러쌌었다.

기숙 오빠! (사면을 살피며)

기병 (포켓에서 피스톨을 내어 탁자 위에 놓으며) 나는 이것을 나의 생명
으로 믿고 어찌하다가 그 포위를 벗어났다.

기숙 오빠, 그러면 어서 어디로 몸을 좀 피하세요.

기병 떠들지 마라. 내가 그 포위를 벗어나고 보니까 나는 아무 데를
살펴도 갈 곳이 없었다. 그러나 나는 죽기를 다하여서 나의 몸을 피하
려고 하였다.

기숙 오빠! 그러면 어서 몸을 피하세요.

기병 아니다. 나는 결단코 피할 곳이 없어 여기 온 것은 아니다. 오
직…… 너를 다시 찾아보고 한 번 더 작별하려고 왔을 뿐이다.

기숙 그러…고 그리고 오빠는 어디로 가세요.

기병 나는…… 나의 동지들과 같이 저 컴컴한 감방으로 갈 수밖에는 없다.

기숙 그러면 오빠는 자수를 하실 생각입니까.

기병 물론! 나는 결단코 내 한 몸의 안전을 위하여 나의 동지를 저— 컴컴한 속에다 두고 달아나려고 생각을 아니 한다.……그러나 내가 그곳으로 가기 전에 그이들은 나를 포박하러 올 것이다.

기숙 오빠! (굳센 목소리로) 그러면 우리 이성의 도살장은 언제나 파괴되나요.

기병 아직도 남아 있는 동지들은 온—세상에 덮여 있다…….

기숙 그러면 오빠…… 나는 그때를 위하여 나의 학대받은 육체로써 맹서합니다. (탁자 위에 놓인 피스톨을 들어 자살함)

기병 기숙아!

(기병이 피스톨을 뺏어서 들고, 아희들은 부르짖으며, 좌편 도어로 부
·모·목사·남녀하인 수명 등장함)

모 (기숙의 시체를 끌어안고) 기숙아, 이게 웬일이냐. (무대는 잠시 혼돈함)

목사 (기병을 보고 놀래며) 오, 자네는 기병 군이 아닌가…….

부 (시체를 한참 바라보다가 실신한 모양으로 의자에 걸어 앉으며) 저—기 섰는 사람은 누군가…….

목사 정신차리셔요. 저 사람은 기병 군이올시다.

모 기숙아, 오—기숙아!

부 기병 군! 기병 군…기병 군이 누군가…….

목사 당신의 아들 기병 군이 돌아왔어요.

모 오—나의 기숙아! …….

목사 (기병의 손에 들은 피스톨을 보고) 자네 손에 든 것이 무엇인가……

기병 (테이블 위에 놓으며) 피스톨일세……

목사 피스톨…피스톨…… 그러면 자네는 그 피스톨로 자네의 누이 기숙을 죽였는가.

기병 (침착한 태도로) 어떤 사람이 죽였든지 한 사람이 죽기는 일반 아닌가.

목사 그것은 못될 말일세……. 자네는 당장 사람을 죽여 놓고 오히려 두려움이 없는가…….

기병 너무 떠들지 말게나……. 그대의 처될 사람은 이 세상에 또 있을 것이다.

목사 못될 말일세……. 그대는 너무도 인성人性을 무시하네. 도덕을 무시하네. 법률을 무시하네…….

기병 이보게, 김군. 지금은 오직 사람이 하나 죽었을 뿐이 아닌가. 만일 나에게 교훈 할 말이 있거든 후일을 다시 기약함이 어떨까.

목사 나의 말을 그릇 듣지 말게. 나는 결단코 그대를 교훈하려는 것도 아무것도 아닐세. 그러나 그대는 그대의 누이를 죽인 죄인이 아닌가…… 그대는 그 죄를 무엇으로 갚으려는가.

기병 만일 나에게 죄가 있다 할 것 같으면 나는 스스로 그 죄로써 죄를 갚으려 하네…….

목사 아아, 자네는 인성이 아닐세……. 자네는 사람의 껍데기를 쓴 악마가 아닐진댄 어찌 하나님이 계신 줄을 모르는가.

기병 나를 이해하실 하나님은 나에게 계시니까……. 이보게 김군. 그대는 하나님이라는 전설을 빙증憑證하여 가지고 그 많은 민중의 이성을 모두 빼앗아버리고도 아직까지 만족을 못 얻었는가.

목사 아아, 그대는 악마로세…악마로세……. 그대는 그대의 누이를 죽였을 뿐만 아니라 하나님을 무시하려는 악마가 아닐 수 없네. 그대의 죄는 반드시 하나님이 형벌하실 것이네……. 오—하늘에 계신 아부지시여, 아부지는 아부지의 불쌍한 자녀들을 위하여 양의 무리 가운데서 이리(狼)를 쫓아주십소서…….

부 저기서 말하는 사람이 누군가…….

목사 저 사람은 기숙이를 죽인 죄인이올시다. 또 그리고 하나님을 무시하는 악마올시다.

부 악마! 악마. (혼잣말 같이)

기병 이보게 김군, 나는 그대와 장황히 말할 시간이 없네. 그러나 내가 지금 그대에게 한마디로 부탁할 것은 하나님은 오직 천국에서 구하리라고 생각은 말게…….

목사 그대는 무지한 말을 하지 말게. 하나님은 무소부재無所不在하신 것을 어찌 모르나…….

기병 옳은 말일세. 하나님은 무소부재하시다네……. 무소부재하시다네.

모 기숙아! 정신차려라! 너를 핍박하는 사람은 없다……. 그리고 너를 가시 같은 눈으로 흘겨볼 사람도 없다…….

(형사 3인, 우편 도어로 돌입하여 손에는 용모파기를 대조하며 기병을 붙잡음)

기병 나는 결단코 도망할 사람은 아닙니다.

목사 저 사람은 피스톨로 자기의 누이를 죽인 죄인입니다…….

기병 어서 결박해라.

(형사 1인은 기병을 결박하며, 다른 형사는 기숙의 시체를 검사함)

모 오— 아무도 나의 딸을 핍박치 말아요.

기병 그러면 여러분, 우리는 우리의 손으로 이성의 도살장을 파괴하고 자기 자신에서 진실한 하나님을 구하기로 약속합시다…….

　(형사, 기병을 재촉하여 우편 도어로 나아감)

부 지금 저 문으로 나아가는 사람은 누군가…….

목사 정신차리세요. 그 사람은 기숙이를 죽인 죄인이올시다. 그러고 하나님을 무시하는 악마올시다.

부 악마…… 악마…….

모 기숙아! 정신차려라. 그러고 나와 같이 우리 고향으로 가자…….

기석 (무대 정면으로 걸어나오며 큰 소리로) 악마는 이성의 도살장을 파괴하러 갔다.

　(기선에서 기적 소리 들리고, 막)

— 《개벽》 34(1923. 4).

희곡의 탄생과 근대적 풍경

1. '희곡'의 탄생

한국연극사에서 '희곡'의 출현은 근대의 시작을 알려주는 중요한 지표이다. 한문 희곡 《동상기東廂記》가 현전하고 개인 창작물이 존재했다는 기록들이 남아 있기는 하지만, 공연을 전제로 한 창조적인 저작물로서의 희곡이란 근대 이전에는 존재하지 않았다. 비록 '연극'이라는 이름으로 불려졌던 것은 아니었지만 전통적으로 내려오던 극劇 양식은, 연극적 요소들을 가지고 창조적인 저작물로 구성해낼 수 있는 개인들을 필요로 하지 않았다. 다분히 제의적祭儀的인 공동체 문화에 속해 있거나 관례적인 의식儀式에 필요한 행사로서 존재하였을 따름이었고, 더욱이 그것들은 연극적 요소들과 다른 예술적 요소들이 미분화된 채로 존재하였다. 따라서 공연을 전제로 쓰인 희곡이라는 독자적인 영역은 존재할 필요가 없었다고도 볼 수 있다.

그러나 근대로 접어들면서 사정은 달라졌다. 제국주의의 침탈이라는 위협적인 정치적 상황 속에서 애족·애국적인 계몽운동이 광범위하게 일어났고, 봉건적인 제관계로부터 자본주의적인 제관계로의 이행이 시작되었다. 이때 봉건적 신분제도가 제도적으로 철폐되었고 도시가 성장했으며 새로운 직업·조직·매체·제도가 출현하여 사회적 제관계에서 변화가 일어나기 시작하였다. 이제 한국은 '근대'를 시급히 '번역'해야만 하는 절박한 상황에 놓이게 되었고, 새삼 '민족'을 발견하는 위기적인 상황에서 내이션의 창출이라는 과제가 중요하게 부각되었다. 이에 따라 사회 모든 부문은 문명개화라는 운동 속에서 개량되어야 하는 대상이 되었다.

연극의 사회적·예술적 가치가 공론화되고 희곡이 출현할 수 있었던 것은 바로 이와 같은 역사적 상황 속에서 이루어졌다. 유길준의 《서유견문西遊見聞》(1895)에서 이미 연극개량 논의가 있었지만 1902년 최초의 옥내극장인 협률사協律社가 설립된 이후, 신문과 같은 근대적 매체를 중심으로 연극을 둘러싼 담론이 활발하게 진행되기 시작하였다. 이러한 변화는 연극이 이제는 정치적 담론의 장場 안에 들어오기 시작했음을 의미하는 것이었다. 연극의 사회적 존재방식은 변화하고 있었다. 즉 연극은 이제 하나의 상품으로서 시장경제 내에 존립해야 하면서도 민족적 위기 앞에서 효용적 가치를 실현해야 하는 공적 영역에 속하는 것이 되었던 것이다.

그러나 '근대'를 '번역'하려는 모든 노력들에도 불구하고 대한제국은 일본과 병합되면서 근대국가로의 전환에 실패하게 된다. 계몽담론은 급속히 후퇴하였고, 연극의 경우 그 실질적인 양상은 '신파적 공간'이라 할 만한 것으로 드러났다. 임성구林聖九의 '혁신단革新團' 창립 이후 수많은 신파극들이 공연되었으나, '희곡'이 연극의 제도 내에 편입되기까지는 좀더 시간을 기다려야 했다. 신파극이 새로운 연극으로서 당대인들에게 많은 관심과 사랑을 받았어도, 지극히 통속적인 이 연극이 어떤 비전을 위한 기획으로 삼아질 리는 만무했다. 더욱이 창작극보다는 번안·각색이 주를 이룬 당시의 연극적 관행도 희곡의 출현을 지연시켰다.

1912년 〈병자삼인〉이 처음 발표되고 난 후 1917년이 되어서야 〈규한〉이 발표되었다는 사실은, '희곡'이 출현하기 위해서는 또 다른 계기가 필요했음을 의미한다. 그것은 신파극의 담당 주체와는 다른 새로운 주체가 출현하고, 근대적 개념어로서의 '연극'이 신파극을 압도할 만한 명분과 이념을 주장하는 동시에 희곡이 문학의 하위 범주의 하나로 배치되는 것이었다.

1910년대에 새롭게 등장한 주체들 중 상당수는 일본 유학생 출신의 지식인들이었다. 그들은 민족적 정체성을 의식하지 않을 수 없으면서도 일제강점이라는 치욕적인 상황을 목도하고 이를 타개하기 위한 방법으로 사회진화론에 근거한 제국주의 논리를 받아들일 수밖에 없었다. 일본과 서양은 끊임없이 자신을 비추는 거울이 되었고, 이를 통해 민족성과 사회를 개조하고자 하였다. 이들이 자신의 존재적 의의를 드러내기 위해 택한 것은 바로 문학과 예술이었으며, 문맹률이 8할을 상회하는 한국 사회에서 연극은 그들의 의도를 관철하기에 가장 효과적인 장르로 인식되었다. 일본 유학생 신분으로 순회극단을 조직하여 희곡을 직접 창작·공연하기도 하였으며, 이들 중 일부는 직업 연극인으로 전신하기도 하였다.

신파극의 전통과는 다른 지류에서 출발한 것으로 보이는 이 새로운 연극은, 종전의 연극들과는 다른, 고급스러운 지위를 확보해나갔다. 연극비평의 등장은 이 점에 있어서 매우 중요한 연극사적 의미를 지닌다. 이전의 연극이 '천격賤格'으로 취급받으면서 비난과 훈육의 대상으로 존재해오던 것과는 달리, 이 새로운 연극은 자기존재의 의미를 '스스로' 발화하면서 그것을 근대적 지식과 지성의 영역 내에 배치하고자 했기 때문이다. 그것은 물론 '연극'과 '근대적인 가치'의 결합을 의미했다. '신극' 혹은 '근대극'의 구현이라는 과제가 바로 그 결과였다.

한국연극사에 희곡 창작이 본격적으로 전개되기 시작한 것도 이때쯤이다. 이광수가 〈문학이란 하오〉(1916)에서 재래의 문학과 다른 새로운 문학, 즉 영어 'literature'의 번역어로서의 '문학'을 언급하였을 때, 이는 문학에 대한 전통적인 관념을 청산하고 새로운 관념을 창안하는 것이었으며 문학의 자율성이라는 이념을 제시한 것이었다. 또한 문학의 하위범주에 시·소설·논문과 함께 극劇을 포함시킨 것은, 희곡적 전통이 없는 상황에서 '극'에 근대적 지위를 부여하는 언표였다. 희곡의 탄생이야말로 번역된 근대의 면모를 적실히 보여주는 사례이다. 이렇게 보면, 희곡의 부재란 근대적 개념어로서의 '연극'과 문학의 하위범주로 선택된 '희곡' 개념이 형성되고 난 후에 발견된 관념인 셈이다.

그럼에도 불구하고 시와 소설에 비해 희곡은 많이 창작되지도, 발표되지도 않았다. 다른 장르에 비해 매우 생경하기 짝이 없는 외래적인 것이었기도 하지만, 기본적으로는 이 생소한 장르가 이제 막 뿌리를 내리기 시작한 지 얼마 안 될 뿐만 아니라 연극에 좀더 중요하게 관여하는 장르이기 때문이다. 희곡의 창작은 근대적인 것으로 주장되던 '연극'이 얼마만큼 활성화되는가와 불가분의 관계에 있었지만, 새로운 연극이념으로 운동을 전개해나갈 연극적 기반 역시 초기 단계에 있었으니 희곡 창작이 활발해질 리 만무했다. 그나마 공연된 작품조차 근대적 매체에 발표되거나 출판되는 경우는 희소하였다. 그렇기는 해도, 희곡의 탄생이 1910년대를 풍미했던 신파극과는 다른 지점에서 연극이 당대 현실에 대한 새로운 해석을 시도하도록 길을 열어주었던 것만은 분명하다.

2. 초기 근대희곡의 작가들

그런 상황에서 희곡에 관심을 가지고 창작에 임하거나 때로는 공연 활동에 참여한 작가들이 하나, 둘씩 등장하였다. 여기서는 그 작가들을 간단히 소개하도록 한다.

일재―齋 조중환(趙重桓, 1884~1947)은 《불여귀》《쌍옥루》《장한몽》《국의 향》《단장록》 등을 발표한 작가로 널리 알려진 인물이다. 그는 1900년대 후반 《대한매일신보》의 기자로 입사하였고, 조선총독부가 한일합

병 이후 이 신문의 제호를 《매일신보》로 바꿔 발행했을 때부터 1918년 퇴사할 때까지 매일신보사에서 근무했다. 이 기간이 조일재의 저술활동이 가장 활발했던 시기였고 주요작들이 모두 이때에 나왔다. 그는 1912년 윤백남과 함께 극단 '문수성文秀星'을 조직할 만큼 연극에 깊은 관심이 있었는데 〈병자삼인〉(1912)은 그 결과였다. 비록 이 희곡은 공연되지 않았지만, 그의 번안소설이나 신소설은 1910년대 신파극단들의 레퍼토리로 자주 제공되었다. 1922년에는 윤백남의 주도로 조직된 '민중극단'의 작가로 참여하였고, 1925년에는 사재를 들여 영화프로덕션인 계림영화협회를 설립하여 〈장한몽〉 등의 영화를 제작하기도 했다. 이후 1940년대 초반 경성방송국에 재직한 것을 비롯하여 해방 이후 《독립신문》의 주필로 활동하는 등 언론계에 종사하면서 문필 활동을 지속하였다.

춘원春園 이광수(李光洙, 1892~1950)는 주지하는 바와 같이 한국근대소설사에서 매우 커다란 족적을 남긴 소설가로서 한국의 첫 근대장편소설로 일컬어지는 《무정》을 비롯하여 《재생》《마의태자》《단종애사》《흙》 등을 남겼을 뿐만 아니라, 당대인들에게 큰 영향을 끼친 사상가이기도 하다. 그는 《독립신문》《동아일보》《조선일보》 등 언론계에서도 활발하게 활동하였다. 그가 남긴 희곡은 〈규한〉(1917)과 〈순교자〉(1920) 단 두 편뿐이지만, 〈규한〉은 조일재의 〈병자삼인〉 이후 5년만에 발표된 창작 희곡으로서 희곡 장르의 정착 과정에서 중요한 역사적 지위를 갖는다. 물론 그가 연극 혹은 희곡에 대해 본격적인 관심을 표했다고는 할 수 없으나, 《어둠의 힘》(1923), 〈인조인〉(1923), 〈줄리어쓰 씨저〉(1926) 등 그가 남긴 번역희곡 세 편은 근대희곡사 초기에 그가 희곡 장르의 정착을 위해 얼마간은 의식적인 노력을 기울였음을 짐작케 한다. 또한 1930년대 이후 그의 역사소설을 희곡으로 각색 공연한 사례가 많았다는 점까지를 떠올릴 때, 이광수는 한국근대 희곡사와 연극사에서 기억

하지 않을 수 없는 인물이다.

백남白南 윤교중(尹敎重, 1888~1954)은 연극계에서뿐만 아니라 영화계와 소설계에서도 활발한 활동을 펼친 인물이다. 도쿄고등상업학교를 졸업하고 나서 귀국하여 한때 한성수형조합과 학교에서 근무하기도 하였으나, 대체로는 문화 관련 분야에서 왕성하게 활동하였다. 한편으로는 《매일신보》《시사신문》《동아일보》, 경성방송국 등의 언론계에 종사하면서도, 1912년에는 극단 '문수성', 1916년에는 '예성좌藝星座', 1921년에는 '예술협회', 1922년에는 '민중극단'을 조직하여 연극활동을 하였고 연극계의 맏형으로서 이후 '극예술연구회'의 창립 멤버로 참여하기도 하였다. 또한 최초의 극영화로 일컬어지는 〈월하의 맹서〉(1923)를 감독하고, 최초의 조선인 영화사인 윤백남프로덕션을 설립하여 〈심청전〉을 제작·상연하는 등 영화사에 있어서도 뚜렷한 족적을 남겼다. 또한 연극과 영화를 지망하는 신인 발굴을 위해 발족된 조선문예영화협회(1928)의 동인으로도 참여한 바 있다. 뿐만 아니라 그는 1930년대에는 《대도전》등 역사소설을 발표하면서 1937년 만주 화북지역으로 이주하기 전까지 소설가로서 이름을 알리기도 했다. 윤백남의 희곡으로 알려진 것은 14편 정도이며, 희곡집으로 1924년 신명서림에서 《운명》이 출간되었다고 하나 현전하지 않고, 1930년 창문당서점에서 재출간된 것이 전한다.

극웅極熊 최승만(崔承萬, 1897~1984)은 도쿄관립외국어학교 로서아과에 재학하면서 《학지광》 편집위원, 《창조》 동인으로 활동한 바 있으며, 바로 이때에 그의 유일한 희곡 〈황혼〉(1919)을 발표하였고 번역희곡 〈파우스트〉(1920)를 남겼다. 그 이후 1930년대 초반까지는 주로 재일본 도쿄 조선YMCA에 재직하면서 《현대》《청년》의 주간을 역임한 바 있고, 귀국 후인 1934년 8월부터 동아일보사의 잡지부장으로 《신동아》 주간을 맡아오다가 1936년 9월 일장기 말소사건으로 퇴직하였다. 해방 이후에는 미군정청 문교부 교화국장으로 재임하였고, 전쟁 이후에는 주로 여러 대학에서 교육가로서 활동하였다. 이처럼 그는 1920년을 전후한 몇 년간 문학계에 몸을 담았을 뿐이었고 주로 언론인과 교육가로서 활동하여 문학과 예술계에 뚜렷한 족적을 남기지는 못했다.

팔극八克 유지영(柳志永, 1897~1947)은 신문사 기자로 활동하면서 극작가와 아동문학가로서 활동한 인물로, 선린중학을 졸업하고 도일하여 와세다대학에 다니다가 음악전문학교로 전학하여 바이올린을 전공하였다. 1918년 한국신문사 역사상 첫 공채시험에 홍난파와 함께 합격하여 매일신보사에 기자로 입사하였고, 1924년 3월《시대일보》창간시에는 사회부 기자로 입사하였으나 1년 후에는 동아일보사로 옮겼다. 신문사 기자로 활동하는 다른 한편으로 아동문학계와도 인연을 맺었는데, 그는 아직까지도 널리 불려지는 동요〈고드름〉의 작사가이기도 하다. 또한 1920년 조선체육회의 발기인으로 참여하고 1924년 당시 조선소년운동협회의 상무위원으로 참여한 기록이 남아 있는 것으로 보아 스포츠에 대한 관심도 유달랐던 것으로 보인다. 그가 쓴 것으로 확인된 희곡은 〈이상적 결혼〉(1919~1920), 〈연과 죄〉(1919), 〈인간모욕〉(1932) 등 세 편이 있다.

소암蘇巖 김영보(金泳俌, 1900~1962)는 한영서원 고등과를 졸업하였고 한동안 극작 활동에 전념하여 한국 최초의 창작희곡집《황야에서》(1922)를 내놓은 극작가이다. 이 희곡집에는 〈시인의 가정〉(1920), 〈정치삼매〉(1920), 〈연의 물결〉(1921), 〈나의 세계로〉(1922) 등의 창작희곡과 빅토르 위고의 원작을 번안한 〈구리십자가〉가 실려 있고, 이 중에서 〈정치삼매〉와 〈시인의 가정〉은 1921년 '예술협회'에 의해 공연되었다. 그러나 이후 극작이나 연극활동을 그만두고, 경성 수송유치원 원감과 도쿄 불교조선협회 주간을 거치면서 매일신보사의 오오사카·경북 지사장 등의 언론인으로 전신하였으며, 해방 후에는 영남일보사의 사장을 10여 년 동안 역임하였다.

해암海巖 현철(玄哲, 1891~1965)은 근대연극사 초기 가장 중요한 연극인 가운데 한 사람이다. 그가 활동한 시기는 10년 남짓이었지만, 연극을 민족운동과 사회운동의 일환으로써 제창하면서 연극론·희곡론·연극비평·연극교육·창작·연출 등 다방면에 걸쳐 활동하였다. 그는 메이지대학 법과에서 수학하고 시마무라 호게쓰(島村抱月)가 주관하는 '예술좌'와 '부속연극학교'에서 수학하면서 연극을 배웠다. 또한 상하이로 건너가 성기星綺연극학교에서 활동하기도 하였다. 귀국해서는 《개벽》의 학예부장으로 연극이론과 비평을 적극적으로 개진하였고, 개벽사에서 발행한 《부인》의 편집주임으로도 활동하였다. 또한 '연예강습소'(1920), '동국문화협회'(1923), '조선배우학교'(1925) 등을 설립하여 연극 인재를 양성하는 교육에 힘썼다. 또 한 가지 특기할 만한 경력은 1920년대 초반 경부터 경성미용원의 원장으로 있었다는 점이다. 1920년대 후반 이후에는 조선극장 경영에 참여하는 등 한동안 영화계에 관여했고, 1930년대 중반에는 야담운동을 하였다. 현철은 이러한 활동들의 공로를 인정받아 1963년에 정부로부터 '연예인30년 특별공로표창장'을 받은 바 있다. 그가 남긴 희곡은 〈견〉(1922)과 가극대본인 〈노상〉(1922)이 있으며, 번역희곡 〈격야〉(1920~1921), 〈하믈레트〉(1921~22), 〈사로메〉(1926) 등을 발표하였고, 1923년에는 《하믈레트》를 박문서관에서 출간하였다.

유방惟邦 김찬영(金瓚泳, 1893~1960)은 한국근대미술사에서 선구적인 서양화가로서 알려져 있는 인물이다. 1908년 도일하여 메이지학원을 다니다가 메이지대학 법과에 진학했으나 중도에 그만두고, 1912년 도쿄미술학교 서양화과 선과생으로 입학, 1917년에 졸업했다. 그는 문단과 매우 긴밀한 관계를 유지했는데, 1920년에는 《폐허》의 창립 동인으로 참여했고, 1921년에는 《창조》 제8호부터 동인으로 참여하면서 표지화 두 점을 그렸으며, 1924년에는 《영대》의 창립 동인으로 참여하고 표지화를 그렸다. 1925년에는 평양의 서양화가 단체인 '삭성회朔星會'를 김관호 등과 조직하여 미술계에서도 활발한 활동을 펼쳤다. 1927년에는 언론사 연예부 기자들의 모임인 '찬영회讚映會'가 조직되었는데, 평양 대부호의 자제였던 그가 이를 후원하였을 만큼 언론계와도 밀접했다. 그러나 1920년대 후반부터는 화단과 문단 양쪽으로부터 멀어진 것으로 보이며, 영화배급사 기신양행과 조선극장을 경영하는 등 영화계에 좀더 깊이 관여를 하고 있었다. 그가 남긴 희곡으로는 〈배교자〉(1923), 〈삼천오백냥〉(1924) 두 편이 있다.

이 밖에 〈참회〉(1921)를 쓴 김환金煥은 1910년대 중반 도쿄미술학교에서 미술수업을 받은 화가이며 김찬영과 함께 《창조》《폐허》에 동인으로 참여한 바 있고, 소설 〈낙동강〉의 작가 조명희趙明熙는 〈김영일의 사〉(1921)와 〈파사〉(1923)를 남겼다. 그리고 비록 지면에 발표된 적이 없어 희곡이 현전하지는 않지만, 조춘광趙春光·고한승高漢承도 기억해둘 만하다. 그들은 조명희와 함께 1920년 도쿄 유학생들이 조직한 '극예술협회'의 회원으로서, 조춘광은 〈개성에 눈뜬 뒤〉(1923)와 〈사인남매〉(1923)를, 고한승은 〈장구한 밤〉(1923)을 공연에 제공하였다.

이처럼 한국근대희곡사 초기에 활동한 작가들은 많은 편수의 희곡을 남기지도 않았으며 대부분 지속적인 극작 활동을 하지도 않았다. 연극계와 관련을 맺으면서 지속적으로 희곡을 창작한 이는 그나마 윤백남 정도뿐이다. 이는 당연한 결과이다. 희곡이라는 장르가 새롭게 자신의 영역을 만들어 가는 초기단계에, 이른바 전문 극작가란 아직 형성되지 않은 미래적 존재였다. 오히려 식민화된 현실에서 연극의 효용성을 인식한 지식인들의 문필행위로서의 성격이 더 짙었다고 할 수 있다. 작가들 대부분이 일본 유학생 출신이었다는 점, 그리고 그들이 이후 연극계보다는 문단과 언론계 등 다른 분야에 관여하였다는 점이 그런 정황을 짐작케 한다. 물론 이들은 이전에 존재한 적도, 아직은 형성되었다고는 말할 수 없는 '연극'을 다른 영역과 마찬가지로 시급히 건설해야 할 근대적인 문화제도의 하나로 인식하였으며, 그 실천으로 '희곡'을 창작하였다. 초기 근대희곡이 종종 특정 외국희곡과 매우 유사하거나 모작의 형식을 취한 것도 바로 그 때문이었을 것이다.

3. 사적 영역의 주제화와 그 근대성

1910년대부터 1920년대 초반까지, 즉 초기 근대희곡이 보여준 세계를 일원화하여 설명하는 것은 무리일 테지만, 하나의 경향성을 지니고 있는 것은 분명해 보인다. 그것은 사적인 영역에 속하는 부부의 관계, 결혼과 이혼, 사랑과 연애 등과 같은 주제를 다루고 있다는 사실이며, 이 주제들이 근대로의 전환과정에서 동요하고 있는 현실과 민감하게 반응하고 있다는 점이다. 이런 양상은 식민화된 현실에서 문학과 예술을 통해 자신의 존재적 의의를 드러내고자 한 작가들의 위치로부터 이해될 수 있다. 대부분 일본유학을 경험한 작가들에게 있어, 근대국가로의 전환에 실패하고 정치적 주권이 박탈된 상황에서 민족적 정체성이란, 상상될 수밖에 없는 것이었고 그 자체로 주장될 수는 없는 것이었다. 이러한 딜레마 속에서 근대화 프로젝트는 식민지적 규율에 위반되는 것들이 걸러진 나머지를 통해서 부상할 수 있었다. 그리하여 가족·결혼 혹은 사랑과 같은 사적 영역은 이제 근대화 프로젝트를 실현하기 위해 공적으로 조직되어야 할 대상으로 부각되었고, 여기에는 당대에 동요하고 있던 가치들이 때로는 분열된 채 노출되었던 것이다. 그러면 초기 근대희곡의 특징적인 양상을 몇 가지로 나누어 차례로 살펴보도록 한다.

첫째는, 근대로의 전환 과정에서 파생한 변동과 균열을 희극적으로 협상하는 경우이다. 물론 갈등과 협상의 주체는 남녀이며, 대체로 이들은 부부관계임이 특징적이다. 그리고 당대 현실과는 다소 배치背馳되어 보이는 희극적인 상황이 설정된다.

조일재의 〈병자삼인病者三人〉(《매일신보》, 1912. 11.17~12.25)은 지면에 발표된 최초의 희곡이다. 이 희곡은 번안 혐의를 받아왔는데, 작가의 이력도 그렇거니와, 이 희곡이 발표된 후 5년여 공백기를 거쳐서야 〈규한〉이 발표되었고, 초기 다른 희곡과 비교해볼 때도 극작술이 뛰어난 편이기 때문이다. 그리하여 당대 연극계 현실과 조일재의 활동, 텍스트 분석을 통해서 이 희곡이 번안작일 가능성이 조심스럽게 타진된 바 있으나 영향을 받은 정도일 것이라는 잠정적인 결론으로 일단락이 난 상태이다(양승국, 1999; 2001).

〈병자삼인〉은 부우부열夫優婦劣의 객관현실을 부우부열婦優夫劣의 극중 현실로 전도시킴으로써 하나의 희극적 상황을 연출한다. 이러한 전도는 당대에 동요하고 있던 남성과 여성의 정체성 및 그 권력관계를 교정하거나 협상하고자 한 것으로 보인다. 남편들은 우승열패優勝劣敗의 근대 내에서 패한 남성들로, 아내들은 우승열패의 파도를 타고 그 사회적 지위를 높일 수는 있었으나 남성을 억압하는 오만한 여성들로, 풍자된다. 즉 이 양비론적 풍자는 남성적 주체들의 정체성 불안을 희극적으로 배설하는 것인 동시에 근대의 공적 영역에 등장하기 시작한 여성들에 대한 경계를 반영한다. 이로부터 이 텍스트의 효과는 우승열패의 논리로 타민족을 식민화하는 제국주의를 비판하는 데까지 미치지만, 이 비판은 어디까지나 제국주의에 대한 열패감을 보상받고자 하는 희극적 협상의 부차적인 효과라 할 수 있다.

윤백남의 〈국경國境〉(《태서문예신보》, 1918. 12.25) 역시 번안작이라 할 수는 없으나 동명의 일본희곡의 일부분을 재구성한 것으로 판단되는 작품이다(양승국, 2002). 남편 안일세가 은행에서 열심히 일해 돈을 벌어오면, 영자는 그 돈으로 온갖 사치재를 소비하고 음악회나 사교모임에 나가는 데 써버린다. 살림은 어쩌다 한 번씩 하는 이벤트일 따름이다. 영자는 이런 행위의 윤리적 정당성을, 남녀동등권과 가정개량 그리고 교제를 통해 남편의 지위를 견고히 한다는 데 두지만, 남편 안일세는 자신이 암만해도 돈을 벌어다주는 기계일 따름이라는 위기감에, 결국 '국경선'을 긋고 친구의 도움을 받아 아내의 항복을 받아낸다.

이 희곡도 남성들의 존재적 위기감을 현저히 드러내며 사안의 심각성을 누그러뜨리는 희극적 장치를 통해서 그러한 현실을 교정하고자 한다. 〈병자삼인〉의 경우 이를 성 역할의 전도를 통해서 드러냈다면, 이 희곡은 현실보다는 매우 과장된 미래적인 형태, 즉 남편의 경제적 부양이라는 의무는 지속되지만 여성의 전통적인 의무는 헐거워지는 대신 사치스러운 소비행위가 높아져 있는 상황을 선택한다. 부부간의 힘겨루기 정도에 해당하는 해프닝으로 구성되어 있지만, 이 역시 '아내 혹은 신여성 길들이기'라는 이데올로기적 경향을 포함한다. 더욱이 영자가 향유하는 생활이 망토, 서양요리(비프스테이크, 스튜), 음악회 등 서양적인 상징들로 기호화되어 있다는 점은, 이 희곡이 서양적 근대와 여성의 도전에 대한 불안과 경계가 서로 교차하는 지점에 놓여 있음을 말해준다.

〈시인詩人의 가정家庭〉은 김영보의 희곡집 《황야에서》(조선도서주식회사, 1922)에 수록되어 있는데, 1920년 9월 17일에 지었다고 부기附記되어 있으며 1921년 12월에 '예술협회' 제2회 공연작으로 단성사에서 초연되었다. 이 희곡에는 〈병자삼인〉처럼 경제적 능력이 있어 도도하거나 〈국경〉처럼 소비에 몰두하는 사치런 아내가 등장하지는 않는다. 부부 금슬이 매우 좋아서 아무런 문제가 없지만, 다만 그녀는 너무 귀족적이어서 아무것도 할 줄 모르고 그저 자신의 몸치장이나 피아노 치기 혹은 신문과 소설을 읽는 것이 일일 뿐인, 양머리에 금테안경을 낀

여성이다. 개똥어멈이 춘자의 흉을 보고 나간 것도 그 때문이다. 따라서 남은 문제란, 그녀가 귀족적인 취향과 생활로부터 벗어나 남편을 위해 '여자의 본분'을 수행하는 것이다. 즉 재물이나 귀한 신분에 현혹되지 않고 오직 '사랑'으로써 빈궁한 시인의 처로서 살아가는 것, 이것이 이 희곡의 주제이다. 부부의 역할을 엄격히 구분하고 있는 이 희곡 역시 전통적인 부부의 역할이 동요하기 시작한 당대를 반영하고 있으며, '아내 혹은 신여성 길들이기'라는 희극적 교정을 목표로 하였다고 볼 수 있다. (이 책에 수록되어 있지는 않으나, 김영보의 다른 희곡 〈정치삼매情癡三昧〉도 같은 계열의 작품으로, 귀하게만 자란 한 여성이 행복에 겨워 벌인 해프닝을 다루고 있다)

이 밖에 현철의 〈견犬〉(《개벽》, 1922. 1~2)도 희극의 형식을 취한 단막물이다. 큰 줄거리는, 아내와 사별했으나 자신도 여성들처럼 정분과 의리로 평생 정절을 지키겠다는 백남성이 그의 부인이 생전에 아세아부인상회에 내기로 한 자본금을 받으러온 강순희와 실갱이를 벌이다가 결국 서로에게 이끌려 합한다는 내용이다. 작가 스스로 이 희곡이 체홉의 〈곰〉의 작법을 취한 '창작인 동시에 모작'임을 밝히고 있는데, 실제로 〈곰〉의 플롯이나 대사의 주요 흐름을 그대로 따르고 있지만 남녀 주인공의 성 역할을 바꾸고 여기에 당시의 여성에 관한 담론을 삽입함으로써 〈곰〉과는 전혀 다른 효과를 내고 있음이 흥미롭다.

이 희곡은 다른 희곡에서는 볼 수 없는 전투적이고 공격적인 여성인물을 등장시킨다. 강순희는 매우 거칠 정도로 분노가 가득한데, 그 이유는 비주체적인 여성들과 겉으로는 훌륭해 보여도 여성에 대해서는 완고하기 그지없고 돈 앞에서는 '개돼지' 노릇을 하는 남성들 때문이다. 백남성이 끝까지 우아한 자세를 유지하고자 애를 쓰는 반면 강순희는 피해의식에 사로잡혀 거친 면모를 남김없이 보인다는 점에서, 이 희곡 역시 신여성에 대한 편견을 드러내는 희곡으로 볼 수 있다. 그러나 바로 이러한 성격에 힘입어 남성과 여성 모두에게 신랄한 비판을 가할 수 있었으며, 그 효과는 두 사람이 결합하는 결말까지도 철회되지 않는다. 다만, 희극적인 행복한 결말이 정조를 지키겠다는 것은 절대 명분이 될 수 없으며 남녀는 공존의 관계라는 주제를 추가할 뿐이다. 이처럼, 신여성에 대한 거부감이 산재하면서도 먼저 다룬 세 희곡과는 다소 다른 경향성을 보여줄 수 있었던 것은, 〈곰〉의 플롯과 구조를 유지하되 '모작'의 과정에서 성 역할을 트랜스함으로써 강순희를 갈등의 동력원으로 삼을 수 있었다는 데에 있을 것이다.

둘째는, 자율적인 의사에 의한 사랑과 결혼에 대한 기대로부터 전근대적인 가치와의 결별을 선언하는 경우이다. 그리하여 낭만적인 사랑은 바로 근대적 가치를 얻게 된다. 그러나 흥미로운 점은 이러한 도덕적 지지가 행복한 결말을 얻지 못하고 대체로는 그 과정에서 피치 못할 비극이 발생한다는 점에서 도덕적 딜레마에 봉착한 전환기의 주체들을 엿볼 수 있다.

유지영의 〈이상적 결혼〉(《삼광》 통권 제1~3호, 1919. 2.12, 1920. 4)은 작가가 '속가희극俗歌喜劇'이라 표현했듯이 세 편의 노래를 포함하고 있고 극의 리듬이나 내용이 매우 경쾌한 편이다. 이와 같은 성격은 이후 유지영 희곡들이 보여준 비극적 색채와는 매우 다를 뿐 아니라, 같은 주제를 다룬 여타의 희곡과도 구별된다는 점에서 매우 이채롭다. 이는 이 희곡이 '이상적' 결혼을 다루고자 했다는 점에 있다. 당자들의 자율적인 선택 하에 '참사랑'으로 맺어지는 결혼이란 당시로서는 현실태라기보다는 이상태라 할 수 있고, 이 희곡은 이상태 그 자체를 극화하고자 했던 것이다. 그리하여 이 낭만적인 접근은 이 '이상적' 결혼에 별다른 갈등 없이 가장 완강하게 반대할 부모조차 원만한 이해를 가지고 있는 이들로 형상화하도록 하였던 것이다.

물론 이 희곡은 과거의 도덕·관습과 결별하고자 하지만 급진적인 입장을 취하지는 않는다. 이 점이 특기할 만한데, 이는 당대에 유행처럼 대두되었던 이혼문제를 비판한 제1막에 제시되어 있다. 이혼문제가 대두되는 정황을 이해하면서도 '도덕이라는 것을 따뜻한 품에 품어야' 하지 않겠냐는 신중론과 함께, 오히려 이혼과 자유연애에 의한 결혼을 주장하는 이들에게 강한 불신의 시선을 보낸다. 또한 동시대에 발표된 희곡들과는 달리 결혼을 당자들만의 문제로 접근하길 거부하고 가족 모두가 공유되고 합의되어야 하는 문제로 파악하고 있다는 점인데, 신랑을 '간선'하는 형식을 취한 것도 그런 의도의 소산으로 보인다. 또한 애경의 이상이 결국 현모양처이며 그녀의 여성운동에의 의지는 다만 '여가'에 할 수 있는 것으로 한정되어 있다는 점에서 그러하다. 그런데 이 같은 주제적 지향은 지극히 예외적인 것이었고, 그보다 지배적인 것은 과거와의 결별과 관련된 비극적인 색채이다.

〈규한閨恨〉은 이광수가 1917년 1월에 《학지광》에 발표한 것으로 알려져 있으나 아직은 발굴·소개 되지 않아 《이광수전집》(삼중당)에 수록된 것이 유일하다. 이 희곡은 일본 유학생을 남편으로 둔 이씨가 어느날 남편으로부터 이혼 통보가 담긴 편지를 받고서 실성하다가 절명한다는 내용이다. 남편 김영준의 주장은 이씨와의 혼인이 당자들의 자율적 의사에 의한 것이 아니었기에 무효라는 것이며, 이에 이씨는 죽음과 맞먹는 수치감과 절망감으로 급기야 실성하고 죽음에 이른 것이다. 이 희곡은 이씨의 실성과 죽음이라는 비극성을 전경화하지만, 이는 전근대적 가치와 결별하고 새로운 가치를 받아들이기 위해 불가피하게 감수해야 하는 비극임을 암시한다.

최승만의 〈황혼〉(《창조》 창간호, 1919. 2)에서는 이러한 주장이 좀더 적극적으로 전개된다. 〈규한〉과는 달리 남성을 중심인물로 내세우고 있는 만큼 구습결혼을 비판하고 자유연애를 주장하는 지식인 남성의 풍경이 좀더 자세히 형상화된다. 김인성은 이혼문제로 부모와 갈등하고 아내에게는 이혼의사를 일방적으로 통보하지만, 결국 신경쇠약증에 걸려 자살을 하고 만다. 이는 지금까지 그를 지배해온 모랄과 불안한 동거를 하고 있음을 반증하는 것이며, 새로운 준거로써 '개인'을 제시하였으나 내적인 확신의 절대성이 부재하다는 점에서 여전히 혼란스러울 수밖에 없었던 사정을 표현한다.

이 두 희곡에서 구제도에 의한 결혼이란 전근대적 가치의 상징적 중심이며 근대적 이성과 가치체계로서는 용납할 수 없는 불합리성의 표본이자 자신을 옭아매는 족쇄이다. 그러나 이를 주장하는 과정에서 구여성은 '사람'이 아닌 존재로서 결별의 대상이 되어야 하고, 신여성은 자신들의 정체성 위기를 가중시키는 존재로서 경계의 대상이 되고 있음을 주목한다면, 희극계열의 희곡들과 마찬가지로 근대로의 전환기에 성적 정체성과 관련된 불안과 강박증을 표현한 것이라 할 수 있다. 그것은 '지식'을 권력화하고자 하는 자의식을 소유했으나 식민지적 근대 내에서 타자화된 '남성', 그로 인한 정체성 위기를 여성의 타자화를 통해 타자화된 자신의 위치를 주체로 전도시키고자 한 지식인 남성의 내면일 것이다.

이를 좀더 통속적으로 전개시킨 것이 〈운명〉이다. 윤백남 희곡집 《운명》(창문당 서점, 1930)에 수록된 이 희곡은 작가 자신이 처녀작이라고 밝히고 있어 〈국경〉보다 먼저 창작되었으리라 짐작될 뿐 정확한 창작 연대는 알 수 없고, 이 희곡은 1921년 여름 '갈돕회' 공연으로 초연되었다. 이 희곡은 연인을 뒤로하고 하와이로 사진결혼을 하였으나 그 대가로 불행한 처지에 놓인 박메리의 '운명'을 그린다. '사진결혼' 뿐만 아니라 —봉건적 가치관과 결별하지 않으면 수용할 수 없었던 '근대'를 보았으나 여전히 견고한 가부장적 봉건적 질곡에 묶여 있었고 그래서 이로부터 벗어나고 싶어하는 욕망을 가진— 신여성의 존재적 딜레마, 그리고 진취적인 비전을 포함하는 계몽담론 등을 포함하는 매우 이채로운 희곡이다.

그러나 박메리의 상황을 '운명'으로 코드화하면서 이를 자초한 박메리를 비난하고 서양을 동경하는 신여성의 '허영'을 문제삼고 있음을 주목할 필요가 있다. 그녀가 사기결혼을 당하고 내내 불행한 생활을 하면서 수옥에 대한 죄책감에 시달린 것은, 말하자면 근대적 가치 지향을 저버린 대가이다. 서양을 동경하는 마음을 품고 있어, 수옥과의 낭만적 사랑을 휴지조각으로 만들고 그릇된 도의와 부패한 유교의 습속에 몸을 내맡긴 대가인 것이다. 이 역시 신여성 등장의 근대적 의미를 애써 평가절하하려 한 흔적이 농후하다.

유지영의 〈연戀과 죄罪〉(《매일신보》, 1919. 9.22~26)는 지식인 남성과 기생의 불운한 사랑을 그린다. 창현과 화심은 두 사람의 결합을 반대하는 외부세력과 이 사랑이 과연 이루어질 수 있을까라는 불안감 때문에 고통스러워한다. 특히 결합의 장애요소로 화심의 기생신분과 창현의 경제적 비자립성을 지목하고 있는 점이 주목할 만하다. 그러나 이를 더이상 깊이 다루지는 않는다. 이 희곡은 결합의 정당성을 근대적 가치관으로 웅변하는 대신, 사랑은 죄가 아니었으나 '조물의 시기猜忌'로 인해 의도치 않은 죄를 저지르게 된 존재의 상황에 역점을 둔다. 즉 사고로 실족하였으나 창현도 어느 정도는 책임이 있는 곽윤오의 죽음에 대하여 그가 느끼는 죄의식이 중요하게 부각된다. 이 죄의식과 함께 창현의 체포, 그리고 하느님을 원망하면서 '얼음세상'에 이별을 고하며 내세를 기약하는 화심의 자살은 전근대적 가치와의 결별이 얼마나 힘겨운가를 우울하게 전달한다.

셋째는, 근대로의 전환과정에서 빚어진 도덕적 딜레마가 부재하는 대신 다분히 멜로드라마적인 낭만적 기운과 계몽적 종결이 우세한 경우이다. 《황야에서》에 실린 김영보의 〈연戀의 물결〉과 〈나의 세계로〉가 그에 속하는데, 다분히 신파적인 전통을 내재하면서도 '근대의 물결' 이 텍스트에 삽입되고 있다는 점이 특징적이다.

〈연의 물결〉에는 경제적 기반의 풍요로움 속에서 자유연애의 팽배한 기운은 하나의 자명한 현실로 주어진다. 그리고 사건의 핵심은 등장인물들의 역사에 감추어진 비밀에 있다. 당연히 이 비밀들은 갈등을 야기하며 특히 김진수의 부도덕함은 이복남매인 구교창과 혜경의 근친상간과 혜경의 죽음이라는 파국을 불러오기도 한다. 그러나 이런 처벌의 다른 한편으로, 이 희곡은 미래지향적인 비전을 제시하고자 한다. 과거의 죄가 평생을 옥죄는 덜미가 되어서는 안되며 이를 반성한다면 새로운 삶을 기획할 수 있음을 강조하는 것이다.

과거에 연연해하지 말 것을 주장하는 바는 〈나의 세계로〉에 오면 좀더 적극적으로 강조된다. 미혼모가 되어 9년만에 고향에 온 설자가 고향을 뒤로하고 자신이 운영하는 요리점이 있는 평양으로 돌아가기로 선택하는 것은, 독립적이고 주체적인 인간으로서의 선언이다. 고향을 떠날 수밖에 없는 것은 고향이 자신의 과거를 끊임없이 상기시키며 용납하지 못하기 때문이기도 하지만, 좀더 중요한 것은 그녀가 귀족계급이라는 속박과 가부장제의 억압으로부터 벗어나 자유로운 생활을 희구하기 때문이다.

이처럼 설자의 진보적인 성격이 김영보의 다른 희곡이 보여준 보수성과는 사뭇 다르지만, 〈연의 물결〉과 마찬가지로 과거와 결별하고 미래지향적인 비전을 지녀야 한다는 주제에 모든 것이 종속되어 있는 점이 핵심이다. 이를 위해 이 희곡은 멜로드라마적 관습을 차용하면서 기존의 신소설이나 신파극이 내보인 결론과의 절연을 시도한다. 여성수난의 비극적 서사를 밟아갔을 그녀는 자신의 미래를 스스로 선택했던 것이다. 그러나 이런 선택은 그녀가 우연히 재력이 있는 과부를 만나고 그 과부가 유산을 상속해줌으로써 요리점의 주인이 될 수 있었던 물적 조건이 있었기에 가능했던 것이고, 이런 조건의 마련은 사실 과거의 신파적 관습과 동일하다.

이처럼 희곡이라는 장르가 막 형성되기 시작한 초창기에 이 장르는 부부의 관계, 결혼과 이혼, 사랑과 연애와 같은 주제에 관심을 표했다. 그리고 희극적인 화해라는 외피를 쓰고 있더라도 거기에는 도덕적 딜레마를 포함하였다. 이는 분명 식민화된 현실과 근대로 전환하는 과정에서 느꼈을 열패감과 불안이 근대적 기획들과 중첩되면서 빚어진 것이었음에 틀림없다.

그런데 이러한 초기 경향의 일각에서는 이 지배적인 흐름을 바꾸어놓을 만한 변화가 일고 있었다. 마지막으로 언급할 초기 근대희곡의 특징은 이 변화를 가늠케 하는 것이라 할 수 있는데, 그 변화란 이 장르의 관심사가 사적 영역으로부터 공적 영역으로 이동하기 시작했다는 점이다. 이 희곡들은 결혼과 사랑 혹은 여성이라는 차원으로부터 근대와 만나는 것으로 그 사유의 범위를 제한하지 않았다. 대신, 공적인 관심사를 부각시키기 시작했다. 일본 유학생들의 순회공연을 비롯한 소인극이 공연되기 시작하는 1920년대 초반부터 그런 조짐은 시작되었고, 조명희·조춘광·고한승의 희곡들이 그런 경우에 속한다. 그러나 지금으로서는 조명희 희곡만이 현전하는데 그의 〈김영일의 사〉는 그 경계적인 성격을 뚜렷이 보여준다(이승희, 2004). 이를 제외한다면 김유방의 〈배교자背敎者〉(《개벽》, 1923. 4)를 꼽을 수 있다.

〈배교자〉는 한편으로는 '이성을 도살하는 곳'으로서의 기독교를 비판함으로써 근대제도에 대한 비판과 함께 자아의 각성이 사회와 연계되어 사고되기 시작했음을 알려주면서도, 다른 한편으로는 그것이 사회구조적·계급적 시각을 지니지 않는다는 점에서 이후 프로희곡과는 구별된다. 이러한 경계적인 성격이 서로 대조적인 듯하면서도 동전의 양면을 이루는 기병·기숙 남매로부터 발견된다는 것도 흥미롭다. 두 인물은 작중에서 유일하게 친화성을 보이면서도 억압적 상황에 대하여 두 가지의 반응을 보이는데, 기병은 테러리스트를 자처하고 기숙은 신경증적 증세를 보인다는 점이다. 초기 근대희곡이 대체로 기숙이와 같은 반응을 보였다면 기병은 이후 경향의 전조인 셈이고, 기숙이가 자살을 하고 기병이 체포되는 결말부는 초기 근대희곡의 종언을 알리는 상징적 장면이라 할 수 있다.

4. 초기 근대희곡의 사적인 위치

희곡이 중요한 사회적 의미를 띠고 등장했지만, 10년 남짓의 초기단계였던 만큼 작품 편수가 그리 많지 않으며 완성도도 별로 높지 않은 편이다. 극작술상의 결함이 종종 발견되기도 하고, 장르적 인식도 아직은 혼란스러워 보인다. 삽입지시문에 한정하여 말하자면, 최초의 희곡인 〈병자삼인〉의 경우 대사와 지시문의 관계는 마치 신소설 글쓰기와 매우 유사하고, 이후의 희곡들에서도 삽입지시문이 과거형 종결어미로 혹은 한문 어투로 표현되어 있음이 그러하다.

물론 극작술상 인상적인 대목이 없는 것도 아니다. 너무 일찍 오른 봉우리라 번안의 의심을 받아온 〈병자삼인〉은 사건을 축적해나가는 솜씨나 각 막이 끝날 때마다 연출되는 희극적인 타블로(tableau)의 배치는 지금의 시각으로 보아도 매우 뛰어나다. 또한 〈연과 죄〉는 음향효과를 매우 효과적으로 사용한 첫 사례이다. 유지영은 죄의식을 느끼면서 고통스러워하는 곽창현을 압박하는 장치로 청각적 요소 —밤 12시마다 들리는 종소리, 형사 천태종이 발끝으로 마루를 두드리는 소리와 손가락으로 사선상을 두드리는 소리, 천태종의 단소 연주— 를 적극 활용함으로써 매우 연극적인 장면을 구성해낸다.

한편, 또 하나의 특징적인 양상은 초기 근대희곡이 번역적 성격을 농후하게 드러낸다는 점이다. 외국작품이나 한국작품을 각색·번안하는 것이 아니라, 창조적인 저작물로서의 희곡이 이제 막 쓰여지기 시작하는 단계에서 외국희곡을 번역하는 과정은 필연적이었다. 희곡적 전통이 부재하는 데다가 전통적인 연극 양식과 달리하는 새로운 양식의 실험은 참조의 대상이 있고서야 가능했기 때문이다. 초기 근대희곡이 외국희곡의 흔적을 많이 포함하는 것도 바로 그 때문이다. 여기서 다룬 〈병자삼인〉〈국경〉〈견〉이 대표적인 예이며 현전하지 않는 것들 또한 당시 공연평들을 보건대 그런 양상은 일반적이었던 것으로 보인다.

　그러나 번역의 실제는 결코 대칭적인 관계로 드러나지 않으며, 그것은 반드시 도덕과 결부된 문화체계와 갈등하거나 협상하는 과정 속에서 변이될 수밖에 없다. 초기 근대희곡의 관심사가 '번역된 근대의식'으로 촉발되었다 할지라도, 작가들은 아직까지는 지배적인 힘을 보유하고 있는 이데올로기에 기대어 사적 영역의 문제를 근대성의 성취라는 관점에서 재조정하거나 협상하고자 했다. 초기 근대희곡의 중심과 주변에 포진하고 있는 여성 담론이 매우 진취적인 듯하면서도 매우 보수적인 성격을 드러내 보이는 균열 혹은 중층성은, 번역의 과정에서 산출된 협상의 결과인 것이다.

　그 결과, 다소 현실과는 동떨어져 보이는 희극적인 상황 속에 변화하는 여성의 지위에 대한 경계를 포함하기도 했으며, 낭만적 사랑에의 기대와 개인주의 실현이 현실적 조건이나 전대 모랄로부터 완전히 자유롭지 않은 주체의 분열 속에서 좌절하는 양상을 보여주기도 하였다. 그럼에도 불구하고 초기 근대희곡은 명백히 전근대적 가치와 절연하는 동시에 근대적 가치를 수혈하고자 하는 의지를 포기하지는 않았다. 물론 이러한 경향을 보여주는 희곡만 있었던 것은 아니다. 1910년대 신파극이 보여주었던 연극적 관습과 약호를 취하면서, 근대라는 신세계에 대한 낭만주의적 비전을 극화하고자 한 희곡들도 있었다. 이를 과도기적 양상이라 진단할 수도 있겠지만, 이후 희곡사에서도 확인되는 하나의 양상 즉 멜로드라마와 사실주의의 접합을 보여주는 사례로도 볼 수 있다. 엄정하고 냉정한 사실주의적인 응시보다는, 감상성의 과잉을 동반하는 낭만주의적 성격과 결단을 요구하는 서사의 운동인 것이다. 이러한 동시성은 공적 영역에 대한 전면적인 관심사로 이행하고 있음을 보여주는 희곡들에서도 확인된다. 초기 근대희곡은 이미 다음 단계를 준비하고 있었던 것이다.

조일재(趙一齋)

1884년 서울 출생. 본명은 중환重桓.

1900년대 초반, 일본기독교도 교육회가 설립한 경성학당에서 수학함.

1906년 니혼(日本)대학 졸업.

1900년대 후반, 대한매일신보사 입사.

1910년 《대한매일신보》가 《매일신보》로 바뀐 후에도 계속해서 기자로 근무함.

1912년 3월 윤백남과 함께 극단 문수성文秀星을 조직, 창립공연으로 〈불여귀不
　　　　如歸〉(원작:德富蘆花, 《불여귀不如歸》)를 올리고, 8월 동명의 소설을 도쿄 경
　　　　성사서점警醒社書店에서 출간함. 7월부터 《쌍옥루》(원작:菊池幽芳, 《己か罪》)
　　　　를 《매일신보》에 연재함(1912. 7.17~1913. 2.3). 11월부터 한국 최초의 희
　　　　곡 〈병자삼인病者三人〉을 《매일신보》에 연재함(1912. 11.17~12.25).

1913년 5월부터 《장한몽長恨夢》(원작:尾崎紅葉, 《金色夜叉》)을 《매일신보》에 연재함
　　　　(1913. 5.13~1913. 10.1). 10월부터 《국菊의 향香》을 《매일신보》에 연재함
　　　　(1913. 10.2~1913. 12.28).

1914년 1월부터 《단장록斷腸錄》(원작:柳川春葉, 《生さぬ仲》)을 《매일신보》에 연재함
　　　　(1914. 1.1~1914. 6.9). 7월부터 《비봉담飛鳳潭》을 《매일신보》에 연재함
　　　　(1914. 7.21~1914. 10.28)

1915년 《매일신보》 경파주임으로 재임. 5월부터 《속 장한몽》을 《매일신보》에
　　　　연재함(1915. 5.20~12.26)

1918년 매일신보사 퇴사.

1922년 윤백남의 주도로 조직된 민중극단의 작가로 참여.

1925년 사재를 들여 윤백남과 함께 영화프로덕션인 계림영화협회를 설립하고,
　　　　〈장한몽〉〈산채왕〉〈월남 이상재 장례식 실사〉〈먼동이 틀 때〉 등을 제
　　　　작함.

1941년 경성방송국 제2방송부 재직.

1947년 5월《독립신문》주필로 취임함. 10월 9일 64세를 일기로 사망.

이광수(李光洙)

1892년 2월 28일 평북 정주定州 출생. 호는 춘원春園.

1905년 8월 일진회一進會의 추천으로 도일하여 도카이의숙東海義塾에서 수학함.

1907년 9월 메이지(明治)학원에 편입함.

1910년 3월 메이지학원 졸업. 오산학교五山學校에 교사로 부임함.

1915년 9월 와세다(早稻田)대학 고등예과 입학.

1916년 9월 와세다대학 철학과 입학.

1917년 1월 〈규한閨恨〉을 《학지광》에 발표함. 한국 최초의 근대 장편소설 《무
정無情》을 《매일신보》에 연재함.

1919년 도쿄 유학생의 2·8독립선언서를 기초하고 상하이로 망명하여 임시정
부에 참가, 독립신문사 사장 겸 편집국장에 취임함.

1923년 4월 번역 희곡 〈인조인人造人〉(카렐 차펙크 작)을 《동명》에 발표함. 5월부
터 12월까지 《동아일보》 기자촉탁으로 활동함. 9월 번역 희곡집 《어둠
의 힘》(톨스토이 작)을 중앙서림에서 출간함.

1926년 1월 번역 희곡 〈줄리어스 씨저〉(세익스피어 작)를 《동아일보》에 발표함.
11월부터 《동아일보》 편집국장으로 재임함(~1927.9).

1927년 9월부터 《동아일보》 편집고문으로 재임함(~1929.12).

1930년 10월부터 《동아일보》 취체역으로 재임함(~1933.8).

1933년 8월부터 《조선일보》 편집장으로 재임함(~1934.5).

1937년 6월 수양동우회修養同友會 사건으로 투옥되었다가 반 년 만에 병보석됨.

1939년 12월 조선문인협회 회장으로 취임함.

1940년 3월 가야마 미쓰로(香山光郎)라고 창씨개명을 함.

1950년 10월 25일 납북되어 가던 중 폐결핵의 악화로 59세를 일기로 사망.

윤백남(尹白南)

1888년 11월 7일 충남 논산 출생. 본명은 교중敎重.

1900년 일본기독교도 교육회가 설립한 경성학당 중학부 입학.

1903년 경성학당 중학부 졸업. 반조우(盤城) 중학 3학년으로 편입함.

1904년 와세다실업학교 본과 3학년에 편입함.

1906년 와세다대학 정치과 입학. 이때 황실 국비유학생으로 선발되었으나 일
본통감부의 정책에 따라 도쿄고등상업학교로 전학함.

1910년 도쿄고등상업학교 졸업. 귀국하여 관립 한성수형조합의 이사대리로 재
직함.

1912년 3월 조일재와 함께 극단 문수성을 조직, 창립공연으로 원각사에서 〈불
여귀〉를 올림. 매일신보사에 입사하여 1년 후에 퇴사함.

1916년 3월 이기세 등과 함께 극단 예성좌藝星座를 조직하여 창립공연으로 〈코
르시카의 형제〉를 공연함.
1918년 매일신보사에 재입사하여 경제과장으로 2년 재직. 12월 25일 《태서문
예신보》에 〈국경〉을 발표함.
1920년 10월 《시사신문》의 편집국장으로 이직하나, 12월 매일신보사에 재입
사함.
1921년 이기세·민대식·박승빈과 함께 예술협회를 조직하고, 창립공연으로 〈
운명〉 등을 공연함.
1922년 안광익·안종화 등과 함께 민중극단을 조직하고, 창립공연으로 〈등대직
〉 등을 공연함.
1923년 한국 최초의 극영화 〈월하月下의 맹서盟誓〉의 각본을 쓰고 감독함.
1924년 희곡집 《운명》을 신명서림에서 출간함.
1925년 1월 순수 조선인의 영화사로서는 최초인 윤백남프로덕션을 설립하여
〈심청전〉을 제작·상연함. 그러나 〈개척자〉를 제작하던 중 해체됨. 이
후 조일재가 출자하여 설립된 계림영화협회에 참여함.
1928년 11월에 발족된 조선문예영화협회의 동인으로 참여함. 이 협회는 연극
과 영화를 지망하는 신인들을 선발하여 교육하던 곳으로 이기세, 안종
화, 김을한, 염상섭, 이우, 양백화 등이 동인으로 참여함.
1930년 역사소설 《대도전》을 《동아일보》에 연재함(전편:1930. 1.6~3.24, 후
편:1931. 1.1~7.31). 10월 희곡집 《운명》을 창문당서점에서 재출간함.
1931년 7월 극예술연구회 창립 멤버로 참여함.
1932년 7월 경성방송국에 입사하고 1933년에는 초대 제2방송과장에 취임함.
1933년 9월부터 1936년 11월까지 《동아일보》 편집국 촉탁으로 활동함.
1934년 10월 《월간 야담》을 창간함.
1937년 5월 만주 화북으로 건너가 재만 조선농민문화향상협회 상무이사로 재
직함.
1945년 8월 조선영화건설본부 위원장.
1953년 서라벌예술대학 초대학장.
1954년 대한민국예술원 초대회원으로 선임됨. 9월 29일 심장병 발병으로 67세
를 일기로 사망.

최승만(崔承萬)

1897년 11월 6일 경기도 시흥 출생. 호는 극웅極熊.

1915년 3월 보성중학교 졸업.

1916년 3월 경성 중앙 YMCA 영어과 졸업. 10월에 도일함.

1917년 3월 일본 도쿄 관립외국어학교 로서아과 입학.

1918년 《학지광》 편집위원으로 활동함.

1919년 2월 《창조》 동인으로 참여하여 창간호에 〈황혼〉을 발표함. 2·8운동
　　　　참가로 중퇴함.

1922년 5월 재일본 도쿄 조선YMCA 월간잡지 《현대》 주간.

1923년 3월 일본 도쿄 동양대학 인도윤리철학과 졸업.

1929년 6월 재일본 도쿄 조선YMCA 총무를 사임하고, 미국 메사추세츠주 스프
　　　　링필드 대학으로 편입함.

1930년 6월 스프링필드 대학 졸업. 조선YMCA연합회 기관지 《청년》 주간.

1931년 1월 재일본 도쿄 조선YMCA 총무.

1934년 8월 동아일보사 잡지부장, 《신동아》 주간.

1936년 9월 일장기 말소사건으로 동아일보사 퇴직.

1937년 해방 때까지 만주국 봉천 삼창교피창三昌膠皮廠, 경성중앙상공주식회사,
　　　　경성방직주식회사에 재직함.

1945년 미군정청 문교부 교화국장으로 재임함(~1948.5).

1948년 9월 연희대학교 교수.

1953년 5월 제주대학 초대 학장.

1954년 2월 재단법인 이화학당 이사장에 취임. 10월 이화여대 교수 겸 부총장
　　　　으로 재임함(~1956.1).

1956년 인하공과대학장으로 재임함(~1961.7). 이후 10여 년 동안도 여러 교육
　　　　기관이나 YMCA에서 임원으로 활동.

1970년 문집 《극웅필경極熊筆耕》 발간.

1983년 문집 《바르고 옳게 살자》 발간.

1984년 12월 25일 88세를 일기로 사망.

유지영(柳志永)

1897년 출생. 호는 팔극八克.

1913년 선린중학을 졸업하고 도일, 와세다대학에 다니다가 음악전문학교로 전
　　　　학하여 바이올린을 전공함.

1918년 매일신보사 첫 공채시험에 홍난파와 함께 합격하여 기자로 입사함.

1919년 도쿄 조선유학생악우회의 기관지 《삼광》에 희곡 〈이상적 결혼〉을 발표

(1919.2·12, 1920.4). 희곡 〈연과 죄〉를 《매일신보》에 발표 (1919.9.22~26).

1920년 7월 조선체육회 창립시 발기인으로 참여함.
1924년 2월《어린이》에 〈고드름〉을 발표, 이후 윤극영이 곡을 붙여 널리 알려짐. 3월《시대일보》창간 당시 사회부 기자로 입사. 조선소년운동협회 (1923.4.17.조직)의 상무위원으로 참여함.
1925년 5월 동아일보사 입사.
1927년 7월 영화연구와 영화합평을 목적으로 하는 '영화인회'의 창립동인으로 참여함. 10월 동아일보사 퇴사.
1932년 10월 희곡 〈인간모욕〉을 《동광》에 발표.
1947년 51세를 일기로 사망.

김영보(金泳俌)

1900년 1월 28일 경기도 개성 출생. 호는 소암蘇巖.
1912년 3월 경기도 개성 한영서원韓英書院(1906년에 설립된 남감리교계 학교. 후에 송도고등보통학교가 됨) 초등과 졸업.
1915년 3월 한영서원 중등과 졸업.
1918년 3월 한영서원 고등과 졸업.
1921년 예술협회가 10월에는 〈정치삼매〉를, 12월에는 〈시인의 가정〉을 단성사에서 공연함.
1922년 11월 창작희곡집《황야에서》를 조선도서주식회사에서 출간함.
1924년 7월 경성 수송유치원 원감.
1925년 6월 일본 도쿄 불교조선협회 주간.
1940년 10월 매일신보사 지방부장.
1941년 7월 매일신보사 오오사까 지사장.
1945년 3월 매일신보사 경북지사장.
1945년 11월부터 《영남일보》사장으로 재임함(~1955.7).
1962년 63세를 일기로 사망.

현 철(玄哲)

1891년 부산 출생. 본명은 희운僖運, 필명은 해암海巖·효종曉鍾.
1911년 보성중학을 졸업하고, 도일하여 세이소쿠(正則) 영어학교를 거쳐 메이지 대학 법과에서 수학함.

1913년 시마무라 호게쓰(島村抱月)의 예술좌에 입단하여 부속연극학교에서 수학
하며 연극활동.

1917년 상하이로 건너가 성기星綺연극학교에서 활동함.

1920년 연예강습소 설립. 개벽사의 학예부장으로 근무함. 번역희곡 〈격야隔夜〉
(투르게네프 작)를 《개벽》에 발표함(1920. 6~1921. 3). 1920년대 초반부터
경성미용원을 경영한 것으로 추정됨.

1921년 번역희곡 〈하믈레트〉(세익스피어 작)를 《개벽》에 발표함(1921. 5~1922.
12).

1922년 체홉의 〈곰〉을 본뜬 〈견犬〉을 《개벽》에 발표함(1922.1~2). 6월 개벽사에
서 발행한 《부인》의 편집주임.

1923년 4월 번역희곡집 《하믈레트》를 박문서관에서 출간함. 10월 사단법인 동
국문화협회 조직.

1924년 11월 영화감독 이구영李龜永과 함께 조선배우학교를 설립함.

1926년 번역희곡 〈사로메〉(오스카 와일드 작)를 《위생과 화장》에 발표함.

1927년 6월 조선극장 경영에 참여하면서 조선배우학교를 연예협회로 개명하고
조선극장 안에 설치함. 조선물산장려회 영화선전부 주임으로 재직함.

1935년 야담동호회를 조직하고 12월에는 신정언· 유추강과 함께 야담대회를
개최함.

1962년 10월 서울시 문화위원회 부위원장으로 선출됨.

1963년 3월 '연예인30년 특별공로표창장'을 수상함.

1965년 3월 19일 경기도 양주에서 75세를 일기로 사망.

김유방(金惟邦)

1893년 3월 20일 평양 출생. 본명은 찬영瓚泳, 호는 유방惟邦 또는 포경抛耿.

1907년 평양 사숭학교四崇學校 졸업.

1908년 도일하여 메이지 학원에서 수학하고 졸업함. 이후 메이지 대학 법과로
진학했으나 중도에 퇴학함.

1912년 도쿄미술학교 서양화과 선과생으로 입학함.

1917년 도쿄미술학교 서양화과를 졸업하고 귀국. 졸업시에 그린 〈자화상〉이
유일하게 전함.

1920년 7월 《폐허》 창립 동인으로 참여함.

1921년 《창조》 8호부터 동인으로 참여하면서 표지화 〈평화〉(8호)와 〈앞으로
나아가는 사람〉(9호)을 그림.

1923년 4월 희곡 〈배교자〉를《개벽》에 발표함.

1924년 8월《영대》창립 동인으로 참여하고 표지화를 그림. 9월 희곡 〈삼천오
　　　 백냥〉을《영대》에 발표함.

1925년 평양의 서양화가 단체인 삭성회朔星會를 김관호 · 김윤보 · 김광식 등과
　　　 조직하고, 삭성회화연구소의 서양화 강사로 활동함.

1927년 5월 영화배급사 기신양행紀新洋行 설립. 언론사 연예부 기자들의 모임인
　　　 '찬영회讚映會' (1927. 12.6.조직)를 후원함.

1931년 7월 주식회사 조선극장(사장 정완규)의 감사역監査役으로 재직함.

1934년 1월 기신양행이 조선극장을 인수한 것을 계기로 약 1년 간 조선극장 경
　　　 영에 참여함.

1960년 1월 4일 68세를 일기로 사망.

단행본

권순종, 《한국희곡의 지속과 변화》, 중문출판사, 1993.
김상선, 《한국근대희곡론》, 집문당, 1985.
문화체육부 편, 《윤백남 작품세계》, 문화체육부, 1993.
민병욱, 《한국근대희곡의 형성과정》, 해성, 1993.
_____, 《한국근대 희곡연구》, 민지사, 1995.
서연호, 《한국근대희곡사연구》, 고려대 민족문화연구소, 1982.
_____, 《한국근대희곡사》, 고려대 출판부, 1994.
_____, 《한국연극사 : 근대편》, 연극과인간, 2003.
양승국, 《한국 신연극 연구》, 연극과인간, 2001.
유민영, 《한국현대희곡사》, 홍성사, 1982.
_____, 《한국근대연극사》, 단국대 출판부, 1996.
이두현, 《한국신극사연구》, 서울대 출판부, 1966.
이승희, 《한국사실주의희곡, 그 욕망의 식민성》, 소명출판, 2004.
장한기, 《한국연극사》, 동국대 출판부, 1986.

논문

구명옥, 〈희극 '병자삼인' 연구〉, 《한국극문학》 1, 한국극문학회, 1999.
권순종, 〈1920년대의 개량신파와 김영보의 작품세계〉, 《예술평론》 창간호, 1992.7.
_____, 〈전통극과 근대극의 접맥 양상 연구〉, 계명대 박사논문, 1989.
권오만, 〈1910년대의 희곡연구― '병자삼인' 과 '규한' 을 중심으로〉, 서울대 석사논문, 1970.
_____, 〈 '병자삼인' 고〉, 《국어교육》 17, 한국국어교육연구회, 1971.
김기란, 〈근대극 희곡 장르의 형성과 정착 과정 연구〉, 연세대 석사논문, 1996.
김미진, 〈현철의 비평 연구〉, 《한국언어문학》 31, 형설출판사, 1993.
김방옥, 〈한국초기희곡에 나타난 근대성의 면모〉, 《한국연극학》, 한국연극학회, 새문사, 1985.
김성희, 〈한국근대희곡에 나타난 여성들〉, 《목원어문학》 10, 목원대 국어교육과, 1991.

김원중, 〈한국 현대 희곡문학 연구(1)〉, 《어문학》 39, 한국어문학회, 1980.

_____, 〈한국 최초의 창작희곡집─김영보의 《황야에서》〉, 《동양문화》 20·21 합, 영남대 동양문화연구소, 1981.

_____, 〈한국근대희곡문학 연구─개화기와 근대초기를 중심으로〉, 중앙대 박사논문, 1984.

김익두, 〈초창기 창작희곡 연구〉, 전북대 석사논문, 1983.

_____, 〈희극 '병자삼인' 의 주제에 대한 새 해석〉, 《국어문학》 27, 국어문학회, 1989.

_____, 〈한국 초창기 근대희곡의 세계(Ⅰ)〉, 《한국언어문학》 30, 한국언어문학회, 1992.

김일영, 〈시대적 논리와 작자의 논리─〈병자삼인〉과 〈장한몽〉에서〉, 《무천》 3, 1987.

_____, 〈조중환의 문학작품에서 드러나는 시대적 대응의식〉, 《문학과 언어》 12, 문학과언어연구회, 1991.

김현숙, 〈김찬영 연구─한국 최초의 모더니스트 미술가〉, 《한국근대미술사학》 6, 한국근대미술사학회, 1998.

민병욱, 〈조일재의 '병자삼인' 연구〉, 《한국문학논총》 15, 한국문학회, 1994.

박노춘, 〈한국 신연극 오십년 사략〉, 《논문집》 2, 경희대, 1959.

박노현, 〈한국 근대 희곡 개념의 발생〉, 동국대 석사논문, 2001.

_____, 〈1910년대 희곡의 문명 담론〉, 《한국극예술연구》 18, 한국극예술학회, 2003.10.

박승규, 〈여명기 한국근대희곡의 형성과정〉, 국민대 석사논문, 1982.

박진영, 〈일재 조중환과 번안소설의 시대〉, 《민족문학사연구》 26, 민족문학사학회, 2004.

박태일, 〈윤백남 희곡 '운명' 의 짜임과 속뜻〉, 《우해 이병선 박사 회갑기념논총》, 1987.

배봉기, 〈한국 근대희곡의 양상(1)〉, 《논문집》 10, 광주대학교 민족문화예술연구소, 2001.

서연호, 〈1910년대의 희곡문학〉, 《연극학보》 9, 동국대 연극영화과, 1976.

송명희, 〈 '규한' 과 1910년대의 혼인관〉, 《여성문제연구》 18, 대구효성가톨릭대 사회과학연구소, 1990.

송재일, 〈윤백남의 희곡작품론〉, 《어문논지》 6·7, 충남대 국어국문학과, 1990.

신명란, 〈근대 초기의 창작희곡 연구〉, 《대구어문논총》 9, 1991.

신아영, 〈여성주의의 관점에서 본 근대희곡 연구〉, 《한국극예술연구》 4, 한국극
　　예술학회, 1994.

심상교, 〈김영보 희곡 연구〉, 《어문논집》 34, 안암어문학회, 1995.

_____, 〈1920년대 희곡에 나타난 특성고(1)〉, 《한국학연구》 8, 고대 한국학연
　　구소, 1996.

양승국, 〈'병자삼인' 재론〉, 《한국극예술연구》 10, 한국극예술학회, 1999.

_____, 〈'병자삼인' 재론2〉, 《울산어문논집》 15, 울산대, 2001.

_____, 〈윤백남 희곡 연구〉, 《한국극예술연구》 16, 한국극예술학회, 2002.10.

_____, 〈근대 초기 희곡에 나타난 남성성/여성성의 구조와 의미〉, 《한국극예술
　　연구》 17, 한국극예술학회, 2003.4.

오청원, 〈윤백남론〉, 《연극학보》 20~21, 동국대연극영화학과, 1989~1990.

오학영, 〈개화기 희곡과 그 주제비평〉, 《월간문학》, 1983.10.

우수진, 〈'병자삼인' 연구〉, 《한국극예술연구》 15, 한국극예술학회, 2002.4.

_____, 〈윤백남의 '운명', 식민지적 무의식과 욕망의 멜로드라마〉, 《한국극예
　　술연구》 17, 한국극예술학회, 2003.4.

원명수, 〈1910년대 희곡의 희극성 연구〉, 《어문학》 60, 한국어문학회, 1997.

유민영, 〈현철에 대한 연극사적 고찰〉, 《동양학》 15, 단국대 동양학연구소,
　　1985.

유진월, 〈초창기 희곡에 나타난 여성상 연구―1910년대의 작품을 중심으로〉,
　　《어문연구》 94, 한국어문교육연구회, 1994.

이광국, 〈'병자삼인' 연구〉, 《배달말》 7, 배달말학회, 1982.

이승원, 〈윤백남의 '운명' 고〉, 《선청어문》 10, 서울대 국어교육과, 1979.

이승민, 〈'병자삼인'에 나타난 '우승열패'의 의미〉, 《한국극예술연구》 19, 한국
　　극예술학회, 2004.4

이승희, 〈초기 근대희곡의 근대적 주체 구성에 대한 연구〉, 《한국극예술연구》
　　12, 한국극예술학회, 2000.10.

이정숙, 〈'규한'의 근대의식 연구〉, 《한국극예술연구》 19, 한국극예술학회,
　　2004.4.

이정순, 〈한국근대희곡의 형성과정 연구〉, 부산대 석사논문, 1999.

이정은, 〈신파극의 성립과 근대희곡의 태동〉, 《연극학보》 23, 동국대 연극영상
　　학부, 1994.

전성희, 〈한국근대희곡에 나타난 여성상 연구〉, 숙명여대 석사논문, 1988.

정덕준, 〈현철연구〉, 고려대 석사논문, 1976.

조경아, 〈근대희곡에 나타난 여성상 연구〉, 경남대 석사논문, 1996.

조창환, 〈조일재 작 '병자삼인'의 극문학적 성격〉, 《국어문학》 22, 전북대 국어
　　　국문학회, 1982.

한점돌, 〈'병자삼인'의 희곡사적 위치〉, 《선청어문》 13, 서울대 국어교육과, 1982.

책임편집 이승희

성균관대학교 국어국문학과 및 동 대학원 졸업.
문학박사, 연극평론가.
현재 성균관대학교, 성공회대학교 강사.
논저로는 《한국 사실주의 희곡, 그 욕망의 식민성》,
〈초기 근대희곡의 근대적 주체 구성에 대한 연구〉,
〈한국 사실주의 희곡에 나타난 성의 정치학: 1910~1945〉,
〈멜로드라마의 근대적 상상력〉, 〈멜로드라마의 이율배반적 운명〉,
〈번역의 성 정치학과 내셔널리티〉 외.

범우비평판 한국문학·21·❶

병자삼인(외)

초판 1쇄 발행 2005년 4월 25일

지은이   조일재·윤백남 외
책임편집 이승희
펴낸이   윤형두
펴낸데   **종합출판 범우(주)**
기 획   임헌영 오창은
편 집   장현규
디자인   왕지현
등 록   2004. 1. 6. 제105-86-62585
주 소   413-832 경기도 파주시 교하읍 문발리 525-2 출판문화정보산업단지
전 화   (031) 955-6900~4
팩 스   (031) 955-6905
홈페이지   http://www.bumwoosa.co.kr
이메일   bumwoosa@chol.com
ISBN   89-91167-11-x 04810
          89-954861-0-4 (세트)

* 책값은 뒷 표지에 있습니다.
* 잘못된 책은 바꾸어 드립니다.

근대 개화기부터 8·15광복까지

범우비평판

근대 이후 100년간 민족정신사적으로 재평가, 성찰할 수 있는

❶-1 신채호편 **백세 노승의 미인담** (외) 김주현(경북대)

❷-1 개화기 소설편 **송뢰금** (외) 양진오(경주대)

❸-1 이해조편 **홍도화** (외) 최원식(인하대)

❹-1 안국선편 **금수회의록** (외) 김영민(연세대)

❺-1 양건식·현상윤(외)편 **슬픈 모순** (외) 김복순(명지대)

❻-1 김억편 **해파리의 노래** (외) 김용직(서울대)

❼-1 나도향편 **어머니** (외) 박헌호(성균관대)

❽-1 조명희편 **낙동강** (외) 이명재(중앙대)

❾-1 이태준편 **사상의 월야** (외) 민충환(부천대)

❿-1 최독견편 **승방비곡** (외) 강옥희(상명대)

20권

발행 ▶ 계속 출간됩니다

크라운 변형판 | 각권 350~620쪽 내외
각권 값 10,000~15,000원
전국 서점에서 낱권으로 판매합니다

온고지신(溫故知新)으로 21세기를!

현대사회를 보다 새로운 시각으로 종합진단하여
그 처방을 제시해주는

범우사상신서

범우사 서울시 마포구 구수동 21-1호 전화 717-2121, FAX 717-0429
http://www.bumwoosa.co.kr

온고지신(溫故知新)으로 21세기를!

범우고전선

시대를 초월해 인간성 구현의 모범으로 삼을 만한 책을 엄선

범우사 서울시 마포구 구수동 21-1호 TEL 717-2121, FAX 717-0429
http://www.bumwoosa.co.kr (E-mail) bumwoosa@chollian.net

미국 수능시험주관 대학위원회 추천도서!

위한 책 최다 선정(31종) 1위!

세계문학

145권

발행 ▶계속 출간

▶크라운변형판
▶각권 7,000원~15,000원
▶전국 서점에서 낱권으로 판매합니다

★ 서울대 권장도서
● 연고대 권장도서
◆ 미국대학위원회 추천도서

범우학술·평론·예술

 범우사   서울시 마포구 구수동 21-1
전화 717-2121 FAX 717-0429

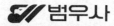

주머니 속 내 친구!

범우문고

【각권 값 2,800원】

www.bumwoosa.co.kr TEL 02)717-2121

범우사

일 반 교 양 도 서
사르비아총서 A Salvia's Library of Bumwoo

인간 발육에 있어서는 필요한 영양을 적시에 공급해줘야, 정상발육이 가능합니다.
마찬가지로 심성발달에 있어서도 적시에 교양도서를 읽어야 하는 까닭이 여기에 있습니다.
때를 놓치면 독서 효과의 완전수용이 어렵게 됩니다. 청소년 시절에 정서 비타민섭취를
강조하는 까닭이 여기에 있습니다. 독서도 제때에 해야 합니다.
지성의 밑벽돌이 되는 교양도서에 나침반이 들어 있고, 지성의 방향을 제대로 가리키는
나침반 역할을 바르게 하는 사르비아총서가, 새로운 체제로 정리 개정된 일은 범우
출판정신의 개화만이 아닌 한국지성의 축복이랄 수 있습니다.
— 유경환 (시인 · 한국간행물윤리위원회 위원)

101 인물 · 전기

101 백범일지 **102** 만해 한용운 **103** 도산 안창호 **104** 단재 신채호 일대기
105 프랭클린 자서전 **106** 마하트마 간디 **107** 안중근의사 자서전 **108** 이상재
평전 **109** 윤봉길의사 일대기 **110** 디즈레일리의 생애 **111** 윤관 장군과 북벌
근간 예정도서 ●마가렛 미드 자서전 ●잔다르크 ●쇼팽 ●J. S. 밀 자서전 ●이사
도라 덩컨 ●마리아 칼라스

201 한국고전 · 신소설

201 목민심서 **202** 춘향전·심청전 **203** 난중일기 **204** 호질·양반전·허생전(외)
205 혈의누·은세계·모란봉 **206** 토끼전·옹고집전(외) **207** 사씨남정기·서포만
필 **208** 보한집 **209** 열하일기 **210** 금오신화·화왕계 **211** 귀의성 **212** 금수
회의록·공진회(외) **213** 추월색·자유종·설중매 **214** 홍길동전·전우치전·임진록
215 구운몽 **216** 한국의 고전 명문선 **217** 흥부전·조웅전 **218** 북학의 **219,
220** 삼국유사(상,하) **221** 인현왕후전
근간 예정도서 ●한중록 ●계축일기 ●치악산

301 한국문학(근 · 현대소설)

301 압록강은 흐른다 **302** 그래도 압록강은 흐른다 **303** 이야기 **304** 태평천하
305 탈출기·홍염(외) **306, 307** 무영탑(상,하) **308** 벙어리 삼룡이(외) **309** 날개
·권태·종생기(외) **310** 낙엽을 태우면서(외) **311** 상록수 **312** 동백꽃·소낙비(외)
313 빈처 **314** 백치 아다다 **315, 316** 탁류(상,하) **317** 이범선 작품선 **318** 수난이
대 **319** 감자·배따라기(외) **320** 사랑손님과 어머니 **321** 메밀꽃 필무렵(외)
근간 예정도서 ●삼대(상,하) ●국경의 밤

401 한국문학(시·수필)

401 효 402 김소월 시집 403 역사를 빛낸 한국의 여성 404 독서의 지식 405 윤동주 시집 406 한시가 있는 에세이 407 이육사의 시와 산문 408 님의 침묵 409 옛시가 있는 에세이 410 한국의 옛시조 411 시조에 깃든 우리 얼
근간 예정도서 ●이상화 시집 ●김영랑 시집 ●우리가 잃어가는 것들 ●하늘 그린 수채화 ●진달래와 흑인병사

501 동양문학

501 아큐정전 502, 503, 504 삼국지(상,중,하) 505 설국·천우학 506 법구경 입문 507 채근담 508, 509, 510 수호지(상,중,하)
근간 예정도서 ●홍루몽

601 서양문학

601 인간의 대지·젊은이의 편지 602 기탄잘리 603 외투·코·초상화 604 맥베스·리어왕 605 로미오와 줄리엣(외) 606 어린왕자(외) 607 예언자·영가 608 서머셋 몸 단편선 609 토마스 만 단편선 610 이방인·전락 611 노인과 바다(외) 612 주홍글씨 613 포 단편선 614 명상록 615 잔잔한 가슴에 파문이 일 때(외) 616 싯다르타 617 킬리만자로의 눈(외) 618 별·마지막 수업(외) 619 젊은 시인에게 보내는 편지 620 니체의 고독한 방황 621 이상한 나라의 앨리스 622 헤세의 명언 623 인간의 역사 624 사람은 무엇으로 사는가 625 좁은 문 626 대지 627 야간비행(외) 628 여자의 일생 629 그리스 로마 신화 630 위대한 개츠비 631 젊은이의 변모 632 마지막 잎새 633 어떤 미소 634 수레바퀴 아래서 635 슬픔이여 안녕 636 마음의 파수꾼 637 모파상 단편선 638 데미안 639 독일인의 사랑 640 젊은 베르테르의 슬픔 641 늪텃집 처녀 642 갈매기의 꿈 643 폭풍의 언덕

701 역사·철학·기타

701, 702 철학사상 이야기(상,하) 703 사랑의 기술 704 탈무드

범우사 www.bumwoosa.co.kr TEL 02)717-2121

범우희곡선

연극으로 느낄 수 없는 시나리오의
진한 카타르시스, 오랜 감동…!

 범우사

서울시 마포구 구수동 21-1호 TEL 717-2121, FAX 717-0429
http://www.bumwoosa.co.kr (E-mail) bumwoosa@chol.com